JUDITH KELMAN

Américaine, Judith Kelman a mené une brillante carrière de logopédiste et de consultante pédagogique, avant d'écrire pour la presse, notamment dans le *New York Times*, où elle a signé à la fois des articles et des essais. En 1986, elle publie son premier livre. Auteur d'une dizaine de romans, parmi lesquels *L'été des orages* (2001), *La vipère de velours* (2002), *Cauchemar sans visage* (2005) et *Un enfant dans la nuit* (2007), elle s'est depuis imposée comme l'un des grands auteurs du suspense psychologique américain.
Judith Kelman vit actuellement à New York.

CAUCHEMAR SANS VISAGE

DU MÊME AUTEUR
CHEZ POCKET

LE SOMMEIL DES ANGES
LE RÔDEUR
ENTRE LES MAILLES DU FILET
PHOBIES
UN DERNIER BAISER
PLUS QUE VOUS N'EN SAVEZ
L'ÉTÉ DES ORAGES
CAUCHEMAR SANS VISAGE

Dans la série Sarah Spooner :

COMME UN VOILE D'OMBRE
LA VIPÈRE DE VELOURS

JUDITH KELMAN

CAUCHEMAR SANS VISAGE

Traduit de l'américain
par Cécile Arnaud

PAYOT SUSPENSE

Titre original :
EVERY STEP YOU TAKE

ISBN : 978-2-266-15868-8

Pour la génération suivante :

Karen, Matt et Josh Kelman
Veronica et Adam Wolff

Et celle d'après :
Clara Jane et Owen James Wolff
Caroline Gloria Kelman

Avec tout mon amour,
ma reconnaissance et une immense joie.

1

— *Populus, qui ambulabat in tenebris vidit lucem magnam.*

Le révérend du train E prêchait la messe de minuit et s'échauffait de plus en plus en débitant son discours enfiévré. Peu importait qu'il ne soit pas encore sept heures du matin ou que tous les membres de son assemblée de fidèles – jeunes et vieux, riches et pauvres, agnostiques tourmentés ou croyants fervents – ne soient que les produits de son imagination perturbée. Peu importait que les vestiges desséchés et chiffonnés de Noël aient été déposés sur les trottoirs plusieurs semaines plus tôt.

— *Ceux qui marchaient dans les ténèbres ont vu une vive lumière !*

Sa voix tonitruante me tira du cauchemar que je vivais la journée et revivais trop souvent la nuit : une rediffusion du 28 janvier, trois ans plus tôt, ce jour que je serais prête à tout pour effacer.

Ce matin-là aussi, je m'étais réveillée au son du prêche du révérend, une prédiction délirante et apocalyptique que j'avais bêtement choisi d'ignorer, préférant me concentrer sur la magnifique perfection hivernale : le ciel cristallin, le soleil éclatant et un vent tonifiant.

Avec une telle toile de fond, qu'aurait-il pu arriver de mal ?

Rainey et moi étions sorties acheter de quoi préparer le déjeuner spécial que nous avions prévu pour remonter le moral de Noah. Son entretien avec les Affaires internes devait avoir lieu entre dix heures et midi. Avec un peu de chance, sa suspension serait levée, et notre déjeuner pourrait être un repas de fête. Noah était dévoué corps et âme à son travail, d'une honnêteté sans faille : ses accusateurs s'en apercevraient forcément.

Je n'étais pas inquiète, même si le pire devait arriver. Si ses collègues continuaient de se laisser aveugler par leur instinct de conservation ou des considérations politiques, il trouverait à employer ses talents et son énergie ailleurs. Oui, il avait tout donné au NYPD pendant quinze ans, et il n'avait pas volé ses galons, ni sa réputation d'inspecteur d'élite. Mais ce n'était qu'un boulot, pas sa vie. Nous étions ensemble, nous avions un foyer plein de chaleur et d'amour. Rainey, sa petite fille, avait fini par m'accepter et accepter notre couple. Même si cet entretien marquait la fin, horrible et injuste, de sa carrière dans la police, ce n'était pas la fin du monde, loin de là.

À l'épicerie Dean & DeLuca, nous croisâmes un petit rouquin malicieux, qui était en sixième avec Rainey et achetait des friandises avec sa mère. Prenant un air supérieur, Rainey lui apprit que nous préparions une petite fête surprise pour son père, « juste comme ça ». Le gamin en rougit d'envie. Beaucoup d'enfants, à New York, ont un emploi du temps plus serré que la grille des vols à l'aéroport de LaGuardia. Leurs parents pareil. Toutes les énergies sont dirigées vers la réussite et les bénéfices qu'ils en attendent : écoles de stylisme suivies de carrières brillantes, belles voitures, amis haut placés, épouses trophées, des voyages autour du monde et une maison pour chaque saison. Il reste bien peu de place, dans ce programme frénétique, pour la spontanéité, les surprises du hasard ou l'amusement.

Mais ce jour-là, c'est précisément ce que nous avions en tête. Nous parcourions les allées en remplissant notre Caddie. Au menu, nous avions prévu une salade Caesar, des lasagnes, du pain à l'ail et de la tarte aux pommes, mais nous nous laissâmes tenter par d'autres gourmandises. Que valait une tarte sans crème glacée et sauce au chocolat ? Les lasagnes ne se sentiraient-elles pas seules sans mes boulettes de viande ? Rien n'était trop beau quand il s'agissait de faire plaisir à cet homme qui était mon grand amour, autant que celui de Rainey. Sur le chemin du retour, nous nous arrêtâmes au vidéoclub pour louer *Le Sens de la vie*, des Monty Python. Cela faisait si longtemps que je n'avais plus entendu rire mon mari.

À ce stade du rêve, tout devient brumeux et irréel. Le temps prend une consistance élastique, les sons rebondissent avec la violence d'une balle de flipper, et je vois les choses comme à travers un film plastique maculé de graisse. Nous pénétrons dans l'appartement, surexcitées, en discutant de notre organisation. Rainey déverrouille la porte et fonce droit à la cuisine pour aller préchauffer le four. Le temps que je traîne mes paquets jusque-là, elle a disparu. Je songe à la volatilité de son attention de douze ans lorsqu'elle réapparaît à la porte.

— Claire, il est là, dit-elle. Papa est dans la chambre. La porte est fermée.

Il était à peine onze heures.

— Son entretien a dû être annulé.

C'était peut-être bon signe. Ils étaient peut-être revenus à la raison et avaient compris qu'il était incapable des choses absurdes dont ils l'accusaient : subornation de témoins, obstruction à la justice. Autant affirmer qu'il était un extraterrestre à deux têtes venu de la planète Zog.

— Et si tu préparais le repas, pendant que moi, je l'empêche de venir ici ? suggéra Rainey.

— Bonne idée. Mais d'abord, je veux aller voir ce qu'il fabrique. Peut-être qu'il se repose.

Je traverse le couloir vers la chambre, mais dans le rêve, je ne l'atteins jamais. Le couloir s'étire, se perd en méandres. Les murs étincellent de lumière ; l'air est imprégné d'un parfum riche et chaud. Du dehors me parviennent les carillons du camion de glace. Souriante, je marche, encore et encore, sans jamais songer à m'arrêter. Jamais je ne tourne la poignée et ne le vois là. Jamais je ne cesse de respirer. Jamais je ne trouve le souffle nécessaire pour hurler.

— *Vous étiez aveuglés, mes frères et mes sœurs ; que les écailles tombent de vos yeux*, déclara le révérend.

Par la fenêtre scintillante de pluie, je l'épiai, dans le caniveau, de l'autre côté de la rue. Le révérend se tenait pieds nus dans le ruissellement consécutif à une averse glaciale, de l'eau jusqu'aux chevilles. Son vêtement sacerdotal – maillot bleu marine de l'équipe de basket des Knicks et pantalon de treillis – pendait sur sa carcasse osseuse comme de la lessive sur une corde à linge. En passant, une benne à ordure l'aspergea de gerbes d'eau, froides et cinglantes comme des coups de fouet, mais il demeura d'une totale impassibilité.

De temps en temps, le révérend remplissait son ministère dans cette partie paisible de l'ouest du Village, mais sa chaire régulière était la station de métro de la Huitième Avenue. Je l'avais souvent vu là, dans le train E, récitant l'Évangile en faisant passer sa coupelle en Styrofoam ornée du clown McDonald's. Les très bons jours, j'avais calculé qu'il se faisait autant que l'écrivain moyen – c'est-à-dire à peine de quoi survivre.

Les gens comme lui ont tendance à susciter chez moi une angoisse non dénuée de culpabilité. Le pauvre fou risquait la pneumonie ou, comme ma mère le dirait sûrement, « d'attraper la mort ». Non, je n'ai pas l'intention de prendre en charge l'armée de psychopathes qui traînent dans les rues de la ville (pas plus d'ailleurs que ceux qui vivent dans des immeubles de luxe avec portier), mais je m'inquiète autant pour eux qu'à cause d'eux. En réalité, bien peu de choses nous sépare de ce qu'un homme comme le révérend du train E est devenu. Quelques fils électriques qui se croisent, un violent court-circuit et soudain, votre vie agréable et bien réglée se retrouve en miettes. Je le sais d'expérience – une dure expérience. Après la mort de Noah, j'avais passé des mois à tâtonner aux limites de la réalité, trop perdue et brisée pour trouver le chemin du retour. Ce qui m'a finalement permis de reprendre pied a été la résolution de l'affaire Garmin à Phoenix. L'homme qui avait sauvagement assassiné cette famille – un jeune couple et deux adorables petits garçons – se révélait le même monstre que Noah avait tenté de coincer ici pour le meurtre des cinq enfants Lynnwood. La condamnation de B.B. LeBeau ne pourrait pas compenser les dommages irréparables causés à la mémoire de mon mari, ni effacer les taches indélébiles qui avaient souillé sa réputation, mais à mon sens, cela lui donnait largement raison. LeBeau était à présent dans le couloir de la mort, là où était sa place, là où il ne serait plus en mesure de détruire d'autres vies.

Soudain, j'entendis ma voisine du dessus. Mme DiMarco était une vieille chose toute frêle, d'au moins quatre-vingt-dix ans, dotée d'une voix aussi stridente qu'une alarme de voiture.

— Ça suffit, maintenant. Tu déguerpis ou j'appelle la police.

Le révérend poursuivit sa litanie. Il avait un message à transmettre, d'innombrables âmes imaginaires à sauver.

— *Éveillez-vous à la vérité, mes frères et mes sœurs. Embrassez la lumière.*

Suivant sa suggestion, j'allumai ma lampe de chevet. Je me levai et enfilai mes vêtements de travail préférés : un peignoir de flanelle et des chaussons fourrés. Ma tenue professionnelle chic, c'étaient un grand T-shirt et un caleçon. Bosser seule peut avoir des avantages certains.

Dans la cuisine, je préparai du café et allai chercher mon exemplaire trempé du *New York Times* sur le perron en pierre. Je le fourrai dans le micro-ondes et réglai le minuteur sur trois minutes et trente-trois secondes, puissance maximale.

— *Une lumière s'est levée sur ceux qui vivaient dans le monde des ténèbres, le fils de Dieu est apparu, offrant à tous le salut. Et pourtant, certains d'entre vous continuent de tituber aveuglément, prisonniers d'un bourbier d'incertitude et de doute*, déclara le révérend.

La cuisson du journal était parfaite. Pas comme les nouvelles. J'aurais pu passer la matinée à me régaler d'un véritable festin de malheurs humains : tremblements de terre, crises politiques, accidents de train, enlèvements, une épidémie mortelle de salmonellose, la menace d'une tournée mondiale imminente de Kenny G.

Les écrivains laissent rarement passer une occasion de ne pas travailler, et je ne fais pas exception. Il existe peu de choses plus tentantes à éviter qu'une page blanche – et l'esprit vide qui va si souvent avec. Mais j'aurais dû rendre le synopsis de mon nouveau roman depuis déjà un bon bout de temps, et même la patience de Ben Rosmarin, le plus merveilleux éditeur du monde, avait des limites.

— *Ton Verbe éternel est tombé du ciel dans les heures silencieuses de la nuit.*

Si seulement cela avait pu être vrai. Je n'avais pas les moyens de compromettre ce contrat. Que ça me plaise ou non, j'avais de sérieuses responsabilités, à commencer par Rainey, cette énigme pubescente dont l'éducation avait été laissée entre mes mains inexpérimentées. C'était l'un des nombreux éléments de ma vie que je ne parvenais pas à assimiler. Allez savoir comment, j'étais arrivée dans cet endroit qui n'avait jamais été ma destination. Imaginez rouler plein est au départ de Chicago et vous retrouver à L.A.

Lorsque j'avais épousé Noah, dans une brume de bonheur, il y a cinq ans, je nous voyais, forgeant une alliance toute neuve et solide, construisant une vie sans limites, rajoutant des enfants, des chambres et autres en fonction de nos envies.

La mère de Rainey était morte soudainement d'une maladie cardiaque non diagnostiquée, lorsque la fillette était encore un bébé. Quand je l'avais connue, c'était une gamine de neuf ans timide, sensible, exceptionnellement intelligente et sérieuse, qui sollicitait les attentions féminines avec cette même avidité que beaucoup de mes autres élèves de huitième à l'école Saint Stephen mettaient à collectionner les accessoires de Barbie.

Cette année-là, j'en étais venue à croire que je serais prof à vie, et, après une série de liaisons désastreuses, que je resterais à jamais célibataire, trouvant un dérivatif à mon instinct maternel dans l'éducation des enfants des autres. Pour mes collègues, je demeurerais Mlle Barrow, la vieille fille coincée, tandis que les élèves verraient en moi un simple outil pédagogique, voué à rouiller lentement, de ceux qu'on range sur une étagère dans le placard à fournitures après les heures de cours, avec l'équipement audiovisuel, jusqu'à ce que quelqu'un en ait besoin et remplisse le formulaire requis. Sous le choc, mes élèves resteraient sans voix chaque fois qu'ils me croiseraient dans la rue ou au supermarché, comme s'ils avaient découvert leur canapé ou leur lave-vaisselle en pleine tentative d'évasion.

Mes perspectives avaient radicalement changé en cette soirée du début octobre où Noah était venu à une réunion parents-profs. Notre entretien avait duré à peine vingt minutes, mais on aurait dit une de ces collisions frontales dont personne ne sort indemne.

Pour le bien de Rainey, nous avions attendu la fin de cette interminable année scolaire pour sortir ensemble. Après, petit à petit, j'avais appris à combler le vide douloureux dans la vie de la fillette. Le temps passant, de « Mademoiselle Barrow », j'étais devenue « la petite amie de papa » puis « Claire » et enfin, miraculeusement, « ma Claire ».

Je n'oublierai jamais la première fois où elle m'avait appelée ainsi. Un mois avant notre mariage, j'avais emmené Rainey chez Bloomingdale pour chercher une robe. Elle était ravie du rôle qui lui avait été assigné pour la cérémonie : petite fille d'honneur. Virevoltant devant le miroir de la cabine d'essayage, vêtue d'un modèle rose, elle s'était soudain assombrie.

— J'ai réfléchi. Tu ne peux pas être ma mère, puisque j'en ai déjà une, même si elle est au paradis. Hein ?

J'avais répété les mots que j'avais entendu Noah prononcer si souvent.

— C'est vrai, chérie. Jenny sera toujours ta maman.

— Alors, tu peux être ma Claire.

Dans un brouillard nostalgique, je sortis les ingrédients nécessaires au petit déjeuner préféré de Rainey : des pancakes aux myrtilles. Je mesurai la farine, la levure, le sucre et ajoutai les myrtilles. Alors que le beurre grésillait dans le poêlon brûlant, j'incorporai les œufs, fouettai et ajoutai ma touche personnelle : de la ricotta et un zeste de citron.

Le révérend s'acheminait vers sa tirade finale.

— *Et quand ils le virent, ils répandirent partout la nouvelle qu'ils avaient reçue concernant l'Enfant.*

Je déposais des petits tas réguliers de pâte dans la poêle lorsque la porte du frigo s'ouvrit à la volée, dans un éclat de lumière vive. Rainey plongea à l'intérieur et saisit un Coca light. En quoi me provoquait-elle ? De plusieurs manières : du soda au petit déjeuner, un jean tombant bien trop bas sur ses hanches osseuses, un T-shirt qui montrait beaucoup trop des nouvelles courbes avantageuses qui la faisaient ressembler à l'enfant naturel d'Olive et de Dolly Parton. Ses yeux azur étaient soulignés d'un trait de crayon couleur prune, et ses cheveux châtain clair parsemés de spray bleu. Du moins, j'espérais que c'était du spray. Le petit Winny l'ourson sur sa cheville gauche y était tatoué pour de bon.

— Tu ne veux pas un jus d'orange, chérie ?

— Il faut que j'y aille.

Elle souleva son énorme sac à dos et se dirigea vers la porte.

— Attends ! J'ai fait des pancakes. La première tournée sera prête dans une minute.

Elle poursuivit son chemin sans se retourner. Je perçus un courant d'air. L'espace d'une seconde, l'orageuse voix du révérend s'intensifia. Puis la porte se referma en claquant.

— *Venite, adoremus*, chanta le pauvre diable. *Alleluia !*

Je sortis dans le hall d'entrée que nous partagions avec les voisins du dessus. Je repérai Rainey qui marchait d'un pas vif, la tête baissée pour se protéger de la pluie battante, puis tourna au coin de la Cinquième Avenue. Au moins, elle avait mis un blouson à capuche. Au moins, elle avait emporté ses livres et partait dans la direction du lycée. Au point où on en était, j'apprenais à me contenter de peu.

J'étais toujours plantée là quand le Dr Midori fit irruption dans le hall et s'ébroua comme un chien mouillé. Midori, un homme maigre et sans âge, dirigeait un centre de médecine asiatique dans le vaste appartement du haut. Il s'exprimait dans un drôle de sabir, mélange de japonais, d'anglais de guide touristique et de jargon New Age, et ne ratait jamais une occasion d'essayer de me transformer en une sylphide ascétique, végétarienne buveuse d'eau, adepte du jeûne et de l'exercice physique.

— Temps mauvais dehors, miss Claire. Courir cinq kilomètres sur tapis jogging. Quinze minutes méditation, cinq fois par jour. Rentrer ici. Rester rentré.

Il appuya sur son ventre dur comme la pierre.

— *Kenshou.*

Je tentai de lui obéir, mais mes abdos demeuraient aussi mous qu'un matelas d'eau.

— Bonne santé à vous aussi, docteur *Kenshou.*

Pendant les trois heures suivantes, je réfléchis à mon synopsis. Petit à petit, l'intrigue demeurée vague jusqu'ici se précisa. Je commençai à sentir le pouls de mon héroïne. Une première phrase pertinente jaillit dans mon esprit. Puis le barrage céda sous un torrent d'idées.

Mes doigts pianotaient frénétiquement pour suivre ma pensée lorsque des coups impérieux me parvinrent de l'entrée. Entrebâillant la porte autant que la chaîne de sécurité le permettait, je vis un chien de race indéterminée, au poil hirsute, dressé sur ses pattes de derrière et grattant à la porte pour essayer d'entrer. En m'entendant, il se remit sur ses quatre pattes, poussa un grognement profond et commença à aboyer frénétiquement. C'est là que je remarquai le petit mot accroché à son collier.

Comme d'habitude, les informations d'usage concernant l'animal étaient inscrites sur l'enveloppe. Ce mâle de quatre ans, en bonne santé, et répondant au nom de Richter (d'après l'échelle de mesure des tremblements de terre), était un croisement entre un berger allemand et un colley, avec une pointe de doberman et une légère trace de chow-chow. Il avait été châtré, avait reçu tous ses vaccins, ne nécessitait que des soins minimums et un abri, et n'aurait pas besoin d'être contrôlé avant le mois de juillet.

À l'intérieur, sur une carte de remerciement jaune, dont le « merci » avait été barré, je découvris quel était le « petit souci » de Richter. De sa chaleureuse écriture, mon ami Duffy McClure m'expliquait que le chien, étant tout petit, s'était échappé du jardin familial et était demeuré introuvable pendant des semaines. Il avait été identifié grâce aux affichettes collées partout en ville et avait été rendu à ses propriétaires, mais dans l'intervalle, il avait subi quelque traumatisme inconnu qui l'avait laissé extrêmement soupçonneux et en permanence sur ses gardes. Richter possédait une étrange capacité à flairer les problèmes – même imaginaires. Aussi loyal et affectueux que soit cet animal, animé des meilleures intentions du monde, deux familles avaient trouvé impossible de gérer la méfiance que lui inspirait le monde en général et qu'il exprimait avec force vociférations.

Je souris, les dents serrées. Duffy avait été le partenaire de Noah à la brigade criminelle de Midtown South. Depuis la mort de Noah, il vivotait dans la police, attendant la retraite. Il consacrait son temps libre et son énergie à aider sa sœur, Sandy, qui dirigeait un refuge doublé d'un service de placements pour animaux abandonnés, services financés par la boutique d'accessoires chic et l'institut de toilettage qu'elle dirigeait aussi. De temps à autre, Duffy se met en tête de me fourguer un de leurs chiens trouvés, souvent un grand invalide à poils du genre de Richter. Comme la plupart des arrangements bien intentionnés, toutes ses tentatives s'étaient révélées des désastres presque immédiats. Mais Duffy n'est pas du genre à laisser des détails tels la réalité ou l'histoire se mettre en travers de son chemin.

Le clebs sentait la chaussette mouillée et moisie. Des éclairs de panique brillaient dans ses yeux.

— Désolé, mon vieux, je peux te le dire tout de suite : ça ne marchera pas.

Richter pencha la tête et tenta de me séduire pour entrer.

— Tu peux rester déjeuner, mais pas plus.

Je ramassai le courrier et laissai entrer le chien.

Il engloutit un bol de croquettes qu'il me restait depuis l'épisode Wrecker. Le cocker en question avait refusé toute nourriture pour chien et même les plus délicieux restes de nos repas, se contentant d'un régime à base de meubles, d'accessoires ménagers et d'articles en cuir. Pendant que Richter se goinfrait, je dévorai les pancakes froids de Rainey, et parcourus le lot quotidien de pubs et autre courrier encore moins désirable. Une lettre, ornée du logo noir d'une agence de recouvrement appelée Paragon, me sauta aux yeux.

Elle contenait un avertissement concernant une facture de carte Visa non réglée. Seul un paiement total et immédiat pourrait empêcher ma radiation complète, instantanée et sans appel – ou quelque chose d'approchant. Regardant de plus près, je m'aperçus que l'adresse était exacte mais que le nom du contrevenant était C. Bower, et non pas Claire Barrow, le mien.

Sentant monter une bonne bouffée de vertueuse indignation, je composai le numéro de l'agence. Après la mort de Noah, il m'avait fallu pratiquement deux ans de lutte acharnée pour me sortir du bourbier administratif et du chaos financier. Depuis, je mettais un point d'honneur à payer mes factures à temps et à anticiper mes dépenses. Je ne méritais pas d'endosser le découvert d'une autre.

Après quinze minutes d'attente, j'entendis le bip du signal d'appel. Le numéro de Ben Rosmarin, chez Ridgefield Press, s'afficha sur l'appareil. Je pris vite la communication.

— Bonjour, Ben. Écoute, je suis en ligne. Je peux te rappeler tout de suite ?

— Ben ne travaille plus ici. Je suis Paige Larwin. C'est moi qui m'occupe désormais de ses auteurs.

— Comment ça ? Que s'est-il passé ?

— Sincèrement, je ne peux pas vous dire. Quoi qu'il en soit, j'ai étudié les notes de Ben concernant votre nouveau projet, et je souhaite vous rencontrer au plus tôt.

— Ben est malade ?

Elle soupira.

— Ce n'est pas une question de santé. Ça, au moins, je peux vous l'assurer. La ligne éditoriale de la maison, c'est la « différence créative », mais franchement, on ne vous interdit pas l'accès à votre bureau et on ne vous fait pas raccompagner jusqu'à la sortie de l'immeuble pour ça.

— Vous n'êtes pas sérieuse. Pourquoi ferait-on une chose pareille à Ben ? Tout le monde le trouve formidable. Il travaille là depuis toujours.

— Faites marcher votre imagination. Ce n'est pas sorcier à comprendre. En attendant, comme je vous le disais, nous devons nous voir sans tarder. Vous êtes libre à déjeuner aujourd'hui ?

— Aujourd'hui ? Oui, bien sûr. Enfin, je crois.

— Bien. Retrouvez-moi chez Downstairs à treize heures trente. Vous connaissez ?

— J'en ai entendu parler. Vous ressemblez à quoi ?

— À votre pire cauchemar.

Le sifflement de la tonalité résonna alors que j'attendais un éclat de rire.

2

La robe des funérailles était pendue au fond du placard. Martha Garmin retira la housse de plastique du teinturier et enfila le vêtement sombre. Elle glissa ses pieds dans des escarpins noirs plats et attrapa son sac à main sur l'étagère du haut, là où il était resté perché pendant plus d'un an. Le cuir éraflé était couvert de poussière. À l'intérieur se trouvaient des souvenirs de son ancienne vie : portefeuille, papiers d'identité, clés de voiture, poudrier, rouge à lèvres et le permis de stationner spécial (plus valable depuis longtemps) de la Cour supérieure du comté de Maricopa.

Elle tâtonna dans le noir à la recherche de ce dont elle aurait besoin : de l'argent pour le péage, ses lunettes de conduite et sa carte Visa pour l'essence. Allumer les lumières pourrait susciter la curiosité inquiète des voisins. Tout va bien ? Je me demandais où vous pouviez aller à une heure pareille.

Elle se glissa dehors, dans l'atmosphère toute chargée de la vibration cacophonique des criquets arboricoles. Prenant garde à demeurer dans l'ombre de la haie, Martha traversa furtivement le jardin. Le froid mordant du désert lui donnait la chair de poule. Accélérant l'allure, elle se raidit pour maîtriser un frisson. Si elle se laissait aller à trembler, elle craignait de ne plus pouvoir s'arrêter.

La porte du garage remonta en craquant sur ses vieux joints arthritiques. À l'intérieur, la puanteur rance de l'essence se mêlait à l'odeur de renfermé. Martha envisagea, presque cliniquement, qu'il pouvait s'agir d'une fuite : du liquide saignant d'une artère ou autre organe vital du véhicule. Elle avait pris soin de faire tourner le moteur presque une fois par mois, mais ça ne suffisait peut-être pas à combler le besoin d'attention de ce vieux tas de boue.

Elle s'installa au volant de l'antique Coccinelle. L'accélérateur ahana quand elle appuya sur la pédale et le moteur fut secoué d'une petite toux sèche. Appuyant plus fort, elle poussa de nouveau sur le starter. Le châssis frémit de façon sinistre puis s'immobilisa.

Luttant contre la panique, Martha ouvrit le capot et observa l'enchevêtrement déconcertant de caoutchouc crasseux et d'huile coagulée. Son mari, Brad, s'y entendait là-dedans. Tout comme leur fils, Joseph, qui, presque au berceau, parlait déjà couramment la langue automobile.

Les souvenirs affluèrent en même temps qu'un flot de larmes amères. Martha les revit tous deux, penchés sur un moteur souffrant, l'auscultant de leurs doigts experts, les sourcils froncés. Elle se remémora leurs interventions à quatre mains, et la fête qui suivait chaque réparation réussie : cidre et beignets à la confiture pour tout le monde, exclamations de plaisir, des sourires sous les moustaches de sucre glace.

D'un poing rageur, Martha essuya ses larmes. Elle bloqua les images douloureuses et ne laissa émerger qu'un seul souvenir utile.

Se penchant dans l'habitacle, elle desserra le frein à main et passa au point mort. Malgré les protestations de sa propre colonne vertébrale, elle poussa la Coccinelle jusqu'au bord de l'allée pentue. Alors que le véhicule commençait à rouler en marche arrière, elle grimpa tant bien que mal à l'intérieur. Son tibia heurta l'angle de la portière. Elle sentit la morsure du métal, suivi d'un écoulement de liquide poisseux.

Ignorant sa blessure, elle redoubla d'efforts pour contrôler la Coccinelle impétueuse qui prenait de la vitesse. Elle se représenta Brad au volant et Joe, adolescent, qui poussait à l'avant. Il courait à côté de la voiture sur ses jeunes jambes, prêt à grimper dès que le moteur démarrait. Lorsque le véhicule était à deux doigts de céder, Brad relâchait l'embrayage, et le moteur prenait vie.

C'est ce que fit Martha et, à sa grande surprise, le moteur s'emballa. Le volant se fit docile entre ses mains. Elle passa en première et vérifia les jauges. Le réservoir d'essence était aux trois quarts plein ; le voyant de la batterie s'écartait par à-coups de la zone dangereuse.

Martha appuya plus fort sur l'accélérateur. Inspirant lentement, elle exhorta son cœur à se calmer. Cela faisait plus d'un an qu'elle n'avait osé prendre le volant : depuis le 13 décembre, jour où les jurés avaient prononcé la sentence de mort contre B.B. LeBeau. L'animal qui avait tué Joe et sa famille paierait de sa vie sans valeur. C'était loin d'être assez, à peine une fraction de sa dette monstrueuse, mais le système n'avait rien de mieux à offrir. Martha s'était blindée pour l'accepter.

La perspective de voir cette créature punie lui avait permis de tenir le coup. À cette seule fin, elle s'était obligée à respirer, à couvrir son corps anesthésié des vêtements appropriés, à ingurgiter assez de nourriture pour ne pas mourir de faim et à poser un pied de plomb devant l'autre.

Pendant toute la durée du procès, elle avait fait le trajet jusqu'au tribunal, dans le centre de Phoenix. Chaque jour, pendant cette période atroce, elle avait pénétré dans cette cour étouffante comme une cellule et pris sa place réservée derrière les avocats de la partie civile. Toute la journée, jour après jour, elle avait fixé la scène, son visage ayant soudain vieilli de plusieurs décennies. Sans expression, hébétée, elle avait écouté le rapport du coroner qui détaillait l'endroit où avait été porté chacun des soixante-dix-huit coups de couteau et leurs effets. Elle avait entendu les témoignages des inspecteurs de la criminelle. *Le pire que j'ai vu en vingt-quatre ans de service.*

Pas une fois Martha n'avait bronché ou ne s'était détournée, pas même face à l'agrandissement en couleur de la mise en scène démente arrangée par LeBeau. Ses petits-fils aux cheveux d'ange – Justin et Brandon, à jamais âgés de un et deux ans – étaient blottis sur les genoux de leurs parents, leurs yeux d'opale écarquillés, leurs bouches figées en des sourires grimaçants. Sur le mur derrière eux scintillait le titre : « Nuit de silence. » À première vue, on aurait dit une jeune et jolie famille posant pour un portrait de Noël. Puis on remarquait la pâleur choquante de la mort sur leur visage ; et on réalisait que les mots sur le mur avaient été tracés avec leur sang.

L'assemblée tout entière en avait eu le souffle coupé. L'une des jurées avait pâli et quitté précipitamment la salle, la main sur la bouche. Plusieurs autres spectateurs étaient sortis, étourdis. Mais Martha était demeurée assise, rigide et glaciale, aussi proche de la mort qu'il l'est physiologiquement possible à un vivant. Elle n'avait qu'une idée en tête : quelle chance avait eue Brad d'être emporté par une crise cardiaque avant tout ça. Parcourant l'entrelacs des rues désertes en direction de la nationale, Martha alluma les phares et continua de prendre de la vitesse. Dans la bataille que se livraient la peur et la rage, cette dernière prenait clairement le dessus. La cour se réunirait dans moins de quatre heures. Auparavant, elle allait devoir trouver un moyen de voir la juge Montrose et de la convaincre d'annuler l'audience en recours.

Dieu merci, cet horrible reporter avait réussi à retrouver sa trace. Après la condamnation, Martha avait quitté Scottsdale pour s'installer à Sedona. Reprenant son nom de jeune fille, elle s'était coulée dans un anonymat béni. Les gens ici, les rares qu'elle n'avait pas pu éviter, la connaissaient comme une libraire à la retraite du nom de Martha Tillary, jamais mariée, sans enfants, dont le passé pouvait se résumer à un haussement d'épaules désolé. S'il n'y avait pas eu l'acharnement de Gene Persky à la traquer, elle qui n'avait conservé aucune attache aurait pu disparaître sans laisser la moindre trace.

Persky, un pigiste de Seattle, était résolu à écrire un livre sur le massacre, et avait harcelé Martha sans relâche pour obtenir sa coopération. Cette histoire devait être racontée, insistait-il. Sinon, avec le temps, l'assassin risquait de faire l'objet d'un culte pervers, de devenir un héros sanguinaire, à l'instar de Jack l'Éventreur ou de l'Étrangleur de Boston. Il y aurait des fan-clubs et des biographies révisionnistes. Les victimes pourraient devenir le sujet de blagues dans les cours de récréation.

Martha savait parfaitement ce que recherchait Persky : la notoriété, une avance rondelette, voire un contrat pour une adaptation cinématographique. Ce type était un franc-tireur, le type même du fouille-merde. Parmi les journalistes, son fils Joe avait été une exception, un professionnel sérieux, prêt à se mouiller pour servir la vérité.

C'était d'ailleurs pour ça, Martha en avait la conviction, que sa famille avait été assassinée. Joe avait écrit un article cinglant à propos de B.B. LeBeau, qui, à l'âge de huit ans, avait défrayé la chronique en tuant ses parents et sa petite sœur. La perversité du gamin s'était épanouie dans différentes maisons de redressement jusqu'au moment où, à sa majorité, le système avait été obligé de lui rendre sa liberté. Après, il avait été mêlé à de nombreux crimes sordides, mais jamais condamné. Son aptitude à filer entre les mailles de la justice lui avait valu son surnom : l'Anguille.

Joe avait réussi à voir derrière les airs d'enfant de chœur de LeBeau et avait mis au jour les vers qui grouillaient en dessous. Il avait découvert ce que recouvraient les initiales B.B., une information que l'Anguille était déterminée à garder secrète. Avant que l'article soit fini et le secret révélé, LeBeau avait réagi à sa manière habituelle – du tranchant de la lame d'un poignard K-Bar de trente centimètres.

Les paroles de Persky résonnaient dans sa tête.

— C'est aujourd'hui que sera étudié le recours en révision déposé par LeBeau. Vous devez l'empêcher, madame Garmin. Allez voir la juge. Dites-lui que c'est un coup monté.

Il avait une voix tellement étrange, caverneuse, que Martha avait dû faire un effort pour comprendre ce qu'il disait.

Le réveil sur sa table de chevet indiquait 5 : 45.

— Mais qu'est-ce que vous racontez, bon sang ? Vous vous rendez compte de l'heure qu'il est ? Comment avez-vous eu mon numéro ?

— Ça n'a plus d'importance. Écoutez-moi, s'il vous plaît. Les avocats de LeBeau ont trouvé une faille. Le directeur du labo qui a analysé son ADN a déclaré avoir falsifié les résultats. Mais c'est faux.

— C'est ridicule. Pourquoi aurait-il fait une chose pareille ?

Persky grogna.

— Je vous en prie, madame Garmin. Je n'ai pas le temps de vous expliquer. Allez-y. Persuadez Montrose de repousser l'audition. Sinon, LeBeau sera libre.

— Mais c'est impossible !

— Si, à moins que vous ne persuadiez la juge. Le directeur du labo a prétendu avoir saboté d'autres résultats. Il a inventé une histoire invraisemblable comme quoi il aurait essayé de discréditer la peine de mort. Trois hommes qu'il dit avoir incriminés ont été exécutés. Le gouverneur a ordonné à la cour d'étudier en urgence la demande de libération de LeBeau. Vous êtes la seule que la juge écoutera. Je vous en prie, madame Garmin. Vous devez y aller avant que la cour se réunisse.

Martha avait raccroché, l'esprit en ébullition. Persky avait peut-être perdu la raison, mais elle ne pouvait prendre ce risque.

Encore deux virages à droite et elle serait à l'entrée de la nationale. Pour maintenir sa peur à distance, elle fit une répétition mentale. Martha s'imagina prendre la bretelle d'accès, accélérer et suivre le rythme de la circulation de plus en plus dense dans la chaleur du matin. Il n'y a pas si longtemps, conduire était chez elle une seconde nature. Mais c'était avant que sa vie confortable ne bascule et vole en un million d'éclats. On ne pouvait se fier à rien ni à personne. La tragédie menaçait à chaque tournant.

Bien que la route soit déserte, Martha freina au stop et mit son clignotant. Elle se pencha en avant, scruta le carrefour et tourna à droite. C'est alors qu'elle distingua la silhouette à genoux presque au bout de la rue, et le 4 x 4 en travers de la route comme un jouet abandonné.

La première idée de Martha fut de faire demi-tour, mais l'instinct l'attira vers la scène.

Là. Qu'est-ce que c'était ? Il y avait quelque chose recroquevillé par terre. Sans doute un animal.

Soudain, elle entendit le cri angoissé.

— Mon bébé ! Non !

En entendant cela, elle accéléra jusqu'au bout du pâté de maisons, coupa le contact et se précipita hors de sa voiture.

— À l'aide ! Je vous en prie, mon Dieu !

La large visière de sa casquette masquait le visage de la femme. Dans sa nuque, une queue de cheval blonde tressautait au rythme de ses sanglots. Sa silhouette souple cachait la forme emmaillotée sur le trottoir. D'après la taille, il devait s'agir d'un nouveau-né.

Haletante, Martha se précipita vers la malheureuse femme.

— Que s'est-il passé ? Que puis-je faire ?

La silhouette se redressa et lui adressa un sourire mauvais. La queue de cheval tomba en même temps que la casquette, révélant une tignasse emmêlée de cheveux brun terne. Pas du tout une femme.

L'homme lui parut vaguement familier. Martha essaya de le remettre, mais la réponse demeurait hors de sa portée, agaçante comme une démangeaison.

— Je vais te dire ce que tu peux faire, ma chère Martha : tu peux la boucler et regarder.

Sans cesser de sourire, il leva son pied chaussé de bottes et piétina la forme.

— Oops.

Martha eut un serrement de cœur, avant de réaliser qu'il n'y avait rien dedans – juste une simple couverture roulée en boule. Elle cligna plusieurs fois des paupières, tentant de se concentrer sur cette situation de folie.

— Comment connaissez-vous mon nom ? Qu'est-ce que ça veut dire ?

— Je t'ai dit de la fermer !

Une forte gifle la fit vaciller.

— Mais…

— T'as les oreilles bouchées ou quoi, vieille salope ? Avec ça, je vais peut-être réussir à les déboucher.

Elle sentit une pression violente, suivie d'une intense douleur. Le poignard s'abattit, encore et encore. Un poignard K-Bar de trente centimètres. Martha le reconnut pour l'avoir vu au procès.

Lorsqu'elle voulut s'écarter, le sol se déroba.

— Je… dois aller au tribunal. Tout arrêter avant… qu'il ne soit trop tard.

— Tu dois surtout arrêter d'ouvrir ta putain de gueule.

Une obscurité épaisse l'enveloppa ; les sons lui parvinrent étouffés. À une distance vague, Martha perçut la sonnerie joyeuse d'un téléphone portable.

— J'ai fini avec elle, dit l'homme. On peut y aller.

Des pensées languides flottaient comme des poissons dans l'esprit de Martha. Une cruelle anguille était tapie dans l'ombre, mais curieusement, elle n'avait pas peur.

Téléphoner était une excellente idée. Elle appellerait avant, comme ça, Joe l'attendrait. Nancy pouvait peut-être garder les garçons jusqu'à son arrivée. Elle avait hâte de voir ses petits chéris, songea Martha dans un dernier soupir.

Dieu sait que ça faisait bien trop longtemps.

3

Tous les écrivains redoutent de se retrouver orphelins. Lorsque vous perdez votre éditeur, votre travail atterrit, telle une pizza froide non commandée, sur le bureau déjà surchargé d'un autre. On vous reprend au mieux avec une résignation stoïque, au pire avec un ressentiment vengeur. Mes amis auteurs m'ont régalée de nombreuses histoires horribles de ce genre, mais je me sentais protégée, avec Ben Rosmarin comme interlocuteur. Ridgefield Press et lui ne faisaient qu'un depuis des décennies, et il s'occupait de plusieurs auteurs parmi les plus rentables de la maison.

Winston Hodge, mon agent, ne fut pas surpris lorsque je l'appelai pour lui annoncer la nouvelle. Certes, rares étaient les choses capables de causer le moindre petit remous dans son tempérament égal.

— Pas de quoi paniquer, Claire, ce sont des choses qui arrivent.

— Je le sais. Mais je préférerais que ça ne m'arrive pas à moi, ni d'ailleurs à Ben. Je n'ai pas réussi à le joindre chez lui, ni sur son portable. Rien ne transpire chez Ridgefield. Tu as entendu parler de quelque chose ?

— De rien du tout. Sinon, je t'aurais appelée.

— Qu'est-ce qui a pu se passer ?

Il fredonna, mettant de l'ordre dans ses pensées.

— Les raisons classiques, ce serait : avoir piqué dans la caisse, couché avec la femme ou la maîtresse du patron ; un abus de substance prohibée en public ; la preuve d'un sérieux déséquilibre mental ; ou avoir regardé de travers un de leurs auteurs stars.

— Ben n'aurait jamais rien fait de tout ça. C'est un homme adorable, sain d'esprit et raisonnable.

— Qui sait ? Ben a une vie en dehors du métier. Elle a peut-être déraillée.

— Peut-être, mais je préfère penser qu'il s'agit d'une erreur. Tiens-moi au courant si tu entends parler de quoi que ce soit, d'accord ?

— Bien sûr. Et toi, tu me raconteras ton rendez-vous. Je connais Paige Larwin de réputation. Elle s'est fait un nom au magazine *Chic*, avant de passer aux livres. D'après la rumeur, elle est pressentie pour un gros poste chez Ridgefield.

— Je ne sais pas. Elle m'a fait l'effet d'avoir quatre rangées de dents.

— Il n'y a pas de mal à cela, ma chère. Les requins peuvent être diablement efficaces.

L'orage s'était déplacé vers l'est. Je sortis sous un ciel lugubre et humide et pris la direction de SoHo, ainsi appelé parce qu'il est situé au sud de Houston Street.

D'autres informations concernant le quartier jaillirent dans mon esprit, souvenirs des trois étés où, étudiante, j'avais travaillé comme guide touristique.

Dans les années 1850, quand la population aisée avait migré plus au nord, SoHo avait accueilli des fabriques de fer forgé et les fournisseurs de mobilier pour des magasins haut de gamme comme Lord & Taylor et Tiffany. Puis, au début du XXe siècle, ces commerces s'étaient installés plus au nord et le quartier s'était transformé en un vaste taudis gangrené par le crime et infesté d'ateliers clandestins, ce qui lui avait valu le surnom approprié de « périmètre de l'enfer ».

Le cours de l'histoire de SoHo avait été brusquement altéré par l'horrible incendie qui s'était déclaré à l'usine Triangle Shirtway en 1911. Cent quarante-six ouvrières de la confection, pour la plupart de jeunes immigrées, s'étaient retrouvées prisonnières, les accès et sorties de secours étant bloqués, dans les trois derniers étages de ce brasier de dix étages. Ces morts inconcevables avaient soulevé l'indignation nationale et conduit au vote de nouvelles lois sur le travail, ce qui entraîna la fermeture de ces ateliers.

Dans les années 1960, des artistes en quête de grandes surfaces bon marché avaient investi l'endroit et réhabilité les nombreux immeubles abandonnés. Des galeries d'art branché s'étaient bientôt arraché les espaces d'exposition en rez-de-chaussée. Tels des lemmings, restaurants et boutiques à la mode y avaient jailli à leur tour. Comme c'est généralement le cas à New York, beaucoup des intrépides pionniers avaient, faute d'argent, été chassés du quartier même qu'ils avaient sauvé de la ruine et qu'ils s'étaient efforcés de faire revivre.

Le restaurant Downstairs occupait un sous-sol assez sinistre dans Spring Street. Des banquettes en alcantara étaient flanquées de cloisons en verre fumé. Les murs étaient tapissés d'une mosaïque de métal dont l'effet était de fracturer les gens qui passaient en éclats kaléidoscopiques vertigineux. Des dalles en caoutchouc au sol avalaient les conversations et le bruit des pas. Des serveurs vêtus de noir, tous d'une jeunesse et d'une maigreur déraisonnables, semblaient glisser alentour comme des cygnes. Le lieu idéal, me dis-je, pour un rendez-vous amoureux ou un petit assassinat discret.

Paige Larwin apparut dans mon dos alors que j'attendais derrière trois autres groupes devant le bureau de la réception.

— Claire ?

— Oui. Bonjour. Ravie de vous rencontrer.

Je la suivis jusqu'à notre table avec la docilité d'un chiot, notant au passage le tailleur platine à la coupe irréprochable et le carré blond parfaitement discipliné. En chemin, Paige s'arrêta pour saluer avec effusion plusieurs autres personnes aussi bien mises, dont je connaissais les visages pour les avoir vues aux infos : Ivana, Leonardo, Lizzie. Tous, célébrités et criminels, eurent droit à un ardent baiser de la main et à des sourires aussi éclatants que faux.

Paige se glissa dans une des alcôves les mieux situées. Des serviettes en boule et de la vaisselle sale encombraient la table. L'assiette devant elle contenait quelques feuilles de salade flétries, une mare de sauce triste et huileuse et une crevette solitaire qui avait survécu à côté d'une pile de carapaces de crustacés.

— Vous ne ressemblez pas du tout à la photo de la jaquette, dit-elle.

— J'ai quelqu'un de plus jeune, de plus mince, sans les cernes, pour me remplacer, rétorquai-je, même si j'aurais pu lui renvoyer le compliment.

Au téléphone, je m'étais imaginé une ogresse, pas cette blonde menue au visage de jeune première.

— Vous avez déjeuné ?

— Ça a dû m'arriver. Pas le temps. J'ai un rendez-vous à quatorze heures quinze, on ferait mieux de vous commander quelque chose tout de suite. Une salade de crevettes, ça vous va ? De l'eau gazeuse ?

— Très bien.

Elle fit signe à un serveur et scella la transaction d'un moulinet de l'index.

— Alors, reprit-elle, baissant son menton pointu. Je vais être franche, Claire. J'ai lu *Séquelles* et j'ai été très déçue.

Elle critiquait mon dernier livre, traitant mon bébé de mocheté.

— Dans quel sens ?

— Dans tous les sens. Pas assez d'intrigue, trop de mélo. Et cette fin…

— Heureusement, ce n'était pas l'avis des critiques.

Elle tira une feuille de son attaché-case.

— Ah bon ? Le *Plain Dealer* a parlé de « promenade déchirante du côté des ténèbres ». Et ça, dans le *Wall Street Journal :* « Lisez-le et préparez vos mouchoirs. »

— L'histoire est sombre et difficile. Je ne vois pas comment il pourrait en être autrement, dans le cas d'une femme qui cherche à comprendre le suicide de son amant. Ces citations sont sorties de leur contexte.

— Inutile de vous braquer. Ce que je veux dire, c'est que je suis en mesure de voir ce dont vous êtes capable, et que ce livre-là n'est pas au niveau. Mais ce qui est fait est fait. Parlons plutôt du nouveau, si vous voulez bien.

— OK. J'ai presque fini le plan. Je devrais pouvoir vous le transmettre à la fin de la semaine.

Elle fit apparaître une autre feuille sur laquelle je reconnus l'écriture ferme et ample de Ben.

— *Au hasard du rêve :* à la fin du XIXe siècle, l'histoire d'une jeune femme qui tente de fuir la vie que ses parents dominateurs veulent lui imposer. J'ai bien résumé ?

— Oui. Au début, j'ai eu du mal à arriver au cœur du sujet, mais c'est en train de prendre forme.

— Effacez tout, Claire. Poubelle. C'est une idée nulle.

— Ben l'a adorée.

— Ben Rosmarin n'est sans doute pas le meilleur juge en ce moment. Vous, vous faites de la fiction féminine traitant de problèmes contemporains, et vous devez vous y tenir. Une poignée d'écrivains sont capables de passer d'un domaine à l'autre, mais en toute honnêteté, même si vous y parveniez, vous ne pouvez pas prendre de risque à ce stade de votre carrière.

J'accusai le coup.

— Puisque vous n'aimez pas ce que je fais et que vous détestez mes idées, il serait peut-être préférable qu'on m'assigne un autre éditeur.

Elle agita le doigt, comme une réprimande.

— J'ai entendu parler de vous, Claire. Dans ce milieu, on ne peut pas être une fleur fragile. Si vous êtes du genre à vous effondrer au moindre petit problème, vous n'êtes pas faite pour ce jeu.

Je sentis mon visage brûler.

— Ça ne s'est pas vraiment passé comme ça.

— Peu importe. Franchement, votre vie privée n'entre pas en ligne de compte, en ce qui me concerne. Vous avez signé pour deux livres, et je serai votre éditrice pour ceux-là. D'après le contrat, cela signifie que vous remettrez des propositions et des manuscrits, que j'estimerai acceptables, en temps voulu.

— J'ai bien compris.

— J'en doute. Je crois que vous êtes trop à vif pour comprendre. Mais je ne peux que vous inciter à vous endurcir. Vous devez être d'une honnêteté brutale avec vous-même. Cerner ce qui vous motive. À quelles questions essayez-vous de répondre dans votre livre ?

Je contemplai l'assiette que le serveur disposa devant moi. Les crevettes reposaient tels des points d'interrogation amputés sur un champ de bataille vert et piétiné.

— Prenez *Séquelles*, par exemple. Quelle en était la question centrale ?

Je bus une gorgée de Perrier, tentant de dénouer ma gorge douloureuse pour réussir à l'avaler.

— Ça tournait autour des efforts d'Allison pour comprendre le suicide de Rick.

— Non. Le livre traitait de l'incapacité d'Allison à accepter la réalité de ce suicide. Votre héroïne passait quatre cents pages à errer dans un brouillard de déni. J'avais bonne envie de la secouer.

Un coup d'œil à ma montre me confirma que j'avais dépassé de quelques minutes mon seuil de tolérance.

— Je dois y aller.

— Très bien. J'ai dit ce que j'avais à dire. Je compte sur vous pour me présenter une nouvelle idée d'ici à la fin de la semaine et un synopsis dans quinze jours, maxi. Pensez à y faire figurer un problème d'actualité, susceptible d'appâter les journalistes. Et assurez-vous aussi qu'il se rapporte à une question qui vous touche. Ensuite, débrouillez-vous pour trouver la réponse. À ce stade, vous aurez un matériau valable.

4

B.B. LeBeau entra dans la salle d'audience 803 par la porte des prisonniers, les fers aux pieds, les poignets attachés par une sangle à la taille de son survêtement orange. Seuls ses yeux étaient libres de vagabonder, et il ne s'en priva pas, caressant des femmes élégantes de son regard insolent tout en leur envoyant des sourires glacials.

Son apparition provoqua un grand remous. On avait beau avoir tout lu concernant B.B., l'enfant au visage d'ange qui avait assassiné sa famille à coups de couteau à l'âge de huit ans, le voir pour la première fois en chair et en os causait toujours un choc. Bien qu'il approchât aujourd'hui de la trentaine, on aurait encore pu le prendre pour un adolescent. Mais c'était le genre de garçon qui plaçait vos démons intérieurs en état d'alerte rouge. LeBeau possédait une séduction magnétique irrésistible : lèvres pleines et sensuelles, regard de braise, traits parfaits, sculptés dans la pierre la plus froide. Un journaliste avait vu en lui une image de la dissonance cognitive : le loup en habit d'agneau. Un paysage bucolique émaillé de mines mortelles.

Des apprentis avocats et des policiers tout juste diplômés rivalisaient pour avoir une vue dégagée. Tout comme ces fanatiques, fascinés par le crime, qui avaient fait la queue toute la matinée pour un siège très convoité. Des journalistes transmettaient leurs observations sur des téléphones portables interdits. Les équipes de l'accusation et de la défense, retranchées dans leur box d'ébène, brassaient des papiers dans des dossiers épais comme des encyclopédies.

L'huissier Deakin Barnes se leva pour appeler la cour à siéger. Sa voix résonna comme un coup d'enclume sur du fer.

— … la présidente maître Gretchen Montrose. Tout le monde se lève.

Le mot « présidente » ne faisait pas justice au respect teinté de crainte qu'inspirait la juge Montrose. À sa vue, les conversations se turent. Les sourires se figèrent.

Mizzoner Montrose était à la hauteur de sa terrible réputation. Pendant les dix-huit années qui s'étaient écoulées depuis sa nomination à la cour pénale d'Arizona, elle avait envoyé plus de prévenus en prison à perpétuité et réservé plus de places pour l'ultime croisière à travers le Styx que ses quatre collègues réunis. Les avocats tentaient de dangereuses et vaines manœuvres pour que leurs clients soient jugés par d'autres. La critiquer derrière son dos était un sport très pratiqué dans les cercles juridiques. Néanmoins, si ses jugements ne lui avaient pas valu que des amis, ils s'étaient révélés inattaquables en appel. Montrose n'avait jamais été désavouée, et avait toujours conservé un large soutien populaire, malgré la violence des attaques de ses opposants.

Comme disait Barnes, qui avait été son huissier et son allié inébranlable depuis le premier jour, la juge pratiquait une justice bio : garantie 100 % naturelle, sans graisse et sans adjonction de sucre. Sans chichi non plus, songea-t-il, rigolant en douce derrière sa mine impassible. La bonne femme, toute bourrue qu'elle était, suscitait son admiration, pour le moins.

Mizzoner lui inspirait aussi une peur prépositionnelle. Il avait peur d'elle, autour d'elle, avec elle et pour elle. Elle avait des principes élevés et ne supportait pas la moindre déception. Plus souvent qu'à son tour, Barnes avait subi sa brûlante réprobation pour quelques fautes vénielles. Pas de contact visuel, des échanges verbaux réduits au minimum. Les cicatrices avaient beau être invisibles, elles n'en étaient pas moins profondes.

Cependant, les pires angoisses de Barnes concernaient le mépris affiché de Mizzoner pour les règles élémentaires de l'autoprotection. La juge s'était fait une impressionnante collection d'ennemis. Elle recevait des menaces de mort comme d'autres des catalogues de VPC avant Noël, mais refusait de les prendre au sérieux. Elle n'était pas du genre à avoir un garde du corps, et n'avait personne pour protéger la cible de choix qu'était son dos.

En conséquence, Barnes prenait chacune de ces menaces au sérieux pour deux, et surveillait Mizzoner du mieux qu'il pouvait. Il s'assurait de ne jamais la laisser seule dans une salle après les heures d'ouverture. Il l'escortait toujours jusqu'à sa voiture. Surtout, il gardait un œil sur tout ce qui se passait autour d'elle. Compte tenu de la vermine qui transitait par ce tribunal, il estimait qu'on n'était jamais assez paranoïaque.

Ses yeux d'obsidienne, sous des sourcils épais en accents circonflexes, balayaient lentement la salle pour s'assurer que tout était sous contrôle et ne présentait pas le moindre danger. La salle grouillait de policiers et de vigiles. Le détachement du bureau du shérif était soutenu par un détachement de renfort, qui avait lui-même ses propres renforts. Ces jours-ci, quiconque pénétrait dans le bâtiment se voyait soumis à l'examen de détecteurs de métaux et d'explosifs, d'œils exercés et de chiens limiers. Malgré tout cela, Barnes abordait cette affaire particulière avec un profond malaise.

LeBeau était un méchant, même dans un monde où les gentils n'étaient pas légion. Les gens que ce type n'aimait pas avaient tendance à mal finir, or il avait d'innombrables raisons de détester la juge. Au cours du procès, elle n'avait pas raté une occasion de rabattre le caquet de cette brute prétentieuse. Elle l'avait obligé à se tenir droit, à faire montre de respect et à changer d'attitude. Ça, associé à la rigueur avec laquelle elle avait mené le procès, avait contribué à la sentence de mort. L'huissier n'avait aucun mal à imaginer le genre de remerciements que LeBeau ne manquerait pas de lui réserver si on lui en donnait l'occasion.

Dans le brouhaha derrière lui, Barnes perçut le claquement résolu des escarpins de la juge Montrose. Elle portait toujours des talons de dix centimètres, ce qui lui conférait un imposant mètre quatre-vingts. Se retournant, il la regarda s'avancer élégamment et prendre place. Mizzoner passa une mèche cuivrée derrière son oreille et baissa son nez étroit vers le rôle. Tandis qu'elle lisait, la ligne sévère entre ses yeux gris se creusa.

— Dans l'affaire de l'État d'Arizona contre B.B. LeBeau, la cour est prête à étudier le recours en révision déposé par la défense.

Elle hocha la tête en direction des équipes d'avocats des deux parties.

— Vous êtes tous prêts ?

— Nous sommes prêts, Votre Honneur.

— Maître Giordano ?

Elle donna la parole au principal avocat de la défense, un grand costaud vêtu d'un costume à fines rayures griffé Armani.

Gary Giordano se leva lourdement et chaussa ses lunettes sans monture ridiculement petites pour sa corpulence.

— Comme vous pouvez en juger d'après les plaidoiries, Votre Honneur, mon client a été victime d'une scandaleuse erreur judiciaire. Heureusement, ceci est apparu avant que la pire parodie de justice imaginable ait pu avoir lieu. En ce jour, nous tous ici sommes témoins de ce que chaque condamnation à mort recèle de potentialité d'erreur irrévocable.

Montrose leva la main comme un policier arrête la circulation.

— C'est assez, maître Giordano. Je vous rappelle que nous sommes dans un tribunal, pas à une représentation théâtrale.

— Je ne vois pas comment aborder ce sujet sans la solennité qu'il mérite, Votre Honneur. Ce jeune homme a passé les trente derniers mois en prison, dont la plus grande partie dans le couloir de la mort. Son avenir et sa vie même ont été mis en danger à cause d'un crime qui lui a été imputé par un homme ne reculant devant rien pour faire passer son message politique.

Quand il s'agissait de Mizzoner, Barnes était capable de lire entre les lignes, et de percevoir la note désespérée dans sa voix, une inflexion aussi rare que préoccupante. L'huissier suivit les yeux de la juge qui scrutaient la salle, dans l'espoir de trouver une échappatoire de dernière minute. Où était la vieille dame ? Martha n'avait pas manqué une seconde du procès qui avait conduit à la condamnation de LeBeau. Une déclaration de sa part serait d'une aide précieuse. Barnes était sûr qu'elle avait été prévenue de l'audience. En raison du délai très court, les convocations avaient été envoyées par Fedex dans la nuit.

Enfin, le regard de Montrose se posa sur l'avocate de la partie civile. Un crack. Wanda McFadden évoquait à Barnes une version plus jeune de la juge : l'esprit clair et armée pour le gros gibier. Des cheveux d'un roux intense surmontaient un visage dénué d'humour et un tailleur vert olive digne d'une tenue de combat.

McFadden se leva et attendit que chaque paire d'yeux dans la salle comble se pose sur elle.

— Évidemment, la partie civile est consternée par les récentes révélations concernant de possibles erreurs dans l'analyse de l'ADN. Malgré tout, nous nous permettons de rappeler à la cour que le verdict a été rendu après qu'un jury consciencieux et compétent a pris en compte trois mois d'auditions de témoins et de très nombreuses preuves matérielles allant bien au-delà de l'ADN.

Montrose acquiesça d'un hochement de tête.

— Vous pouvez développer, maître McFadden ?

— Certainement, Votre Honneur. Il y a la lettre de menace envoyée par LeBeau à la victime peu de temps avant le meurtre.

Giordano se leva pesamment.

— Rien, hormis une signature à l'authenticité douteuse, ne lie cette lettre à mon client.

— Cette preuve n'était pas irréfutable, concéda la juge.

— Deux témoins ont affirmé avoir vu la fourgonnette de M. LeBeau devant le domicile des victimes le jour où les corps ont été retrouvés, poursuivit McFadden.

— Je vous en prie, Votre Honneur, soupira Giordano. L'un de ces prétendus témoins était un gamin d'à peine dix ans, et le second n'a pas été en mesure d'établir avec certitude si la fourgonnette en question était beige ou grise.

— L'accusé a été impliqué dans plusieurs autres crimes présentant le même mode opératoire. Multiples coups de couteau ; mise en scène macabre des victimes ; légende écrite en lettres de sang sur les lieux.

Plus le couteau, ce couteau particulier, qui a toujours été son arme de prédilection.

Montrose serra les dents et, d'un geste, fit signe à un Giordano au bord de l'apoplexie de se rasseoir.

— Je n'ai pas besoin de vous rappeler que notre système judiciaire est basé sur la présomption d'innocence, maître McFadden. M. LeBeau n'a jamais été condamné pour d'autres crimes auparavant. Évoquer ces affaires maintenant est totalement hors de propos.

Barnes voyait bien que la juge bouillait littéralement. Le casier judiciaire du jeune LeBeau, incluant le meurtre de ses parents et de sa petite sœur, avait été vidé comme le voulait la loi. Juridiquement parlant, il avait les mains propres.

— La partie civile exhorte simplement la cour à agir avec précaution, Votre Honneur. Nous demandons du temps afin de mener une enquête complète avant que toute décision soit prise dans cette affaire.

— Quelle serait la nature de cette enquête, maître McFadden ? demanda Montrose.

L'avocate semblait sur le point de perdre son sang-froid.

— En premier lieu, nous ferions procéder à une vérification de l'analyse ADN par un second laboratoire.

Giordano leva au ciel ses yeux chassieux.

— Permettez-moi de clarifier, Votre Honneur. Si je comprends bien, Mme McFadden cherche à violer la garantie qu'a le prévenu de ne pas être jugé deux fois pour le même crime, sur la foi assez douteuse d'une preuve qui a été manipulée par un scientifique de manière totalement illégale, de l'aveu même de ce dernier. C'est bien cela ?

La juge se mordillait la lèvre inférieure, signe d'une exaspération maximale.

— M. Giordano a raison. La cour ne peut attendre de réelle promesse d'éclaircissement d'un réexamen de ces prélèvements.

La juge accorda la suspension de quinze minutes demandée par McFadden. Dans son bureau, Barnes la regarda feuilleter des ouvrages de droit et passer des coups de fil affolés à des collègues, cherchant une issue qu'elle savait pourtant inexistante.

— Mais bon sang, Deakin, où est Martha Garmin ?

— Aucune idée.

Mizzoner flanqua un lourd exemplaire du code pénal d'Arizona sur son bureau.

— Réponse irrecevable. On a besoin d'elle, et tout de suite !

Barnes s'autorisa un sourire chagrin.

— Tout de suite, patronne. Vos désirs sont des ordres. Il me suffit de dire abracadabra. Je sors la langue de chauve-souris et l'œil de triton.

Lorsque la séance reprit, la partie civile énonça un nouvel argument boiteux sinon exalté contre la libération de LeBeau.

— Cet homme ne doit pas être remis en liberté. À maintes reprises, il a démontré son mépris flagrant des lois de notre société et des bonnes mœurs. Nous avons la conviction qu'il représente un sérieux danger pour lui-même et pour les autres.

— Les convictions de maître McFadden, qui ne peuvent masquer son manque de preuve tangible, n'ont pas leur place ici, Votre Honneur, déclara Giordano avec un reniflement arrogant.

La juge soupira.

— Levez-vous et faites face à la cour, monsieur LeBeau.

Un petit sourire satisfait s'imprima sur le visage de l'accusé.

— Avez-vous quelque chose à ajouter ? demanda la juge.

Giordano sauta sur ses pieds gigantesques.

— Mon client n'a rien à dire.

— Monsieur LeBeau ? Vous ne souhaitez pas faire de déclaration ?

Mizzoner le provoquait. Le moindre éclat lui fournirait l'excuse dont elle avait besoin pour le maintenir sous les verrous.

Le prévenu haussa les épaules et s'affala sur sa chaise.

Giordano posa une main paternelle dans le dos de son client.

— Dans l'intérêt de la justice, nous demandons la libération immédiate de ce jeune homme.

La juge Montrose lança un dernier regard désespéré à la ronde. Barnes retint son souffle : il savait ce qui allait suivre.

— La liberté est un privilège, monsieur LeBeau, ajouta la juge. Si vous violez ce privilège de n'importe quelle façon que ce soit, j'en ferai une affaire personnelle. Me suis-je bien fait comprendre ?

LeBeau darda sur elle ses yeux d'acier. Un éclair brutal et laid passa entre eux.

Mizzoner brisa le contact visuel, détournant le regard avec dégoût.

— Recours accepté. C'est bon, maître Giordano. Votre client va être emmené au pénitencier de Florence pour remplir les formalités. Ensuite, il sera libre de s'en aller.

5

Richter m'accueillit avec un regard torve et une litanie de reproches. Il faisait des allers et retours entre la cuisine et la porte, histoire de me faire savoir que sa gamelle était vide et sa vessie pleine. À son air malheureux, je compris que le voyant lumineux qui clignotait sur le répondeur le rendait nerveux, tout comme les mauvais résultats de la Bourse déversés à plein volume par la télévision de Mme DiMarco à l'étage au-dessus. Vu l'état d'agitation du chien, j'en déduisis qu'il devait avoir un gros portefeuille d'actions dans les valeurs technologiques et les télécoms.

Je le fis sortir dans le petit jardin derrière la cuisine et appelai mon agent.

— Comment s'est passé le déjeuner ? demanda-t-il.

— Ça se serait bien passé si je n'avais pas été au menu. En ce moment, tu parles à mes restes hachés et calcinés.

— Qu'est-il arrivé ?

— Paige déteste ce que je fais et trouve mes idées nulles ; donc, naturellement, elle insiste pour que je reste dans son écurie d'auteurs. Cette femme est folle et mauvaise, Win. Tu dois m'en libérer. Il faut retrouver Ben, où qu'il soit, et le rejoindre là-bas. Un éditeur en prison vaudrait mieux que ça.

— Je vais parler à Paige. Je suis sûr qu'il y a un malentendu.

— Ça, c'est sûr. Elle n'a pas compris que j'étais un être humain et non un traitement de texte à cheveux. Je ne peux pas bosser avec quelqu'un comme ça. Il doit y avoir un moyen de rompre le contrat et d'aller ailleurs.

Son silence se prolongea une seconde de trop.

— Avec toute cette concentration dans le secteur, il ne nous reste pas beaucoup de solutions.

— Et Preston ? Ils étaient très intéressés la dernière fois.

— J'ai parlé de toi à Stephanie Hutt, l'éditrice de chez Preston, avant qu'on signe ce contrat avec Ridgefield. Elle voulait passer son tour et voir comment ça marchait.

Mes espoirs fondirent.

— Tu as eu cette conversation avec combien de maisons ?

— Toutes les grandes. Ben était le seul qui fût disposé à faire une offre valable. Pour toi, le mieux maintenant est de rester chez Ridgefield et de consolider ta carrière à partir de là.

— Et je suis censée faire comment, avec quelqu'un qui me maintient la tête sous l'eau ?

— Ce ne sera pas le cas, je te le promets. Je vais appeler Paige tout de suite et mettre les choses au point.

Le chien bondit dans la pièce, haletant comme un fou, au moment où je raccrochais. Je suivis son regard anxieux jusqu'au bout de papier accroché à un magnet à l'effigie des Dératiseurs associés sur la porte du frigo.

Rainey était repassée à la maison après l'école le temps de laisser ce mot et une piste d'empreintes de pieds boueuses. Elle était partie chez sa copine Danielle pour préparer son devoir d'histoire et resterait dîner là-bas. Pas de baiser ni de petit mot gentil à la fin, pas non plus de signature : rien que ce message bref et peu aimable.

— Si tu l'avais connue il y a six mois, dis-je à Richter. C'était la gamine la plus mignonne et affectueuse qui soit. Elle sollicitait ma permission avant de faire les choses. Elle me demandait conseil et se tournait vers moi en cas de problème. Parfois, il nous arrivait de nous asseoir toutes les deux, tout simplement, et de profiter de la présence l'une de l'autre. Crois-le ou non, mais nous étions très, très proches.

Il pencha la tête de côté, en une adorable manifestation d'empathie canine. Puis le téléphone retentit et il plongea à terre, la patte sur le museau, les yeux fermés, comme dans l'attente d'une catastrophe.

Pensant qu'il s'agissait de Wilson, j'attrapai le téléphone avant la fin de la première sonnerie.

— Mme Brower ? Ici Leonard Smithline, de l'agence Paragon. Je suppose que vous avez reçu notre avertissement concernant une facture impayée d'un montant de mille trois cent soixante-huit dollars et quarante-huit cents ?

— Oui, j'ai reçu votre avertissement, mais il se trouve que je ne m'appelle pas Brower et que je n'ai pas d'arriéré de facture. C'est une erreur, et je veux qu'elle soit rectifiée immédiatement.

— Vous ne vous appelez pas Clarissa Brower ?

— Non.

Il énonça la bonne adresse, mon numéro de carte Visa et de sécurité sociale.

— J'ignore où vous avez eu ces informations, et je suis mécontente que vous les ayez. Il se trouve que je n'ai pas utilisé ma carte depuis des mois et que je n'ai pas de solde débiteur.

— Oh, si, d'un montant de mille trois cent soixante-huit dollars et quarante-huit cents. Je suis désolé, madame

Brower. Si vous ne réglez pas ce solde, nous serons dans l'obligation d'engager des poursuites pénales.

Richter tournait en rond dans la pièce. J'aurais voulu en faire autant.

— Bon, je recommence, monsieur Swingline.

— Smithline, corrigea-t-il.

— Voilà. Si vous me dites que c'est votre nom, je vous crois. Et vous devez accepter le fait que je m'appelle Claire Barrow et non pas Clarissa Brower. Ce n'est pas mon nom et je n'ai pas de solde débiteur sur ma carte Visa. En fait, je n'utilise pas ma carte Visa, il s'agit donc manifestement d'une erreur. Je vous demande de rectifier vos fichiers et de résoudre ce problème immédiatement. Et s'il vous plaît, cessez de m'appeler ou de m'écrire.

— Vous dites que vous ne réglerez pas cette facture ?

— Bien sûr que non. Je ne dois pas cet argent.

Il retourna à son script.

— Dans ce cas, nous sommes dans l'obligation d'entamer des poursuites judiciaires. Nous irons jusqu'au bout de ce que permet la loi. Il est de mon devoir de vous prévenir que cette dette impayée pourrait menacer votre situation financière et votre réputation de solvabilité. De plus, vous pourriez être redevable des frais de justice et d'une amende.

— Vous ne m'écoutez pas, monsieur Smithfield. Passez-moi un responsable.

Pendant que j'attendais, l'appareil me signala un autre appel.

— Bonne nouvelle, Claire. Je viens de parler à Paige, et elle est très enthousiaste à l'idée de travailler avec toi. Elle a un immense respect pour ton talent. Elle s'attend même à ce que ce prochain livre fasse un malheur. Elle envisage une tournée de promotion, un lancement marketing et des opérations commerciales. La totale.

— Tu es sûr qu'elle parlait de moi ? Clarissa Brower ?

— Je ne te suis pas, Claire.

— Désolée. Ce n'est pas mon jour. J'ai l'impression d'être Alice tombant dans le terrier. J'étais au téléphone avec une agence de recouvrement, à essayer de les convaincre que je ne suis pas celle qu'ils pensent que je suis et n'ai pas fait ce qu'ils croient que j'ai fait. Et là, tu m'annonces que la sorcière est en fait une bonne fée et qu'on va tous vivre ensemble dans une harmonie dissonante et une tristesse heureuse jusqu'à la fin de nos jours.

— Paige Larwin est peut-être dure, mais elle a du flair et elle sait obtenir ce qu'elle veut. Son objection quant à ton idée était basée sur ce qu'elle perçoit comme ta meilleure chance de toucher un large public. Nous avons discuté de ta proposition, et je crois qu'elle a raison de te demander d'abandonner l'aspect historique en faveur d'une fiction contemporaine axée sur un enjeu actuel, en tout cas pour le moment. Si ce livre marche aussi bien qu'elle l'espère, tu auras le choix des armes pour celui d'après.

Richter se laissa tomber à mes pieds, épuisé après ses nerveuses déambulations.

— Tu veux que je recommence tout depuis le début ? Ma première proposition ne m'était pas venue si facilement.

— Cela signifie peut-être que ce n'est pas le livre que tu dois écrire en ce moment. Regarde autour de toi, Claire. Je suis sûr que tu vas trouver une idée magnifique.

— Sûrement, Win. Quelle meilleure motivation que d'avoir un pistolet sur la tempe ?

— Tant que ça marche…

— Bon, je vais voir ce que je peux faire. Merci d'avoir appelé Paige.

L'agence Parangon n'était plus en ligne. Lorsque je rappelai, ça sonnait occupé. Quelques instants plus tard, la ligne était libre, mais une voix enregistrée m'annonça que les bureaux étaient fermés jusqu'au lendemain.

Me disant que la situation ne pouvait pas être plus sombre, je décidai de feuilleter le journal. Au milieu de la première page, un article retint mon attention. Lorsque je l'eus terminé, j'étais impatiente de me mettre devant l'ordinateur.

Là, j'allai sur le Net et consultai plusieurs sites consacrés au vol d'identité. C'était en passe de devenir un problème majeur et de plus en plus répandu, à l'ère de l'Internet. Il suffisait à un pirate de mettre la main sur quelques données personnelles pour avoir accès à vos finances et semer un beau désordre dans votre vie. Les victimes pouvaient ne s'apercevoir de rien avant des mois. J'y vis une idée de roman délicieusement diabolique.

J'appelai Winston sur-le-champ.

— Je viens de penser à un truc, Win. L'histoire d'une femme dont la vie est menacée par le vol de son identité.

— Comme quand on se fait voler sa carte de crédit ?

— Ça peut aller bien plus loin. J'ai lu un article là-dessus dans le *Times* et j'ai fait quelques recherches. Ça peut impliquer des factures monstrueuses payées en ton nom, des comptes en banque pillés, des défauts de paiement d'un emprunt. Un voleur intelligent peut se glisser dans ta peau et réécrire pratiquement toute ta vie. J'en ai eu un avant-goût tout à l'heure avec cette erreur de l'agence de recouvrement, et crois-moi, je ne vois pas comment on peut se sortir d'une telle attaque délibérée.

— C'est une idée formidable, Claire. Pleine de chausse-trappes et de rebondissements possibles. Et si tu rédigeais une accroche rapide que tu enverrais à Paige par e-mail ? À mon avis, c'est exactement le genre de chose qu'elle attend.

— Le malheur humain, tu veux dire ? Ça, c'est sûr que c'est sa spécialité.

— Tu n'as pas l'air convaincue. Si tu as besoin d'y réfléchir davantage avant de la contacter, prends ton temps.

Je grattai Richter entre les oreilles pour nous réconforter tous les deux.

— Non, ça me plaît. Simplement, je préférerais travailler avec Ben.

— J'ai fait ma petite enquête. Personne n'en parle beaucoup, mais d'après ce que je comprends, il ne refera pas surface avant longtemps.

— Je n'ai rien appris d'autre non plus. J'imagine que je suis coincée avec cette sympathique jeune femme.

— L'idée lui plaira. J'en suis sûr.

Me raccrochant à cet encouragement, je tapai une brève description de ma nouvelle idée. À mesure que je la traduisais en mots, mon enthousiasme grandissait. Je n'avais qu'une connaissance très superficielle du sujet, mais le terrain me semblait fertile. Une héroïne à qui on dérobait son identité risquait de se retrouver face à des défis et des conflits immenses, propres à transformer sa vie entière : le matériau même dont on faisait les livres haletants.

Le chien entra pesamment, en bâillant, et s'arrêta à côté de ma chaise. Sans ciller, il contempla l'écran alors que j'écrivais l'adresse électronique de Paige et pressais la touche Envoi.

6

En entrant au club Calibre, Aldo Diamond renifla l'air raréfié. Son nez sensible discerna les effluves épicées de la créativité, le parfum terreux du pouvoir, et une puissante note herbeuse de bourgeoisie cultivée. Il y avait aussi l'arôme riche et appétissant du bouillonnement d'idées. Les relents rances des nerfs en pelote et du manque d'assurance devaient venir de lui. Certes, il était considéré comme un des plus éminents experts mondiaux dans l'analyse de documents judiciaires, mais ce qu'il était au fond de lui se reflétait dans son apparence : flasque, blême, complètement négligé, et perclus d'angoisses disgracieuses.

Diamond rajusta son nœud papillon bleu et épousseta les épaules de son costume bleu marine taille 60. Baissant les yeux, il vérifia que sa pochette était suffisamment pimpante, sa veste boutonnée correctement, ses chaussettes et chaussures bien assorties.

— Aldo Diamond, annonça-t-il à l'homme en uniforme au bureau de la réception. Je viens pour le rendez-vous de l'Arcanum.

— Certainement, monsieur. Le Dr Griffey m'a demandé de le prévenir dès que vous arriveriez.

Diamond fit quelques pas désinvoltes, retenant un grand sourire inconvenant. Il fit semblant d'étudier les portraits austères et les profils hautains des anciens présidents du club, tout en scrutant le verre réfléchissant pour vérifier qu'il n'avait rien de coincé entre les dents.

Le club Calibre était un groupe de réflexion aussi prestigieux que fermé, dont l'objectif était de promouvoir des changements bénéfiques à l'humanité. Le CV des membres incluait des prix Nobel, des prix MacArthur et des inventions de première importance. Les hommes qui avaient mis au point le scanner CAT et l'IRM en faisaient partie, tout comme les cerveaux à l'origine des dernières thérapies anticancéreuses et les nouvelles théories économiques, et les physiciens des particules qui avaient découvert les neutrons, les leptons et les quarks charmés. Solomon Griffey, un scientifique de renommée mondiale, spécialiste de médecine légale, dont la méthodologie basée sur l'analyse ADN avait révolutionné les enquêtes criminelles, appartenait lui aussi au club. Sous ses auspices, la vénérable institution avait ouvert ses portes aux rencontres mensuelles de l'Arcanum, un groupe de volontaires experts en divers domaines de la criminalistique qui mettaient leurs compétences en commun pour se pencher sur de vieilles affaires de meurtre jamais résolues.

Le grand homme traversa le foyer sous les traits d'un gnome ratatiné. Il serra la main épaisse et moite de Diamond entre ses doigts fins comme des brindilles et parla dans un murmure rauque à peine audible.

— Bienvenue, Aldo. Je suis ravi que vous ayez pu vous joindre à nous.

— C'est un honneur d'avoir été convié, docteur Griffey. Cela représente beaucoup plus pour moi que vous ne pouvez l'imaginer.

— Appelez-moi Solomon, je vous en prie. Mis à part quelques règles de fonctionnement nécessaires, nous préférons garder à ces réunions un caractère détendu et informel.

Diamond surprit le bas de sa chemise en train de tenter une échappée. Avec un sourire d'excuse, il la rentra dans son pantalon.

— Le côté informel me convient tout à fait.

Griffey le conduisit dans une salle de réunion richement lambrissée, où des dizaines de membres de l'Arcanum tournaient en rond, papotant en dégustant cocktails et canapés. Diamond reconnut le fringant Lyman Trupin, ancien chef du FBI, et la silhouette imposante de Ted Callendar, un éminent psychologue, maître dans l'art du profilage.

Russell Quilfo, un clone d'Al Pacino qui avait gravi jusqu'au sommet tous les échelons de la police de New York, avança vers lui, flanqué d'un jeune homme dégingandé et d'une superbe brune élancée.

— Aldo Diamond, quel plaisir de vous voir. Je vous présente Perry Vacchio et Erin McCloat, tous deux au nombre de vos admirateurs.

Embarrassé, Diamond sentit son cou brûler.

— Moi de même. J'ai lu vos articles à propos de la manipulation des données psychologiques dans les cas où l'on plaide la folie. Très intéressant, Perry. Quant à vous, Erin, j'ai lu votre livre sur l'histoire de la torture. Deux fois, en fait. Un exposé brillant, très supérieur à tout ce que j'avais lu jusqu'ici.

Ces deux-là aussi paraissaient très supérieurs à la moyenne. Tous deux semblaient beaucoup trop jeunes et plus beaux qu'il n'était permis pour des professionnels aguerris dans le domaine. Perry Vacchio avait tout d'un jeune Clarke Kent en plus humain, tandis qu'Erin McCloat évoquait une Julia Roberts intello de vingt ans.

C. Melton Frame passa en toute hâte, direction le buffet. Il avait le torse bombé, un visage rose, sous un postiche noir de jais, trahissant l'hypertension, et des gouttes de sueur perlant sur sa moustache à la gauloise couleur mayonnaise.

— Vite vite, mon vieux Griffey. Vous vous plaignez toujours de mon retard. Eh bien, me voici, pile à l'heure. J'ai pratiquement raccroché au nez d'un journaliste de *People*, tout ça pour vous retrouver tous debout, en train de papoter.

— Ravi de vous rencontrer, Melton Frame. Je suis Aldo Diamond, dit celui-ci à la silhouette bovine de Frame qui s'éloignait déjà.

Avec un soupir, Griffey consulta sa vieille Timex.

— Je pense que nous devrions commencer la réunion. Nous sommes à cette table, Aldo. Je vous ai réservé la place à côté de moi.

Une fois que les participants furent installés, Griffey alla au micro. Tout le monde se pencha en avant pour entendre. Malgré son extraordinaire stature publique, l'homme avait une voix de brise estivale.

— J'ai ce soir l'immense privilège de vous présenter Aldo Diamond, l'homme qui a permis de hisser la spécialité controversée qu'est la graphologie au rang de science respectée de l'analyse de documents qu'elle est devenue. Je sais que vous tous ici connaissez son travail, en particulier son invention, le Diamond EDGE, un système assisté par ordinateur d'évaluation digitale graphologique exogène, qui est utilisé par tous les professionnels de la criminalistique et les spécialistes des ressources humaines dans le monde entier. Nous avons beaucoup de chance de l'accueillir en tant que nouveau membre.

— Quoi ? On arrête tout de suite ! postillonna Frame, projetant des morceaux mastiqués de boulette de viande. Je croyais qu'il était invité. Je n'ai jamais voté pour son admission.

— Parce que vous avez manqué les trois dernières séances, Melton. Le jour programmé du vote et l'annonce du résultat figuraient dans la lettre mensuelle.

Frame s'avança vers l'estrade et domina Griffey de sa large carrure.

— C'est un scandale. Comment osez-vous recruter un membre aussi indigne derrière mon dos ! L'Arcanum n'a jamais ouvert ses portes à ce genre de charlatans, et nous n'allons pas commencer maintenant.

— Je suis désolé que vous réagissiez ainsi, Melton, mais il n'est plus temps d'exprimer ce genre de sentiments, dit Griffey d'un ton neutre. M. Diamond a été élu de manière régulière et à l'unanimité, dois-je ajouter. Je vous demanderai donc d'accepter la décision de vos confrères et de vous joindre à nous pour l'accueillir.

Frame ricana.

— Vous devez être fâché avec l'arithmétique, mon vieux. Vous pouvez difficilement parler de vote unanime quand l'un de vos principaux membres n'était pas et n'est toujours pas d'accord.

— Je crains que la question soit hors de propos, Melton.

— Sûrement pas. J'exige un vrai débat sur le sujet suivi d'un nouveau vote. À moins que M. Diamond préfère s'épargner cette gêne et se retire simplement comme un homme raisonnable.

Diamond se tassa sur sa chaise, souhaitant être invisible. Avec gratitude, il intercepta le hochement de tête subtil mais rassurant de Griffey.

— Vous n'êtes pas inscrit à l'ordre du jour, Melton. Je voudrais donner la parole à Ted Callendar, qui va nous présenter le cas du mois.

Frame martela le pupitre d'un poing rageur.

— C'est scandaleux. Je n'ai pas l'intention de rester là sans réagir.

— Alors, autant retourner vous asseoir, dit Griffey. Ted. À vous.

Frame continua de marmonner tandis que Ted Callendar remontait le micro, eu égard à son mètre quatre-vingt-dix-huit. Il consulta ses notes, les traits tendus par la concentration.

— Après étude des vingt-sept demandes que nous avons reçues ce mois-ci, la commission d'examen a décidé de se consacrer à l'affaire Chrissy X. Comme vous vous en souvenez peut-être, il s'agit d'une jeune fille, âgée, d'après une estimation, de quatorze à seize ans, dont le corps nu a été découvert dans la benne à ordures d'une aire de repos sur la route de Nantucket en 1984. Le nombre de coups qu'elle avait reçus au visage l'avaient rendue méconnaissable, et le seul objet permettant de l'identifier était un petit collier en or gravé du prénom Chrissy.

» La police a présumé qu'il s'agissait d'une fugueuse et a lancé un appel national pour obtenir des informations. Pendant des mois, des volontaires ont tenu une permanence téléphonique, mais pas un seul, parmi les milliers de tuyaux reçus, n'a mené à quoi que ce soit.

» Aujourd'hui, une femme de Sudbury, dans le Massachusetts, vient de se présenter, affirmant que la jeune fille était sa nièce, une gamine de quinze ans nommée Ruth Dolan. D'après la tante, les parents de Ruth ont prétendu que leur fille, qui allait en pension, avait été tuée dans un accident de voiture. Il y a eu un service funèbre et les parents ont placé sur leur cheminée une urne censée contenir les cendres de la jeune fille. Quelques années plus tard, la mère est morte d'un ulcère. Puis le mois dernier, alors que le père était en phase terminale d'un cancer du poumon, il a confessé que Ruth s'était enfuie de l'école et était tombée dans la drogue et la prostitution. Lorsque les parents avaient entendu parler de Chrissy X, ils en avaient déduit qu'un client mécontent ou un mac en colère lui avait réglé son compte. Les parents ont inventé l'histoire de l'accident pour empêcher l'horrible réalité de faire surface. J'imagine qu'ils voulaient protéger la réputation de leur fille.

— Et peut-être aussi la leur, fit observer Perry Vacchio.

— Très vraisemblablement, dit Callendar. Dans ce genre de situation, le choc et la honte peuvent l'emporter sur de plus nobles instincts.

— Vous disiez que la jeune fille s'appelait Ruth. Alors pourquoi le « Chrissy » gravé sur le collier ? demanda Russel Quilfo.

— Apparemment, les parents lui avaient offert ce collier pour son anniversaire. Ils l'avaient acheté chez un vendeur de bijoux d'occasion, avec le nom déjà gravé. Ils comptaient faire changer l'inscription après s'être assurés que le cadeau plaisait à leur fille, mais en fait, Ruth l'aimait tellement qu'elle refusait de s'en séparer, même le temps de faire modifier le prénom.

— Quel gâchis de perdre vingt ans dans ce genre d'affaire, dit Lyman Trupin. Connaître l'identité de la jeune fille aurait pu tout changer il y a des années. Mais maintenant…

— Exact, mais on n'y peut plus rien. La tante est prête à collaborer pleinement. Elle a conservé tous les papiers familiaux, dont le journal intime de Ruth et plusieurs cartes postales que la fille avait envoyées chez elle après s'être enfuie du pensionnat. À présent que nous connaissons la véritable identité de Chrissy X, je pense que nous avons une bonne chance de mettre un nom et un visage sur son assassin.

Une mèche blonde barra le front de Callendar lorsqu'il inclina la tête vers Frame qui agitait frénétiquement la main.

— Une question ?

— En fait, j'en ai plusieurs. Comment vous tous avez eu l'audace de procéder à un vote d'admission derrière mon dos ? Y a-t-il une espèce d'amnésie collective concernant l'importance de ma place ici ? Je vous rappelle que je suis un invité régulier de l'émission Charlie Rose. J'ai été invité d'honneur à des dîners officiels pendant les cinq dernières législatures. Mon dernier livre est resté seize semaines sur la liste des best-sellers et a été qualifié de meilleur document de l'année par le *New York Times*.

— Je vous en prie, Milton. Ce n'est ni le lieu, ni le moment, déclara Callendar.

— Il se trouve que c'est le lieu et le moment que j'ai choisis, gronda Frame.

— Vous n'êtes pas inscrit à l'ordre du jour. Je vous invite à consigner vos objections par écrit, conformément à notre règlement.

— Mon ordre du jour ! Mon règlement !

— Je vous laisse poser vos questions, dit Callendar par-dessus la tirade apoplectique de Frame.

— Je me considère comme personnellement responsable de chaque affaire qui a été résolue par l'Arcanum pendant la période où j'en ai été membre, tonnait toujours Frame. C'est moi que vous devez remercier ! Moi !

Une sonnerie stridente détourna l'attention générale. Avec un geste d'excuse, Quilfo s'éloigna et ouvrit son portable. Pendant qu'il écoutait, son expression s'assombrit.

Il s'avança vers l'estrade, secouant la tête d'un air d'incrédulité désolé.

— Excusez-moi pour cette interruption, mais c'était mon bureau. Il semblerait que B.B. LeBeau ait été libéré il y a environ une heure. Le directeur du labo qui a analysé son ADN a avoué avoir falsifié les résultats de LeBeau, parmi d'autres. Une initiative délirante pour disqualifier la peine capitale. La juge a été obligée d'annuler la sentence.

Frame devint livide.

— On ne peut pas le laisser sortir. Ce type est dangereux.

— Peut-être, Melton, mais c'est comme ça, déclara Quilfo.

— Scandaleux ! éructa Frame. Totalement inacceptable. Si ce fou assassin doit se retrouver dans la rue, j'exige une protection permanente.

— Vous êtes tout à fait en droit de présenter cette requête aux autorités. Mais en l'absence de toute menace physique immédiate, il y a peu de chances qu'ils vous assignent un garde du corps, dit Quilfo.

Tremblant visiblement, Frame se laissa tomber sur sa chaise.

— Je vous conseille à tous d'avoir l'œil et de signaler immédiatement toute chose suspecte, poursuivit Quilfo, repassant la parole à Callendar d'un signe de tête.

— Revenons à l'affaire Chrissy X, dit Callendar. J'attends vos questions et remarques.

Diamond leva une main hésitante.

— Je me disais que si la condamnation de LeBeau est levée, le meurtre de la famille Garmin entre dans la catégorie des affaires non résolues.

Malgré sa terreur, Frame ne put ignorer une si belle occasion d'intervenir.

— Eh bien, ce monsieur sait additionner deux et deux. Je me suis peut-être montré hâtif dans mon jugement.

— Aldo a tout à fait raison, dit Heidi Cohen, une anthropologue aux cheveux blonds. Même si j'aimerais beaucoup voir l'affaire Chrissy X élucidée, je crois que nous avons une obligation morale à réétudier d'abord le cas Garmin.

— Le règlement nous oblige à poursuivre l'examen de l'affaire à l'ordre du jour, dit Frame.

Pour donner plus de poids à ses mots, il se frappa la paume avec les notes sur l'affaire Chrissy X que son assistant avait rassemblées. Il n'était pas préparé à travailler sur un autre dossier.

Griffey plissa le front.

— Je suis d'accord avec Aldo et Heidi. Nous avions sélectionné l'affaire Garmin il y a presque trois ans. Notre enquête a conduit à l'arrestation et à la condamnation de LeBeau. Si nous nous sommes trompés, il est de notre devoir de découvrir la vérité. Dans le cas contraire, un meurtrier particulièrement dangereux a été relâché à tort. Quoi qu'il en soit, le temps presse. Je suis d'avis qu'on remette l'examen du meurtre de Chrissy X et reprenions sur-le-champ le dossier Garmin.

— Non, non et non, intervint Frame. Si vous faites ça, je vous jure que je vous donne ma démission, avec effet immédiat.

L'expression impassible de Griffey mit le feu aux poudres.

— OK, c'est l'affront de trop. Mais vous le regretterez. Chacun d'entre vous. Et ne comptez pas sur moi pour revenir.

— Griffey a proposé une motion. Quelqu'un d'autre pour soutenir la proposition ?

Callendar parcourut la salle des yeux et nota le nom de Lyman Trupin.

— Tous ceux qui sont favorables à l'ajournement du cas Chrissy X en faveur d'un réexamen des meurtres Garmin, dites oui.

— Vous croyez que je ne suis pas sérieux ? Je quitte cette pathétique petite réunion. Je m'en vais. Je vote avec mes pieds.

Frame sortit, sa serviette sale lui battant le torse comme un drapeau blanc en signe de reddition.

Les yeux de Diamond brillaient d'inquiétude.

— Je suis désolé, Solomon Griffey. Je ne voulais pas créer de problème.

Griffey tapota le bras du gros homme.

— Ce n'est pas le cas, croyez-moi, Aldo. Vous nous avez plutôt offert une solution.

Une fois la porte refermée derrière Frame, Callendar soumit la motion au vote. Tout le monde acquiesça avec empressement. Après un bref rappel de l'affaire Garmin, Griffey, Callendar, Erin McCloat, Heidi Cohen et Perry Vacchio se portèrent volontaires pour se répartir les tâches.

— Je souhaiterais demander à Aldo Diamond de se joindre à nous, suggéra Griffey. Dans l'affaire Garmin, la condamnation était fondée sur une preuve par l'ADN. Si celle-ci a été invalidée, nous devrons explorer de nouvelles voies. À mon avis, les documents que nous avons sous la main dans l'enquête sur LeBeau pourront se révéler utiles.

Diamond rougit de plaisir.

— Je serais ravi d'aider, si le groupe juge que ça peut être nécessaire.

— Tout le monde est d'accord ? murmura Griffey.

Il y eut un chœur d'acquiescements enthousiastes. Tous fondirent sur Diamond, attendant leur tour pour lui serrer la main. Callendar frappa un coup de marteau et annonça que la séance était levée.

7

Je reconnus ma sœur malgré la perruque à anglaises et le genre d'épaisses lunettes noires qu'on trouve normalement accrochées à un nez en caoutchouc. Ayant signé deux livres de souvenirs devenus des best-sellers et des centaines de critiques gastronomiques pour le magazine *Gourmand*, Lottie Burns avait du mal à préserver l'anonymat indispensable dans son métier. Sa photo avait abondamment circulé dans les restaurants new-yorkais. Le portrait de la misérable était accroché dans d'innombrables cuisines, souvent criblé de trous de fléchettes, lacéré de coups de couteau ou maculé de sauce couleur sang. Lottie ne mâchait pas ses mots, des mots que beaucoup trouvaient difficiles à avaler.

— Mon Dieu, Claire, que se passe-t-il ? On dirait *Armageddon, le retour*.

— Tant de sujets de lamentations et si peu de temps. Par où je commence ?

Lottie chuchota derrière sa main :

— Commence par commander les entrées deux et quatre, le cinq en plat principal et le poisson du jour, accompagnement numéros deux, trois et six et le numéro soixante-huit sur la carte des vins. Assure-toi que c'est un 98. Sinon, va pour une demie deux cent douze. Oh, et merci d'être venue au pied levé, chérie.

Le Bon Goût était tellement merveilleux autrefois. Je me sens obligée de donner au chef Henri une dernière chance de se reprendre… ou de finir de creuser sa tombe.

Je me griffonnai quelques notes sur la paume en guise d'antisèche tout en faisant mine d'étudier la carte.

— Je suis contente que tu aies appelé. Je meurs de faim. Pour le déjeuner, je n'ai eu droit qu'à des humiliations.

— Perdre Ben et récolter une salope pareille à la place. Ma pauvre chérie, en quoi puis-je t'aider ?

— Je suis triste pour Ben, et je m'inquiète pour lui, mais sincèrement me retrouver orpheline n'est pas mon plus gros problème actuel. Avec Paige, je m'en sortirai. Du moins, je ferai de mon mieux. Je ne pourrais pas imaginer de recommencer à enseigner, ne plus écrire.

— Je sais. Cette foutue écriture… une fois qu'on a ça dans le sang, c'est fini. Je crois que c'est un virus incurable. Garde-le pour toi, mais il m'arrive de me lever en plein milieu de la nuit pour travailler sur une pièce de théâtre. Une pièce ! Tu te rends compte ? Non pas que j'aie la moindre chance de la finir, ou d'en faire quoi que ce soit si par miracle j'arrivais au bout. Et pourtant, je suis incapable de m'arrêter. Tu imagines un truc plus dingue ?

Je trempai un bout de pain dans de l'huile d'olive poivrée.

— Oui. Moi, pensant que je suis capable d'élever une enfant.

— Tu dates, ma chérie. Rainey n'est plus une enfant, c'est une marmite d'hormones en ébullition. Pense à des messagers microscopiques en short de vélo et casque fluo pédalant dans ses veines, brûlant les feux, renversant les piétons, à fond la caisse.

— Alors, comment expliques-tu tes propres enfants ? Seth et Jessie aussi sont des adolescents, mais tu peux leur parler. Ils vous aiment, Paul et toi. Ils vous respectent.

— Rainey dort bien ?

— Comme un sonneur.

— Elle mange ?

— Oui. Je ne peux pas dire que c'est un parangon d'équilibre nutritionnel, mais elle ingurgite beaucoup plus qu'elle en a l'air.

— Ça marche à l'école ?

— Jusqu'à preuve du contraire, oui. Saint Stephen nous envoie un e-mail chaque fois qu'ils rotent ou ont le hoquet. Un éternuement fait l'objet d'une convocation des parents.

— Elle n'a pas fait de bêtises ?

— Pas que je sache, sauf si tu comptes l'autodestruction.

— Ça m'a tout l'air d'une psychose pubère classique. Voilà ce qui a marché pour nous…

Avant qu'elle ait pu révéler son précieux secret, un serveur au visage de vampire, vêtu d'un smoking, s'approcha en brandissant son carnet de commande. Il était encore plus blanc que la nappe immaculée. À côté de lui, le lait aurait semblé basané.

— Vous avez choisi, mesdames ?

— Un plat du jour ?

— Ah, oui. Nous avons une succulente terrine de baudroie avec purée de céleri-rave, girolles et bok-choï nain, servie sur un lit de frisée et arrosée d'une pluie de vinaigre balsamique et coulis mangue-citron vert.

Lottie se faisait toujours accompagner de deux ou trois comparses lors de ses repas professionnels. Multiplier les convives lui permettait de goûter à davantage de plats. Pour détourner l'attention d'elle-même et réduire les risques d'être reconnue, elle réservait sous un faux nom, payait avec une carte de crédit portant l'un de ses nombreux pseudonymes et faisait passer la commande par quelqu'un d'autre. Après de nombreux repas comme celui-ci, j'avais appris à jouer les snobs presque avec naturel.

— Quel âge a le vinaigre balsamique ?

— Au moins vingt ans, répondit Dracula.

— Et le bok-choï ? Il est importé ou d'ici ?

— Nous le cultivons dans notre ferme personnelle, madame, comme tous nos produits.

— Sans engrais ?

Il renifla d'un air hautain.

— Le chef ne voudrait rien d'autre.

— Bien, alors je vais essayer ça. Et la caille pour commencer. Mon amie prendra le magret de canard au jus de veau, cuit à point, et les huîtres chaudes en entrée. Nous partagerons les pommes allumettes, les asperges et le soufflé de betterave. Et ce bordeaux est un 98, je suppose ?

— Tout à fait. Excellent choix, madame.

— Nous verrons. J'aime bien le producteur, mais il risque d'être un peu jeune.

Aveuglé par mon arrogance insupportable, il s'éloigna sans avoir lancé un seul regard à Lottie.

Je lui pris les mains.

— Si tu me donnes un moyen de m'en sortir avec Rainey, je serai encore plus béate d'admiration devant toi que je ne le suis déjà, ma déesse sœur.

— Ne dis pas n'importe quoi, Claire. Pourquoi penserais-tu ça ? Tu es plus intelligente et beaucoup plus créative que moi. Tu danses mieux, tu cours plus vite. Tu es plus jolie, plus drôle et beaucoup plus intéressante. Il se trouve simplement que j'ai dix ans et dix kilos de plus au compteur, et beaucoup plus d'expérience avec les enfants.

— Tu es ravissante, brillante, accomplie et pleine de maturité. Tu as une relation merveilleuse avec un homme formidable et deux enfants absolument magnifiques. Si je ne t'aimais pas autant, je voudrais te faire disparaître pour te voler ta vie. Mais je t'aime, hélas. Tout le monde t'aime. Parfois, ça m'énerve vraiment.

Même avec sa perruque ridicule et ses lunettes à la Groucho Marx, elle était jolie comme un cœur.

— Si tout le monde m'aime, certains ont de drôles de façon de le montrer. Je reçois des pierres dans mes carreaux, des cadeaux sous forme de bouffe pourrie, les tabloïds affirment que je m'adonne au satanisme et mange les petits enfants. Rien de moins. Et je peux te dire que ça fait mal.

— Ces gens sont jaloux. Crois-moi, ça m'est déjà arrivé.

— Moi aussi, je t'adore. Bon, que je t'explique comment gérer le problème de nos monstres d'adolescents…

Le mort vivant revint avec les entrées. Les huîtres pochées de Lottie étaient garnies d'un monceau de caviar d'une taille suspecte.

— Merde, il semblerait que je sois découverte.

— À moins que le bonhomme ait un faible pour les fausses blondes. Tu me racontais comment s'y prendre avec les gamins.

— Oui. C'est simple, en fait. Les adolescents ont besoin de quelque chose contre lequel se rebeller. Leur boulot, c'est de te défier, donc, il faut rendre le truc simple et inoffensif. Tu imposes une interdiction idiote dont tu te fiches complètement, et je te garantis qu'ils vont s'empresser de la transgresser. Pour Jessie, j'ai interdit le maquillage à l'école, donc bien sûr, elle bourrait son sac de tous les produits possibles et imaginables et s'en tartinait dans les toilettes des filles. Elle a tellement exagéré que même ses copines ont fini par lui dire de se calmer. Pour Seth, ça a été pas de short ni de T-shirt sans manches à l'école, et interdiction de lire après l'heure du coucher. Cette mesure-là a été très efficace. C'est comme ça que j'ai pu lui faire lire des dizaines de livres fantastiques. Je l'ai transformé en lecteur avide. Une sacrée rébellion, si tu veux mon avis.

— Comment faire pour que ça marche avec Rainey ? Elle se moque totalement de ce que je dis.

Je grattai les os de caille pour trouver un morceau de chair. Elle était caoutchouteuse et trop salée.

— Mais non. Elle s'en moque beaucoup moins que tu l'imagines, mais elle serait exclue du Syndicat des Sales Gosses si elle le montrait. Elle veut que tu fixes des limites, que tu l'obliges à les respecter et que tu la reprennes quand elle fait n'importe quoi. Et le seul intérêt de faire n'importe quoi, c'est d'obtenir ton attention pour que tu lui montres que tu l'aimes et que tu es toujours là pour elle. Tu t'en souviens ?

— Je n'ai pas besoin de m'en souvenir, j'en suis toujours à ce stade-là.

— Parce que tu ne te rends pas compte à quel point maman t'adore.

— Parce qu'elle m'adore furieusement et sentencieusement. Je la déçois constamment parce que je ne suis pas comme elle voudrait que je sois, c'est-à-dire comme toi.

Un éclat minuscule dans l'expression impassible de Lottie m'apprit que ses huîtres ne valaient pas mieux que ma caille. Elle ne les avala pas moins avec vaillance. Jamais elle ne trahissait ses réactions en laissant une assiette pleine.

— Le problème ne vient pas de toi, chérie, mais de maman. Depuis la mort de Charlie, elle n'a cessé d'empirer, tu ne trouves pas ?

— Tout ce dont je me souviens, c'est que le monde s'est écroulé quand mon père a eu son accident. Avant, ce n'est pratiquement qu'un grand vide.

Ses yeux se perdirent dans le vague derrière ses lunettes grotesques.

— Eh bien, moi, je m'en souviens. Avant que mon père et elle divorcent, et après, quand elle a épousé Charlie, maman était très sociable. Tout était bon pour organiser des fêtes. La maison était toujours pleine de gens en train de manger, boire, rire, raconter des histoires. Tout le monde venait à cause de maman, elle était tellement chaleureuse, gracieuse, et en plus, c'était une excellente cuisinière.

— À t'entendre, on n'a pas seulement eu des pères différents : on n'a pas du tout eu la même mère.

— Tu as raison, en un sens. La maman avec qui j'ai grandi était ouverte et optimiste. Et drôle.

— Tu veux dire, vraiment drôle ? Tu es sûre de ne pas la confondre avec tante Amelia ?

— Certaine. Tu sais ce que je pense d'Amelia. Elle est en phase terminale du syndrome de moi-moi. Cette bonne femme se fout de tout sauf de sa petite personne.

— Je ne sais pas, Lottie. Je ne vais pas soutenir que c'est un modèle d'altruisme, mais elle a vraiment un faible pour les gamins.

— Parfois, un faible cache un truc pourri à l'intérieur, ma petite. Si tu veux mon avis, la seule raison qui explique pourquoi elle est si bonne avec les adolescents à problème, c'est qu'elle se trouve être elle-même un cas grave d'arrêt de croissance.

— Tu n'as peut-être pas tort. Pour moi, elle a toujours été un mystère.

— Changeons de sujet, Claire. Franchement, je me contrefous d'Amelia. C'est maman qui m'inquiète. Crois-le ou non, avant la mort de Charlie, elle était pleine de vie, ouverte, heureuse. Je ne supporte pas de voir ce qu'elle est devenue. Je l'ai suppliée d'aller voir un psy, de prendre des antidépresseurs. Mais elle ne veut pas en entendre parler.

— Oh, Lottie, tu as utilisé les mots « maman » et « heureuse » dans la même phrase. Tu crois que le bonheur est une chose possible pour elle ?

— Bien sûr. Mais d'abord, elle doit découvrir pourquoi elle est si mal en point, et le dépasser. On ne risque pas d'aller mieux si on se contente de rester là à se lamenter sur son sort.

Le serveur exsangue servit le plat principal. Le canard de Lottie semblait mort de mort naturelle. Mon poisson ressemblait à un immeuble écroulé. Ma sœur goûta à tout et griffonna quelques notes discrètes. Le chef Henri avait rédigé sa propre épitaphe à la sauce ratée et à la colle balsamique.

Je jetai un coup d'œil à ma montre.

— Qu'est-ce que je commande comme dessert ?

— On peut s'en passer. C'est ma cinquième visite ici en autant de semaines, donc j'ai une idée du triste ensemble. Je crois que je vais rentrer à pied, pour tenter de me débarrasser de ces calories superflues avant de prendre l'avion. Je n'ai pas du tout le corps que je voudrais, Claire. Je suis allée essayer des vêtements cette semaine, et j'ai failli sortir de la cabine en courant.

— Syndrome vestimentaire post-traumatique. Je connais. Tu vas où ?

— Paris, Florence, Rome, Barcelone, Madrid. Pour le numéro spécial de *Gourmand* sur les meilleurs jeunes chefs du monde. Je prends le vol de nuit. Une voiture passera me chercher dans une heure.

— Tu vas me manquer.

— Toi aussi. Je croise les doigts pour que tu aies une nouvelle Rainey améliorée à mon retour.

— Bonne idée. En fait, je crois que je vais mettre en œuvre la stratégie Lottie-et-Paul dès ce soir.

— Vas-y. Énonce une règle dont tu n'as pas grand-chose à faire. Et n'oublie jamais laquelle de vous deux est l'adulte.

— C'est laquelle, déjà ?

— Tu es mignonne. Ce que je veux dire, c'est que tu dois toujours te positionner comme le parent, quoi qu'il arrive. Même si elle se met à balancer tous les jouets du bac à sable, tu dois résister à la tentation de te mettre au même niveau et de faire la même chose.

— J'essaierai, Lottie. Fais-moi confiance. Je ferai tout mon possible en priant pour que ça marche.

Danielle, l'amie de Rainey, habitait sur le chemin. J'entrai dans le hall de l'immeuble et demandai au concierge d'appeler chez elle par l'interphone. La mère de Danielle me répondit.

— Shari ? C'est Claire. Comme je passais devant chez vous, je me suis dit que j'allais m'arrêter pour voir si Rainey était prête à partir.

— Mais elle n'est pas venue ici.

— Elle m'a laissé un mot disant que Dani et elle devaient travailler sur un devoir et qu'elle restait dîner chez vous.

— Attendez. Je vais voir si Dani est au courant.

Le concierge m'observait avec un drôle de sourire pendant que j'attendais. En arrière-fond, j'entendis un éclat de rire préenregistré de sitcom. Des voix étouffées. Des bruits de pas. Enfin, Shari Auer reprit la communication.

— Dani me dit qu'il avait été question qu'elles travaillent ensemble ce soir, mais que Rainey a annulé au dernier moment. Vous avez essayé d'appeler chez vous ?

— Oui, mais je vais réessayer tout de suite. Merci.

— Pas de quoi. Prévenez-moi quand vous l'aurez retrouvée.

Il n'y avait pas de réseau pour le portable dans l'entrée de l'immeuble. Dès que le signal apparut dehors, j'appelai la maison. Au bout de quatre sonneries, le répondeur se mit en marche. Je scrutai le flot de circulation et hélai un taxi.

Pendant le trajet, je me forçai à garder mon calme. Elle aurait forcément laissé un autre mot : une explication gentille et rassurante à propos de ce changement de programme. Ou alors, Rainey arriverait peut-être juste en même temps que moi. Si ça se trouve, elle était déjà à la maison mais refusait de répondre au téléphone. En voyant s'afficher mon numéro de portable, elle était tout à fait capable de me filtrer exprès.

Richter m'accueillit à la porte, tournant frénétiquement en rond et aboyant comme un fou. Sa nervosité décupla la mienne.

— Arrête !

Je parcourus l'appartement dans un état de panique croissant, cherchant Rainey ou un indice sur l'endroit où elle pouvait être allée. Richter ne me lâchait pas d'une semelle, en gémissant doucement.

— Rainey ? Tu es là ?

Les idées les plus folles me traversaient l'esprit. Peut-être qu'elle se cachait, comme quand elle avait neuf ans ? Elle me faisait peut-être une farce stupide, et allait sortir d'un coup, éclatant de rire, à l'instar de tous les enfants devant la terreur de leurs parents.

J'appelai Danielle.

— Rainey n'est pas à la maison, Dani. Tu as une idée de l'endroit où elle peut se trouver ?

— Elle est peut-être allée à la bibliothèque ou un truc comme ça.

Bien sûr, et les poules avaient des dents.

— La bibliothèque est fermée à cette heure. Une autre idée ?

— Ne t'inquiète pas, Claire. Je t'assure. Je suis sûre que tout va bien.

— S'il te plaît, si tu penses à quoi que ce soit ou si elle t'appelle, préviens-moi tout de suite.

Je téléphonai à plusieurs autres amies de Rainey, qui toutes se révélèrent aussi peu coopératives. Si elles savaient quelque chose, elles n'étaient pas prêtes à partager l'info avec moi.

Je restai un moment à regarder par la fenêtre de ma chambre, en essayant de faire arriver l'enfant par le seul pouvoir de ma volonté. N'obtenant pas de résultat, je retournai dans le vestibule et scrutai la rue par le panneau vitré de la porte d'entrée. Les voitures passaient, projetant l'éclat brumeux de leurs phares. De l'autre côté de la chaussée, un jeune couple était appuyé à un lampadaire, les membres emmêlés, fondus l'un dans l'autre comme des rubans de cire chaude.

Aucun signe de Rainey.

De plus en plus désespérée, j'appelai mon ami Duffy sur son portable.

— Salut, trésor. Quoi de neuf ? dit Duffy de sa voix mélodieuse.

— Désolé de te déranger, Duff. Mais Rainey a disparu. Je suis morte de trouille.

— Ne bouge pas. J'arrive.

Fidèle à sa parole, Duffy s'arrêta peu après devant chez moi, au volant de la fourgonnette du refuge. Il entra à grands pas et m'enveloppa de son étreinte de gros ours.

— Là, là, ne t'inquiète pas. Tout va bien.

— Où est-ce qu'elle peut être ? S'il lui arrivait quoi que ce soit, je ne sais pas ce que je ferais.

— Ne parle pas comme ça, Claire. On va la trouver. Quand l'as-tu vue pour la dernière fois ?

— Ce matin. Elle est repassée à la maison après l'école, pendant mon absence, et m'a laissé un mot. Elle disait qu'elle serait chez sa copine Danielle, mais elle l'a appelée pour annuler au dernier moment. J'ai téléphoné à toutes ses autres amies, à tous les gens à qui j'ai pu penser, mais rien.

— Tu as son mot ?

Il étudia le bref message et fronça les sourcils. Je voyais les rouages de son cerveau de flic se mettre en branle, sous son expression impassible.

— Elle a un petit copain ?

— Non. Enfin, pas que je sache. Elle ne me dit rien. En fait, elle ne m'adresse pratiquement pas la parole.

— Bon, on va voir à qui elle parle.

Il prit le téléphone sans fil et fit défiler les numéros composés. Le dernier était celui de Dani. Avant, Rainey avait appelé sa copine Grace. Le troisième était un numéro de portable inconnu.

Duffy composa le numéro, front plissé.

— Ça ne répond pas. Je vais essayer de le localiser par le central. Ils ont un système de repérage GPS qui devrait permettre de repérer l'endroit où il se trouve.

Il appela et obtint l'information désirée.

— Je connais cette adresse. C'est à Alphabet City. Pas le genre de lieu où on a envie de voir traîner des gamines à la nuit tombée. Allons-y.

— Alphabet City ? Qu'est-ce qu'elle peut bien faire là-bas ?

Duffy eut un sourire piteux.

— On le saura bien assez tôt. Inutile de spéculer à l'avance.

8

Diamond monta péniblement les deux étages jusqu'à l'appartement de Ted Callendar à West Broadway. S'essuyant le front, il se lamentait d'avoir une fois encore failli à sa résolution annuelle de se mettre au régime et de faire de l'exercice. Il luttait depuis des décennies contre un problème de poids et, jusqu'ici, le problème avait eu le dessus.

De riches odeurs de nourriture et de faibles échos emplissaient la cage d'escalier sinistre. Diamond atteignit avec soulagement le deuxième palier, aux murs jaune d'œuf brillamment illuminés. Il souleva le heurtoir à tête de lion à la porte de Callendar et le laissa retomber.

— Entrez, Aldo, vous êtes le premier.

— Si je suis trop en avance, je peux revenir.

— Pas du tout. J'ai des clichés de l'enquête Garmin dans le salon. Mettez-vous à l'aise et servez-vous à manger. Il y a de la bière, des sodas, des chips, des bretzels et des M & M's. Si vous avez besoin d'autres carburants, je peux appeler l'épicerie pour une livraison.

— Merci, Ted Callendar. Tout va bien.

La faim qui tenaillait Diamond en permanence s'était calmée ces dernières semaines, apaisée par sa joie d'être invité à rejoindre le groupe Arcanum, mais il savait d'expérience qu'elle se réveillerait tôt ou tard en criant vengeance.

Son estomac se contracta encore davantage lorsqu'il se mit à parcourir les documents. Les gros plans de l'autopsie, en particulier des blessures au couteau, chacune étant agrandie au point d'évoquer une tranchée maculée de sang, l'épouvantèrent.

Les photos de la scène du crime se révélèrent encore plus insoutenables. La mort y était inscrite comme des graffitis obscènes sur les visages des petits garçons, de la jeune et jolie épouse et sur celui de Joe Garmin, qui semblait presque un gamin lui-même. Les cadavres prenaient la pose comme des mannequins de plastique : parodies raides et grotesques de leur forme humaine. On pouvait presque sentir les mains cruelles de l'assassin modelant la chair cireuse, pour créer ce terrible portrait des victimes. Diamond aspira l'air entre ses dents.

— Monstrueux, hein ? Je m'en souviens, dit Griffey en entrant avec Erin McCloat.

Perry Vacchio et Heidi Cohen suivirent peu après. En silence, ils consultèrent le dossier, passant en revue les indices, les notes, les rapports.

— Lorsque nous en avons eu terminé avec cette affaire, nous ne voyions aucune faille par laquelle LeBeau aurait pu s'échapper, fit observer Griffey. Nous avions des résultats positifs aux tests ADN, effectués sur plusieurs éclaboussures de sang recueillies sur les lieux. Apparemment, LeBeau s'était coupé accidentellement.

Callendar fit circuler un fax.

— Quilfo a envoyé ça tout à l'heure. C'est une copie de la déclaration de Ronald Sallis, le directeur général du labo Celasphere de Westborough, dans le Massachusetts, dans laquelle il explique avoir faussé les résultats pour dénoncer la peine capitale. Le type déblatère sur le bien ultime et le moindre mal. Spontanément, je dirais qu'il a pété un câble.

Le fax atterrit dans les mains de Diamond.

— Écrit à la main, parfait.

Il mit la feuille à l'envers, la retourna puis la remit dans le bons sens.

— Il n'y a pas de signe de déséquilibre mental, mais je perçois un stress extrême. Et un conflit violent, surtout dans la signature. La pression irrégulière du coup de crayon et la façon dont les lettres sont ramassées, comme pour se protéger, sont assez révélatrices. Remarquez comme le *o* de Ronald recouvre le *r* majuscule. Pareil avec le *a* et le *s* de Sallis. On voit presque le revolver sur la tempe du bonhomme, même si la menace n'était pas aussi concrète. J'aimerais beaucoup lui parler. Découvrir ce qui lui mettait la pression.

— Ce serait formidable, dit Heidi Cohen. Mais j'ai cru comprendre qu'il évitait la presse et refusait toute interview. Quelqu'un a un moyen de l'approcher ?

— Celasphere travaille avec l'International Genomics Consortium. C'est un de mes amis, Bob Lang, qui gère ce projet. Je vais l'appeler pour voir s'il sait quelque chose.

Griffey s'éclipsa pour aller passer son coup de fil dans la cuisine où son filet de voix aurait plus de chance de se faire entendre. Les autres continuèrent d'étudier le dossier, puis, comme Griffey tardait à revenir, ils échangèrent des coups d'œil interrogateurs et des haussements d'épaules.

— Un problème, vous croyez ? demanda Erin McCloat.

Callendar fronça les sourcils.

— Ça ne m'étonnerait pas. Toute cette histoire sent le coup fourré.

La sonnerie du téléphone retentit alors, les surprenant tous. Peu de temps après, Griffey, revint, les sourcils plongeant bas.

— Mon ami Bob Lang vient d'appeler le patron de Celasphere et a trouvé sa femme morte d'inquiétude. Il semblerait que Ronald Sallis soit parti travailler à la même heure que d'habitude ce matin, mais il n'est jamais arrivé au labo. Sa femme avait insisté pour qu'il n'y aille pas en remarquant qu'il n'avait pas l'air bien, mais il a prétendu ne pas pouvoir s'absenter. Sa voiture a été retrouvée à quelques centaines de mètres de Celasphere, le moteur allumé. Une empreinte de pouce n'appartenant pas à Sallis a été découverte sur la poignée de la portière, et des traces de sang sur la route à côté du véhicule. Du groupe A +, celui de Sallis, mais on attend les résultats définitifs.

— Mauvais signe, fit remarquer Callendar.

— Il a pu simplement mettre en scène sa propre disparition, fit remarquer Perry Vacchio. Imaginons qu'il ait fait cette révélation sans en évaluer toutes les conséquences. Et voilà qu'elle lui explose à la figure. Il est l'objet d'un lynchage par l'opinion publique, doit affronter la ruine de son entreprise, plus la perspective d'une peine de prison et des procès pour fausses accusations. Disparaître lui a peut-être semblé la solution la plus sage.

— M. Sallis était un homme intelligent. Je ne peux pas croire qu'il n'ait pas mesuré les conséquences de sa confession, dit Griffey.

— Je suis d'accord.

Diamond examina de nouveau le fax.

— En dépit du stress, l'écriture témoigne de signes évidents d'une résolution consciente. L'homme qui a écrit ça a réfléchi à ses choix possibles et a conclu qu'il était obligé de faire cet aveu. Il n'a pas agi sur une impulsion. Je ne peux pas imaginer que quelqu'un dans cet état d'esprit puisse plus tard décider de se rétracter ou de fuir.

— Donc, vous croyez qu'il s'est fait enlever ?

— C'est une possibilité logique.

Heidi retira le sel d'un bretzel.

— Mais à qui profiterait sa disparition ? Cela ne changerait rien pour Celasphere. Le mal est fait. Et même si Sallis se rétractait, obtenir de nouveau la peine capitale ou une autre lourde peine pour LeBeau relèverait du tour de force. L'État devrait refaire un procès. Je ne vois pas comment ce serait possible, avec un témoin clé compromis à ce point.

Griffey étudiait les résultats de l'analyse ADN qui liait B.B. LeBeau aux meurtres Garmin. Il souleva la liasse de papiers et la feuilleta.

— Essayons d'envisager le problème sous un autre angle, voulez-vous ? Et si M. Sallis n'avait pas d'autre choix que de faire cette déclaration parce qu'il y était contraint ? La menace du revolver imaginaire contre sa tempe utilisée par Aldo n'est peut-être pas fausse.

— Existe-t-il pire que ce que le pauvre s'est lui-même infligé ? dit Callendar, finissant son Amstel avant de faire sauter la bague d'une nouvelle cannette.

Se levant, Griffey se massa la nuque.

— Cela, mes amis, fait partie des choses qu'il nous faut découvrir.

Diamond avait parcouru presque tous les documents du dossier. Il passa plusieurs articles sur l'arrestation et le procès de LeBeau, la délibération et la décision du jury selon laquelle l'assassin des Garmin devait être puni de mort. Ensuite, il tomba sur deux feuilles de papier à lettres ivoire agrafées ensemble. Sur la première, il y avait un mot remerciant le groupe pour son rôle dans l'arrestation de LeBeau. La personne qui l'avait rédigé se présentait comme la femme d'un policier dont l'enquête contre le meurtrier s'était effondrée. La carrière du flic avait été ensevelie sous les décombres, et le type ne s'en était pas relevé. Elle avait joint la note non signée qu'il avait laissée avant de se pendre. Diamond observa les deux feuilles, côte à côte, fasciné.

— Qu'y a-t-il, Aldo ? demanda Griffey.

— Je ne peux pas vous dire exactement, Solomon Griffey. Appelez ça l'instinct. Une espèce de signal d'alarme. Tout ce que je sais, c'est que j'aimerais rencontrer cette femme.

Griffey regarda par-dessus son épaule.

— Alors, faites-le, mon ami. Parfois, l'instinct est la clé du royaume.

9

Duffy gara sa fourgonnette dans un petit espace libre près du croisement entre la 10e Rue et l'avenue A. Une grande partie de la zone de l'East Village nommée Alphabet City, autrefois miteuse et gangrenée par la drogue et la délinquance, s'était embourgeoisée ces dernières années, mais l'endroit où se trouvait le portable appelé par Rainey faisait exception. Le bâtiment de brique trapu semblait crouler sous le poids de l'abandon. De tristes graffitis souillaient la façade beige, et les quelques fenêtres intactes étaient bouchées par de la peinture noire. Devant la porte, en guise de paillasson, un tas de verre brisé, de feuilles pourries et d'emballages de fast-food accueillait le visiteur.

La poignée de porte tourna avec un grincement. Duffy m'attrapa le coude d'un geste protecteur quand nous entrâmes dans le vestibule sombre.

Je sentis qu'il recouvrait ses instincts de flic. Sa respiration s'accéléra et sa poigne se raffermit.

— Tu ferais peut-être mieux de m'attendre dans la voiture pendant que je fais le tour, Claire.

— Pas question. Rainey est sous ma responsabilité.

— Alors, reste derrière moi. Et pas de gestes inconsidérés.

Obéissante, je me plaçai derrière sa large carrure. Tandis que mes yeux s'adaptaient à la pénombre, je notai de nouvelles preuves que le bâtiment était abandonné depuis longtemps. Le sol à damier était fendu par endroits et des carreaux manquaient. Des taches de moisi constellaient les murs de plâtre beige qui suintaient la pourriture. Une puanteur d'urine, de nourriture avariée, de vieille sueur et de décrépitude imprégnait l'air.

Quatre portes partaient du hall d'entrée. Les trois premières ouvraient sur des pièces minuscules et vides à l'exception des ordures et de la crasse. La quatrième donnait accès à un étroit escalier de métal à la rampe rouillée. D'un geste de la main, paume vers le sol, Duffy me fit signe de rester en bas, mais je n'avais jamais assimilé les bases de l'obéissance canine. Je le suivis dans l'escalier, agrippant la rampe froide et sale.

Les marches menaient à un petit couloir. Là, tout avait disparu, y compris les portes et des lattes du parquet. Avançant avec précaution, nous traversâmes ce qui un jour avait été cinq studios. Des tuyaux rouillés et des fils électriques apparents marquaient l'emplacement où des installations sanitaires et des prises de courant avaient été arrachées. L'air glacé entrait à flots par les fenêtres brisées, soulevant des tourbillons de débris. La mine sinistre, Duffy regarda les pipes de crack, les préservatifs usagés, les bouteilles cassées et les mégots tachés de rouge à lèvres qui jonchaient le sol.

— Pas franchement le Ritz, dit-il.

— J'ai l'impression que personne n'est venu ici depuis un bout de temps.

— Pas des bipèdes, en tout cas. Le détecteur a dû se planter.

— Bon, et maintenant ? Où peut-elle être ?

— Patience, ma douce. On va la trouver.

Il sortit son portable et rappela le poste de Midtown South.

— Steve ? Ici Duffy McClure. Tu veux bien vérifier un numéro de portable pour moi ?

Lorsqu'il coupa la communication, son front était creusé de rides profondes.

— Il retrouve la même adresse. On ferait peut-être mieux de rejeter un coup d'œil.

Nous redescendîmes, lui devant et moi derrière, et fîmes le tour de l'immeuble. Des brindilles sèches craquaient sous nos pieds qui par endroits s'enfonçaient dans la boue. Derrière, nous vîmes deux fenêtres noires ouvrant partiellement sur un sous-sol. Nous tendîmes l'oreille : rien. Duffy soupira.

— Je ferais peut-être mieux d'appeler pour demander des renforts.

Je sentis mes jambes faiblir.

— J'ai promis à Noah que je m'occuperais d'elle. Et si…

— Pas de ça, mon cœur. Il ne lui arrivera rien.

Il enroula un bras robuste autour de mes épaules et m'entraîna vers l'avant du bâtiment. À mi-chemin, il s'arrêta net.

— Qu'est-ce que c'est que ça ?

— Quoi ?

Il porta un doigt à ses lèvres et me montra un câble épais et noir enroulé derrière les restes rachitiques d'une haie. Duffy le suivit jusqu'à l'arrière de l'immeuble, où il descendait par une trappe en grande partie dissimulée sous des débris de feuilles. S'agenouillant, il ouvrit le loquet métallique. Les débris étaient collés à la trappe : un camouflage fabriqué à dessein.

Le cœur battant à tout rompre, je descendis les marches à sa suite. Un petit palier donnait sur une porte verrouillée. Duff se pencha pour inspecter la quincaillerie, attendit une seconde, prit son élan et, d'un coup d'épaule, fit voler la serrure.

À l'intérieur, Rainey se tenait derrière un garçon au teint blême, dont les cheveux filasse étaient attachés en queue de cheval. Il était voûté devant une table encombrée de tout un tas de matériel électronique. Quelques clics sur le clavier et un bizarre économiseur s'afficha à l'écran.

Passé le premier choc de nous trouver là, Rainey, en un geste de bravade, croisa ses bras maigres, la mine renfrognée.

— Qu'est-ce que vous faites là ?

Malgré ma fureur galopante, j'essayai de suivre les conseils de Lottie et d'agir en parent.

— C'est plutôt à moi de te poser cette question. Tu m'as dit que tu allais chez Danielle.

Ses yeux bleus caressèrent ceux du garçon puis étincelèrent d'arrogance comme une allumette qu'on gratte.

— Je n'ai rien dit.

— Mets ton blouson. On parlera de tout ça à la maison.

— T'as pas le droit de me donner des ordres, putain. T'es pas ma mère.

— Ça suffit, Rainey, intervint Duffy. Prends tes affaires.

Le garçon roula ses yeux rougis, lui faisant signe d'obéir.

— Tu t'appelles comment, mon vieux ?

— En quoi ça vous regarde ?

Duffy saisit le gamin par son T-shirt noir déchiré et l'obligea à se lever de sa chaise.

— Détournement de mineur, violation de propriété pour commencer. Plus hacking. Voilà en quoi ça me regarde.

— Ah bon ? Vous avez des preuves ? le défia le gamin.

— Tu vois son teint de fantôme, Claire ? C'est ce qu'on appelle le bronzage du hacker. Puis sa façon de se tenir, le dos voûté comme Quasimodo, à force de rester des heures penché sur un clavier. Et les doigts qui tremblent. Certains hackers acharnés ne peuvent pas s'empêcher de pianoter, même loin d'un ordinateur.

— Que des conneries, déclara le môme, bien que son expression trahît une peur sous-jacente.

Duff se tourna vers Rainey.

— Le piratage informatique est un crime grave, assimilable à la violation de domicile, et puni par la loi. Cela peut aller d'une inculpation pour délit informatique jusqu'au vol et à l'escroquerie. Ça s'applique aux gens qui commettent ces forfaits et à quiconque se trouve à côté tout en sachant ce qui se passe.

Le gamin ricana.

— Eh ben, je suis mort de trouille. Regardez, j'en tremble. Bon, c'est tout ?

— Sans doute pas, mais tu auras tout le temps de découvrir le reste. Tu sais ce qu'on fait, don Juan ? On additionne : cinq ans pour un truc, trois pour l'autre, on ajoute dix-huit mois pour le troisième et ainsi de suite. En un rien de temps, tu peux t'attendre à la totale.

— Arrête de menacer Phelan. Il n'a rien fait, intervint Rainey. De toute façon, tu n'as pas le droit. Il n'est pratiquement plus flic, ajouta-t-elle à l'intention du garçon. Il passe son temps à ramasser des chiens errants et à s'en occuper. C'est tout.

— Eh non, ma chérie, ce n'est pas tout.

Duffy avait le don de glacer la pièce avec son calme froid.

— Je ramasse aussi les filles et les garçons égarés, et je veille à ce qu'ils reçoivent ce dont ils ont besoin. Toi, ma jolie, tu rentres à la maison, tout de suite. Et ton petit camarade va ranger ses joujoux et faire de même.

Rainey tripota une mèche de cheveux bleue, un geste, hérité de l'enfance, qu'elle faisait pour se rassurer. Avec un soupir, elle ramassa son blouson et son sac de livres.

Les yeux du garçon furetèrent du côté de l'écran, puis revinrent à Rainey. Il hocha la tête. Il se voulait subtil, mais le message était limpide. Ce soir, l'ordinateur portable de Rainey dormirait dans ma chambre. Ça, au moins, je pouvais encore le contrôler, faute de mieux.

Sur le chemin du retour, Duffy tenta de rompre la tension teintée de colère qui imprégnait l'atmosphère.

— Tout ça, c'est parce qu'on tient à toi, Rainey. Claire doit savoir où tu es et ce que tu fais.

— On tient à moi, c'est ça.

Ses yeux verts étincelants étaient fixés sur le rétroviseur.

— Tu le comprendras le jour où tu auras des enfants à toi, mais à ce moment-là, il sera trop tard pour redonner leur couleur aux cheveux de Claire. Elle aura la tête toute blanche et sera toute flétrie à force de s'être inquiétée. Complètement ratatinée. L'ombre d'elle-même. Aussi frêle qu'un oiseau, et tu ne pourras t'en prendre qu'à toi-même. Oh, la culpabilité. L'atroce, épouvantable culpabilité.

Je ne pus m'empêcher de sourire devant ses divagations. Rainey afficha davantage de réserve. Elle avait enroulé les bras autour de ses genoux repliés, sur lesquels reposait son menton, en une attitude de défi. Je serrai la main de Duffy, l'incitant à ne pas gaspiller sa salive inutilement.

Il s'arrêta devant notre immeuble.

— Tu veux que je reste un peu ?

— Non merci, Duffy, ça ira.

Il me lança un regard grave.

— Tu es sûre ?

— Oui, répondis-je.

Un oui qui avait tout du peut-être.

Richter se précipita sur la porte à notre entrée. Il décrivit des cercles autour de Rainey, reniflant frénétiquement, exigeant qu'on lui explique ce qui se passait.

Rainey, qui dans sa précédente incarnation adorait tous les animaux, se recula.

— Lâche-moi, sale cabot. Qu'est-ce que tu es chiant !

Toute ma sympathie allait vers le chien.

— On doit parler, Rainey. Assieds-toi, s'il te plaît.

— Je suis crevée. Je vais me coucher.

— Pas tant qu'on n'aura pas discuté.

Richter continuait son examen inquiet.

— Il n'y a rien à discuter. Je peux pas supporter d'être avec toi ou ce foutu clébard.

— Qui est ce garçon ?

— Phelan. C'est Phelan.

— Phelan comment ?

— Phelan tout court.

— D'où le connais-tu ?

— Je le connais, c'est tout.

— Cet immeuble était abandonné. Tu n'aurais pas dû aller dans un endroit pareil, surtout seule avec un garçon. C'est dangereux.

Elle eut un rire sans joie.

— Il était sûr que tu dirais ça. Exactement les mêmes mots.

Je serrai les poings, tentant de calmer ma fureur et mon exaspération.

— Qu'est-ce vous faisiez ?

— Ça ne te regarde pas. De toute façon, c'est trop compliqué pour toi. Phelan est un génie. Il pige des trucs que tu ne comprendras jamais.

— Si, ça me regarde. Toi, tu me regardes.

— Non, pas du tout !

Elle fila droit vers sa chambre et claqua la porte. Un silence glacé remplaça bientôt l'écho. Je m'agrippai les côtes pour contrôler mes tremblements. Lottie se trompait. Des solutions simples ne suffiraient jamais à résoudre le problème. C'était bien plus grave et bien plus moche qu'une simple rébellion adolescente.

Richter s'installa à côté de moi sur le canapé, et nous passâmes un moment dans un triste état contemplatif. Je caressai les flancs doux du chien, et sa respiration s'apaisa. Petit à petit, son museau tomba sur mes genoux, il ferma les yeux et se mit à ronfler doucement.

En moi aussi, la tension se relâcha. Je trouverais le moyen de résoudre la situation, quoi qu'il en coûte. La première étape nécessaire, si on voulait détruire la bête, c'était de reconnaître son existence.

Je me dégageai délicatement de sous le chien et traversai le couloir à pas feutrés jusqu'à la chambre de Rainey. Je n'obtins aucune réponse à mes coups discrets, mais la porte n'était pas fermée à clé. Elle s'était endormie tout habillée sur les couvertures, la lumière allumée. Son maquillage avait coulé sur ses joues avec ses larmes, et ses cheveux aux pointes bleutées bouclaient autour de son visage comme un halo grotesque. Sans bruit, je débranchai les fils emmêlés de son ordinateur portable. Au moment de quitter la chambre, je jetai un coup d'œil aux vêtements qu'elle portait. Je n'avais jamais vu ce pantalon noir en stretch, la ceinture à maillons et la blouse paysanne. Dans la corbeille à papier à côté de son bureau, je repérai les étiquettes. La tenue venait d'un magasin à la mode de Madison Avenue, célèbre pour ses articles haut de gamme et ses prix exorbitants.

Mon cœur se mit à cogner sans laisser à mon esprit le temps de réagir. Un an d'argent de poche ne lui permettrait pas d'acheter ça, d'autant qu'elle n'avait jamais été capable d'économiser trois sous. La question moqueuse de Lottie me revint : *elle n'a pas fait de bêtises ?*

Combien de temps m'étais-je permis d'ignorer ce qui se passait ? Peu importait, me dis-je fermement. C'était le passé. Seuls comptaient les faits présents.

Submergée de chagrin et de lassitude, je me dirigeai vers ma chambre. Cette journée avait été bien trop pleine d'horribles surprises.

10

Le lendemain matin, Richter et moi parvînmes à tenir notre langue jusqu'au départ de Rainey pour l'école. Le chien semblait partager mon sentiment résigné : nous étions totalement dépassés par les événements et en train de couler à pic. Il chipota sans entrain avec ses croquettes et ne réussit pas à donner de la voix, même quand une benne à ordures passa à grand fracas.

Pour une fois, je n'insistai pas pour que Rainey prenne un bon petit déjeuner ou revoie son malheureux choix vestimentaire. Défiant le froid qui transformait les conversations en joutes de nuages de buée, elle avait enfilé une minijupe en jean sur ses jambes nues et un col roulé moulant à rayures. Je me disais qu'entre toutes les batailles qu'elle m'offrait, il me fallait choisir judicieusement celles que je voulais livrer. Le risque d'attraper des engelures me paraissait bien dérisoire comparé aux autres dangers qui menaçaient dans l'ombre. Pareil pour les genoux violets et la chair de poule. Malgré les allégations régulières de ma mère, ce n'est pas ainsi qu'on « attrapait la mort ».

Dès que Rainey fut partie, j'appelai mon vieil ami Jed Slattery au New York Presbyterian Hospital. À cette heure, il serait probablement de garde. Je donnai mon nom à la réceptionniste et attendis qu'il réponde.

On ne s'était pas vus depuis plusieurs mois. Malgré tout, le souvenir de cette dernière rencontre demeurait cuisant. Jed avait été mon premier petit ami et, jusqu'à Noah, celui avec qui j'étais restée le plus longtemps. Notre idylle était née lors d'une séance mémorable de dissection de grenouille en cours de sciences nat en quatrième et s'était plus ou moins poursuivie jusqu'en première année de fac où notre ardeur n'avait pas résisté à l'épreuve de la séparation – j'étais partie me geler joyeusement dans le nord, à la fac de Cornell, tandis qu'il perfectionnait son faux accent du sud à Duke. Des années plus tard, j'avais appris qu'il s'était marié à une camarade de classe pendant ses années de médecine puis qu'il avait divorcé avant de finir son internat en cardiologie pédiatrique.

On s'était plus ou moins perdus de vue jusqu'au moment où il avait réapparu à New York, il y a six mois. Au début, j'avais été ravie de recevoir son coup de fil : la nostalgie des vieux copains et tout. Et puis, il s'était présenté à un dîner que j'imaginais décontracté, prêt à reprendre exactement là où nous en étions restés à trois heures du matin après la fête de fin d'année de terminale sur la banquette arrière de la Volvo de son père.

Après avoir maladroitement tenté de résister à ses mains baladeuses, je lui avais tout simplement expliqué que je n'étais pas prête pour ça et lui avais montré la porte. Nous avions discuté depuis ; de courtes conversations neutres lorsqu'il appelait, environ une fois par mois, mais, malgré son insistance, j'avais jusqu'ici évité un nouveau face-à-face. J'étais résolue à ne lui fournir aucun encouragement, mais là, je ne voyais pas qui était mieux placé que lui pour me donner un conseil.

— Claire ? Que se passe-t-il ? Ça va ?

— Pas vraiment. C'est Rainey. Elle se comporte très mal, et c'est de pire en pire.

— Je suis désolé. C'est quoi ? Le sexe ? La drogue ?

— J'aimerais bien pouvoir résumer ça en un ou deux mots, même des mots effrayants comme ceux-là. Sincèrement, je ne sais pas ce qui se passe. Sinon qu'elle a tellement changé que je la reconnais à peine. Je me disais que tu connaîtrais peut-être un bon pédo-psychiatre.

— On a la meilleure de New York ici. En plus, c'est une spécialiste de l'adolescence. Elle s'appelle Helen Bruno. Normalement, il faut des mois pour obtenir un rendez-vous, mais je vais voir ce que je peux faire.

— Tu ferais ça ? Je t'en serais vraiment reconnaissante.

— Assez pour dîner avec moi vendredi soir ?

Je me représentai ses pommettes hautes, la lueur espiègle dansant dans ses yeux bleu acier.

— Je ne suis pas prête, Jed. Je te l'ai dit.

— Pas prête pour dîner ? C'est tout ce que je te demande, Claire, un dîner agréable et tranquille avec un vieil ami. On pourra parler ou ne pas parler, de ce que tu veux. Et il n'y aura aucune ambiguïté d'aucune sorte, tu as ma parole d'honneur.

Richter pencha la tête de côté, l'air peu convaincu, alors que je souriais.

— OK, Jed. Dîner vendredi.

— Formidable. Je te rappelle dès que j'ai réussi à joindre Helen.

Je raccrochai et me servis un café. Je n'avais pas encore eu le temps d'en avaler une gorgée quand le téléphone sonna.

— Eh ben, tu as fait vite, Jed. Qu'est-ce qu'elle a dit ?

— C'est un avertissement de dernière minute, Claire. Je suis précisément en train de tourner au coin de ta rue.

— Tante Amelia, ce n'est pas une bonne…

Avant même que j'aie fini de formuler ma pensée, Richter se précipita sur la porte et jappa pour annoncer son arrivée. Ma tante fit son entrée, emmitouflée de fourrure, laissant derrière elle un nuage de jasmin poudré. Je repérai sa Bentley avec chauffeur qui attendait, moteur ronflant, près du trottoir.

— Je croyais qu'on était d'accord pour que tu préviennes avant de débouler chez moi.

— C'est exactement ce que j'ai fait, Claire. Allez ! Tu es beaucoup trop jeune pour avoir la mémoire aussi courte.

— Je m'attendais à être prévenue un tout petit peu plus à l'avance.

Elle balaya le problème d'un revers de main.

— Tu m'as prise pour Jed Slattery ?

— Oui.

— Tu revois ce charmant garçon ? Qu'est-ce qu'il était sexy, même tout petit. Il me rappelait Juan, un sublime Mexicain que j'avais rencontré des années plus tôt à Cancún. Cet homme aurait été parfait, s'il n'y avait eu sa stupide épouse et ses croyances religieuses ridicules. Mais si je me souviens bien, le jeune Jed était libre et complètement fou de toi. Je n'ai jamais compris pourquoi tu l'avais laissé tomber.

— Je ne revois pas Jed, j'attendais seulement son coup de fil.

Elle poussa un énorme soupir sonore et théâtral.

— Revois-le, Claire. Ne serait-ce que pour t'amuser un peu et remettre un peu de rose sur ces joues. Tu devrais arrêter de te morfondre, sinon, tu vas finir par te dessécher complètement.

— Bon, que se passe-t-il ? Il faut vraiment que j'aille travailler.

— Certainement, ma chère. Continue, et reste aussi triste si ça te chante.

Elle fronça les sourcils en regardant Richter, qui la renifla avec une suspicion non déguisée.

— Et emmène ce bâtard avec toi. Son aura est aussi sombre que la tienne.

— Richter n'est pas un bâtard. C'est un schizophrène paranoïaque pure race.

— Peu importe. Je suis venue parler à Rainey, pas à des âmes grises comme cette sale bête ou toi.

— Elle est déjà partie à l'école.

— Dommage. J'aurais voulu le lui annoncer en personne. J'ai des places magnifiques pour *Le Lac des cygnes* vendredi, et j'ai réservé une table chez Daniel pour le dîner. C'est l'ouverture du festival au Lincoln Center. Une succession de spectacles grandioses.

Le restaurant Daniel était un des plus cotés de la ville.

— C'est gentil à toi de penser à elle, mais ce n'est pas une très bonne idée en ce moment. Rainey a été odieuse, ces derniers temps. Elle n'a pas mérité ce genre de plaisirs.

— Ce n'est pas un plaisir, selon ta drôle d'expression, Claire. Vois ça comme une nourriture pour l'âme de cette enfant. Une nourriture exquise, de la danse extraordinaire. Des corps parfaits, magnifiquement mis en scène.

Elle leva les bras en arc au-dessus de sa tête et se mit en troisième.

— Son cœur va se gonfler, son imagination s'ouvrir tels les pétales d'une rose parfaite. Elle n'en tirera que des bénéfices, tu verras.

Ce que je voyais surtout, avec une clarté éblouissante, c'était qu'Amelia m'ensorcelait comme elle savait si bien le faire. Certes, elle était experte en la matière et, pour une raison incompréhensible, on avait envie de prendre une pleine assiette de son fumier de cheval et de le gober en entier.

— Peut-être une autre fois.

Ses traits liftés esquissèrent une moue. Amelia avait cinq ans de plus ou de moins que ma mère, selon qu'on croyait l'une ou l'autre. Mais tandis que ma mère s'enfonçait depuis des années, lestée du poids des regrets et de la dépression, Amelia luttait contre l'âge avec une ténacité implacable. Botox, liposuccion, plastie ventrale, couturiers, maquilleurs, coiffeurs et coach personnel contribuaient à la faire ressembler à une page immaculée. Un de ses nombreux jeunes acolytes, un ancien délinquant juvénile qui s'en était sorti, avait fait médecine et était devenu un chirurgien plastique très recherché. Alors que même les stars de Hollywood devaient attendre des mois pour un rendez-vous, le Dr Harold Strickland réussissait toujours à trouver du temps pour que sa chère « tata » Amelia soit au top de sa forme. Une chaîne ininterrompue de maris et d'amoureux transis payait la facture.

— Tu agis de manière stupide, Claire. Stupide et bornée, comme ta mère.

— Laisse maman en dehors de tout ça, Amelia.

— Comment le pourrais-je ? Elle est là, juste en face de moi, secrètement déguisée en toi.

— Arrête, s'il te plaît. Vous pouvez continuer avec vos histoires de jalousies et de rancune, mais je refuse d'entrer dans votre jeu. Quoi qu'il en soit, ça n'a rien à voir avec toi ou ma mère. Je dois seulement faire ce que je crois juste pour Rainey.

— Dans ce cas, cesse de monter sur tes grands chevaux et regarde la réalité en face. Qui est plus douée que moi avec les jeunes à problèmes ? Combien en ai-je sauvé de leurs tendances autodestructrices pour les remettre dans le droit chemin ?

Je notai le gracieux moulinet des mains manucurées et le regard émerveillé des yeux de biche, masquant un cœur de granite. Lottie avait raison. Amelia n'était qu'une vieille adolescente manipulatrice.

— Tu sais t'y prendre avec les gamins, je ne le conteste pas. Mais il se trouve que Rainey est ma gamine, et je dois m'en occuper à ma façon.

— Je t'en prie, Claire. Il s'agit de jeunes gens, pas de gamins, comme tu le dis si peu élégamment. C'est peut-être là l'origine de mes succès. Je traite ces jeunes âmes troublées avec respect. Je ne les rabaisse pas, pas plus que je ne sous-estime leurs problèmes. Je reconnais leurs besoins, leurs désirs. Surtout, je chéris leur potentiel. La jeunesse, ça signifie des frontières sans limites, des possibilités infinies. Je peux aider Rainey à canaliser ses sentiments, ma chère. C'est une enfant extraordinairement créative, et je sais comment stimuler cette créativité, la modeler en quelque chose de grandiose.

— Grandiose, sûrement.

— Sors un peu de tes schémas tout faits, Claire. Qu'est-ce que tu as à perdre en me permettant d'essayer d'atteindre cette enfant ? Si j'échoue, soit. Mais si elle répond, comme je crois qu'elle le fera, tu auras une Rainey plus heureuse et beaucoup plus positive.

Ce fut mon tour de soupirer. Je sortais avec Jed vendredi soir, et j'appréhendais de laisser Rainey seule ou, pis, entre les mains de ce terrifiant Phelan.

— Bon, tu as peut-être raison. Mais pas de dîner chez Daniel. C'est une jeune personne, comme tu dis, pas un membre de la jet-set. Si tu veux l'inviter à dîner, emmène-la, s'il te plaît, dans un endroit simple et sans prétention. Sinon, je peux la faire manger ici d'abord.

— Pas question. Je suis sûre de pouvoir trouver un endroit suffisamment moche et peu attrayant pour te satisfaire. Est-ce que ça doit forcément être dans une chaîne de fast-food, ou un établissement indépendant suffira ?

— Je me fiche de la raison sociale. Arrange-toi seulement pour que ça ne soit pas un quatre étoiles.

— Attitude consternante, mais prévisible. Je suppose que je ne pouvais pas espérer échapper à l'héritage des gènes débilitants de ma sœur.

— Ne me pousse pas à bout, tante Amelia.

— Sois tranquille, chérie. Je risquerais de me casser un ongle. La voiture viendra chercher Rainey à six heures.

— D'accord.

— Si ça lui plaît autant que je le crois, il y aura d'autres délicieux spectacles à venir. Et un conseil : laisse-la s'habiller comme elle veut. En ce qui me concerne, tant que ses habits seront l'expression de sa propre personnalité, ils seront un délice pour les yeux.

Elle choisirait peut-être du rouge à lèvres bleu assorti à ses cheveux ? Sauf si, entre-temps, elle était passée aux mèches vertes ou aux paillettes. D'ici à vendredi elle aurait peut-être ajouté un piercing dans le nez ou au sourcil à la série de piqûres qu'elle avait déjà à l'oreille gauche ou se serait fait tatouer Tigrou sur la cheville droite pour faire pendant à Winnie sur la gauche. Tout était possible.

— Oh, pour exprimer sa propre personnalité, on peut lui faire confiance.

— Formidable. On va tellement s'amuser.

Dès qu'Amelia eut passé la porte, le téléphone sonna de nouveau. Le mouchard indiquait « numéro privé ». Une fois encore, ce fut une voix de femme et non celle de Jed.

— Claire ? Ici Helen Bruno. Jed Slattery m'a demandé de vous appeler.

— Docteur Bruno, je vous remercie beaucoup de l'avoir fait.

— Vous avez un problème avec votre fille ?

— Rainey, oui. En fait, c'est ma belle-fille, mais son père est mort et je suis sa tutrice.

— Pas de mère ?

— Non, elle est morte quand Rainey était bébé.

— De quoi ?

— Un problème cardiaque, qui n'a pas été diagnostiqué à temps.

— Et le père ?

Le mot m'écorchait la gorge comme une lame. Impossible de le faire sortir.

— Il a eu un souci professionnel. On l'a accusé à tort.

— Je vous demandais la cause de sa mort.

L'image de lui, pendu dans notre chambre, ce matin de janvier, s'imposa à moi. Un vertige moite déferla sur moi, et je m'écroulai sur une chaise.

— Une dépression, réussis-je à balbutier. Noah s'est suicidé.

— Je vois.

— Mais c'était il y a trois ans. Une fois le premier choc passé, Rainey s'en est remise. Elle l'a même mieux géré que moi, en fait. Elle va mal depuis six mois. Elle est devenue tellement pleine de colère, tellement renfermée. Et maintenant, je découvre qu'elle me ment, qu'elle voit en douce un garçon plus âgé qui a l'air d'une espèce de hacker, et traîne dans un abominable immeuble abandonné.

Je gardai pour moi mes soupçons quant au vol dans les magasins. Les exprimer à voix haute, sans preuve, même à un psy, me paraissait une trahison impensable.

— D'après ce que je comprends, Rainey a vécu des épreuves terribles.

— Oui, c'est vrai.

— Normalement, je ne le fais pas, mais pour une amie de Jed, je ferai une exception. Pouvez-vous venir à vingt et une heures, demain soir, après mes rendez-vous ?

— Vous voulez dire Rainey ?

— Non, Claire, je veux dire vous et Rainey. Mon approche implique les enfants et les parents ensemble.

— Je comprends. Mais vous ne la connaissez pas. Elle ne voudra pas me parler ni vous parler devant moi. Elle ne me considère pas comme un parent ou quoi que ce soit d'approchant. « Putain, tu n'es pas ma mère, Claire », voilà ce qu'elle dit. Si vous voulez arriver à quelque chose avec elle, vous feriez beaucoup mieux de la voir seule.

— Si c'est ce que vous souhaitez, je peux vous recommander à des collègues.

— Non, s'il vous plaît, docteur Bruno. Jed dit qu'il n'y a pas meilleure que vous avec les adolescents. Si vous croyez vraiment que ça va marcher, je viendrai.

— Bon, très bien. Je vous verrai toutes les deux demain soir. Nous discuterons de la méthode à adopter après cette première entrevue.

Je raccrochai, me sentant perplexe et mal à l'aise. Où était le soulagement que j'avais attendu ? Pourquoi appréhendais-je ce rendez-vous avec l'amie psychiatre de Jed ?

Richter poussait son bol vide à petits coups sur le sol, me rappelant que je n'étais pas la seule à avoir des problèmes.

Dans mon bureau, une icône sur mon écran d'ordinateur m'informa que j'avais reçu des messages. Mais j'en recevais tout le temps, compte tenu de tous les spams qui me proposaient d'agrandir mon pénis, de le maintenir en perpétuel état d'élévation, qui m'offraient la vie éternelle tout en me procurant des moyens faciles et sans risques de gagner assez d'argent pour la financer.

Vite, je fis défiler la liste des pubs non désirées, le doigt sur la touche Suppr. Je réagissais instantanément aux accroches dans la fenêtre « objet » : « Félicitations ! » « Claire, vous venez de gagner ! » « Voici l'information que vous avez demandée ! » « Ce message va changer votre vie ! » J'étais sur le point d'effacer le dernier e-mail lorsque je repérai l'adresse de l'expéditeur.

Mon disque dur fatigué mit du temps à charger le fichier. Brûlant d'impatience, je contemplai l'image tremblotante sur l'écran. Petit à petit, elle se fit plus nette.

L'entête, comportant plusieurs paragraphes d'informations sur la transmission, apparut la première. Je dus passer tout ça, ainsi que mon propre message à Paige Larwin, suivi d'encore une masse de détails sur le routage Internet, pour atteindre sa réponse. Tout en faisant défiler les lignes inutiles, je ne cessais de penser à ce que je ferais si ma nouvelle idée de roman ne lui plaisait pas. Mon niveau de confiance en soi était dans le rouge. La paralysie complète suivrait de près.

Je finis par arriver à la réponse. À l'image de la femme, elle était concise et allait droit au but. *Ça marche. Maintenant, vous avez deux semaines pour faire le plan et jusqu'à la date stipulée au contrat pour rédiger le bouquin.* Le message était transmis en copie au directeur général, au directeur éditorial, à mon agent et au directeur juridique de Ridgefield.

J'ouvris mon logiciel de traitement de texte et créai un fichier tout neuf. *Il était une fois*, songeai-je, priant pour qu'une idée de départ pointe le bout de son nez. *Il était une fois...*

11

Solomon Griffey vagabondait sur l'étendue herbeuse qui flanquait le complexe des Nations unies sur la Première Avenue. Sa veste porte-bonheur, un vêtement écossais à trois boutons, orné de pièces en daim aux coudes, ne lui offrait qu'une maigre protection contre le vent violent qui tourbillonnait en traversant l'East River. Les drapeaux des États membres, hissés sur une longue rangée de hauts mâts, battaient sauvagement. Une méchante rafale faillit le déséquilibrer. Mais Griffey n'en continua pas moins à errer au hasard, savourant l'instant, réchauffé par l'accueil enthousiaste qu'avait reçu son exposé sur l'essor du terrorisme international.

À la fin de sa communication, plusieurs membres de la commission spéciale de contre-terrorisme du Conseil de sécurité s'étaient précipités sur lui pour le féliciter. D'après leurs questions et leurs commentaires, Griffey savait que son message avait été correctement exprimé et compris. Ce n'était pas une affaire de simple politique, et la politique ne permettrait pas de traiter les maux souterrains. Au cœur des actes terroristes se trouvait la nature humaine dans sa forme la plus inhumaine. La démarche de Griffey avait consisté à faire appel à des experts en comportements humains et, surtout, en comportements déviants, afin d'anticiper et de contrecarrer la menace. Des psychiatres et autres spécialistes étaient plus à même de prédire les actions criminelles que n'importe quel homme d'État, aussi bien intentionné, bon orateur, bien mis et bien coiffé qu'il soit. L'accueil qu'il venait de recevoir justifiait les nuits blanches qu'il avait passées cette dernière semaine à peaufiner son intervention de quarante-cinq minutes. Malgré ses jointures arthritiques et l'inconfort des chaussures bien cirées qu'il portait à la place de ses habituels mocassins souples, sa démarche était presque sautillante.

Griffey pencha la tête en direction de l'imposante statue de bronze représentant un saint Georges à peine vêtu terrassant le dragon.

— Toi non plus, tu n'es pas habillé pour l'hiver, mon vieux. Je parie que tu chercherais à te mettre à l'abri si c'était possible, et je ferais bien d'en faire autant.

Approchant de la sortie, il avisa un taxi. Profitant du vent qu'il avait dans le dos, il se hâta vers la rue, le bras levé. Au moment où le taxi ralentissait et se dirigeait vers lui, un bonhomme à l'allure négligée, en veste de chasse et bonnet à oreillettes, lui barra la route.

— Excusez-moi, dit Griffey de sa voix fluette.

— C'est vous, Solomon Griffey ?

— Oui. Je vous connais ?

L'homme fourra une enveloppe dans la main de Griffey.

— On m'a demandé de vous donner ça.

— Qui ?

— Je pourrais pas vous dire. Tout ce que j'ai vu, c'est la tête de mon pote Andy Jackson sur le billet qu'il m'a refilé.

Dans le taxi, Griffey ouvrit l'enveloppe avec un doigt raidi par le froid. À l'intérieur se trouvait une coupure de journal :

L'Arcanum, un groupe de volontaires qui enquête sur de vieilles affaires jamais élucidées, vient d'être désigné comme le principal responsable d'une série de condamnations à la peine capitale qui pourraient avoir envoyé des suspects innocents dans le couloir de la mort. Cette allégation intervient à un moment où la peine capitale fait l'objet d'une large remise en cause. Dans une interview donnée peu de temps après sa libération du pénitencier de Florence, en Arizona, B.B. LeBeau a saisi la justice pour enquêter sur le groupe et reconsidérer les nombreux dossiers que celui-ci aurait prétendument aidé à résoudre. LeBeau affirme que l'Arcanum poursuit une vaste conspiration visant à redorer la réputation de ses membres au détriment de vies innocentes.

Tandis que le taxi continuait sa route vers le club Calibre, ruant et soufflant sous la conduite approximative de son chauffeur, Griffey téléphona pour réserver une salle. Ensuite, il appela plusieurs membres de l'Arcanum. Comme il le soupçonnait, on leur avait tous remis en mains propres des copies de cet article affligeant.

— Ça doit être un coup de LeBeau, dit Callendar.

La nervosité dans sa voix n'échappa pas à Griffey.

— Ça semble probable.

— Ce qui signifie qu'il sait où nous trouver, ce que nous faisons, où nous habitons.

— En effet. Mais cela montre aussi qu'il a simplement utilisé ces informations pour nous mettre au courant de ses intentions.

— Pour l'instant.

— Peut-être. Cela nous laisse le temps, cependant, de bâtir une stratégie. Vous pouvez vous libérer pour une réunion de crise au club ?

— J'y serai.

Le temps que le taxi s'arrête devant l'immeuble en pierre de la 66e Rue Est, une douzaine de membres avaient répondu à l'appel. Du café, des biscuits, une carafe d'eau et un assortiment de sodas les attendaient dans le jardin d'hiver du rez-de-chaussée. Griffey avait informé le directeur qu'il s'agissait d'une réunion confidentielle. Aucune intrusion d'aucune sorte.

Russell Quilfo, Lyman Trupin et Aldo Diamond étaient déjà là. Les autres ne tardèrent pas à arriver, ce qui leur permit de fermer les portes et de se mettre à l'ouvrage dans les dix minutes.

Griffey fit le tour de la pièce des yeux.

— Merci d'être venus ainsi au pied levé, mes amis. Commençons, si vous le voulez bien.

Lyman Trupin observait son exemplaire de l'article.

— Que croyez-vous qu'il cherche à faire ?

— Si c'est de l'intimidation, il a parfaitement atteint son but, fit remarquer Heidi Cohen.

Aldo Diamond s'éclaircit la gorge.

— Je crains que ce puisse être bien pis que ça. S'il parvient à nous discréditer, d'autres affaires sur lesquelles le groupe a travaillé risquent aussi d'être remises en cause.

Griffey pinçait les lèvres.

— C'est exactement ce que je me suis dit, Aldo.

— Je ne suis pas d'accord. LeBeau n'est pas du genre altruiste. Que pourrait-il espérer obtenir en libérant une poignée de monstres ? dit Erin McCloat.

— Une poignée de monstres qui lui sont redevables, commenta Diamond.

Quilfo fit la grimace.

— Un vrai cauchemar judiciaire.

Diamond tendit la main vers les biscuits.

— Au bas mot. Imaginez l'Union nationale des psychopathes, avec B.B. LeBeau à sa tête.

Il fourra un biscuit saupoudré de sucre dans sa bouche et mâcha bruyamment.

La mine de Griffey s'allongea encore.

— C'est un scénario vraiment abominable, mais que je refuse d'envisager sérieusement. Ce n'est pas pour autant idiot. D'autres suggestions ?

Perry Vacchio soupira.

— Il peut s'agir d'une simple diversion. LeBeau essaie peut-être de nous déstabiliser et de nous maintenir occupés ailleurs pendant qu'il prépare un autre forfait.

— Comme de venir nous trancher la gorge pendant notre sommeil ? dit Callendar.

Erin McCloat porta la main à son long cou fin.

— Il sait que s'il nous tue tous, il ne s'en sortira pas. Peut-être est-ce sa façon de tenter d'éliminer l'organisation qui l'a mis en prison.

— Possible, concéda Griffey. Mais honnêtement, j'ai du mal à imaginer que LeBeau se satisferait de la destruction d'un groupe de volontaires. Il le souhaite peut-être, mais je parie que ce n'est pas tout.

Diamond se servit de nouveau dans le tas de biscuits, son appétit augmentant en proportion de la gravité de la situation.

— Je ne crois pas qu'il faille reléguer aussi vite la théorie de la diversion de Perry. Je ne crois pas non plus que LeBeau ait l'intention de nous tuer tous. Mais il pourrait en éliminer quelques-uns avant que la justice se réveille.

Callendar griffonna une rangée de pierres tombales.

— LeBeau a toujours été un contributeur essentiel à l'industrie des pompes funèbres.

Diamond avait fait un sort à toute l'assiette de biscuits. Il se passait maintenant la langue sur les lèvres pour y trouver quelques miettes qui s'y seraient accrochées. L'air nerveux, il scruta la pièce, regrettant de ne pas avoir apporté de provisions d'urgence.

— Des idées sur ce qu'il faut faire ?

— Des mesures de protection ? suggéra Vacchio.

— Comme quoi ? demanda Russell Quilfo. Il ne faut pas s'attendre à ce que le NYPD forme un cordon de sécurité autour de nous, tout ça sur la base de suppositions et d'un article de journal.

Aldo Diamond s'éclaircit la voix.

— Je crois qu'on en revient au vieil adage : la meilleure défense, c'est l'attaque.

— Je suis cent pour cent d'accord, Aldo. Nous devons découvrir ce que LeBeau a en tête et le prendre de vitesse.

Griffey joignit les mains et se pencha vers Quilfo.

— Russell, si ces accusations contre le groupe Arcanum se précisent, vous vous retrouverez dans une position intenable en tant que divisionnaire adjoint du NYPD. Si vous souhaitez prendre vos distances jusqu'à ce que cette histoire soit réglée, je suis sûr que tout le monde comprendrait.

Quilfo hocha la tête à contrecœur.

— Ce n'est pas ma seule raison de me retirer. Si l'affaire devient publique, l'Arcanum aura besoin de tous les amis possibles au sein de la police. Je vous serai beaucoup plus utile dans ce rôle.

— Tout le monde est d'accord ?

Griffey fit un décompte des voix informel.

— C'est donc décidé. Nous ne prendrons contact avec vous qu'en cas d'absolue nécessité, Russell. Nous ne voulons pas compromettre votre situation.

Quilfo fit le tour de la table en serrant les mains. À la porte, il s'arrêta.

— Péchez par excès de prudence, si nécessaire, mes amis. Je crains que compromettre ma situation ne soit le moindre de nos soucis, ici.

12

Duffy nous conduisit chez la psychiatre dans la fourgonnette du refuge. Nous fîmes le voyage en compagnie d'une énorme chienne enceinte et de deux labradors décharnés, couleur chocolat, qu'il avait ramassés en venant nous chercher. Le trio, enfermé derrière un grillage, aboya pendant tout le trajet, avec une belle constance presque digne de Richter. Certes, leurs manifestations de révolte étaient faibles comparées à celles de Rainey.

— Vous n'avez pas le droit de m'emmener quelque part contre mon gré, c'est illégal !

— Ça dépend de l'endroit, chérie, affirma Duffy. Dans ce cas-là, aucun tribunal du pays ne nous condamnerait.

— Je suis pas obligée. On est dans un putain de pays libre.

Duff soupira.

— Un putain de pays, ça tu peux le dire.

— Je me passe de tes blagues, oncle Duffy. Et je me passe aussi d'un crétin de psy.

— Tu as raison. Mais un psy intelligent pourrait te faire du bien.

Duff intercepta mon regard et me fit un clin d'œil. Je m'efforçai de garder une expression impassible, terrifiée à l'idée que si la colère de Rainey débordait, elle puisse trouver un moyen de forcer la sécurité enfant et de s'échapper.

Duffy avait l'habitude des chamailleries avec des créatures récalcitrantes. La plupart finissait par céder à sa bonhomie gaélique. Mais ce soir, Rainey n'était pas prête à se laisser faire.

— C'est elle, la dingue, pas moi. Tu l'as vue après la mort de papa. Toute la journée à traîner en pyjama, les cheveux sales et emmêlés, comme une vraie folle.

Dans le rétroviseur, je la vis se tapoter la tempe avec l'index.

— On a tous un peu perdu l'esprit quand ton père est mort, Rainey, dit Duffy, la voix éraillée. Certaines choses sont un enfer à supporter.

— Alors t'as qu'à aller voir ce putain de psy. Moi j'y vais pas.

Elle serra les mâchoires et regarda par la vitre.

— Et tu pourrais pas faire taire tes foutus clebs ? Ils me prennent la tête.

— On y est.

Duffy s'arrêta devant chez Helen Bruno sur la 84e Rue, entre Madison et Park Avenue. Il ouvrit la portière arrière, saisit Rainey par le poignet et la fit sortir du véhicule comme un bouchon récalcitrant.

— Lâche-moi, tu m'entends !

Un sourire gêné aux lèvres, Duffy la tira tant bien que mal jusque dans l'immeuble. Rainey hurlait comme une possédée. Elle se débattait et martelait de coups de poing la poitrine de Duffy. C'était le genre de scène qui suscitait la curiosité embarrassée des témoins, à l'instar d'un carambolage ou d'une exhibition sexuelle torride. Des habitants de l'immeuble qui sortaient pressaient le pas ou au contraire s'arrêtaient pour chuchoter, nous montrer du doigt ou simplement observer. Duff tentait de la maîtriser, mais Rainey faisait feu de tout bois : ongles, pieds, dents, regards meurtriers ou de pure haine, chaque fois qu'une de ses armes était neutralisée, elle s'en découvrait une nouvelle. La voir ainsi me laissa le souffle court. J'étais frappée d'épouvante.

Le concierge, un gnome chauve qui, d'après son badge, répondait au nom d'Enrico Caruso, sortit de derrière son comptoir de surveillance. Il creusa le torse et ses lèvres s'ouvrirent. L'espace d'une seconde, je crus que, prenant son patronyme trop au sérieux, il allait se lancer dans des vocalises. Au lieu de ça, il devint écarlate et fut pris d'une quinte de toux. Lorsqu'il fut suffisamment remis pour parler, il braqua son regard larmoyant sur moi.

— Je peux vous aider ?

— Nous venons voir le Dr Bruno.

Comme si ça expliquait tout, il nous fit signe d'entrer.

— Appartement 4D, de l'autre côté de la passerelle. L'ascenseur est au fond. Quatrième étage.

L'immeuble était constitué de deux bâtiments reliés par une passerelle de verre. New York est truffé de ce genre d'anomalies, conséquences des formes bizarres de certaines parcelles de terrain ou de l'obstination de quelques propriétaires refusant d'abandonner leurs minuscules bâtisses pour laisser des géants déterminés prendre leur place.

Dans ce cas précis, une modeste maison de bois était coincée entre les deux tours de la résidence. Une vieille dame aux hanches larges ceintes d'un tablier blanc amidonné se déplaçait dans une cuisine tout droit sortie des années 1950, préparant le dîner du vieillard édenté avachi à table, le regard terne et vitreux.

Je pouvais lire leur histoire comme si elle y était inscrite en gros caractères. Ils habitaient dans cette maison depuis toujours, l'un d'eux l'ayant probablement héritée de ses parents ou grands-parents. Les murs des couloirs étaient sans doute hachurés de traits de crayon témoignant de la croissance de plusieurs générations d'enfants. La commode devait être chargée de photos, la plupart couleur sépia ou délavées par le temps, à côté d'antiques bouteilles de parfum évaporé et d'une boîte à musique pleine de breloques ternies, de chaînes en or emmêlées et d'une ballerine cassée.

Lorsqu'un gros promoteur immobilier leur avait offert une fortune pour les déloger, la femme avait obstinément refusé, craignant qu'un déménagement ait raison des dernières forces de son mari. Elle avait eu peur de l'endroit où les aurait menés la route du départ : de l'aide à domicile à la maison de retraite puis bientôt au mouroir. Bien sûr, ce qui la terrifiait le plus était le démon nommé changement. Elle avait donc résisté à la vente, en dépit des exhortations de sa famille et des pressions exercées par l'équipe d'avocats de choc du promoteur. Elle n'avait pas lâché, même quand les immeubles avaient commencé à pousser autour d'eux dans un brouillard de poussière suffocant et un vacarme assourdissant, leur volant leur intimité, leur lumière, et même l'air qu'ils respiraient. Dans l'esprit de la vieille dame, tenir bon était une question de survie. Parfois, ça se résumait à ça : tenir bon.

Dans l'ascenseur, Rainey cessa de lutter. Avec un énorme soupir, elle devint toute molle et se laissa tomber par terre.

Duffy la releva et la flanqua sur son épaule quand les portes s'ouvrirent au quatrième étage. Il tourna à droite, traversa le couloir, ployant à peine sous le poids de Rainey, et pressa la sonnette du Dr Bruno de sa main libre.

De manière tout aussi impassible, la psychiatre ignora purement et simplement Duffy, comme si Rainey était arrivée en skate-board ou en rollers, et non sur l'épaule d'un colosse irlandais entre deux âges, au teint rubicond.

— Entrez. Bonjour, Rainey. Je suis le Dr Bruno. Vous pouvez vous asseoir ici.

Elle montrait une pièce confortable et abondamment meublée de larges fauteuils bien rembourrés et d'agréables tapis de laine. Des objets rassurants étaient disséminés un peu partout : couvertures au crochet, peluches, coussins et des boîtes de Kleenex pour sécher les larmes de colère ou de chagrin. Duffy déposa Rainey à un bout du sofa beige.

— Je vous attends.

Je m'installai à l'autre extrémité du canapé, face au fauteuil de cuir à haut dossier du Dr Bruno.

— Inutile, Duffy. On se débrouillera pour rentrer.

— Tu es sûre ?

— Certaine. C'est mieux, je t'assure.

— Comme tu veux.

Il se tourna vers Rainey.

— Calme-toi, ma chérie. Détends-toi. Parler peut souvent faire beaucoup de bien. En plus, c'est bon pour les poumons.

La présence imposante de Helen Bruno eut le don de dénouer quelques-uns des nœuds les plus douloureux dans ma poitrine. D'abondants cheveux bouclés et grisonnants surmontaient son visage bienveillant et mettaient en valeur son corps aux rondeurs maternelles. Elle passa le cardigan posé sur le dossier de son fauteuil et chaussa des lunettes de grand-mère sans monture, qu'elle plaça bas sur son nez. Plongeant la main dans un dossier suspendu, elle en sortit un bloc et un stylo.

— Les notes que je prends sont pour mes dossiers personnels. Personne ne les voit à part moi, et tout ce qui se dit dans cette pièce est strictement confidentiel. Tu comprends ce que ça veut dire, Rainey ?

Elle eut droit en réponse à un haussement d'épaules.

— Ça veut dire que je ne répète jamais ce qu'on me dit ici, à personne, pas même à ma famille ou à ma meilleure amie. Tout secret révélé ici demeure un secret. Tu peux dire tout ce que tu veux, n'importe quoi, et cela restera entre nous.

— Et si je dis rien ? Si je veux juste me tirer d'ici ?

— Je te demanderai de rester toute l'heure. J'ai fait en sorte de te garder ce temps-là, et il est pour toi.

— Mais c'était pas mon idée. C'est elle qui m'a forcée à venir.

— Pourquoi Claire l'a-t-elle fait, à ton avis ?

Rainey regarda le sol et tripota ses mèches bleues. Elle s'était refermée. Portes verrouillées, volets clos, portails de sécurité infranchissables.

— Claire, c'est peut-être à vous que je devrais poser la question. Pourquoi avez-vous tenu à ce que Rainey vienne ici ?

— Parce que je m'inquiète pour elle. Et parce qu'il m'incombe de m'occuper d'elle et de veiller à ce qu'elle dispose de l'aide dont elle a besoin.

Le médecin griffonna quelque chose.

— Qu'est-ce qui vous inquiète ?

— Rainey a changé. Elle est devenue très distante et secrète. Et hier soir, j'ai découvert qu'elle avait retrouvé en cachette un garçon plus âgé, qu'ils traînaient ensemble dans un immeuble abandonné à Alphabet City. Si vous aviez vu l'endroit ! Un vrai coupe-gorge. Qui sait ce qui aurait pu lui arriver si nous ne l'avions pas retrouvée.

Ma voix montait de plus en plus haut sur l'échelle de l'hystérie. D'un geste de la main, Helen Bruno me fit signe de me calmer.

— Peux-tu me parler de ce garçon, Rainey ? demanda la psy.

Pas de réponse.

— C'est ton petit ami, un ami ou autre chose ? poursuivit-elle.

Rainey mordillait une cuticule. Elle arracha un bout de chair, et une goutte de sang étincelant apparut.

— Qui était l'homme qui a amené Rainey, Claire ?

— Duffy est un bon ami de nous deux. C'est le parrain de Rainey. Il a été le coéquipier de son père dans la police pendant des années. Ils étaient comme des frères.

— Et ta famille à toi, Rainey ? Peux-tu m'en dire quelque chose ?

Rainey releva la tête suffisamment longtemps pour lancer une œillade meurtrière, puis se replongea dans l'étude du tapis.

Helen Bruno se cala dans son fauteuil et laissa le silence s'installer. Presque dix minutes passèrent sans qu'un mot ne soit échangé, même si cela parut bien plus long, une étonnante masse de temps vide, plein d'attente.

— Et l'école ? demanda le médecin.

— L'école, c'est l'école. Point. Bon, je peux y aller maintenant ?

Helen Bruno retira ses lunettes et se frotta les ailes du nez.

— Il nous reste encore quarante minutes. Si tu préfères ne pas parler pour l'instant, pourquoi ne pas jouer à un jeu avec moi ?

La couche de glace entourant le silence de Rainey semblait légèrement plus fine.

— Ça s'appelle des associations libres. Je dis un mot, et tu dis la première chose qui te passe par la tête.

L'adolescente leva ses yeux clairs, voilés de méfiance.

— Quel est l'intérêt ?

— C'est comme de laisser une grenouille sauter, en se demandant où elle va atterrir. Cela peut se révéler très intéressant. Tu peux commencer si tu veux. Tu dis un mot, et moi je réponds.

Rainey se redressa, incapable de résister à cette occasion de prendre le pouvoir.

— Garçon…

— Fille.

— Docteur…

— Patient.

Rainey fronça les sourcils, en pleine réflexion.

— Église…

— Cloche.

— Cloche…

— Plongeur.

— C'est débile.

— D'accord. Mais c'est quand même mon tour. Chaud…

— Froid.

— Pieds…

— Chaussures.

— Nuit…

— Noire.

— Enfant…

— Peur.

Rainey se raidit.

— Stop. Je déteste ce truc.

— Bien, dit Helen Bruno. Plus de jeux, donc. De quoi voudrais-tu parler ?

Rainey brandit un doigt vers moi.

— Juste qu'elle se mêle de ses affaires et arrête de me commander. Elle me fait chier. Vous pouvez faire quelque chose pour ça ?

— Non, mais on peut peut-être y arriver ensemble.

Rainey renifla.

— Vous êtes magicienne ou quoi ?

— On n'a pas besoin de magie pour résoudre les problèmes, mais on a besoin de beaucoup y travailler.

— Le problème, c'est Claire. Ce dont j'ai besoin, moi, c'est d'être débarrassée d'elle. Pourquoi je peux pas aller vivre avec quelqu'un d'autre ?

Je ramassai un lapin bleu en peluche qui était tout usé par endroits. Son œil gauche manquait et sa longue oreille droite pendait tristement, comme si elle ployait sous le poids de tant de malheur.

— Qu'est-ce que j'ai fait pour susciter une telle colère, Rainey ? Je ne comprends pas.

— Tu comprends jamais rien.

Elle se tourna vers le médecin, débordant soudain d'enthousiasme.

— J'aurais dû y penser plus tôt ! C'est ça, la solution ! Je pourrais aller vivre chez ma copine Dani. Sa mère est super cool.

Je m'accrochais fermement au lapin.

— Ton père m'a demandé de prendre soin de toi, Rainey. C'est ce qu'il voulait et c'est ainsi qu'il en ira.

— Et qu'est-ce que tu fais de ce que je veux, moi ? C'est ma vie, putain. C'est moi qui devrais pouvoir décider comment j'ai envie de la vivre. Pas toi ni personne d'autre.

— Et ce serait comment, Rainey ? demanda doucement le Dr Bruno. Comment voudrais-tu vivre ?

— Sans elle.

— Cela mis à part. Imagine que tu puisses la dessiner. À quoi ressemblerait-elle ?

Rainey retomba dans le mutisme, s'agrippant les genoux. Une autre masse sombre de temps passa.

Le regard du psychiatre était plein d'empathie.

— C'est la question la plus difficile qui soit, je sais. La plupart d'entre nous passons notre vie entière à tenter d'y répondre. Voici ce que je te propose, Rainey. Tu viens me voir avec Claire, et nous essaierons de démêler tout ça. Tu mérites de te sentir mieux, et je crois pouvoir t'aider à y parvenir. Qu'en dis-tu ?

Après un autre long silence chargé, le Dr Bruno siffla la fin du match.

— Bon, dit-elle en se levant pour nous raccompagner. Je vous revois la semaine prochaine à la même heure.

13

Vendredi soir, Jed arriva, les bras chargés d'un paquet enveloppé de papier cadeau à pois rouges, avec une faveur écarlate.

— Tu n'aurais pas dû, lui dis-je d'un ton sévère. Tu m'avais promis que ce serait juste un dîner entre amis.

— Pourquoi tu ne l'ouvres pas, avant de t'emballer ?

J'obtempérai et fus soulagée de découvrir un contenu on ne peut moins romantique : un exemplaire du meilleur du magazine *Mad*, six bagels au sésame de chez H & H, et un tapis de souris à l'effigie de Betty Boop, la jupe gonflée, telle celle de Marilyn, au-dessus d'une bouche d'aération. J'ai toujours été fan de Betty Boop, parmi certaines autres choses.

— Merci, dis-je à contrecœur. C'est super. Désolé d'avoir réagi trop vite.

Il regarda lentement autour de lui, suivi par Richter, qui entre-temps avait reniflé notre visiteur sous toutes les coutures.

— Tu veux quelque chose ?

Il eut un regard très légèrement coquin.

— Quelque chose à boire, précisai-je. Évitons de jouer aux sous-entendus, d'accord ?

— Où est Rainey ?

— Elle est allée dîner puis voir un ballet avec Amelia. Avec un peu de chance, ça durera très, très longtemps.

— À t'entendre, elle est un peu dure à gérer en ce moment.

— C'est un euphémisme. Helen Bruno s'est montrée formidable avec elle. Merci, Jed.

— Helen est super.

— C'est vrai. Malgré tout, je crains qu'il faille un miracle pour remettre cette gamine sur les bons rails. Rainey a muté en quelque chose qui ferait un excellent film d'horreur.

— Les choses évoluent, Claire. Laisse le temps au temps.

Je sentis les larmes me monter aux yeux et détournai la tête pour les essuyer.

— Tu as toujours été optimiste.

— Des problèmes surviennent toujours, qu'on s'y attende ou pas. Pourquoi se faire du souci à l'avance ?

— Comment es-tu devenu aussi raisonnable ?

— Tu me trouves raisonnable ? Arrête, tu vas me vexer.

Il regarda sa montre.

— Tu as faim ?

— Toujours. C'est pourquoi j'ai cette apparence-là.

— Tu es parfaite.

Je fis la grimace. Jed leva les mains en signe de reddition.

— Ce n'était qu'un simple compliment, Votre Honneur. Par pitié, ne me jetez pas en prison. Je promets de ne pas recommencer.

— J'accepte les compliments, mais cesse de me regarder comme ça.

— Comment ?

— Tu le sais très bien. Ne sois pas aussi mignon.

Il enfila son manteau.

— L'endroit où nous allons ne prend pas les réservations. Si on ne veut pas attendre toute la nuit, on ferait mieux d'y aller.

— Rien de trop élégant, j'espère ?

— Sûrement pas.

Nous marchâmes dans un silence amical jusqu'au croisement de Jane Street et de la 4e Rue Ouest, où il me fit entrer au Corner Bistro.

L'intérieur était sombre et sentait la fumée, la bière et une appétissante odeur de graisse. Mon ventre gargouilla, comme Richter lorsqu'il se sent assiégé. Heureusement, personne ne pouvait l'entendre par-dessus le vacarme des conversations et la trompette de Dizzy Gillespie qui sortait du juke-box. Toutes les tables étaient occupées ; trois rangées de personnes s'entassaient au bar et la file de clients attendant pour dîner serpentait presque jusqu'à l'entrée. Jed et moi faisions remonter la moyenne d'âge de plusieurs années.

— Les meilleurs burgers de New York, s'exclama-t-il à mon oreille. Tu es déjà venue ?

Quand je sortais, c'était le plus souvent pour dîner avec Lottie.

— Non, mais j'en ai entendu parler.

— Ça ne devrait pas être trop long. Tu veux une bière en attendant ?

J'en bus deux avant qu'on s'installe à une table de bois éraflée, sur laquelle étaient posés du ketchup, de la moutarde et un tas de serviettes en papier. Le menu était inscrit à la craie sur un tableau. Les burgers étaient servis avec ou sans fromage et bacon. Pour les plus pervers, le fromage pouvait être grillé à part. Comme légume, on proposait des frites. L'absence de desserts mis à part, c'était mon idéal de restaurant.

Je me demandai si Lottie avait déjà fait la critique de cet établissement. Lorsque les burgers arrivèrent, j'en fus presque sûre. Bien que mes souvenirs soient un peu vagues après trois années d'abstinence, chaque bouchée m'évoqua une extase proche de l'orgasme. À en juger par le regard trouble et les paupières tombantes de Jed, il devait ressentir la même chose. Tendant l'oreille dans le brouhaha, je perçus des sons identiques venant des autres tables : gémissements sourds, soupirs et autres bruits caractéristiques du plaisir coupable.

Après dîner, nous rentrâmes chez moi par le chemin des écoliers, via le quartier des théâtres.

— J'adore me promener ici, dit Jed en aspirant l'air à pleins poumons.

— Moi aussi. C'est une ville géniale. Mais pas idéale pour y élever un enfant. Parfois, je me dis que Rainey serait mieux dans un endroit un peu moins compliqué.

— Ce serait compliqué partout, et c'est compréhensible. Cette pauvre gamine en a déjà trop enduré.

— C'est vrai.

Le vent m'avait décoiffée. Jed repoussa une de mes boucles en arrière.

— Toi aussi, tu en as bavé. Je le sais. Je n'essaierai pas de te presser en quoi que ce soit.

— Merci, Jed, c'est sympa.

— Je me contenterai de peu pour l'instant. Mais j'ai bien l'intention d'être gentiment insistant. D'accord ?

— OK.

Au moment où nous tournions au coin de ma rue, je vis la Bentley d'Amelia s'éloigner.

— Elle est rentrée.

— Super, j'aimerais bien faire sa connaissance.

— Je pense qu'il vaut mieux attendre que les choses soient rentrées dans l'ordre.

Son sourire disparut.

— C'est toi le chef.

— La situation est tellement délicate avec elle en ce moment. Inutile d'ajouter un nouveau sujet de conflit.

— Je comprends. Merci pour la soirée. Ça faisait longtemps que je n'en avais pas passé d'aussi bonne.

— Moi aussi. Et merci encore pour le Dr Bruno.

— Je t'en prie. Les amis sont là pour ça. À ce propos, j'ai un service à te demander. Je dois passer la soirée avec un gros donateur potentiel pour notre nouveau centre de cardiologie demain soir chez Aureole. Ce sera un grand gala de présentation. Il te faudra endurer quelques grands crus et de l'excellente nourriture. Ai-je une chance de parvenir à te convaincre ?

— C'est un service que tu me demandes ? Comment pourrais-je refuser ?

Il posa un petit baiser sur ma joue. La peau me démangeait encore à cet endroit lorsque je rentrai, marchant sur la pointe des pieds en anticipant les mauvaises surprises que Rainey avait pu me réserver.

Ce que je découvris se révéla plus stupéfiant que tout ce que j'aurais pu imaginer. Sagement assise sur le canapé, elle lisait le programme du ballet. En m'entendant entrer, elle sourit. Elle me regarda en face. Elle me parla.

— Bonsoir. Tu avais un rendez-vous amoureux ou quoi ?

— Je suis allée dîner avec mon ami Jed. Je t'avais laissé un mot.

— Moi aussi, je viens juste de rentrer. Si tu avais vu ce ballet, Claire.

Elle se leva et virevolta gracieusement dans sa minijupe et son petit top en stretch moulant.

— C'était magnifique.

— Tant mieux. Et le dîner ?

— Trop bon.

— Vous avez mangé où ?

— Chez tante Amelia. Elle a fait livrer des plats extraordinaires.

— Laisse-moi deviner. De chez Daniel ?

Elle haussa les épaules.

— Je ne sais pas, mais elle m'a dit de te dire que sa salle à manger ne figurait pas dans le guide Zagat.

— De l'Amelia tout craché. Dès qu'il y a une faille, elle est prête à s'y engouffrer.

Rainey continuait de glisser en arabesques fluides, flottant sur ses souvenirs.

Je me délectai de ce spectacle. C'était la Rainey dont je me souvenais. La gamine heureuse et sans problème que, pensais-je, elle serait toujours. Amelia avait sans doute raison et cette simple soirée marquait peut-être un tournant magique.

Je voulais tellement y croire que je réussis presque à m'en convaincre. Tout au fond de moi, cependant, une voix me mettait en garde : si ça paraît trop beau pour être vrai, ça l'est sans doute.

Or c'était trop beau pour être vrai.

14

La juge Montrose froissa une lettre qu'elle avait reçue, du temps où elle était une jeune juriste, confirmant sa convocation pour plaider devant la Cour suprême. Avec un reniflement de colère, elle balança la missive précieuse dans la corbeille à papier.

— Savez-vous ce que c'est, Deakin ?

Barnes, qui la semaine durant avait été le malheureux témoin de l'implacable rage de la juge à propos de la libération de LeBeau, ouvrit les mains.

— Un panier à deux points, Votre Honneur ?

Elle roula en boule un autre document qu'elle envoya dans la poubelle, qui débordait maintenant de dossiers juridiques, d'articles qu'elle avait rédigés pour des revues professionnelles, de vieilles correspondances précieusement conservées, d'anciennes photos chéries et des volumes de réflexions personnelles que, pendant des années, elle avait eu l'intention de condenser et de mettre en forme dans un livre de souvenirs qu'elle projetait d'intituler *Vu du barreau*.

Elle s'interrompit dans sa tâche, juste assez longtemps pour le fusiller du regard.

— Ne faites pas le malin, Deakin. Je range les étagères, je me débarrasse des détritus. Faire le vide permet de clarifier la pensée. C'est un fait.

— Très bien, Votre Honneur. Tout ce que vous voulez.

Elle jeta une statuette de cristal représentant la Justice, les yeux bandés, et possédant une étrange ressemblance avec la juge Montrose elle-même. La figurine lui avait été offerte par un vieil ami pour célébrer sa vingtième année à la Cour supérieure. Mizzoner l'aimait tellement qu'elle souriait chaque fois qu'elle posait les yeux dessus. Barnes ne l'avait jamais vue plus sensible à quoi que ce soit d'autre.

Dès qu'elle tourna le dos, cherchant de quoi alimenter sa folle envie de jeter, Barnes récupéra la statuette de cristal et plusieurs autres objets qui n'avaient pas été trop abîmés. En hâte, il les fourra dans un tiroir. Quand sa crise serait passée – si elle passait – Mizzoner aurait forcément des regrets.

Le ventre de Barnes gargouillait. La pendule du bureau indiquait vingt heures quarante-cinq, alors qu'il dînait d'ordinaire à dix-huit heures trente. Dix-neuf heures maximum.

Chaque fois qu'ils travaillaient tard, la juge acceptait de faire une pause pour l'accompagner au café d'en face chercher quelque chose à grignoter. Il mangeait alors son sandwich au thon ou au poulet les yeux fermés, essayant de se convaincre qu'il dégustait les délicieuses pâtes ou la tourte au poulet de Denise, son cordon-bleu d'épouse.

C'était déjà assez pénible. Mais ce jour-là, la juge était trop en furie pour songer à s'arrêter le temps de se restaurer. Il était interdit de se faire livrer à manger au palais de Justice car les mesures de sécurité étaient réduites le week-end, de sorte que depuis son arrivée, à midi, Barnes avait dû combattre sa faim avec ce qu'il avait pu trouver dans le bureau de la juge. Il en avait été réduit à ingurgiter deux paquets de vieux chewing-gums, une poignée de dragibus goût raisin, le parfum qu'il aimait le moins, un Perrier éventé et une demi-bouteille de Maalox. Si l'étiquette n'était pas mensongère, il aurait bientôt des dents plus solides et moins d'acidité dans l'estomac que quiconque de sa connaissance. Mais quel bien cela lui ferait-il s'il devait finir couché dans un cercueil, vêtu de son beau costume du dimanche, mort d'inanition ?

— Nous avons un emploi du temps chargé, la semaine prochaine. Vous feriez peut-être mieux de rentrer chez vous et de vous reposer.

— Je dois vous avouer, Deakin, que vous ne ressemblez pas du tout à ma mère.

— Je vous dis seulement qu'après toutes ces soirées de travail, vous devez être fatiguée.

Elle commença à retirer des livres des étagères.

— Si vous êtes fatigué, c'est votre droit de le dire. Mais juger de mon niveau d'énergie ne figure pas dans la description de votre poste, si je ne m'abuse.

Barnes leva ses grosses mains, s'avouant battu.

— Très bien. Si vous voulez passer la nuit ici, c'est votre affaire.

— Je ne vous le fais pas dire.

La juge Montrose empila des dizaines de volumes par terre.

— Nous les enverrons à la bibliothèque de droit lundi. Veillez, s'il vous plaît, à effacer toutes les inscriptions personnelles.

Il la regarda balancer un livre que lui avait offert Ruth Bader Ginsburg bien des années avant de devenir membre de la Cour suprême. Barnes n'avait pas oublié la fierté qu'avait inspirée à Mizzoner les mots du juge : *À une brillante juriste et amie très chère*.

— Bien, chef, pas de problème.

Son estomac gargouilla de nouveau à volume audible.

La juge fit la moue.

— Mon Dieu, Deakin, pourriez-vous, s'il vous plaît, aller vous chercher à manger ? Ce n'est pas parce que j'ai certaines choses à régler que vous devez traîner là comme un orphelin sorti d'*Oliver Twist*.

— Si vous restez, je reste. C'est comme ça.

— Il se trouve que j'ai cinquante-trois ans, monsieur Barnes. Cela fait de longues années que je n'ai plus besoin des services d'une baby-sitter.

— J'en suis sûr, mais je crois que je vais quand même rester ici.

Des espaces béants s'ouvraient entre les livres demeurés en place sur les étagères. Barnes ne put s'empêcher d'évoquer sa grand-tante Alva sans son dentier. Mizzoner s'en prenait maintenant aux tiroirs de son bureau, balançant stylos et crayons, trombones, feutres, cartes professionnelles, bonbons durcis ainsi que vingt ans de moutons de poussière, timbres chiffonnés et menue monnaie.

— Tout cet atroce gâchis, marmonna-t-elle avec colère. Et tout ça pour quoi ?

— Vous me parlez, madame le juge ?

— Vous voyez quelqu'un d'autre dans la pièce, Deakin ?

Barnes fit lentement pivoter sa tête. Dans ce boulot, il avait appris que rien n'était jamais acquis.

— Non, madame.

— Et d'après vous, suis-je le genre de personne qui pourrait avoir une tendance à se parler à elle-même ?

Il chercha une ruse, puis se prépara à protéger ses organes sensibles en cas de besoin.

— Non ?

Avec un soupir, elle s'écroula dans son fauteuil.

— Bon.

— M'est avis que vous y allez un peu fort.

— Et quand bien même ?

Barnes caressa la barbe drue qui avait commencé à apparaître sur son menton.

— Tout ça pour LeBeau ? Vous êtes en train de me dire qu'à cause de cette petite pourriture que le Seigneur a crachée en pensant à autre chose, vous allez renier tout le bon boulot que vous avez effectué ?

La juge Montrose martela l'accoudoir de son fauteuil d'un poing rageur.

— Il n'aurait jamais dû sortir, Deakin. J'aurais dû trouver un moyen de l'arrêter. Mon boulot, c'est de servir la justice et dans ce cas précis, j'ai échoué.

— D'après moi, vous avez fait ce que la loi vous autorisait à faire. C'est pour ça qu'on vous a nommée à ce fauteuil, Votre Honneur. Qu'auriez-vous à vous reprocher ?

— Je ne sais pas, mais la réponse doit bien se trouver quelque part. Libérer LeBeau équivaut à ouvrir une fiole de gaz toxique dans la rue, là où il est sûr de blesser des innocents. Si la loi dit que c'est juste, alors, Dickens a raison : « La loi est idiote. »

— Le système fonctionne la plupart du temps. Rien n'est parfait, madame le juge. C'est ce que vous dites toujours vous-même.

Elle secoua tristement la tête.

— Le système a mal choisi son moment pour se dérégler. Je ne cesse de me demander combien de temps va s'écouler avant que le prochain forfait de LeBeau ne s'affiche dans la presse. Les médias adorent ce qu'il fait, vous savez. Norman Rockwell rencontre l'égorgeur de Boston. Tous les détails au journal de onze heures. *Dites-nous, madame Garmin. Qu'est-ce que ça vous a fait de voir vos deux petits-fils massacrés ? Qu'est-ce que ça fait d'être une mère sans enfant ? Dites quelque chose à nos téléspectateurs voyeurs, madame Garmin.* Ça me rend malade.

— Moi aussi, ça me rend malade, acquiesça Barnes, même s'il soupçonnait qu'un estomac plein d'antiacide n'aidait pas non plus. Mais ce sont les méfaits de LeBeau, pas les vôtres.

— Ah bon ? Je lui ai donné les moyens d'agir, Deakin. Cela ne fait-il pas de moi une sorte de complice ?

Barnes étudia la juge à travers ses yeux plissés, se demandant jusqu'où il pouvait aller. Ce qu'il vit, le Rocher de Gibraltar s'effondrant sur les bords, lui fit oser franchir la ligne jaune.

— Pardonnez-moi de vous dire ça, madame, mais je crois que vous ne raisonnez pas comme il faut dans cette affaire. Vous avez fait votre boulot du mieux que vous pouviez. C'est le Congrès qui vote les lois, et vous avez prêté serment de les appliquer. C'est ainsi.

Gretchen Montrose se redressa de toute sa taille, ce qui, aux yeux de Barnes, la rendit encore plus impressionnante.

— Vous croyez que je perds la tête, Deakin ? Avez-vous soudain ajouté ma santé mentale à tous les autres domaines dont vous vous êtes autoproclamé expert ?

— Non, madame. Loin de là. Simplement, je déteste vous voir vous en prendre à vous-même alors que vous ne faites que votre boulot. Il n'y a pas plus compétente que vous, et tout le monde le sait. Aucun autre juge ne vous arrive à la cheville.

Barnes détecta un terrifiant frémissement de sourire. C'était comme de regarder un cochon essayer de voler. Malgré les efforts acharnés du pauvre animal, on savait qu'il n'y arriverait pas, et on détestait assister à ses vaines et douloureuses tentatives.

— Désolé d'avoir osé vous dire le fond de ma pensée, Votre Honneur. Toutes mes excuses. Les plus plates.

— Inutile de vous excuser, mon ami. Vous avez raison. Je me suis conduite de manière irrationnelle. Le fait est que je n'avais pas d'autre possibilité que de libérer LeBeau, et cette absence de choix me rend folle.

Barnes ne dit rien, de peur de rompre le charme.

— Il est tard, Deakin, sans parler du fait qu'on est samedi. Vous avez fait des heures supplémentaires ces derniers jours, et de nouveau aujourd'hui. Denise doit être furieuse contre moi. Et je suis sûre que vos adorables enfants aimeraient voir un peu plus leur père. Comment s'est passé l'examen d'entrée à la fac d'Elisa, au fait ?

Barnes fut abasourdi par cette rare manifestation d'intérêt pour sa vie privée.

— Elle a très bien réussi. Presque un sans faute. Elle a l'intelligence de sa mère.

— Et le jeune Stephen ? Toujours une star du football ?

— Oh, oui, madame. Il a du jeu.

— Ce qui veut dire ?

— Du talent. Le sens du mouvement, le coup de main, la vitesse. Lui aussi, il tient de sa mère, il est tellement vif, pas un machin maladroit, laid et idiot comme son vieux père.

— Vous n'êtes pas du tout comme ça, Deakin.

Le sourire de Mizzoner s'épanouit, et son visage rajeunit de dix ans. Débarrassée de sa dureté d'acier, sa voix aussi paraissait beaucoup plus jeune.

— Je dois dire que vous m'avez grandement donné à réfléchir. Et j'ai besoin d'un peu de temps seule pour le faire. Rendez-moi service, vous voulez bien ? Rentrez chez vous et passez ce qui reste du week-end avec votre famille.

Encore tout étonné, Barnes était presque arrivé à la porte lorsqu'il comprit qu'il s'était fait embobiner.

— Avec tout le respect que je vous dois, madame le juge. Je m'en irai en même temps que vous.

Le sourire se figea comme une pierre.

— Sincèrement, Deakin. Cette obstination ne vous sied pas.

— Oui, madame, entendu. Message bien reçu.

— Donc, vous allez partir.

— Dès que vous le ferez vous-même. Je m'en irai sur-le-champ.

Avec des gestes rageurs, elle se mit à ranger pêle-mêle des documents dans son attaché-case en cuir : dossiers en cours qu'il lui fallait étudier, précédents rassemblés par un de ses clercs, son carnet de rendez-vous.

— Savez-vous à quel point vous pouvez être exaspérant, Deakin ?

— Pas précisément, madame, mais je crois en avoir une assez bonne idée.

Elle bourra le reste dans son sac à main : clés de voiture, de maison, pommade pour les lèvres.

— Contrairement à ce que vous avez l'air de penser, je n'ai pas besoin d'un ange gardien. Il se trouve que je suis une adulte raisonnable, compétente et parfaitement capable de s'occuper de ses affaires sans votre assistance.

— Je n'en doute pas une minute, Votre Honneur.

Elle enfila son manteau Chesterfield puis ramassa l'attaché-case et le sac.

— Parfait. Bon, maintenant je vais sortir par cette porte, prendre l'ascenseur jusqu'au parking et monter dans ma voiture. Vous, pendant ce temps-là, vous allez rester ici et compter lentement jusqu'à cent. À ce moment-là, et pas une seconde plus tôt, vous pourrez faire exactement ce que votre petit cœur autoritaire et fouineur désire. Est-ce clair ?

Barnes se hâta de hocher la tête.

— Aussi clair que du scotch sur un paquet cadeau.

— Formidable.

La juge quitta la pièce.

Barnes lui emboîta le pas.

Irritée, elle s'arrêta net.

— Non mais que faites-vous, Deakin ? Vous étiez d'accord pour ne pas me suivre.

— Non, madame. J'ai seulement dit que je vous avais parfaitement entendue.

Elle s'éloigna à pas furieux.

— Tout ça est ridicule.

— Peut-être.

— Alors, arrêtez de me suivre comme un toutou craintif.

— J'y compte bien, madame le juge. Dès que vous serez dans votre voiture et hors d'ici.

Il la suivit dans l'ascenseur. La juge le regarda sans le voir, tapant du pied.

— Vous commencez à me porter sur les nerfs, monsieur Barnes. Sérieusement.

— J'en suis désolé.

— Je n'ai que faire de vos excuses. Je veux que vous vous arrêtiez.

Ils traversèrent le couloir jusqu'au garage et Barnes poussa la lourde porte coupe-feu.

Dans un mouvement de rage, elle se tourna vers lui.

— Stop, Deakin. Restez où vous êtes. Je vais jusqu'à ma voiture seule. Considérez ça comme un ordre judiciaire.

Il ne restait plus que quelques véhicules dans le parking sombre. L'Audi vert foncé de Mizzoner était garée tout au bout. L'espace était peuplé d'ombres disloquées. Par endroits, de gros piliers de ciment coupaient la vue. Les pas de la juge résonnèrent, sinistres, tandis qu'elle s'éloignait.

Surmontant sa peur de lui désobéir, Barnes accéléra l'allure pour la rattraper.

— Si vous ne partez pas immédiatement, Deakin, je demande votre mutation. Le juge Harrigan appréciera peut-être vos attentions déplacées.

— Vous ne ferez jamais une chose pareille.

Harrigan était un imbécile radoteur doublé d'un fanatique prétentieux. Barnes accusa le coup, en songeant à la façon dont le vieux bonhomme aimait lui donner des ordres et l'appelait « mon garçon ».

— À moins que vous ne changiez de comportement, je n'aurai franchement pas le choix, dit la juge. Cela équivaut à du harcèlement, Deakin, et je n'ai pas l'intention de le supporter plus longtemps. À partir de maintenant, je resterai dans mon bureau quand et aussi longtemps que je le voudrai, sans avoir le plaisir douteux de votre compagnie. Je ferai mon travail seule, comme il me plaît, et je partirai quand je serai prête et que je le jugerai bon, sans escorte.

Elle se remit en marche. Barnes lui laissa prendre la longueur d'une voiture d'avance avant de la suivre.

— Il faudra me passer sur le corps, marmonna-t-il.

Il sentit quelque chose de chaud contre sa nuque, provoquant des picotements de peur. Puis il entendit une voix tellement faible qu'il aurait pu s'agir d'un écho dans sa tête.

— Ça me va, Barnes. Ravi de t'obéir.

Saisi par la terreur, il se figea.

— Qu'est-ce que c'est ?

— Passer sur ton corps pour atteindre la juge me va parfaitement, reprit la voix grinçante.

Les mots s'infiltrèrent sous la peau de Barnes et le piquèrent comme des milliers de bardanes. Il se força à se retourner pour faire face à la menace impensable. Mais il refusa d'en croire ses yeux.

— C'est impossible. Vous n'êtes pas…

Son agresseur rit sans faire de bruit.

— Faux, Barnes. C'est toi qui n'es pas, ou plus précisément, qui ne seras bientôt plus.

L'éclair de douleur jaillit de nulle part. Malgré ses efforts désespérés, Barnes ne put en déterminer l'origine. Les mains de l'homme semblaient vides. Et pourtant, encore et encore, une pointe tranchante s'accrochait à ses vêtements et à sa peau, avant de plonger à l'intérieur. Le sang et la force s'échappaient de lui comme un torrent. Sinon, il ne ressentait rien qu'un froid épouvantable, d'une intensité inimaginable. Les muscles gelés, la chair craquelée, les os de glace.

Il voulut crier :

— Courez, madame !

Mais ses mots restèrent suspendus telle de la vapeur dans l'air frais et obscur. Des pensées se mirent à galoper dans sa tête. Stevie disputait un match important vendredi prochain. Barnes devrait essayer d'arriver en avance pour s'installer derrière le banc, ce que préférait son fils. Il avait aussi promis de relire la lettre de motivation d'Elisa quand elle aurait corrigé le passage sur la couleur de peau. Comme disait Denise, on attrapait bien plus de mouches avec du miel. Et des grosses mouches – les meilleures universités du pays –, voilà ce que la petite visait.

Il était secoué de frémissements douloureux. Il portait son gros manteau. Pourquoi faisait-il aussi froid, bon sang ?

Pas le temps de penser à ça.

Mieux valait se concentrer sur Denise et les enfants. C'était une année tellement importante pour la petite, même si Barnes n'aurait jamais osé l'appeler ainsi devant elle. Il avait hâte de la voir habillée pour le bal de fin d'année. Sans parler de la cérémonie de remise de diplôme. Barnes était sûr de pleurer tout son soûl, mais il n'y avait aucune honte à verser des larmes de joie et de fierté.

— Tu vas t'écrouler, à la fin, espèce de connard borné, siffla son agresseur.

Cette fois, il vit le couteau, un K-Bar fin et brillant de son sang. Une ultime pensée, désespérée, supplanta les autres. *Non, non !* hurla-t-il sans faire un bruit. *Je vous en prie ! Non !*

Son heure n'était pas encore venue. Ses enfants devaient aller à l'université, ils n'avaient pas fini de grandir. Denise ne devrait pas avoir à se débrouiller seule. Ce n'était pas juste.

Tandis que le rideau de ténèbres se baissait, il entendit le claquement rapide des talons de la juge. Barnes lutta pour se redresser et lui courir après. Il devait veiller sur sa patronne. Cette femme n'avait jamais eu la moindre idée de la façon de se protéger. Dieu seul savait ce qu'il lui arriverait s'il n'était pas dans les parages.

Dieu seul savait.

15

Quel que soit le sort jeté par tante Amelia, il agissait toujours le lendemain matin. Rainey entra dans la cuisine peu après neuf heures, et non pas à deux ou trois heures de l'après-midi comme elle en avait récemment pris l'habitude les jours où elle n'allait pas en cours. D'après les bruits en provenance de sa chambre, je savais qu'elle ne dormait pas aussi tard mais qu'elle se terrait, m'évitant le plus longtemps possible.

Elle portait un T-shirt d'Eminem trop large et des chaussettes rouges. Elle avait les cheveux mouillés après la douche. La plupart des mèches bleues avaient fini par partir au shampooing, ne laissant que quelques reflets aux pointes.

— Bonjour, tu as déjà déjeuné ? demanda-t-elle aimablement.

— Non, pas encore. Tu veux que je te prépare quelque chose ?

— Oui, je veux bien. N'importe quoi.

— Des pancakes ?

— Si ça ne te dérange pas.

Elle s'assit sur la table en tailleur et laissa échapper un bâillement sonore.

Lui jetant un regard en coin, j'eus la confirmation qu'elle ressemblait à une gamine normale, et non pas à quelque démon possédé ayant grand besoin d'un exorcisme.

— Non, pas du tout.

Elle parcourut le journal pendant que je préparais la pâte, et me lut les titres intéressants.

— On a retrouvé la petite fille qui avait disparu à Atlanta. Elle va bien.

— Super. Qui l'avait enlevée ?

— La baby-sitter. Ce devait être une espèce de dingue.

— Sûrement.

Je cassai deux œufs dans un saladier.

— Un car scolaire a eu un accident lors d'une sortie à Mystic Seaport. Apparemment, le chauffeur était ivre.

— C'est horrible.

— Il n'y a pas eu de morts ni rien. Juste des blessés. On dit que les victimes ont été soignées puis qu'elles ont pu rentrer chez elles.

— Ils ont eu de la chance.

— Ouais. Tu te rappelles quand on y est allés en primaire et que Marcy Kaplan a été malade dans le car ?

— Marcy Kaplan est malade partout. Je crois que c'est uniquement à cause d'elle que les trois derniers concierges de l'école ont pris une retraite anticipée.

— Tu te souviens de ce type bizarre qui chantait des chansons de marin ? On devait presque retenir notre respiration. Il sentait tellement mauvais, comme à marée basse.

— Tu ne trouvais pas ça instructif ?

— Si, vachement. Oh, regarde, il y a des super soldes chez Bloomingdale. Je crois que je vais y aller.

Je battis délicatement la pâte, veillant à laisser exprès quelques grumeaux.

— Tu as besoin de quoi ?

— Tante Amelia trouve que ça me va bien, les vêtements chic. Les blazers, pantalons, ce genre de trucs.

Elle m'a dit que je pouvais en choisir un ou deux. C'est elle qui me les offre.

Je songeai aux nouveaux vêtements hors de prix qui avaient fait une mystérieuse apparition dans sa garde-robe.

— Amelia est terriblement généreuse. Quand es-tu entrée sur la liste des bénéficiaires ?

Rainey haussa les épaules.

— C'est son truc, de m'acheter des fringues en ce moment. Elle dit qu'elle adore aider les jeunes comme moi à découvrir leur style personnel. Pour avoir de la classe, il faut être indépendant, se forger son propre look. J'arrête de trouver mes idées en regardant les autres ou les magazines idiots.

Je toussai pour masquer mon rire. Une soirée avec ma scandaleuse tante avait suffi à transformer totalement le script de la gamine. Amelia était une force de la nature, il n'y avait aucun doute là-dessus. De la classe, vraiment !

— Je peux t'accompagner, si tu veux.

— J'irai sans doute avec Dani.

Je déposai des ronds de pâte dans la poêle brûlante.

— Comme tu veux. De toute façon, il faudrait vraiment que je travaille sur mon projet.

— Elle m'a demandé de rester dormir chez elle. Tu veux bien ?

— Honnêtement ?

Je me blindai dans l'attente d'une réponse véhémente.

Mais elle se contenta de hausser de nouveau les épaules.

— Tu veux appeler sa mère pour vérifier ? Te gêne pas.

Le premier pancake durcit et gonfla, prêt à être retourné.

— Si tu me promets que tu me dis la vérité, je te crois.

Elle me regarda droit dans les yeux.

— Je te promets.

— Alors, d'accord. Tu peux y aller.

Rainey passa aux pages spectacles.

— Reese Witherspoon sort un nouveau film. Une comédie sentimentale avec Matt Damon. Ça a l'air pas mal, hein ?

— Sûrement.

Je ravalai ma proposition d'y aller ensemble. Découvrir un tas de fumier ne signifie pas forcément qu'on vous a donné un poney. On peut se faire beaucoup de mal en tirant ce genre de conclusions hâtives.

Cependant, si j'avais des difficultés à croire à ce changement et doutais qu'il dure, je me réjouissais de ce nouvel état d'esprit. Elle mangea de bon appétit ses deux petites piles de pancakes gorgés de sirop d'érable, but un verre de jus d'orange et un grand verre de lait. Elle me remercia pour le déjeuner, rinça sa vaisselle et la rangea dans la machine à laver. Je ne pouvais m'empêcher de penser qu'Amelia avait volé la vraie Rainey et l'avait remplacée par une enfant modèle.

Dès qu'elle fut partie retrouver Danielle, je me dirigeai vers mon bureau pour m'attaquer à mon synopsis. J'y allai, armée d'une tasse de café et d'un enthousiasme grandissant à l'égard de ma nouvelle idée.

Grâce à des recherches plus poussées sur le Web, j'en avais appris davantage sur le problème du vol d'identité. Des bandits avaient développé d'innombrables stratégies pour s'approprier des numéros de carte de crédit, de sécurité sociale ou des codes secrets. Certains fouillaient les poubelles afin de récupérer des factures de carte et des relevés bancaires qui pouvaient servir à ouvrir de faux comptes en banque. D'autres étaient capables de lire par-dessus votre épaule des codes confidentiels aux distributeurs de billets, même très discrètement. Et puis, il y avait l'Internet, qui, pour le pirate ambitieux, équivalait à un étang rempli d'innombrables poissons pour un pêcheur.

Rien que l'année précédente, près d'un million de personnes auraient été victimes de ce délit. Quelqu'un s'était emparé de leurs informations personnelles et leur avait fait endosser des découverts non autorisés ou avait vidé leurs comptes. Même si la plupart finissaient par récupérer ce qu'ils avaient perdu, blanchir leur nom et retrouver une capacité de crédit se révélait un vrai cauchemar. Dans le pire des cas, les économies d'une vie pouvaient être dilapidées par un voleur habile et déterminé. Pour les besoins de mon roman, j'imaginai une affaire pire encore.

Des idées de scène d'ouverture se bousculaient dans ma tête. Au début, mon personnage principal recevrait des lettres de menace comme moi, exigeant le paiement d'achats qu'elle n'avait pas effectués. Puis de l'argent serait dérobé sur ses comptes. De nouveaux comptes seraient ouverts à son nom, ses dettes s'accumuleraient au point qu'elle frôlerait la faillite personnelle.

Lentement et à contrecœur, mon héroïne prenait conscience que quelqu'un avait envahi sa vie et se l'appropriait. Personne ne voudrait se croire vulnérable à une telle attaque, ni découvrir que la sécurité et l'intimité n'étaient pas grand-chose d'autre qu'une illusion d'optique.

Tandis que j'écrivais, je ressentis ce frisson m'indiquant que je tenais quelque chose d'intéressant.

Je continuai à décrire mon héroïne, de plus en plus acculée. Alors même qu'elle pensait avoir touché le fond, l'intrus qui s'était glissé dans sa peau commençait à commettre des crimes en laissant des indices tendant à faire d'elle la coupable. Il était tellement simple de fabriquer une copie de ses plaques d'immatriculation, par exemple, et de garer une voiture semblable à la sienne sur le lieu d'un hold-up, d'un enlèvement ou d'un accident avec délit de fuite. Et pendant qu'elle en était encore à essayer de se sortir de cet imbroglio, le voleur pourrait miner sa carrière professionnelle, la privant de ses dernières ressources. Je n'avais pas encore choisi le métier de mon héroïne, mais si elle était, disons, institutrice, le coup fatal pouvait être une accusation de pédophilie, avec l'aide d'un compère mineur. Si elle travaillait dans une entreprise, elle pouvait être accusée de détournement de fonds. Si je décidais de rester plus proche du réel et d'en faire un écrivain, elle pourrait faire l'objet d'une grave accusation de plagiat. Elle perdrait la confiance de ses amis et collègues, qui la laisseraient tomber. Elle n'aurait pas les moyens d'organiser sa défense.

Le criminel n'aurait qu'à surveiller sa victime de près pour savoir à quel moment elle n'aurait pas d'alibi crédible. Il pouvait repérer ses habitudes et les utiliser pour servir ses dessins diaboliques, qui consistaient à démolir sa proie pour une raison qu'il me restait à définir. Ce serait une autre forme d'annihilation, la destruction de tout ce qu'une personne honnête passe une vie à tenter d'obtenir : une bonne réputation, la sécurité financière, un foyer, la liberté personnelle, des relations basées sur la confiance, le respect.

Je n'avais lu aucune histoire semblable, mais il me semblait que c'était une évolution inévitable. Le voleur pourrait faire exactement ce qu'il désirait au nom de sa victime.

Lorsque la sonnerie de l'entrée retentit, je fus stupéfaite en découvrant l'heure : je n'avais pas quitté mon bureau depuis cinq heures. J'avais la nuque raide, les doigts gourds, et mon regard était trouble à force de contempler l'écran.

À la porte se tenait un homme corpulent aux yeux mélancoliques et au sourire forcé.

— Oui ?

— Madame Barrow ? Aldo Diamond. Désolé de passer ainsi à l'improviste, mais je dois vous parler d'une affaire de la plus haute importance.

Soudain, je compris la blague.

— C'est à propos de cette facture, n'est-ce pas ? J'ai parlé à votre agence hier. Je leur ai dit que ces dépenses ne me concernaient pas et les ai priés de ne plus me harceler. Vous avez du toupet de vous présenter chez moi comme ça. Partez immédiatement ou j'appelle la police.

— Désolé, madame Barrow. Cela ne concerne aucune facture. Je représente le groupe Arcanum.

— Vraiment ?

Il dansa d'un pied sur l'autre, mal à l'aise.

— Si ce n'est pas le bon moment, je peux repasser quand vous le souhaitez. Je voulais téléphoner d'abord, mais vous êtes sur liste rouge et je n'avais qu'une adresse, alors je me suis dit…

— Ça va. Excusez-moi de vous avoir agressé. Entrez, je vous en prie, monsieur Diamond. Je n'ai que de l'admiration et de la gratitude envers votre groupe.

Richter déboula dans l'entrée et le renifla sous toutes les coutures : l'inconnu passa le test haut la main.

— Richter vous aime bien.

Diamond gratta le chien derrière l'oreille.

— C'est réciproque. Et appelez-moi Aldo, je vous en prie.

— Moi, c'est Claire. Vous voulez boire quelque chose ? Un café ?

— Rien, merci. Je voulais vous parler de B.B. LeBeau. Je ne sais pas si vous êtes au courant, mais il a été relâché.

— Non. C'est impossible.

Il soupira.

— Hélas, si. Le chef du labo qui avait analysé son ADN a avoué avoir falsifié la preuve qui a fait condamner LeBeau. Le groupe a donc décidé de réexaminer l'affaire Garmin. Je passais le dossier en revue quand j'ai trouvé ça.

Il me tendit des copies des lettres que j'avais envoyées au groupe pour le remercier d'avoir permis l'arrestation de LeBeau et du bref et dramatique message d'adieu laissé par Noah. *Cela doit cesser. Je ne connais pas d'autres moyens. Pardonnez-moi et tentez d'oublier.*

Diamond s'exprimait d'une voix douce.

— J'étudie les écritures, Claire Barrow. On appelle ça l'analyse judiciaire de documents. Une écriture est très révélatrice : elle permet de déterminer l'humeur, la personnalité, le profil psychologique du signataire au moment de la rédaction…

Je scrutai une nouvelle fois le message de Noah.

— Et que voyez-vous là-dedans ?

— Des doutes. Un conflit intense. Une énorme colère.

— Ce n'est guère surprenant, si ? Il était sur le point de se donner la mort.

— C'est précisément ce qui me gêne. Juste avant un suicide, les gens atteignent en général un état de calme détermination. Ils ont décidé d'en finir, et cela a tendance à apaiser les tourments intérieurs qui les ont conduits à faire ce terrible choix.

— En général, dites-vous. Noah n'aurait-il pas pu être une exception ?

— Tout est possible.

J'étudiai de nouveau les derniers mots qu'il avait griffonnés.

— Pour être sincère, je n'ai jamais été totalement convaincue par le suicide de Noah. Ça n'avait pas de sens, mais le reste non plus. S'il ne s'est pas pendu, quelqu'un l'a tué. Mais comment, et pourquoi ? C'est tout simplement impossible à imaginer.

— Je sais à quel point ce doit être dur pour vous, et je m'en veux de remuer tout ça, Claire Barrow. Mais j'aimerais en savoir plus sur Noah. Je crois que cela pourrait se révéler précieux pour notre enquête.

— Rien ne me ferait plus plaisir que de vous aider à renvoyer LeBeau derrière les barreaux, mais franchement, je ne vois pas comment vous y arriverez par ce biais.

Il haussa les épaules.

— On n'y arrivera peut-être pas. Mais on m'a appris à suivre mon instinct, et mon instinct me dit de suivre cette piste.

— Très bien. En quoi puis-je vous être utile ?

— J'aimerais avoir d'autres échantillons de l'écriture de Noah. N'importe quoi.

— J'essaierai de voir ce que je peux trouver. Vous pouvez repasser lundi ?

— Sans problème. Quelle heure vous convient ?

— N'importe quand après midi. J'ai un rendez-vous le matin, mais je devrais être ici à travailler le reste de la journée.

— Très bien. J'apprécie. Ravi de vous avoir rencontrée. Et toi aussi, Richter.

Après son départ, je pris un sandwich au fromage puis retournai à mon bureau. Relisant ce que j'avais écrit, je découvris à mon plus grand plaisir que j'avais bien avancé dans mon synopsis. Encore quelques jours à ce rythme et j'arriverais au dénouement. Sauf drame imprévu, ma proposition serait terminée en avance par rapport aux deux semaines de délai imposées par Paige.

Quand je quittai ma table de travail, il était presque cinq heures. Je songeai à ma soirée avec Jed. Ma garde-robe ne contenait rien qui convenait à la grande soirée de gala qu'il m'avait décrite. Ma seule petite robe noire était vieille de plusieurs années, du temps où j'avais encore une vie sociale. Mes soupçons se confirmèrent lorsque je l'essayai. La robe était démodée, et coupée pour une version beaucoup plus mince de moi. Il fallait tirer sur la fermeture Éclair comme sur un enfant qui a le trac avant d'entrer en scène. Lorsque enfin je réussis à la fermer, le miroir n'eut rien de très plaisant à me montrer. Le tissu me comprimait telle la peau d'un saucisson. Mon ventre ressortait et, avec la culotte de cheval, on aurait dit que je cachais une paire de six-coups sous ma jupe.

Tout comme Lottie, je souffrais d'un cas aigu du syndrome de la robe. Mon assurance fondit et j'eus le brûlant désir de jeter ce vêtement et de prendre sa place dans le placard.

Si le fameux dîner avait eu lieu un mois plus tard, j'aurais pu m'imposer un régime express, m'inscrire au gymnase et embaucher le plus sadique des coachs pour remodeler ma silhouette manu militari. Seuls des haricots verts et de la citronnade auraient franchi ma bouche avant la disparition du dernier bourrelet de graisse. Une seconde, j'envisageai d'annuler le dîner, mais je ne pouvais pas laisser Jed en plan à la dernière minute.

J'enfilai donc un survêtement informe et attrapai mon sac. Le problème venait peut-être de la robe. Même si les gens plaisantaient à propos des vêtements qui rétrécissaient dans les penderies, n'était-ce pas logiquement possible que cela puisse se produire ? J'imaginai les fibres se serrant les unes contre les autres, s'accrochant entre elles dans leur solitude. À moins que mon miroir ne soit défectueux. Le verre était sujet à toutes sortes de distorsions, à l'instar des perceptions. L'apparente déformation subie par mon corps ne signalait peut-être rien de plus que de l'astigmatisme. Songeant aux longues heures que je passais derrière mon ordinateur, je décidai qu'il devait s'agir de cela. J'avais les yeux fatigués.

Cependant, il restait l'horrible possibilité que les yeux de Jed fonctionnent parfaitement.

Je me dirigeai vers le magasin Nicole, à Bleeker Street, entrai juste avant l'heure de fermeture et me plaçai entre les mains de la patronne. Nicole était une grande blonde suédoise à l'œil perçant, qui avait le chic pour vous dénicher la tenue parfaite. Véritable légende locale, on la disait responsable de nombreuses demandes en mariage et d'entretiens d'embauche à succès.

Elle me regarda sous toutes les coutures.

— C'est pour quelle occasion ?

— Un dîner à l'Aureole. Une soirée professionnelle.

— Quel genre de profession ?

— Mon ami invite un donateur potentiel pour une nouvelle aile hospitalière.

Un petit sourire remplaça sa mine pensive.

— J'ai exactement ce qu'il vous faut.

Sur le portemanteau, la robe semblait avoir tout faux. D'abord, elle n'était pas noire, alors que le noir était non seulement une valeur sûre mais aussi une couleur amincissante. Quand on vivait à New York, porter autre chose relevait presque de la provocation. Je doutais que la teinte rose pâle m'aille, et j'étais encore plus réticente devant le haut col sévère et les grandes manches à la Morticia Adams, mais par un mélange de crainte doublé de respect, j'acceptai de l'essayer.

Elle me fit entrer dans la cabine d'essayage et me tendit une paire de sandales à talons hauts pour compléter la tenue. Lorsque je ressortis et me vis dans le miroir en pied, je fus stupéfaite. L'apparition qui me regardait, bouche bée, était magnifique. Elle avait de belles épaules, une taille de guêpe, le ventre presque plat et des seins superbes. Les jambes fuselées, les chevilles fines, elle avait aussi des pieds extrêmement sexy. Si Jed ne m'avait pas devancée, je l'aurais moi-même invitée à un super dîner.

Nicole évalua le résultat, bras croisés, l'air très satisfaite.

— Vous devez être une sorcière, dis-je.

— Je prends ça comme un compliment.

— C'en est un. Et sincère, croyez-moi. Elle coûte combien ?

— En fait, elle est soldée. Vingt-cinq pour cent.

Elle me montra l'étiquette : moins de deux cents dollars. J'aurais été prête à payer le double pour paraître à moitié aussi belle.

— Je la prends. Et les sandales aussi, si vous les avez en trente-huit et demi.

— Parfait.

Elle alla chercher les chaussures dans l'arrière-boutique et rangea la robe dans une housse. Je lui tendis joyeusement ma carte American Express en imaginant l'expression de Jed lorsqu'il me verrait ainsi vêtue.

Non pas que ça m'importe…

Nicole tapa le montant, puis fit passer ma carte. Elle observait le petit écran en fronçant les sourcils.

— Stupide machine.

— Un problème ?

— Elle refuse la carte.

Mes joues s'enflammèrent.

— Il doit y avoir une erreur. Je sais qu'elle marche.

— J'en suis sûre. Ça arrive parfois. Les joies de l'informatique.

Je sortis ma carte Visa, celle que je n'utilise jamais.

— Essayez celle-là.

Ce qu'elle fit, sans obtenir plus de résultat. Cette fois, elle parut encore plus embarrassée que je ne l'étais.

— Je suis vraiment désolée, Claire. C'est certainement la machine. Écoutez, je dois fermer. Prenez vos achats et nous réglerons ça lundi.

— Vous êtes sûre ? Ça m'embête de vous faire attendre, mais je n'ai pas autant de liquide.

Les gens méritaient d'être payés de manière juste et rapide pour les services rendus. C'était une des convictions les plus attendrissantes de ma tante Amelia.

— Ne soyez pas bête. Allez à votre dîner et mettez-leur-en plein la vue.

Elle me suivit jusqu'à la porte.

— Forcez la dose de maquillage pour les yeux mais faites-vous une bouche douce. Oh, et n'oubliez pas de relever vos cheveux. Cela soulignera la ligne du cou.

Je lui fis le signe de la victoire, bien que je sois loin de me sentir triomphante. Même s'il s'agissait forcément d'un problème informatique, la transaction ratée ne me plaisait pas du tout.

Désireuse de revenir avant la fermeture, je décidai d'aller tirer de l'argent. Le distributeur le plus proche se trouvait à deux blocs de là. Je me hâtai, tenant la robe avec précaution, le sac contenant les chaussures battant la cadence contre ma cuisse.

Un ado, la casquette de base-ball à l'envers et des écouteurs aux oreilles, était penché sur la machine, comme s'il jouait à un jeu vidéo. Il n'arrêtait pas d'insérer puis d'éjecter sa carte, tapant toute une série de requêtes. Je poussai un soupir sonore et m'éclaircis la gorge, mais mon impatience ne faisait pas le poids face au rythme énervé qui pulsait dans ses oreilles. Le volume sur son Walkman était tel que la musique explosait et enflait dans l'air glacé de l'hiver. Au bout d'un temps infini, il retira un billet de vingt dollars tout neuf du distributeur et s'éloigna en marquant le rythme de la pesante mélodie.

J'orientai ma carte selon le schéma indiqué et la glissai dans la fente. Protégeant le clavier des regards avec la paume, je tapai mon code secret. Vite, je tapai le montant désiré et demandai un reçu. J'attendis, le temps que la machine exécute la transaction, des doigts invisibles tapant sur des touches. Alors que le cliquetis continuait, je ne cessais de regarder ma montre avec anxiété. J'avais quitté la boutique de Nicole depuis plus de dix minutes. Combien de temps lui faudrait-il pour fermer le magasin et s'en aller ?

Je rivai mon regard au signal lumineux disant « Attendez, s'il vous plaît », comme si ma seule volonté pouvait accélérer la manœuvre. Une femme, équipée d'une poussette double dans laquelle étaient installés deux petits garçons, prit place derrière moi. Elle fut bientôt suivie par une dame à la mine butée, promenant un trio de bichons excités.

Les animaux se mirent à tourner en rond follement, en poussant des jappements nerveux. En quelques secondes, ils avaient emmêlé leurs laisses dans un méli-mélo de pattes et de queues. Au même moment, les bébés piquèrent une colère de concert. Tout raides, rouges comme des tomates, ils avaient la bouche arrondie dans un hurlement édenté.

— Ça marche ? demanda la jeune mère par-dessus le vacarme.

Le signal disait toujours « Attendez, s'il vous plaît ».

— Je ne sais pas. Il marchait tout à l'heure.

Les cris des bébés semblaient alimenter l'excitation des chiens, à moins que ce ne soit le contraire. L'agitation croissante me tapait sur les nerfs. Je pressai de nouveau la touche « Valider », comme si ça pouvait changer quoi que ce soit.

Les hurlements des gamins redoublèrent. Leur mère harassée les sortit de la poussette et installa chacun d'eux sur une de ses hanches maigres. Sa tentative pour les calmer eut l'effet inverse. Se penchant tant bien que mal, elle fouilla dans le gigantesque sac en plastique fleuri qui se balançait à la poignée de la poussette. Elle en sortit alternativement des tétines, des jouets musicaux, des Cheerios et des biberons de jus de fruits, sans aucun résultat.

Je lui adressai un sourire compatissant. Vous trouvez ça difficile, songeai-je. Attendez qu'ils soient adolescents ! Et que leur colère se manifeste par des piercings multiples, des tatouages, des fringues provocantes et des copains psychopathes.

Lorsque je reportai mon attention sur la machine, le message avait changé. Il disait à présent : *le montant demandé excède la somme disponible sur ce compte.*

Ce n'était pas possible. J'avais déposé l'avance partielle reçue à la signature de mon nouveau contrat avec Ridgefield Press moins de deux mois plus tôt. Après avoir réglé les factures courantes, payé quelques travaux d'entretien pour l'appartement et les frais de scolarité de Rainey, qui allait dans une école privée, j'avais encore un solde créditeur confortable sur mon compte-chèques.

Je recommençai toute l'opération depuis le début. Je saisis mon code secret et la suite. Au terme d'une autre pause interminable, le même message s'afficha sur l'écran digital. *Le montant demandé*...

La dame aux chiens regarda par-dessus mon épaule.

— Dépêchez-vous, madame. Il y a du monde qui attend.

Son ton impérieux laissait entendre qu'il y avait les bons à rien ordinaires et puis les incapables et étourdis de mon espèce.

Les bébés continuaient leurs protestations ; les chiens leurs gesticulations maniaques.

— Allez-y.

Dégoûtée, je repris le chemin de la maison. Quand je passai devant chez Nicole, les lumières étaient éteintes et l'affichette « Fermé » était accrochée à la porte. Je ne pouvais rien faire de plus aujourd'hui pour régler mes dettes.

16

La Tudor City apparaît comme une oasis de calme au milieu de l'immense étendue chaotique de Manhattan. Ce complexe résidentiel, qui va de la 41e à la 43e Rue entre les Première et Deuxième Avenues, a été aménagé dans les années 1920. Il comprend deux vastes espaces verts, quelques petits magasins et onze immeubles d'habitation, le tout perché sur une colline dominant l'East River.

Entrant dans le complexe, Diamond fourra les mains dans ses poches et regarda son ombre râblée s'imprimer sur le trottoir. En traversant l'un des parcs à la végétation brunie par l'hiver, il scruta le vagabond endormi, recroquevillé par terre dans un coma fœtal. Pour se protéger des cruels éléments, il n'avait qu'un vieux carton de déménagement dressé contre le vent, et en guise de couverture la page des petites annonces du journal dont les meilleures occasions étaient entourées de rouge.

Glacé par ce spectacle, Diamond marcha jusqu'à l'épicerie du coin, fit un signe de tête à Battu, l'homme enturbanné au comptoir, et leva deux doigts. En réponse, l'employé prépara et emballa deux grands cafés à emporter et deux sandwichs au rosbif, avec pickles et coleslaw, des serviettes en papier, des couverts en plastique et des petits tubes en papier de sel et de poivre. Un autre hochement de tête de Diamond et les achats furent mis sur le compte qu'il avait dans la boutique. La caisse émit une sonnerie triomphale et l'employé referma le tiroir d'un coup de hanche.

Diamond retourna dans le parc et posa l'un des sacs bruns à un coin du vieux carton qui bougeait.

Le sans-abri cligna des paupières et esquissa un sourire de travers.

— Nous sommes les crackers Belin, crackers Belin.

Sa voix chantante n'était qu'un faible gazouillis.

— Le café est chaud, léger et sucré, Harry, expliqua Diamond. Il y a un supplément de mayonnaise sur le côté, des tomates et pas de salade sur le rosbif. Comme tu l'aimes.

— Un coup de barre et ça repart.

— Message reçu, mon vieux. La prochaine fois, je te prendrai un dessert.

— Pense à Nivéa crème.

— Tu as raison, Harry. Je parie que j'ai l'air vanné et trempé. La prochaine fois, je prendrai une douche et me raserai avant de venir. En attendant, bois ton café pendant qu'il est chaud. Et mange. Le corps a besoin de forces par un temps pareil.

Harry examina le contenu du sac et s'assombrit.

— Vas-y, Wazza !

— Pigé. Je penserai aussi au pain et au dessert la prochaine fois. Je regarderai ce qu'ils ont d'appétissant. Bonne nuit, mon vieux. Prends soin de toi.

— On se revoit au même endroit que d'habitude.

La voix de Harry résonna, emportée par le vent.

Diamond quitta le parc, descendit lourdement la rue et entra dans son immeuble. Ses pas martelaient le carrelage à damier étincelant avec la légèreté d'un éléphant. Il était épuisé. Deux jours de témoignage suivis d'une journée sur la sellette : il fonctionnait sur les dernières vapeurs d'essence d'un réservoir vide. Ce jour-là, il avait passé presque neuf heures avec l'assistant du District Attorney à étudier des documents et à se préparer à un nouveau tir de barrage de la part de la défense lundi. Sacrée façon de gagner sa croûte.

Il comparaissait en tant que témoin expert dans une affaire d'enlèvement avec violence qui avait très mal tourné. La victime, le fils unique d'un banquier d'affaires milliardaire, avait fait une hémorragie cérébrale après avoir été passée à tabac par ses ravisseurs. Les jours suivants, le petit garçon avait lentement sombré dans l'inconscience. Quand les ravisseurs n'avaient pas réussi à le réveiller, les enjeux avaient changé de nature.

N'étant plus en mesure de fournir la preuve que l'enfant était en vie et en bonne santé, les ravisseurs ne pouvaient plus espérer obtenir une rançon. Ils avaient paniqué et pris la fuite. Le garçon, encore dans le coma, aurait pu être sauvé grâce à une simple opération visant à réduire la pression du sang qui lui comprimait le cerveau, mais au moment où il avait été retrouvé, il était trop tard.

Le procureur n'avait que des preuves indirectes contre les ravisseurs présumés. Diamond, qui avait été appelé pour analyser le mot de la demande de rançon, était devenu le pivot du procès. Tout dépendait de son témoignage qui, à son tour, dépendait de la crédibilité de l'analyse judiciaire de documents.

Pendant une grande partie de son temps à la barre, Diamond s'était senti comme un boxeur sonné, défendant son territoire contre une série de coups de poings brutaux. Certes, l'expérience n'était pas inédite. En trente années de carrière, il avait consacré une invraisemblable quantité d'énergie à tenter de convaincre d'inébranlables sceptiques que l'analyse graphologique n'avait rien à voir avec le tirage des tarots, la voyance de salon ou la lecture du marc de café. Que ce soit au tribunal ou dans d'innombrables situations sociales et professionnelles, sa légitimité ne cessait d'être contestée. La récente sortie de C. Melton Frame à l'Arcanum avait été pénible et vexante, mais aussi prévisible. Qu'il ait largement fait ses preuves et ait souvent été distingué par la communauté des criminologistes ne calmait en rien ses bruyants détracteurs.

Toutes ces années passées à se défendre avaient endurci Diamond et l'avaient insensibilisé, mais cette affaire avait réussi à percer sa cuirasse. L'enfant kidnappé ressemblait étonnamment à Willy, le fils qu'il avait perdu des décennies plus tôt. Sa femme chérie, Emily, avait été fauchée par la même voiture en excès de vitesse. Le chauffard qui lui avait volé sa famille et son avenir avait été condamné à neuf mois de prison dans un établissement à la sécurité minimum, plus deux cents heures de travaux d'intérêt général à donner des cours de prévention routière à des lycéens. La peine de Diamond, pour le même crime, était autrement plus rude : une vie entière de regrets solitaire. Sans réduction de peine. Et sans la moindre chance de libération conditionnelle. Depuis l'accident, la seule présence constante dans sa vie était cette solitude douloureuse. La faim dévorante, son autre compagne exigeante, allait et venait.

Diamond s'arrêta chez le concierge pour prendre son courrier et son linge revenu de la teinturerie. Les lettres étaient couvertes d'étiquettes jaunes de redistribution, témoignant de son existence nomade. Ses obligations professionnelles l'emmenaient dans le monde entier, d'un procès à l'autre et d'une mission de consultation à une autre. Chaque fois que possible, il louait un meublé pour la durée de sa mission. Les chambres d'hôtel avaient perdu de leur charme après de trop nombreuses années sur les routes. Il appréciait d'avoir un chez-lui, même si techniquement cela ne lui appartenait pas.

Il avait appris à interpréter des indices subtils concernant les âmes anonymes qui avaient habité les pièces qu'il occupait. Des accoudoirs de fauteuil élimés ou des marchepieds usés en dessous trahissaient la place et le poste d'observation favoris du propriétaire. Les livres et autres objets reflétaient ses hobbies et ses centres d'intérêt. Même le contenu des tiroirs vide-poches donnait des informations essentielles sur une personnalité. Un regard sur un fouillis apparemment hétéroclite de boîtes d'allumettes, de pièces, de capsules de bouteille ou autre permettait de faire la différence entre un économe et un dépensier, un sentimental et un pragmatique, un prudent et un homme hardi. Les photos étaient les plus révélatrices. Elles indiquaient clairement les liens entre les gens, et quels moments avaient été jugés dignes d'être saisis, préservés et montrés.

Dans ses moments les plus sombres, Diamond se surprenait à communiquer avec ces étrangers. Il souriait à ces enfants aux dents écartées et se laissait gagner par la nostalgie face aux images de mariage, d'anniversaires et des cérémonies de remise de diplôme. Plus étrange encore, il communiait avec ces gens qu'il ne connaissait pas dans leurs accès de tristesse ou de fierté. Heureusement, il avait encore conscience que ces comportements confinaient à la folie. Mais un jour ou l'autre, s'il n'y prenait garde, il craignait de finir derrière un vieux carton usé, crachant des slogans publicitaires et des jingles de son esprit ramolli, comme Harry qui, d'après la rumeur locale, avait été autrefois un agent des Services secrets, chargé de la protection de deux premières dames et d'un secrétaire d'État.

Le studio de Diamond, au deuxième étage, était silencieux et sombre, à l'exception du répondeur qui clignait comme un œil agité d'un tic nerveux. L'écran digital affichait un étonnant 23. L'imagination de Diamond partit au quart de tour : quelle terrible catastrophe avait pu générer un tel flot de messages ? Par chance, ou par malchance, il pouvait éliminer l'hypothèse de la mort d'un proche. Il n'en avait plus.

Il se munit d'un bloc et d'un crayon, appuya sur la touche « Message » et se prépara au pire.

Le premier émanait d'Erin McCloat. *Salut, Aldo. Désolé de ne pas vous trouver là. Quand vous aurez une minute, allez voir sur le site de CNN. Il y a une interview de LeBeau, et ce n'est pas joli-joli.*

Ensuite venait Perry Vacchio. *Aldo, je voulais vous dire que je crois avoir trouvé la signification des initiales B.B. de LeBeau : c'est BlaBla. Si vous l'avez raté, vous trouverez son interview à NCB Nightly News sur le site de la chaîne.*

Il écouta quatre autres messages. Tous provenaient de membres de l'Arcanum et l'informaient des apparitions de LeBeau dans les médias. Le monstre s'était lancé dans un véritable marathon médiatique. Dieu seul savait quels nouveaux mensonges pervers il était décidé à disséminer.

Soudain parfaitement réveillé et dévoré de curiosité, Diamond alluma le portable longtemps négligé. L'immeuble avait été récemment câblé pour avoir un accès à Internet haut débit, mais comme il restait rarement au même endroit pendant plus de deux mois, il n'avait pas pris d'abonnement.

Sur son vieux modem, les infos en ligne mettaient un temps fou à se charger. Après être allé visiter plusieurs sites, Diamond jugea inutile d'en faire le tour complet. Chaque apparition martelait la même idée ridicule. LeBeau, longtemps considéré comme une monstrueuse curiosité, le petit prodige des serial-killers, se présentait maintenant comme l'agneau sacrificiel.

De manière assez prévisible, les méchants de l'histoire se trouvaient être les membres du groupe Arcanum, qui, ainsi que continuait de le clamer LeBeau, avaient ourdi une conspiration pour l'envoyer dans le couloir de la mort. Leur motivation, accusait-il, était tout simplement l'intérêt. L'organisation avait utilisé l'affaire Garmin pour attirer l'attention sur elle et se couvrir de gloire. Pour renforcer cette ridicule allégation, LeBeau citait l'importante subvention et plusieurs contributions financières prétendument reçues par l'Arcanum à la suite de cette condamnation à mort.

En regardant ces séquences, Diamond se rendait compte que les sentiments des médias étaient en train de changer. L'opinion publique était elle aussi en passe de se retourner. Bientôt, s'ils ne trouvaient pas le moyen de contrer cette folie en puissance, LeBeau arborerait une couronne d'épines de martyre et ferait l'objet de l'adoration aveugle qui allait avec.

Son esprit passa de LeBeau au procès des ravisseurs auquel il participait actuellement. De là, il effectua le petit saut qui le ramenait à son épouse et à son fils défunts. Juste avant l'accident qui les avait emportés tous les deux, Diamond avait été frappé par une sombre prémonition. Il se trouvait à la barre, témoignant dans une sale affaire de fraude, et la sensation l'avait déchiré comme un glaive ardent. Si seulement il avait ignoré le refus du juge d'accorder une suspension de séance, afin qu'il puisse appeler chez lui. Un avertissement à sa femme aurait pu tout changer. Le drame tenait à presque rien : une fraction de seconde, un mot. S'il avait téléphoné, Emily serait allée jusqu'à l'arrêt du car dans un état d'esprit plus précautionneux. Elle aurait pu voir la voiture plus tôt et empêcher Willy de se précipiter sur la route.

Diamond s'imaginait le garçon attendant sagement, en sécurité à côté du car scolaire. Il se représentait la mèche de Willy oscillant telle une drôle d'antenne pendant qu'il s'entraînait à shooter dans des cailloux ou des brindilles. Son fils n'aurait jamais couru dans la rue. Em n'aurait jamais été témoin de la catastrophe imminente et ne se serait pas précipitée sous les roues du véhicule dans une tentative désespérée pour sauver leur enfant. Tous deux auraient pu l'attendre à la maison ce soir-là et une éternité d'autres soirées miraculeuses.

Le cœur de Diamond se serra en se rappelant la joie de son fils lorsqu'il rentrait. Il entendait encore le baiser sonore au goût de bonbon ; éprouvait l'étreinte des robustes petits bras autour de son cou ; sentait l'odeur caractéristique de son fils, mélange de sueur d'enfant, d'air frais et de terre.

Son appétit se réveilla avec un mugissement primal. Il déchira le sac d'épicerie et extirpa le sandwich de son cocon de papier. Retirant la moitié supérieure de son petit pain, ainsi que le lui avait conseillé l'un des nombreux diététiciens qu'il avait consultés, il consomma la moitié du sandwich par petites bouchées. Il se rappelait qu'il devait mâcher, sentir le goût puis avaler, dans cet ordre. Mais dans un scénario qui s'enchaînait avec une trop grande familiarité, plus il mangeait, plus il avait faim.

Sa faim grossissait jusqu'à devenir énorme, une bête gigantesque et impossible à arrêter. Il avala les restes du sandwich puis engloutit littéralement l'autre moitié du petit pain. Les pickles subirent le même sort ainsi que le coleslaw alors que, dans des moments de plus grande rationalité, il n'appréciait ni l'un ni l'autre. Il alla même jusqu'à lécher la petite tasse du supplément de mayonnaise et versa le sel directement sur sa langue. Malgré son dégoût de soi croissant, il fouilla dans les placards presque vides. Dans le fond poussiéreux d'une étagère supérieure, il dénicha un paquet de vieux gressins, oublié par le précédent occupant, et une boîte de haricots blancs cuisinés. Il ouvrit le tout et se mit à ingurgiter des cuillerées de haricots froids et visqueux tout en mastiquant des bouchées de gressin.

Diamond reconnaissait le dangereux territoire dans lequel il venait de pénétrer, mais il n'avait pas le pouvoir de s'en échapper. Lorsqu'il était dans cet état, tout devenait substance, plus rien n'avait de forme, et il n'y en avait jamais assez pour combler le vide béant. Lorsqu'il aurait réglé leur compte aux haricots et aux gressins, il devrait aller à l'épicerie grever le sien, en faisant main basse sur leurs gâteaux apéritif, les glaces et toutes sortes de snack. La panique le submergea lorsqu'il réalisa qu'hormis les haricots et les gressins qui avaient presque disparu, il ne restait rien dans l'appartement. Ensuite, peut-être pourrait-il mettre du ketchup sur le papier d'emballage du sandwich et le manger tel quel ? L'idée commençait à faire son chemin lorsque le téléphone retentit.

Cette fois, c'était Griffey.

— Comment ça va, avec tout ça, Aldo ? Vous regrettez d'avoir rejoint notre société assiégée ?

— Pas une seconde.

— Je suis content de l'entendre. Mais j'imagine que vous trouvez tout ça aussi déstabilisant que nous.

Honteux, Diamond s'aperçut qu'il n'avait cessé de fourrer des gressins trempés dans les haricots dans sa mâchoire avide. En faisant des bruits de pic-vert.

— J'ai l'horrible impression que LeBeau va réussir son coup, Solomon Griffey. À ce jeu, ceux qui ne jouent pas selon les règles ont un avantage certain.

— Nous allons faire en sorte que ça n'arrive pas. Mais je suis d'accord avec vous. Ce sera difficile.

La note de découragement dans le ton de Griffey mit Diamond d'humeur combative.

— LeBeau n'est pas le seul à savoir manipuler les médias. Pourquoi ne pas envoyer nos meilleurs communicants pour lui porter la contradiction ?

— C'est exactement ce que nous prévoyons de faire, mais compte tenu des circonstances, la presse manifeste peu d'intérêt à notre égard.

— Et Melton Frame ? Il ne peut pas appeler l'un de ses contacts et obtenir du temps d'antenne ?

— J'en doute beaucoup.

Diamond enfourna un autre gressin avant de se rendre compte de ce qu'il venait de faire.

— Excusez-moi une seconde, marmonna-t-il, se dépêchant d'avaler les miettes. J'irai demander pardon auprès de Frame, Solomon Griffey. Je lui lécherai les pieds en public, s'il le faut. Si nécessaire, je suis même prêt à démissionner de l'organisation et à vous aider de l'extérieur. Tout ce qui compte maintenant, c'est d'obtenir un temps de parole égal pour diffuser la vérité.

Griffey poussa un unique soupir.

— Frame n'a pas ce pouvoir. Je crains que personne ne l'ait, face aux preuves irréfutables avancées par LeBeau.

— Quelles preuves ? J'ai regardé au moins cinq de ses interviews et tout ce que j'ai entendu, ce sont des accusations vides selon lesquelles le grand méchant Arcanum voulait l'arrêter pour servir ses propres intérêts.

— Son explication paraît crédible, Aldo. Vous n'avez pas vu la dernière attaque de M. LeBeau. Ne manquez pas le prochain bulletin d'info sur n'importe quelle chaîne. C'est tombé il y a un petit moment.

— Qu'a-t-il bien pu dire de plus ? Lorsque les gens recouvreront leurs esprits, ils se rendront compte à quel point c'est ridicule. L'Arcanum reçoit beaucoup de financements, et plus de dons qu'il n'en a besoin. Ça a toujours été le cas.

— Écoutez les infos et vous comprendrez, Aldo. Mieux vaut que vous jugiez par vous-même. Après ça, si vous avez une idée, n'hésitez pas à m'appeler, à n'importe quelle heure. Je doute de réussir à beaucoup dormir avant que cette sale affaire soit réglée.

— On ne peut pas vous en vouloir.

— Le club Calibre nous prépare une salle que nous pourrons utiliser comme QG. Je compte y être demain à la première heure, avec plusieurs autres. Venez si vous voulez.

— D'accord, Solomon Griffey. Je dois être au tribunal à dix heures, mais je passerai avant. À demain.

Diamond relança le modem de son portable. Il attendit d'entendre la tonalité stridente puis les petites notes indiquant que l'appareil se connectait. Sur la page d'accueil du site de CNN, il parcourut les titres. Son regard s'arrêta sur le visage d'enfant de chœur grimaçant de B.B. LeBeau. La légende disait : « Des crimes odieux renforcent l'accusation selon laquelle LeBeau a été victime d'une machination fomentée par l'Arcanum. »

L'article mit un temps infini à se télécharger. Fiona McBride, une jeune journaliste pleine de morgue, faisait un reportage sur les lieux. Tenant un micro comme un poing brandi, elle parlait d'une voix dure et pleine de colère. « Ce soir, pendant sa ronde, un agent de sécurité du tribunal du comté de Maricopa à Phoenix, dans l'Arizona, a découvert cette scène abominable. Je dois vous avertir que la séquence que nous nous apprêtons à montrer risque de choquer. Nous conseillons vivement aux enfants et à tous ceux que des images violentes seraient susceptibles de heurter de quitter la pièce. »

La journaliste se tut un instant, le visage grave. Puis elle reprit : « La juge Gretchen Montrose, qui a servi ici, à la Cour supérieure, pendant plus de vingt ans, et un huissier de quarante-six ans, Deakin Barnes, ont été découverts dans la salle d'audience 805 un peu plus tôt dans la soirée, apparemment victimes d'un crime. L'agent de sécurité, qui les a découverts durant sa ronde, a dit qu'ils avaient signé le registre d'entrée peu après midi. La direction de la chaîne estime qu'il est dans l'intérêt du public de voir diffuser ces premières images de la scène. Un inspecteur qui travaille sur l'affaire a confirmé que certains détails de ce crime affreux correspondaient à d'autres, non divulgués, de l'affaire Garmin, pour laquelle B.B. LeBeau avait été accusé et condamné. La juge Montrose présidait au procès de LeBeau et avait rendu la sentence de mort décidée par le jury, celle-là même qui a été cassée récemment, après que la preuve décisive reliant l'accusé au meurtre se fut révélée forgée de toutes pièces. »

La caméra montra un horrible gros plan des victimes. La juge était assise sur le banc, marteau à la main, son regard aveugle rivé à un magazine porno intitulé *Bites chaudes*. Son visage sans vie avait une expression horrifiée. L'huissier se tenait debout derrière elle, ses gros bras passés autour du torse du juge. Une de ses mains pendait près du sein droit, l'autre reposait de manière suggestive sur ses genoux. Sur le panneau d'acajou derrière le banc, ces mots étaient tracés avec du sang : « Que celle qui n'a jamais péché lui lance la première pierre. »

« Heureusement, la manipulation de preuve a été découverte avant que la peine de mort contre M. LeBeau puisse être exécutée. »

La caméra montra un cliché de LeBeau. À l'expression angélique de son visage, on aurait pu conclure que ses mystérieuses initiales correspondaient à « Baratineur » et « Bon Dieu sans confession ».

« Il est en effet bouleversant, poursuivait la journaliste, de considérer que cet homme aurait pu être une nouvelle victime innocente d'un système qui semble aller dangereusement de travers. »

17

Le service clients de ma banque serait fermé jusqu'à lundi, neuf heures. D'ici là, me suggérait la voix sensuelle sur la bande enregistrée, quoique en des termes un peu différents, je pouvais tout aussi bien aller me faire foutre.

Un coup de fil aux compagnies de cartes bancaires n'obtint pas de résultats plus satisfaisants. J'avais la possibilité de déclarer la perte ou le vol de ma carte et de faire opposition, avec tous les inconvénients afférents, mais si je voulais aller au fond des choses et découvrir pourquoi elle avait été rejetée, je devrais attendre les conclusions d'une enquête qui risquerait de prendre des jours ou des semaines. On me conseilla de rappeler le lendemain – à ce moment-là, des supérieurs expérimentés seraient à même de m'envoyer promener avec plus d'autorité.

Tante Amelia avait invité Rainey à une représentation au théâtre Avery Fisher cet après-midi-là, et, dans l'espoir de prolonger sa bonne humeur, je l'avais autorisée à y aller directement de chez Danielle. Je décidai de sauter le rituel de la lecture du journal dominical et de travailler plutôt à mon synopsis.

Richter me suivit dans mon bureau, gratifiant au passage de son aboiement strident tous les objets qu'il jugeait menaçants. Il jappa vers la chaise, gronda furieusement en direction du sac à dos de Rainey et signifia au portemanteau, en des termes sans équivoque, qu'il l'avait à l'œil. Il grogna furieusement contre mon bureau, contre les étagères, le fax, l'imprimante et l'ordinateur. Enfin, satisfait et épuisé, il se coucha par terre et s'endormit à mes pieds.

Pour éviter toute interruption malvenue, j'éteignis la sonnerie du téléphone. Je relus les pages que j'avais déjà rédigées, ravie de découvrir que l'intrigue paraissait encore crédible, intéressante et solide. Ce n'était pas toujours le cas. La révision, qui constitue une partie importante du travail de tout écrivain, implique de laisser parler son esprit critique – cette antipathique chipie qui n'hésite jamais à malmener vos sentiments ou votre ego fragile pour le bien du boulot. La mienne s'exprimait en affirmations simples et tranchantes. Dans le pire des cas, elle se contentait d'un : « C'est nul. » Lorsque cela arrivait, le seul sort raisonnable pour ma prose était un enterrement de première classe.

Par bonheur, cette fois, ma relectrice intérieure ne vit rien à redire et je pus continuer. J'écrivis pendant une heure et demie, plongeant mes personnages dans un puits de plus en plus profond, jusqu'au moment où je perçus la sonnerie étouffée de mon téléphone portable.

Espérant que ce serait Jed, je me précipitai dans ma chambre. Avec des gestes frénétiques, je fouillai dans les vêtements de la veille, abandonnés sur la bergère à côté de mon lit. Dans une brume de fatigue, j'avais tout laissé en tas après que Jed m'eut raccompagnée à la porte, au terme d'une agréable promenade digestive à laquelle aucun de nous deux n'avait voulu mettre un terme avant une heure du matin. J'avais résisté au désir de l'inviter à entrer, mais de justesse. Toujours incapable de remettre la main sur le téléphone, je jetai ma robe magique par terre, où elle fut bientôt rejointe par le manteau, les sous-vêtements et les bas.

La sonnerie persistait, mais d'après mes calculs, l'appel ne tarderait pas à être transmis à la boîte vocale. Je finis par dénicher mon petit Nokia coincé à côté du coussin du fauteuil, où il avait glissé avec mon sac de soirée brodé.

Mon humeur s'assombrit en reconnaissant le numéro. C'était Paige.

— Alors, vous en êtes où de ce synopsis, Claire ?

— Je travaille dessus à la minute où je vous parle.

— Comment ça se passe ?

— Très bien, en fait. Je suis contente.

— Formidable. Je suis au bureau, où j'attends la visite d'un auteur. Il vient de me prévenir qu'il serait en retard, à cause des mesures de sécurité à l'aéroport, donc, j'ai un peu de temps. Envoyez-moi ce que vous avez, que j'y jette un coup d'œil.

Ma voix monta presque d'une octave.

— Tout de suite ?

— Non, Claire, je pensais plutôt à la prochaine fête nationale. Bien sûr, tout de suite. C'est exactement le moment. Combien de pages puis-je espérer ?

— Environ une vingtaine.

— Bien. Vous pouvez me les envoyer en pièce jointe.

— Je préférerais vraiment attendre que ce soit fini avant de vous les soumettre.

— Contentez-vous de me les envoyer. Si ça tient la route, tant mieux. Sinon, ça vous évitera de devoir recommencer.

— Je vous remercie de le proposer, mais je préfère tout de même finir d'abord.

Elle eut un rire sec.

— Êtes-vous en train de me mener en bateau, ou avez-vous réellement avancé ?

— Je crains seulement qu'en vous l'envoyant à ce stade, ça me bloque.

— Facile : arrangez-vous pour que ça n'arrive pas.

— C'est peut-être seulement de la superstition, mais…

— Exactement. Alors, je vous promets de ne pas montrer votre synopsis à un chat noir, ni de le faire passer sous une échelle. Bon, allez. On perd du temps. Envoyez-moi ce que vous avez, et je vous dirai ce que j'en pense.

Elle raccrocha sans me laisser le temps d'argumenter plus avant. Ayant grande envie de geindre contre son arrogance et de me lamenter sur mon sort, j'appelai Winston, mais ça ne répondait pas à son appartement de Manhattan et je n'avais pas le numéro de sa maison de campagne de Dutchess County, où il passait la plupart de ses week-ends.

J'envisageai les deux seules solutions qui s'offraient à moi : soit j'obtempérais, soit je refusais d'obéir à Paige, ce qui à coup sûr la conforterait dans son idée que j'étais une folle menteuse, peu fiable et hypersensible. Avant de risquer que mon indignation ait raison de mon bon sens, je retournai à mon bureau, enjambai la masse endormie de Richter et rédigeai la note la plus sèche qui soit à l'intention de Paige. *Comme vous me l'avez demandé.*

Je joignis le fichier à l'e-mail. Lorsque j'appuyai sur la touche Envoi, mon écran se couvrit de lignes de tirets. Des blocs d'un charabia incompréhensible se mirent à le traverser. Un hurlement de protestation monta des entrailles de la machine. Richter se réveilla, et son mugissement de coyote s'ajouta à ce vacarme infernal. Avec des gestes désespérés, je pressai les touches Alt, Ctrl et Suppr. Lorsque j'appuyai sur les trois en même temps, la clameur électronique s'arrêta. On n'entendait plus que Richter, gémissant à une lune invisible.

En cas de problème, il suffisait en général de redémarrer pour que l'appareil recouvre ses esprits. Cette fois, à la place des bips habituels et des volutes précédant l'incontournable nuage de Microsoft, une longue liste de fichiers apparut sur un fond d'un noir de mauvais augure. Sous mes yeux, les programmes disparurent par ordre alphabétique : AOL, Adobe, ArcSoft Photoprinter, DigitalPoint, DVGate...

Horrifiée, je pressai une fois encore Ctrl, Alt, Suppr, sans résultat. Les dossiers continuaient de s'évaporer : Games, Intervideo, MovieShaker, PC-cillin...

PC-cillin était l'abréviation de « digital penicillin », un programme censé parer aux attaques de virus. Je n'osais imaginer ce qui se produisait après qu'un bug avait annihilé le logiciel antivirus. Rien, à l'exception de l'incompétente que j'étais et d'un chien dérangé, ne séparait mes fichiers de l'extinction : Power Gear, Power Panel, Powerpoint...

Dans un accès de panique, je tentai d'éteindre la machine. Le bouton off n'eut aucun effet. J'eus beau m'acharner dessus, et maintenir fermement mon doigt en place, les dossiers continuaient de trembloter avant de disparaître : Quicken, QuickTime, Real...

Je tirai sur le cordon électrique, mais même cette manœuvre ne put arrêter l'implacable processus de destruction. En désespoir de cause, je retournai le portable et fouillai chaque orifice avant de trouver ce qui ressemblait à la batterie et de la déloger.

Un coup de fil chez J & R Computer World me confirma que leur service de maintenance informatique était ouvert, même le dimanche. Je pris le portable dans mes bras, tel un animal blessé, fourrai dans la poche de mon survêtement les pièces que j'avais retirées et marchai à grands pas vers la Cinquième Avenue pour trouver un taxi. Celui qui s'arrêta empestait l'ail, le cumin et le genre d'odeur corporelle qu'on n'obtient qu'après des années d'effort. Par bonheur, totalement bouleversée, c'est à peine si je réussissais à respirer.

Je baissai ma vitre tandis que le taxi descendait Broadway puis tournait vers l'est en direction de Park Row. J & R, qui avait débuté comme une petite entreprise familiale, s'était développé pour devenir un poids lourd du discount dans le matériel TV-Hi-fi et informatique, proposant tous les gadgets high-tech possibles et imaginables, des appareils audio et vidéo et un impressionnant stock de périphériques et d'accessoires. Au cours de différentes visites, j'avais trouvé le personnel aimable, compétent et d'une infinie patience à l'égard des techno-réfractaires de mon espèce.

La maintenance informatique était située en sous-sol, au bas d'un escalier raide, que je descendis avec précaution, serrant mon portable dans mes bras.

Trois techniciens se tenaient derrière un comptoir d'accueil en bas. Alors que j'approchais, le jeune homme au visage large qui se tenait à gauche leva les yeux vers moi.

— Je peux vous aider ?

Je m'empressai de poser l'ordinateur sur le comptoir.

— Quel est le problème ?

— J'étais en train d'envoyer un e-mail quand la machine est devenue folle. Les fichiers ont commencé à disparaître un par un. Ça ne s'arrêtait plus. Tout ce que j'ai pu faire, c'est retirer la batterie.

Il brancha le portable et pianota sur le clavier.

— Vous dites que c'est arrivé comment ?

Je racontai de nouveau la scène, lui décrivant l'apparition des étranges caractères sur l'écran suivie de l'incroyable disparition des dossiers.

Il tapota sa dent de devant décolorée, en réfléchissant.

— On dirait un ver. C'est comme un virus, en un peu différent. Il entre via le modem haut débit, câble ou ADSL, et gobe les fichiers.

— Mais il y avait tout mon travail là-dedans.

— Vous ne faites pas de sauvegarde ?

— Pas cette fois.

— Il faut toujours garder des copies.

Il semblait sincèrement déçu, comme si j'étais une gamine nulle.

— Je comprends, mais pour l'instant, j'ai surtout besoin de retrouver mon boulot. Il doit bien y avoir un moyen de récupérer ces fichiers.

— On ne fait pas ça ici. Il y a des entreprises spécialisées dans la récupération de données. Mais ça ne marche pas à tous les coups. Et c'est très, très cher.

— Combien ?

— Ça dépend de ce qu'ils réussissent à retrouver, mais ça peut aller jusqu'à deux mille cinq cents dollars.

— Oups.

— Sérieusement. En plus, ça peut prendre des semaines et c'est sans garantie.

— Bon, ce n'est peut-être pas une bonne idée. Qu'est-ce que vous suggérez ?

— On peut réparer la machine ; la remettre dans l'état dans laquelle le constructeur vous l'a vendue. Ça détruira le virus ou ce que c'est, mais ça ne vous rendra pas votre travail.

— Ça prend combien de temps ?

— Quelques heures. Vous pouvez venir récupérer votre ordinateur un peu plus tard dans la journée. Vous en aurez pour cinquante dollars.

Je ne discutai pas, même si je savais que le jeune homme était loin du compte. Le prix serait beaucoup plus élevé : mon éditrice serait furieuse.

18

Comme prévu, de retour chez moi, je trouvai plusieurs messages furibards de Paige sur le répondeur.

— Où sont ces pages, Claire ? J'ai attendu que vous me les envoyiez. Je ne sais pas comment vous faisiez avec Ben, mais je compte sur mes auteurs pour respecter leurs promesses. Rappelez-moi.

Dans le salon, je découvris une autre surprise désagréable, signée Richter cette fois. Le chien avait perdu plus que sa tête au cours d'une de ses crises et avait arrosé le vieux tapis persan. Pour réparer les dégâts, je tapotai l'endroit avec du papier absorbant puis essayai avec de l'eau gazeuse, mais une grosse auréole jaune demeura.

Richter me tournait autour, reniflant avec indignation, comme s'il était la partie agressée. Ce tapis était un cadeau de mariage fait par ma mère. Elle l'avait hérité de ses parents, morts avant ma naissance. Ce lien avec ces gens que je n'avais jamais connus renforçait mon attachement à ce présent. Tout comme le fait que c'était notre première possession commune, à Noah et moi. Nous avions meublé notre douillet intérieur autour du tissage complexe aux délicates couleurs et jusqu'à ce jour affreux, trois ans plus tôt, où j'avais retrouvé mon mari, froid et sans vie, dans notre chambre, j'avais considéré ce tapis comme un symbole de nos fondations inébranlables.

J'attrapai Richter par son collier, dirigeai son attention vers la tache et le tançai vertement. Lorsqu'on me provoquait, j'étais capable d'aboyer aussi bien que ceux de son espèce.

— Méchant chien.

Il émit un jappement scandalisé, comme si je faisais preuve d'un sacré toupet en l'accusant sans preuve incontestable. Le coupable aurait tout aussi bien pu être un autre cabot incontinent. Je m'attendais d'une minute à l'autre à l'entendre s'exprimer dans un anglais pur bostonien par la voix du Dr Richard Kimble dans *Le Fugitif* et jurer que le délit avait été commis par un dalmatien fourbe à trois pattes.

Un nettoyage en profondeur pourrait attendre le lendemain. Je n'aurais qu'à l'ajouter à la liste de plus en plus longue des corvées qui m'attendaient. J'avais promis à ma mère de la conduire à son rendez-vous à l'hôpital à la première heure, puis il faudrait régler le problème des agences de cartes bancaires et de la banque.

En espérant qu'elle ne serait pas là, je composai le numéro de Paige chez Ridgefield Press. Elle ne décrocha pas, et je lui fis un triste résumé de la situation sur sa messagerie. Même s'ils reflétaient la pure vérité, mes mots paraissaient faibles et creux. Aussi crédible que si j'avais prétendu que le chien avait mangé mon cahier de devoirs.

Même si j'appréhendais l'exercice, j'étais bien obligée d'essayer de recréer les pages perdues. Je trouvai le portable de Rainey dans son sac à dos et l'installai sur mon bureau. Dans une de ses légendaires manifestations de générosité, tante Amelia nous avait offert le même ordinateur le Noël précédent, si bien que je n'aurais aucune difficulté à travailler sur la machine de Rainey.

Du moins le croyais-je.

Lorsque je voulus allumer l'ordinateur, une boîte de dialogue apparut, me demandant mon mot de passe. Sur mon portable, lorsque ce genre de chose arrivait, il me suffisait d'appuyer sur la touche Esc et de continuer. Celui de Rainey refusa obstinément et réitéra sa demande.

Impatiente de me mettre au travail, je tentai de deviner quel pouvait être son mot de passe. Je tapai « ourson », le personnage qu'elle aimait au point de s'en être fait tatouer une réplique sur la cheville gauche.

Mot de passe incorrect, me rétorqua l'ordinateur.

Ensuite, je saisis la date de naissance de Rainey.

Mot de passe non valide. Vérifiez l'orthographe et essayez de nouveau.

J'essayai tour à tour le nom de son lycée, de sa prof principale et de sa meilleure amie, Danielle. Aucun de marcha.

Finalement, sur une impulsion, je tapai le nom de son horrible nouveau copain : « Phelan ». Au même instant, une image de son visage blême et grimaçant apparut dans ma tête. Je me le représentai, courbé sur son ordinateur, pianotant sur le clavier à grands coups rythmés ou en caresses langoureuses presque obscènes.

L'une des angoissantes mises en garde que ma mère adorait répéter me revint à l'esprit : un enfant peut se noyer dans quinze centimètres d'eau. Quelque chose me disait que la mare boueuse et infestée de bestioles qu'était Phelan présentait des dangers aussi fatals.

Je pressai la touche Enter. Cette fois, une bombe noire de dessin animé avec une amorce allumée se matérialisa. La mèche virtuelle se consuma et, par un effet de morphing, la bombe se transforma en un visage sournois de clown au sourire grimaçant. Dans la bulle de dialogue sortant de sa bouche écarlate apparut le simple mot : Boum !

Ensuite, un corps lui poussa, vêtu d'un large survêtement à collerette et doté de pieds gigantesques chaussés de savates à pois. Une grosse dame coiffée d'un chapeau très coquet apparut à côté de lui sur l'écran. Le clown sortit un énorme marteau de l'une de ses minuscules poches et aplatit la dame, ne laissant que l'ombre du bord du chapeau en forme de losange sur le trottoir.

Une nouvelle bulle s'éleva de la perruque frisée du clown. *Voilà ce qui arrive aux fouineurs*, était-il écrit. Puis le sourire méchant lui dévora le visage, et les enceintes crachèrent des rires sardoniques dignes d'une maison hantée. « Ne vous mêlez pas de mes affaires ou je vous le ferai regretter. Recommencez et votre compte est bon. »

Comme si ce n'était pas suffisamment agaçant, Richter entra en trombe dans mon bureau, mugissant comme une bête blessée.

Je me bouchai les oreilles.

— Chut !

Mais il geignit plus fort encore, se mit en position défensive et commença à aboyer au rythme régulier d'une mitraillette automatique.

— Stop ! Tais-toi !

De violents coups de canne me parvinrent de l'appartement de Mme DiMarco, au-dessus.

— Faites taire ce maudit cabot ou j'appelle la fourrière.

J'essayai tout ce qui était en mon pouvoir. Lui tenir le museau transforma l'aboiement en un grognement épouvantable. Ensuite, je pris un bocal plein de pièces et le secouai devant sa gueule. J'avais entendu dire que ça réduisait au silence même le plus bruyant des chiens. Mais Richter était passé dans une autre dimension.

Mme DiMarco frappa de nouveau avec sa canne.

— Si ce vacarme ne cesse pas immédiatement, j'appelle la police ! J'appelle les autorités, la SPA et votre maman. Vous avez jusqu'à trois.

Par-dessus les aboiements de Richter, je perçus le décompte marmonné par ma voisine :

— Un, deux, deux et demi…

J'avais une migraine épouvantable. Jamais je ne pourrais me concentrer avec un chien pareil. Je lui mis sa laisse et l'entraînai jusqu'à la porte. Il hurla tel un enfant face au sourire du pédiatre derrière la seringue pleine. Je lui parlai tout doucement, en termes mesurés, afin d'amortir le choc accompagnant toute rupture.

— Essaie de ne pas le prendre personnellement. Ce sont des choses qui arrivent. Nous avons fait de notre mieux, mais cette relation ne fonctionne pas. Je passerai te voir. Il n'y a pas de raison de ne pas rester amis.

Griffes dépendantes, le groupe de sociétés appartenant à la sœur de Duffy, occupait une enfilade de trois boutiques à deux blocs au nord de Union Square. Pendant le trajet, la voix du chien s'affaiblit, réduite à un souffle rauque après tant d'excès stridents. Je l'attachai à un parcmètre devant chez A & P, entrai en hâte et achetai une demi-douzaine des beignets au glaçage chocolat, les préférés de Duffy.

Je trouvai Sandy, sa sœur, une femme chaleureuse et joviale, en train de nourrir sa meute de chiens errants. Des animaux de tout âge, race, de toute taille et dans tous les états possibles s'agitaient, se battaient, ronflaient, tournaient en rond dans les cages et les enclos qui débordaient jusque dans l'espace de réception.

— Claire ! Je suis ravie de te voir. J'imagine que tu es au courant de la libération de LeBeau ?

— Incroyable, n'est-ce pas ?

Sandy posa l'énorme sac de croquettes, et me serra dans ses bras.

— Comment tu prends ça ?

Les jappements étouffés de Richter étaient avalés par le brouhaha général. J'agitai la main pour signifier que je ne prenais pas très bien la nouvelle.

— Duffy est dans le coin ?

— Il est derrière. Il rumine un peu, comme tu peux l'imaginer. Ta visite ne pourra lui faire que du bien. Entre. Je m'occupe du chien.

— Merci.

— Là, là, chéri. Calme-toi. Tout va bien, dit-elle à Richter.

Le seul contact de sa main ferme eut raison de la panique de l'animal. Sa tension se calma et ce qui ressemblait étonnamment à un sourire remplaça l'expression d'angoisse enfiévrée sur son museau.

Il n'en allait pas de même de leurs autres pensionnaires. Me dirigeant vers la porte de derrière, je faillis trébucher sur un schnauzer qui fila à toute vitesse. Je passai une haie de chiens de meute et de terriers hurlant. Et je faillis me faire chiper le sac de beignets par une boule de poils marron qu'on aurait dit montée sur ressorts.

La lourde porte coupe-feu se referma derrière moi, étouffant tous les bruits. Dans le soudain silence, mon cœur battait comme un tam-tam. Je cherchai Duffy parmi les hautes étagères et les piles de provisions qui s'alignaient le long d'un petit passage derrière les trois boutiques.

— Duff ? appelai-je doucement, m'en voulant de rompre ce silence béni. Tu es là ?

Je présumai qu'il était sorti discrètement. Compte tenu du vacarme assourdissant et du chaos qui régnait à côté, cela ne devait pas être difficile.

En réalité, j'éprouvais un soulagement coupable de ne pas le trouver. Il était beaucoup plus facile de laisser Richter à Sandy. Elle n'aurait aucun mal à comprendre que la relation n'avait pas marché. Duffy, malgré sa carrure de boxeur et ses airs fanfarons, le prendrait trop à cœur. Il était toujours extraordinairement déçu quand ses amis sur deux et quatre pattes ne parvenaient pas à s'entendre.

Pour atténuer le choc, je décidai d'écrire un petit mot sur le sac de beignets. Cherchant un stylo, je passai devant des cartons de vermifuges, d'os et d'oreilles à mâcher, de désodorisants, de jouets en peluche, de peignes et de brosses, de shampooings antipuces, de colliers à tiques, de jouets et de friandises, de petits manteaux, de colliers tout simples ou en strass.

À mi-chemin, je perçus une respiration rauque et agitée.

— Duffy ?

À mon approche, il se raidit et cacha vivement quelque chose derrière son dos. Je surpris ses joues plus rouges que d'habitude et la veine saillante dans son cou.

Je tapotai son dos musculeux.

— Du calme, Duff. Tout va bien.

— Bon Dieu, Claire, non, ça ne va pas du tout. Tu as vu les journaux ? Ces idiots de journalistes ont gobé toutes les histoires que leur a servies LeBeau. Il est ici, à New York, à jouer le chouchou des médias. La prochaine fois, ce salopard défilera à la parade, couvert de médailles, un vrai héros.

Il me passa la première page du *Post*. Contenant sa colère, il tendit un doigt accusateur vers la manchette : « Le groupe des affaires classées manque de classe. » Je lus l'odieuse première phrase : « L'assassinat de la juge Gretchen Montrose et de son huissier, dans l'Arizona, remet sérieusement en cause la culpabilité de

B.B. LeBeau et celle de nombreux autres meurtriers présumés que le groupe d'experts, connu sous le nom d'Arcanum, a envoyés derrière les barreaux. »

D'un grand mouvement de bras, Duffy souligna l'étendue des dégâts.

— Dans peu de temps, on va ouvrir grand les portes des prisons du pays entier et libérer les plus monstrueux des condamnés. Et dire que Noah a remué ciel et terre pour faire arrêter des ordures comme LeBeau. Tout ça pour en arriver là.

Je fus parcourue d'un frémissement en jetant un coup d'œil à la photo de LeBeau.

— Je n'arrive même pas à le regarder.

Sa bouche n'était plus qu'une fine ligne sombre.

— Moi, je crois que je serais capable de tuer ce salaud de mes propres mains, et avec le sourire.

— Tout doux, mon vieux.

Je serrai son poing fermé. C'est alors que je repérai l'éclat du métal. Le pistolet était presque dissimulé par la corpulence de Duffy, mais pas complètement. Je passai la main derrière lui et récupérai l'objet. C'était une arme laide au canon court, pas une arme de service et sûrement pas faite pour être utilisée dans les opérations de police officielles et encadrées. Grâce à Noah, j'avais surmonté ma vieille peur des armes à feu. Il m'avait même emmenée plusieurs fois dans un stand de tir du Connecticut, où j'avais appris à viser une cible et à atteindre le centre. Mais je n'étais pas plus à l'aise avec ces trucs-là pour autant.

— Ce n'est pas la solution, Duffy, et tu le sais. Laisse tomber. LeBeau a déjà fait assez de mal.

— Ce n'est pas aussi simple. Tu ne comprends pas.

— Mais si, je comprends. Noah n'est plus là à cause de lui. À cause de LeBeau, Rainey n'a plus son père et j'ai passé les trois dernières années dans le brouillard. À cause de lui, tu as abandonné ta carrière de policier pour passer ton temps à nettoyer des cages et à trouver des foyers pour des chiens au cerveau détraqué.

Il réussit à esquisser un petit sourire malin.

— Franchement, je ne vois pas trop la différence. Tout ça, ce sont des comportements animaux. Avec deux ou quatre pattes.

— Crois-moi, je suis aussi bouleversée que toi. Mais nous devons faire confiance au système pour régler cette affaire. N'est-ce pas ce que tu dis toujours ?

Son visage s'assombrit de nouveau.

— Cette fois, ce n'est pas aussi simple.

— Ce qui veut dire ?

— Ce qui veut dire que je ne peux pas rester assis là à attendre que le système s'occupe de tout quand il s'agit de sauver ma peau. LeBeau marche à la vengeance. Comment savoir qui se trouve sur sa liste ? Qui peut dire jusqu'où il ira ?

La peur fondit sur moi.

— La presse ne le lâchera pas pendant un bout de temps. Je ne l'imagine pas prendre le risque de ternir son auréole.

— Peut-être, mais si tu te trompes ? Je ne m'inquiète pas pour moi. C'est à Sandy et aux filles que je pense. Mara vient juste de nous annoncer qu'elle allait avoir un bébé à l'automne.

— C'est super, Duff. Félicitations. Toi, grand-oncle, tu imagines ?

Il se leva pesamment.

— C'est l'image à laquelle j'essaie de me raccrocher, crois-moi. Vieillir, regarder les jeunes grandir. Si seulement il suffisait d'espérer, je le ferais. Mais quelque chose me dit qu'à cause de LeBeau, ça ne se passera pas comme ça.

— Promets-moi que tu ne feras rien de stupide. L'autodéfense n'est pas une solution.

— Je me contente seulement de garder une longueur d'avance sur le diable. Je me prépare à protéger ce qui m'est cher, si on en vient là. Toi comprise.

— Je n'existe pas pour LeBeau, Duff, et toi non plus. Tout ira bien.

— Oui. Je compte faire en sorte qu'il en soit ainsi.

Richter me guida jusqu'à la maison, tirant sur sa laisse, la queue dressée comme une bannière victorieuse. Compte tenu des circonstances, je n'avais pas eu le cœur d'ajouter un autre souci à la montagne de ceux qu'affrontait déjà Duffy. Le chien et moi repousserions le divorce pour le bien du vieux gamin irlandais.

Passant devant un marchand de journaux, je tressaillis une nouvelle fois en voyant l'image démoniaque de LeBeau me regarder depuis un large étalage de unes. Les mots de Duffy ne cessaient de tourner dans ma tête : *Comment savoir qui se trouve sur sa liste ?*

Qui peut dire jusqu'où il ira ?

19

Rainey jouait à « tante Amelia dit », un jeu que je ne connaissais que trop bien. Il faut dire que je l'avais moi-même beaucoup pratiqué. M'entendre citer les conseils et adages d'Amelia rendait ma mère folle, ce qui, en soi, aurait constitué une raison suffisante pour continuer. Mais à l'époque, à l'instar de beaucoup de jeunes, je voyais ma tante comme l'adulte idéale. Impulsive, scandaleuse, elle aimait s'amuser, et était d'une indulgence sans bornes envers elle-même et les autres. Si on jouait selon ses règles, elle se montrait loyale et d'une générosité infinie. Mais quand on lui faisait du tort, sa vengeance était mesurée et d'une efficacité redoutable. Un équilibre des plus enviables aux yeux des enfants, compte tenu de la situation d'impuissance dans laquelle ils se trouvent. Si je pensais et parlais exactement comme elle, me disais-je, peut-être qu'un jour, je pourrais devenir comme elle, ou une pâle imitation. Même aujourd'hui, je dois l'admettre, la perspective de prendre le monde à la gorge comme elle le fait et de serrer jusqu'à lui faire cracher ce qu'il a de mieux à offrir demeure assez séduisante.

— Comment était la représentation ? demandai-je à Rainey lorsqu'elle sortit de la voiture d'Amelia.

— Extraordinaire, répondit-elle en savourant chaque syllabe. Tante Amelia dit que la pièce était exemplaire : le théâtre à son meilleur. Elle dit qu'on doit assister à d'autres événements de ce festival, que j'ai un sens critique naturel. Elle dit qu'elle va se débrouiller pour obtenir des bonnes places ; même si tous les billets pour les meilleures pièces ont été vendus depuis des semaines.

— S'il existe un moyen, Amelia le trouvera.

Richter, tout frais sorti de sa sieste, bondit dans la pièce pour défier quiconque avait eu le culot d'envahir son territoire. Lorsqu'il reconnut Rainey, il se fit tout timide. Il pencha la tête de côté, essayant de l'amadouer comme il tentait de le faire depuis des jours. Mais elle ne se laissa pas fléchir.

Elle grimaça de dégoût.

— Dégage, sac à puces.

La Bentley s'éloigna du trottoir et j'aperçus la silhouette de ma tante derrière les vitres teintées. Amelia se tenait toujours comme si elle posait pour un peintre ou un sculpteur qui aurait voulu immortaliser son profil dans la pierre. Sans doute était-ce la posture qu'elle adoptait lors de ses fréquentes consultations avec le célèbre Dr Strickland, le chirurgien plastique toujours à sa disposition.

— Je suis contente que ça t'ait plu, dis-je.

— J'ai adoré, corrigea-t-elle fermement. En fait, il y avait un rôle qui aurait été parfait pour moi.

— Lequel ?

— Celui de la plus jeune des filles. Victoria. Elle est atteinte d'une maladie mortelle, mais très créative et très mûre pour son âge. C'est ça qui distingue Victoria et qui fait d'elle la véritable héroïne, même si elle n'a pas les plus longues scènes.

— Intéressant.

— Tante Amelia dit que je devrais vraiment envisager une carrière de comédienne. Elle dit que ça m'irait comme un gant.

Je me demandais quel rôle cette gamine caméléon jouait ce soir. À en juger par sa tenue – blazer bleu marine à boutons dorés, pull beige à col boule, mocassins en daim très classiques et pantalon beige – ça devait être en relation avec les Jeannettes.

— Qu'est-ce que tu en penses ?

Elle observa son reflet trouble dans la vitre, jaugeant son expression boudeuse, s'entraînant à faire voler sa toute nouvelle queue de cheval.

— Tante Amelia dit qu'on a un don ou qu'on n'en a pas. Quand on l'a, c'est dans le sang, c'est tout.

— Il n'y a pas de remède contre ?

Elle me lança un regard de mépris.

— Tu ne me prends pas au sérieux, Claire. Tu penses que je suis une gamine abrutie.

— Non. Je pense que tu es une personne compliquée et intéressante qui possède de nombreux talents et dispose de beaucoup de temps pour décider ce qu'elle veut faire de sa vie.

Fermement campée sur ses jambes et le visage buté, elle ressemblait cette fois à une femme d'affaires implacable.

— Il se trouve que non. Tante Amelia dit que si je veux réussir en tant que comédienne, je dois commencer les cours tout de suite. La plupart des gens de mon âge ont déjà des années de cours de théâtre, de chant et de danse derrière eux.

— Je ne suis pas opposée à ce qu'on y réfléchisse. Mais il faut voir combien ça coûte et ce que ça implique avant de se décider.

— Tante Amelia dit qu'elle serait ravie de payer. Ça lui ferait plaisir.

Techniquement, ce serait le plaisir de son dernier mari en date, mais je ne vis pas l'intérêt de le faire remarquer. Amelia était aussi capricieuse que les marées, et les engouements de Rainey ne duraient en général pas plus longtemps. Cette lubie pour le métier de comédienne lui passerait aussi vite que son look B.C.B.G., avant que l'un ou l'autre ne mérite qu'on s'en inquiète.

— Pourquoi ne pas te renseigner d'abord ?

— C'est ce que je vais faire. Tout de suite, même. *Tempus fugit*, comme dit tante Amelia.

— Tu sais ce que ça veut dire, Rainey ?

Son visage se crispa.

— Je crois que ça veut dire que quand on veut quelque chose, il faut foncer et ne rien laisser se mettre en travers du chemin.

— En fait, *tempus fugit* veut dire « le temps file », en latin. Ce que tu viens de donner, c'est la définition de tante Amelia.

Elle avait déjà parcouru la moitié de la distance vers sa chambre quand je me rappelai la bombe à retardement que j'avais malencontreusement déclenchée.

— Attends, Rainey. Je voulais te dire... J'ai cassé mon ordinateur cet après-midi, et j'ai essayé de travailler sur le tien.

Son visage se voila d'indignation.

— Tu veux dire que tu as essayé de m'espionner ? J'en étais sûre. C'est pour ça que j'ai mis le piège.

— C'est un truc assez moche.

— Tu ne le saurais pas si tu n'étais pas allée fouiner.

— Je ne fouinais pas. Je te l'ai dit, j'ai eu un problème. Apparemment, un ver informatique est entré par le modem et a détruit mes fichiers. J'avais besoin de travailler, c'est tout.

— Garde tes sales pattes loin de mes affaires.

— Calme-toi, Rainey. Je t'aurais demandé si tu avais été là. Tu n'étais pas en train de te servir de l'ordinateur, donc je ne vois pas où est le problème. La prochaine fois, je te demanderai d'abord, OK ?

— Il n'y aura pas de prochaine fois. Si tu le touches encore, tu le regretteras.

— Pas de menace avec moi, c'est parfaitement déplacé.

— C'est toi qui es déplacée.

Elle pinça les lèvres de rage.

— Phelan avait raison. Tu n'es qu'une salope fouineuse.

Je crus manquer d'air.

— Je t'interdis de me parler comme ça. Je comprends que tu sois en colère, mais ce n'est pas une façon de t'exprimer. Maintenant, je te demande d'aller dans ta chambre.

— J'irai si je veux.

— Tu vas dans ta chambre, Rainey. Tout de suite.

L'épreuve de force ne dura que quelques secondes, mais me parut bien plus longue. Ne demeurèrent ensuite que les décombres de notre trêve trop courte. J'entendis sa porte vibrer avant le claquement sec du verrou.

Une douleur cuisante s'était logée derrière mes yeux. J'avalai deux aspirines, éteignis les lumières du salon et gagnai ma chambre.

La photo de Noah était posée sur la table de nuit dans son cadre de cuir bordeaux. Consumée par son regard chaleureux et confiant, je la posai face contre la table. Puis je me déshabillai et me glissai sous la couette.

Des ombres formaient comme des nuages au plafond. Je les regardai s'effilocher en volutes fines avant de s'évanouir.

Alors que mes yeux se fermaient, j'entendis la voix du révérend du train E, qui prêchait de l'autre côté de la rue. *Alors, que devons-nous croire, mes frères et mes sœurs ? Dans quel réceptacle sacré plaçons-nous notre foi ? Lorsque le Seigneur se contredit, lesquels de Ses mots appelons-nous la vérité ?*

J'écoutai, me demandant où il voulait en venir. Il arrivait parfois à ce fou de proférer des paroles sensées et angoissantes.

Écoutez un peu, mes frères. Dans le psaume 127, il est écrit : « Le vrai don de l'Éternel, ce sont des fils. Des flèches dans la main d'un guerrier, voilà ce que sont les fils de la jeunesse. Heureux l'homme qui en a rempli son carquois ! »

Pour ce qui était de Rainey, le « carquois » prenait un sens très différent, songeai-je amèrement.

Le révérend poursuivit sa litanie : *Mais dans le psaume 137,9, on lit ceci : « Heureux qui saisira tes petits et les brisera contre le rocher ! » Pensez-y, vertueux et pécheurs, vous les doux agneaux, les moutons perdus et sans espoirs. Qu'est-ce que tout cela signifie ?*

Je me retournai sur le ventre et me cachai la tête sous l'oreiller. *Qu'est-ce que cela signifie ?*

C'est exactement ce que je me demandais.

20

Des arabesques de givre collaient aux vitres du solarium du club Calibre. Éclairées de l'extérieur par les premières lueurs de l'aube, les formes gelées évoquaient un récif corallien : dentelles et acropores majestueuses, plumes de mer gracieuses et délicates gorgones. Observant les motifs d'un regard fatigué, Diamond se représenta une anguille mauvaise au milieu des silhouettes mouvantes, camouflée par le silence trouble et la beauté apaisante des profondeurs. Un spécimen malfaisant, parfaitement concentré sur sa proie.

De riches arômes de café se diffusaient dans la pièce, ainsi que le sifflement joyeux des radiateurs surchauffés. Se levant avec raideur, Griffey fit pivoter sa nuque engourdie, ôta ses lunettes de lecture et se pinça l'arête du nez. Il traversa la pièce jusqu'à l'imposant buffet de style Chippendale et remplit de nouveau sa tasse de porcelaine, se servant de la cafetière d'argent mise à leur disposition. Il versa aussi un café pour Diamond et le rapporta à la table de conférences couverte de papiers, en même temps qu'une assiette de petits fours pour remplacer celle que le graphologue avait avalée avec la force et la détermination d'un aspirateur.

Ted Callendar entra, tapant ses mains gantées l'une contre l'autre, le visage raidi et brillant de froid.

— Désolé, je suis en retard. J'avais mes filles hier soir et je ne voulais pas partir avant qu'elles soient levées.

— À six heures trente, on ne peut pas encore parler de retard, Ted, fit observer Erin McCloat. De toute façon, vous n'avez rien raté, à part une heure de frustration.

Callendar retira ses gants de ski, déroula son grand cache-nez bleu et blanc et l'accrocha, ainsi que sa doudoune, au portemanteau près de la porte.

— De mon côté, je ne peux pas dire que j'en aie manqué non plus.

— Pas de pistes ?

Lyman Trupin était assis devant un bloc couvert de notes assez vagues à propos des déboires actuels de l'organisation.

— Si, plein, mais toutes sans issue. Comme convenu, j'ai appelé la criminelle de Phoenix tard hier soir. Les inspecteurs qui sont sur l'affaire du double meurtre au tribunal étaient sortis pour les besoins de l'enquête, mais le sergent à qui j'ai parlé m'a promis de leur demander de me contacter dès leur retour. Le type était tellement aimable et coopératif que j'ai commencé à croire que le tour était joué.

— Il vous a cru quand vous avez raconté que vous prépariez un livre sur les crimes rituels ? demanda Perry Vacchio.

— Oui, j'en ai eu l'impression. En plus, c'est vrai que cette idée me trotte dans la tête depuis des années. Malheureusement, les inspecteurs n'ont pas marché. Ils m'ont rappelé vers trois heures du matin, heure d'ici. Ils étaient tous les deux en ligne, parlant en même temps, et crevaient d'envie d'entendre ce que j'avais à dire. Pour une raison ou une autre, ils m'ont pris pour un informateur. On n'a pas dû leur transmettre le bon message.

Heidi Cohen hocha la tête vigoureusement. Ses cheveux blonds, attachés en queue de cheval, rebondissaient avec un temps de retard.

— Tant mieux, s'ils ont été induits en erreur.

— Oui, au début. Dès que j'ai rectifié, ils ont immédiatement changé de ton. Leur première question a été de demander si j'avais quelque chose à voir avec l'Arcanum. À partir de là, c'était foutu.

Trupin soupira.

— Ça valait le coup d'essayer.

Callendar ouvrit ses gigantesques paumes.

— Il n'y a pas de mal, j'imagine. Sauf qu'ils ont raccroché avec une telle violence que j'ai encore l'oreille qui siffle.

Il s'affala sur une chaise vide et se mit à griffonner. D'une plume rapide, il dessina un labyrinthe compliqué. Au centre, il plaça une petite silhouette sombre, entourée par des empreintes qui tournaient en rond, représentant la série de fausses pistes.

— J'ai l'impression qu'on est de retour à la case départ. À partir de là, où allons-nous ?

— Où que ce soit, on a besoin d'y aller vite, déclara Griffey.

Un silence inconfortable suivit sa remarque. Ils étaient tous douloureusement conscients des conséquences potentielles de la situation. Si les accusations de LeBeau étaient prises au sérieux, toutes les affaires que l'Arcanum avait aidé à boucler risquaient de s'effondrer comme une rangée de dominos. Nul doute que les gouverneurs et les procureurs de la nation entière avaient déjà reçu des appels insistants réclamant des enquêtes, de nouveaux procès, des annulations et la libération immédiate de nombreux assassins que le groupe avait contribué à mettre sous les verrous.

Griffey prit la serviette de lin devant lui, la déplia et l'étala en la lissant. Ensuite, il replia le tissu bord à bord et appuya sur les pliages avec son doigt.

— Tel que je vois les choses, nous pouvons aborder le problème sous trois angles. D'abord, il y a la question de la crédibilité de notre organisation et ce qu'il adviendra de toutes les affaires auxquelles nous avons participé, collectivement et individuellement.

Heidi Cohen se renfrogna.

— Je n'avais pas envisagé ces implications personnelles. Mais il est évident que si nous sommes discrédités en tant que groupe, logiquement, chacun d'entre nous verra sa réputation réduite en miettes.

Griffey replia le bord de chaque côté de la serviette, formant quatre ailes triangulaires.

— Ensuite, il y a la question de M. LeBeau et des circonstances de sa libération.

Trupin intervint :

— Nous savons que M. Sallis a prétendu avoir falsifié la preuve par l'ADN. Le procureur avait bâti tout son réquisitoire sur cette preuve.

Partant des extrémités, Griffey roula la serviette pour former deux cylindres serrés.

— Nous savons ce que Sallis a prétendu à propos de la falsification de la preuve. Mais nous ne savons pas pourquoi il a fait cet aveu et s'il est vrai ou non.

— Hélas, il n'est plus là pour répondre aux questions, fit remarquer Erin McCloat.

Griffey baissa le menton.

— Pis encore, nous ignorons si sa disparition était volontaire ou forcée. Dans l'un ou l'autre cas, cette défection jette le doute sur ses déclarations.

— Exact. De plus, quoi qu'il ressorte du cas Ronald Sallis, cela ne résoudra pas forcément la question de la culpabilité ou de l'innocence de LeBeau, fit observer Perry Vacchio.

— Un vrai casse-tête chinois, dit Erin McCloat.

Les lèvres de Griffey se serrèrent de manière presque imperceptible.

— Enfin, il y a la question de ces nouveaux meurtres au palais de justice. Sommes-nous face à un puzzle à reconstituer, à deux puzzles entremêlés ou avons-nous affaire au crime d'un imitateur ?

Callendar griffonna des X furieux sur son labyrinthe.

— Avec tout ça, on a largement assez à se mettre sous la dent.

Il remarqua que ce n'était plus le cas de Diamond, qui avait fait un sort à son assiette de pâtisseries.

Les épaules basses, il alla de nouveau la remplir au buffet.

— Combien des membres de l'organisation peuvent-ils nous aider ?

Griffey retourna la serviette en veillant à maintenir les cylindres bien serrés.

— Jusqu'ici, tous ceux que j'ai contactés sont très désireux de nous rejoindre, si leur emploi du temps le leur permet. La question est : à quel problème doit-on s'attaquer en premier ?

— Renvoyer LeBeau derrière les barreaux me paraît prioritaire, dit Heidi Cohen. D'après moi, il faudrait réexaminer l'affaire Garmin, comme prévu, et trouver le moyen de prouver que nous avions visé juste.

— Je suis d'accord, acquiesça Trupin. Le remettre à l'ombre pourrait permettre de résoudre tous nos problèmes.

— À mon avis, ce ne sera pas si simple.

Diamond sortit un minimuffin de son enveloppe de papier et examina sa prise : banane noix.

— Parce que ? questionna McCloat.

— Parce qu'une fois que les gens vous voient d'une certaine façon, il peut être diablement difficile de les faire changer d'avis.

— L'Arcanum a toujours été très respecté. Pourquoi cette réputation devrait-elle souffrir à cause d'accusations absurdes proférées par un criminel ? dit Vacchio.

— Elle ne souffrira pas dans certains cercles, fit remarquer Callendar. Mais jusqu'ici, nous étions assez peu connus du grand public. Pour beaucoup, c'est une première impression. Quand vous rencontrez quelqu'un qui porte une moustache ou des lunettes, vous le trouverez ensuite toujours bizarre sans.

Griffey fronça les sourcils, manifestation de déplaisir assez rare chez lui.

— C'est loin, hélas, d'être le plus gros obstacle que nous ayons à franchir, dit-il. Compte tenu de l'attaque actuelle contre notre crédibilité, nous aurons beaucoup de mal à trouver des témoins ou quiconque acceptant de coopérer.

Tenant toujours fermement le pliage, il retourna l'une des extrémités et coinça les petits cylindres vers le bas.

— J'ai l'impression que nous avons un long chemin à parcourir, observa Trupin. On ferait mieux de s'y mettre.

— Je suis d'accord. Et, une fois encore, je pense qu'il vaut mieux s'attaquer à l'affaire Garmin, dit Heidi Cohen.

— Pareil pour moi, renchérit Trupin.

— À mon avis, il faut se concentrer sur les meurtres au tribunal, dit Perry Vacchio. L'affaire est toute fraîche, et les aliments frais sont plus faciles à cuisiner. De plus, LeBeau est forcément lié à ces meurtres d'une manière ou d'une autre. La juge Montrose lui a tapé sur les doigts, l'a rabaissé et l'a fait enfermer, et l'Anguille n'aime rien autant que de se venger de ce genre d'insultes. C'est son interprétation tordue de la

Règle d'or : faire à l'autre ce qu'il pense seulement à vous faire.

— Oui, sauf que LeBeau a un sacré alibi. Il était ici, à New York, à sautiller dans le foyer des acteurs, à l'heure où les meurtres ont été commis à deux mille kilomètres de distance, fit remarquer Trupin. Les présentateurs des journaux et des talk-shows pourraient être appelés à témoigner en sa faveur. À moins qu'il ait découvert le secret du voyage dans le temps ou de la téléportation, il est plutôt inattaquable.

— Pas nécessairement. Il pourrait avoir passé un contrat ou être impliqué dans une conspiration de ce genre, dit Heidi Cohen. Je parie qu'un charmeur comme LeBeau a beaucoup d'adorables amis. Et je parie que la juge Montrose a une collection d'ennemis tout aussi séduisants. L'Anguille est loin d'être le seul petit mignon qu'elle ait condamné.

— Je suis d'accord avec vous, dit Erin McCloat.

— Je pense que vous avez tous raison, déclara Griffey. Pourquoi ne pas rouvrir le dossier Garmin et examiner aussi les assassinats au tribunal ? Si la chance nous sourit, je soupçonne que les deux routes nous mèneront à la même destination.

— C'est la solution parfaite, Griffey. Je vote pour, dit Trupin. Tout le monde est d'accord ?

Tous acquiescèrent d'une seule voix.

— C'est donc décidé. J'ai un ami dans les Renseignements à Phoenix qui me doit un service. Je vais appeler l'agent Straley pour voir si on peut mettre la main sur les dossiers concernant les meurtres du tribunal.

Griffey écarta la serviette qu'il avait modelée en une silhouette sans tête vêtue d'une robe blanche.

— Entendu. Lesquels d'entre vous préféreraient travailler sur ces derniers meurtres ?

Erin McCloat et Perry Vacchio levèrent la main.

— Heidi, Lyman et Aldo peuvent revoir l'affaire Garmin. Quant à vous, Ted, je pense que vous êtes le mieux placé pour contacter Martha Garmin et tout autre témoin nécessitant d'être traité avec doigté. Et je serai ravi de m'occuper de la partie administrative. Si tout le monde est d'accord, je suggère que nous nous intéressions tous les deux aux deux affaires et servions d'agents de liaison.

— Ça me va, acquiesça Callendar.

Les autres manifestèrent leur assentiment.

Le très léger hochement de tête de Griffey scella la décision.

— Ceux qui voudront nous rejoindre pourront intégrer l'équipe de leur choix.

Le regard de Diamond tomba sur son assiette vide. Son appétit avait fini de se déchaîner et se reposait maintenant de toute cette frénésie.

— Comme je vous l'ai dit, Solomon Griffey, j'ai pris contact avec Claire Barrow, la veuve de l'inspecteur qui était sur le point de pincer LeBeau avant que toute l'affaire capote.

— Il était sous le coup d'une enquête pour subordination de témoin, si je me souviens bien, dit Callendar. Il s'est suicidé ?

— C'est la version officielle, Ted Callendar. Mais d'après la note qu'il a laissée, j'ai des doutes. Sa veuve est en train de rassembler des échantillons de son écriture pour que je puisse procéder à des comparaisons. Ce devrait être intéressant.

— Excellent, Aldo, dit Griffey.

— J'aimerais bien pouvoir rencontrer les témoins de l'affaire Garmin et obtenir aussi des échantillons d'écriture. Je crains de ne pas vous être d'une grande utilité sans cela.

Une lueur taquine éclaira le regard de Griffey quand il glissa une cuillère dans la serviette pliée. Le couvert, qui ressortait comme une tête, reflétait son visage de hibou.

— Demandez et vous recevrez, mon ami. Vous aurez tout ce dont vous aurez besoin.

21

Le Dr Midori fit irruption dans l'immeuble au moment où je sortais de chez moi. J'avais encore une heure devant moi avant le rendez-vous de ma mère à Lenox Hill, où elle devait passer un scanner, mais réussir à la faire sortir de son appartement pouvait se révéler une entreprise ardue.

Midori fit claquer sa langue.

— Beaucoup stress chez miss Claire. Énergie toute retenue comme barrage. Pas bonne circulation. Venez pour massage. Gratuit pour voisine.

— C'est très gentil. Je vous prendrai peut-être au mot un de ces jours.

— Vous devoir d'abord penser à vous, miss Claire. Le reste suit.

Je le sentais sur le point de s'embarquer dans un de ses monologues interminables et incompréhensibles.

— Je suis sûre que vous avez raison. Maintenant, si vous voulez bien m'excuser…

Il bloquait la sortie, planté sur une marche.

— Le corps besoin feu. Combustible lent. Rate chaude, pas bon. Devient faible, malade.

— Très intéressant, docteur Midori. Merci. Mais je dois vraiment y aller.

— Doit purifier, jeûner, rien lourd.

Ses doigts papillonnèrent sur une brise imaginaire.

— Léger, voler comme oiseau. Vide fort. Plein faible.

Je n'avais pas encore verrouillé la porte de l'appartement. Richter l'ouvrit du museau et trotta dans le vestibule. Il aboya durement contre le Dr Midori, qui n'y fit pas attention.

Mon voisin poursuivait :

— Feu de femme. Courir cinq kilomètres. Bas comme veilleuse. Toucher, main pas blessée.

Richter tenta quelques nouveaux aboiements puis se mit à décrire des cercles lents, cherchant un moyen d'attirer l'attention de l'homme.

— Frais, dit Midori d'une voix de velours. Doux frémissement de printemps. Pas été pour déprimé.

Richter renifla la jambe de pantalon du docteur et son regard se voila. Soudain, il se dressa sur ses pattes de derrière, s'accrocha au torse de Midori avec ses griffes et tenta de s'accoupler avec la cuisse droite du docteur.

Et mon voisin n'en continuait pas moins de jacasser, ignorant l'étreinte ardente du chien.

— Devoir réchauffer l'énergie. Rafraîchir glace. Respirer doucement : dedans, dehors. Comme sifflet police : hu-hu. Relaxer.

Les yeux de Richter se perdirent dans le vague et ses traits angoissés se détendirent en un délicieux oubli.

Je réussis à m'empêcher de rire.

— Couché, Richter. Arrête.

Je détachai le chien de l'objet de son affection et l'enfermai dans l'appartement.

— Désolé, docteur Midori. Je crois que le flux d'énergie de Richter est un peu constipé, lui aussi.

— L'âme animale atteint Dieu. Voit autres esprits. Vole.

Passant de côté, je réussis à le dépasser.

— À plus tard, docteur Midori. Portez-vous bien.

— Cinq heures, miss Claire. Je reste ouvert pour vous. Shiatsu règle énergies bloquées. Amenez chien. Miracle aussi pour lui. Vous verrez.

Ma mère vit dans la 59e Rue, non loin du Queensborough Bridge. Le pont, construit il y a plus d'un siècle, a coûté vingt millions de dollars et la vie à cinquante ouvriers. Chaque jour, deux cent mille voitures et camions traversent à grand fracas son tablier, qui relie le centre de Manhattan au quartier de Queens. Le tramway allant de Manhattan à Roosevelt Island passe lui aussi devant l'appartement de ma mère. Depuis sa mise en service, en 1976, trente millions de personnes ont emprunté les gondoles rouges pendues comme du linge mouillé à des câbles fixés haut au-dessus de l'East River.

Maman, qui s'aventure rarement dehors, passe la plupart de son temps dans le vieux fauteuil gris près de la fenêtre du salon, à observer les gens. Elle n'est jamais à court de plaintes, de critiques et de sombres prédictions à propos des inconnus dont elle surprend les travers, bien à l'abri dans son fauteuil. *Tu vois cet homme, qui fume dans une voiture fermée – dégoûtant. Et celle-là, qui déborde de son pull trop court. Elle n'a pas de miroir, bon sang ? Et si cet idiot dans la Toyota rouge n'arrête pas de faire des queues de poisson, il va finir au fond d'un corbillard.*

Elle était vissée à son fauteuil quand j'entrai. Maman insiste pour que je garde une clé de chez elle et l'utilise, pensant qu'ainsi je me sentirai chez moi dans le monument aux rêves brisés et aux promesses non tenues qu'est son appartement. Des photos de parents disparus envahissent tout l'espace qui n'est pas occupé par des souvenirs poignants d'époques révolues et moins tragiques. Maman garde pratiquement tout et met l'ensemble en exposition : bouquets desséchés, vieux animaux en peluche, vieux magazines, chaussures de bébé, ouvrages de dame ratés, cartes de vœux mielleuses, plus d'innombrables souvenirs assez moches de voyages à demi oubliés. Elle avait une réplique en fer-blanc de la tour Eiffel, une machine à sous de Las Vegas incrustée de fausses pierres précieuses, et une poupée tahitienne à la taille pivotante vêtue d'une jupe de simili paille en pleine désagrégation. Avec un peu de chance, elle aura précisé dans son testament qui hériterait de quoi. Sinon, Lottie et moi ne manquerons pas de nous disputer chaque objet.

— Bonjour, ma chérie. Il y a du café dans la cuisine et j'ai fait des toasts à la cannelle. Sers-toi.

— Merci. J'ai déjà déjeuné.

Je l'embrassai sur la joue et suivis son regard agité vers le squelette d'un monstre gigantesque qui se dressait autour d'un crâne de mammouth à quatre blocs au nord.

— Qu'est-ce que c'est ?

— Un immeuble. M. Lustberg, au bout du couloir, m'a dit qu'il aurait quarante-deux étages et un sol mécanique. Je vais perdre l'université Rockefeller. Et peut-être même une partie de la rivière.

— Tu auras toujours une vue magnifique.

— Pourquoi cela ne leur suffit-il pas ?

— Parce que ces gens-là n'en ont jamais assez.

Elle était pelotonnée dans un peignoir écossais usé, qu'elle portait sur sa chemise de nuit préférée, en flanelle, ornée de petites fleurs de tournesol sur fond beige. Ses boucles cuivrées étaient aplaties d'un côté après un long contact avec l'oreiller. Chaque fois que possible, ma mère se réfugiait dans le sommeil. J'avais été tentée par la même échappatoire après la mort de Noah, mais mes rêves s'étaient révélés bien pires que la réalité.

Je frappai une fois dans mes mains, tel un sergent instructeur.

— Bon, maman, c'est l'heure de s'habiller. Hop, hop.

— Je n'y vais pas. Quel est l'intérêt ? Si mes os se fragilisent, qu'il en soit ainsi. Franchement, je n'ai pas envie de le savoir. Lorsqu'ils commenceront à se fracturer, je me débrouillerai.

— Le Dr Sternfeld veut que tu passes cet examen. Tu l'as entendu aussi bien que moi. Si tes os se fragilisent, ce qui n'est peut-être pas du tout le cas, il existe des remèdes que tu peux prendre pour stopper le processus et même l'inverser.

— Une fracture de la hanche n'est pas si terrible. Crois-moi, il y a des choses bien pires.

— Il ne s'agit pas d'un concours.

Je l'attrapai par les poignets. Sa peau avait la texture molle et artificielle de l'imitation soie.

— Allez, maman. On y va.

— Honnêtement, quel est l'intérêt ?

— Être en meilleure santé possible le plus longtemps possible.

— Je me moque de ce qui peut m'arriver, Claire. Voilà la vérité.

— Mais pas moi. Fais-le pour moi, d'accord ? Je viens juste d'acheter un gros paquet d'actions d'un fabriquant de scanner.

— Très drôle.

— Je vais t'aider. Je vais te coiffer et tout ça. Tu peux jouer à la châtelaine, et je serai la femme de chambre dévouée qui considère comme un privilège de présider à tes ablutions et à ton habillage.

Elle libéra ses poignets et se tassa derrière ses bras croisés.

— J'ai décidé de ne pas y aller, un point, c'est tout. De toute façon, il fait un froid de canard. À la météo, ils ont dit qu'il faisait près de moins vingt et que les vents soufflaient en rafales. Il y a des risques de neige. Je n'ai pas besoin en plus d'attraper une pneumonie.

Je détachai les mots un par un, essayant de les prononcer dans l'ordre.

— Mais alors pourquoi m'as-tu fait venir, bon sang ? Tu aurais pu appeler et m'éviter le déplacement.

— Je ne t'ai pas vue depuis des lustres, dit-elle d'un ton accusateur. Je ne pensais pas qu'une visite te tuerait.

— Je ne croyais pas non plus, marmonnai-je.

— Va-t'en, si ma compagnie t'est si odieuse. Je ne peux pas t'en vouloir. Je ne suis qu'une emmerdeuse inutile.

— Sûrement pas. Et je ne trouve pas ta compagnie désagréable, maman. Ce que je trouve désagréable, c'est ton humeur noire. Tu es toujours tellement négative, vis-à-vis de toi-même et de tout le reste.

— De quoi pourrais-je me réjouir ?

— De la vie, des possibilités offertes, du malheur des autres, que sais-je ? Contrairement à ce que tu crois, tu n'es pas la reine de la guigne. Tout le monde en a sa part.

— Pas tout le monde, dit-elle d'un ton plein de sous-entendus. Ma sœur n'a pas eu un seul jour de souci dans sa vie.

— S'il te plaît, maman, tu ne vas pas recommencer.

— Et pourquoi pas ? C'est la vérité. Amelia a toujours fait ce que bon lui semblait. Est-ce juste ?

— C'est comme ça, c'est tout. De toute façon, le problème n'est pas là.

— Si. Elle a des tas de raisons de prendre soin d'elle. La petite miss perfection et sa vie tirée au cordeau. Tu préfères être avec elle plutôt qu'avec moi, ça c'est sûr.

— Peut-on changer de sujet, s'il te plaît ?

— Si cette femme avait eu à subir le quart de ce que j'ai subi, elle ne serait pas aussi suffisante et prétentieuse.

Critiquer Amelia était le credo de ma mère. Aussi loin que remontaient mes souvenirs, elle avait toujours pratiqué avec ferveur.

— Je vais t'aider à te préparer. Tu n'auras pratiquement pas besoin de sortir. On peut appeler un taxi qui viendra nous prendre juste devant l'immeuble et nous déposera à la porte de l'hôpital.

— Les hôpitaux sont des endroits dangereux. Pas plus tard que la semaine dernière, j'ai lu un article sur toutes les terribles infections que les patients y attrapent. Ils y entrent pour une intervention bénigne et ressortent les pieds devant.

— On ne te fera qu'une radio.

— Et tu crois que c'est sans danger ? Tu n'as jamais entendu parler de l'empoisonnement par les rayons X ? On peut attraper un cancer, ou pire.

Je fis mine d'abdiquer.

— OK. Tu as gagné. Si tu ne veux pas y aller, n'y va pas. Tu es une grande fille. Après tout, ce sont tes os, tu as bien le droit de les négliger.

— Ça n'a pas d'importance, Claire. Je m'en moque.

— Écoute, je ne vais pas me disputer avec toi. Il y a un million de choses dont je dois m'occuper aujourd'hui, donc je vais te laisser. Je reviendrai dès que j'aurai bouclé mon synopsis, et je pourrai rester plus longtemps. Je passerai prendre de la nourriture chinoise chez Maple Garden si tu veux. Le poulet à l'orange dont tu raffoles et le porc moo shu. Ça te dit ?

— Inutile de t'embêter.

— Ça me fait plaisir.

Je l'embrassai et me dirigeai vers la porte. Avant que je l'aie atteinte, elle se leva brusquement de son fauteuil.

— Même si je n'y vais pas maintenant, ils me feront payer la facture. Ce stupide examen doit coûter une fortune. Des centaines de dollars, peut-être plus.

— Donc, tu veux y aller ?

— Ce que je veux n'a rien à voir là-dedans. Sers-toi une tasse de café. Je serai prête dans une minute.

De retour de cette épreuve, je m'arrêtai à mon agence bancaire. Quatre personnes me précédaient dans la file du comptoir clients. Chaque opération prenait un temps infini. La jeune femme derrière le comptoir, une blonde aux yeux de biche et aux longs ongles pailletés, travaillait avec une méticulosité agaçante. La plupart des New-Yorkais sont aimables, attentionnés, patients et polis, mais c'est un secret. La chambre de commerce doit travailler d'arrache-pied pour préserver l'image sûre de soi et désagréable censée définir la cité. En vérité, la gentillesse est presque contagieuse ici. La plupart du temps, je m'en réjouis, mais à cet instant, cela me paraissait une insulte à un style de vie, un de ces phénomènes que le maire aurait dû éradiquer au même titre que la mendicité agressive. Quand enfin mon tour vint, j'étais prête à déverser sur cette employée mon chargement d'énervement.

— Bonjour, en quoi puis-je vous aider ?

— Vous avez réussi à faire disparaître plusieurs milliers de dollars de mon compte en banque. Je veux que vous trouviez le problème et que vous le régliez.

D'un geste plein de colère, je glissai ma carte bancaire dans la fente.

Son regard de biche était limpide.

— J'en suis désolée. Je vais m'en occuper tout de suite, madame…

Elle lut mon nom sur la carte.

— Madame Barrow.

Elle inséra ma carte dans le lecteur et tapa sa demande.

— Je vois une série de gros retraits la semaine dernière, madame Barrow. Concrètement, ils ont dépassé les limites de la réserve disponible. Voyez.

Elle me passa un relevé imprimé des dernières opérations sur mon compte. Les minuscules caractères couvraient deux pages entières.

Je les parcourus, de plus en plus horrifiée.

— Je n'ai fait aucun de ces retraits. À part un petit chèque à la compagnie du téléphone, je n'ai pas touché à ce compte depuis plus d'une semaine.

— Oh, mon Dieu. Je vais revérifier les fichiers sans attendre, mais vous devriez aller porter plainte au commissariat. Ce peut être une simple erreur informatique, mais je ne prendrais pas le risque. Ce pourrait être une affaire de vol d'identité.

Un éclat de rire incrédule m'échappa.

— Un vol d'identité ? C'est dingue !

— Ce n'est pas une plaisanterie. Croyez-moi. Les voleurs trouvent le moyen de dérober des dossiers personnels, des numéros de sécurité sociale et de carte de crédit et même des informations bancaires.

— Je trouvais ça étrange parce que je viens juste de commencer à écrire un livre sur le sujet.

— Donc, vous savez de quoi je parle. C'est dur de croire qu'on puisse faire des choses pareilles. Rien qu'avec un numéro de carte ou de sécu, ils sont capables de faire des achats en votre nom, de vider vos comptes, vous conduire à la faillite personnelle et ruiner votre capacité de crédit. C'est assez terrifiant. Et ces gamins s'imaginent que c'est un jeu. Ils se moquent bien de briser des vies. Ils veulent juste savoir jusqu'où ils peuvent aller. Battre le système.

— Des gamins ? Je pensais que c'étaient des professionnels qui étaient derrière tout ça.

— Vous seriez surprise de découvrir que la plupart des voleurs d'identité sont de jeunes hackers. Le mois dernier, on a eu une affaire épouvantable. Une adorable vieille dame, qui a son compte chez nous, s'est présentée, totalement hystérique. Elle avait commencé à recevoir des factures insensées pour des choses qu'elle n'avait pas achetées, et un abonnement à un téléphone portable qu'elle n'avait pas souscrit. Même des notes d'hôtels et de restaurants chic dans des villes où elle n'avait jamais mis les pieds. Il y en avait pour presque cinquante mille dollars. Elle était complètement ruinée, et n'avait même plus de quoi payer son loyer. Son propriétaire menaçait de l'expulser. La pauvre était dans tous ses états ; j'ai cru qu'elle allait faire une crise cardiaque.

— La banque n'a pas de garde-fous ? Vous ne procédez pas à des vérifications avant de laisser quelqu'un vider le compte d'un client ?

— Si, nous avons des procédures très strictes. Ces retraits ont été faits via votre compte en ligne, qui est très sûr.

— Pardon ? Je n'ai pas de compte en ligne.

Elle eut l'air navré.

— C'est marqué que si. Ouvert il y a un mois. Vous avez dû remplir le formulaire.

— Je n'ai rien fait du tout. C'est scandaleux ! Quel genre d'établissement gérez-vous ? Je ferais mieux de garder mon argent dans une boîte à biscuits.

Elle leva les mains en l'air.

— Laissez-moi le temps de vérifier. Si ça se trouve, il s'agit d'une simple confusion qu'on pourra rectifier tout de suite.

— Et si ce n'est pas le cas ?

— C'est la raison pour laquelle je vous suggère d'aller à la police. Ainsi, s'il s'agit d'un vol d'identité, nous pourrons lancer une enquête officielle sans tarder.

— L'enquête prend combien de temps ?

— Difficile à dire. Mais ne vous inquiétez pas. Si ces fonds ont été pris de manière frauduleuse, ils vous seront restitués dès que les choses auront été clarifiées.

— Et en attendant, je suis censée faire quoi ? J'ai des factures à payer, des chèques à honorer. Et je ne peux plus utiliser mes cartes de crédit.

Son regard tomba sur le relevé de mon compte vidé.

— Désolé, madame Barrow, je ne peux rien faire pour l'instant. Allez porter plainte, c'est la première étape. Ensuite, espérons-le, nous éclaircirons cette affaire au plus vite.

22

Des rafales de vent glacées me poussèrent vers le 6e district, dans la 10e Rue Ouest. Lorsque j'étais avec Noah, j'en étais venue à trouver tous les postes de police aussi chaleureux et accueillants que les lumières du porche à la maison. Le NYPD était notre famille élargie, un havre de paix, une barrière de sécurité. Mais après que le boulot qu'il aimait et les gens en qui il avait confiance l'eurent trahis, la police n'était plus pour moi qu'un souvenir douloureux. Duffy mis à part, je faisais de grands détours pour éviter tout contact avec les hommes en bleu.

Ce qui n'est pas une mince affaire. L'énorme force de police de la ville est divisée en soixante-seize antennes, plus tout un tas de patrouilles et de brigades spéciales, dont un grand nombre opère depuis le siège de la police. La compétence du 6e district s'étend aux soixante-cinq mille habitants de la moitié ouest de Greenwich Village, sans compter les hordes de gens qui, chaque jour, viennent dans le quartier pour travailler et la faune de touristes qu'on y croise.

Mon quartier s'est longtemps nourri de bouleversements et continue de s'enorgueillir tout en déplorant d'accueillir toutes les catégories sociales. Au cours de la dernière décennie, le nombre de crimes violents n'a cessé de décliner tandis que les plaintes pour nuisance ou harcèlement se sont accrues en même temps que les prix de l'immobilier. Ces dernières années le nombre de détraqués, de drogués, de pourvoyeurs de paradis artificiels en tous genres ou autres plaisirs tarifés a explosé. Ces nouveaux voisins ont mis à mal les vieilles valeurs de tolérance du Village, et encouragé beaucoup de gens à virer à droite toute. Les habitants affirment se soucier de la qualité de vie, mais maintenir au plus haut les prix de l'immobilier fait aussi partie de leurs priorités. Comme le dit souvent tante Amelia, la définition même du conservateur, c'est quelqu'un qui a quelque chose à conserver.

En approchant de la large façade blanche et brune du poste de police, je m'immobilisai et restai à regarder le va-et-vient des flics et des gens qui venaient porter plainte. J'envisageai les solutions qui s'offraient à moi : elles étaient nulles. Cette fois, Duffy ne pouvait rien pour m'aider. La plainte devait être déposée au poste où avait eu lieu le délit, c'est-à-dire, d'après la fille de la banque, au poste du quartier. De toute façon, je détestais m'en remettre à Duffy plus que nécessaire, ce qui était déjà trop.

Je l'imaginai, se moquant gentiment de moi :

— *Bien sûr, Claire, et qu'est-ce qui te fait peur ? Leur raconter ce qui s'est passé ? Signer ton nom ?*

Des voitures de police se garaient ou s'éloignaient, sirènes hurlantes, girophares allumés. Ces bruits m'étaient douloureusement familiers : bavardages animés, blagues rituelles, gloussements sur la radio.

J'en étais capable.

Mais peut-être pas.

Mon haleine montait en volutes dans le froid. Et soudain, j'eus le souffle coupé en voyant passer un inconnu. Défiant les éléments, il portait son manteau à son bras. D'après le renflement caractéristique sous sa veste de tweed grise, je reconnus un inspecteur en civil. Je le suivis des yeux, sans ciller, pendant qu'il rentrait dans le commissariat, hypnotisée par sa ressemblance avec Noah. Il avait les mêmes fossettes en forme de fentes, les mêmes épaules larges et la même démarche, de longs pas élastiques. Sa coiffure aussi rappelait celle de Noah, jusqu'aux boucles rebelles qui retombaient sur le col de sa chemise en jean délavée. Même sa couleur de cheveux avait cette teinte particulière, sable mouillé parsemé de rayons de soleil et d'une nuance de crépuscule naissant.

Avec une étonnante clarté, je m'imaginai repousser ce col et presser mes lèvres sur sa nuque. Je sentis le goût salé de la peau de Noah, la pointe de sueur et de café qui s'accrochait parfois à lui après une longue journée de stress. J'imaginai comment ce baiser le ferait se tourner vers moi et déclencherait ce désir urgent et profond que je sentais battre en moi comme un membre amputé.

Impuissante à lutter contre cette attirance magnétique, je le suivis à l'intérieur. Dans la brume de ce fantasme délirant, j'avais une envie cuisante de le prendre dans mes bras. Je brûlais de me serrer contre lui aussi fort que nos chairs et nos formes le permettraient, défiant notre individualité, osant désintégrer nos enveloppes charnelles pour que nos molécules puissent fusionner.

Il traversa à grands pas le hall et disparut dans un couloir réservé au personnel. L'entrée en était gardée par un grand panneau STOP suspendu à une porte métallique, et par un agent robuste qui montait la garde, bras croisés, le visage fermé.

Perdre de vue le sosie de Noah me fit l'effet d'un coup de poing à l'estomac. La douleur me submergea – c'était à ce point-là.

Bientôt, la pénible illusion se dissipa et je fus de nouveau capable de respirer normalement. Je me redressai avec prudence, comme après un accident, me préparant à un nouvel accès de douleur.

Heureusement, les moments comme celui-ci devenaient de plus en plus rares. Pendant des mois après que le cercueil de Noah eut été mis en terre à l'aide d'un treuil grinçant, j'avais cru le voir partout : grimpant dans des bus, assis derrière la vitre d'un restaurant, traversant la rue à grandes enjambées. Chaque sourire vaguement familier, d'innombrables postures ou mouvements, différents jeux de lumière me renvoyaient son écho. Il se produisait alors chaque fois une collision frontale entre l'impossible vérité et le désir qui me dévorait vive.

Une vieille dame au regard bienveillant passa à côté de moi en s'aidant d'un déambulateur bleu.

— Vous êtes toute pâle. Ça va ?

— Oui, merci. J'ai juste été prise de vertige.

Elle m'adressa un sourire entendu.

— Oh ! comme c'est excitant. Je parie que c'est un garçon.

— Oui, dis-je, dans un brouillard. C'est vrai.

— Bravo.

Des informations générales, des statistiques criminelles et des mémoriaux aux héros du district tombés dans l'exercice de leurs fonctions couvraient les murs ivoire pâle. La partie gauche du grand espace rectangulaire faisait office de musée : des insignes y étaient exposés, ainsi que des uniformes, des décorations, des médailles et photos données par les polices du monde entier. Il y avait toute une collection de mobilier usé, dont une table recouverte de piles de prospectus pour prévenir la criminalité. L'un était consacré au vol d'identité. Il incitait à ne pas divulguer d'informations personnelles – comme si cela pouvait nous protéger en quoi que ce soit.

Je me dirigeai vers la salle 124, c'est-à-dire en fait un comptoir réservé au dépôt de plaintes. Il était tenu par une jeune secrétaire d'origine hispanique, formée à prendre les déclarations et à diriger les usagers vers le service approprié.

Elle était au téléphone, et je fus tout de suite frappée par sa patience de sphinx.

— Non, madame, disait-elle d'un ton égal. Vous n'avez pas besoin d'une autorisation pour une fête d'anniversaire. Même si les enfants viennent d'un autre État. Non, madame. Oui, j'en suis sûre. Oui, madame.

Au moment où elle raccrochait, une pensée horrible me cloua sur place.

Et si Rainey et son copain hacker étaient responsables de la fonte de mon compte en banque ? Et si c'étaient eux qui avaient dépassé la limite permise sur mes cartes de crédit et effectué ces retraits non autorisés ? Un sentiment d'horreur paralysant me submergea tandis que cette possibilité s'imposait.

Duffy avait souligné les signes qui, chez Phelan, trahissaient le vrai hacker, habitué à utiliser son ordinateur pour s'introduire dans la vie des gens. Une fois entré dans le magasin de bonbons, qu'est-ce qui l'empêcherait de se servir ?

Cela pourrait certainement expliquer les coûteuses apparitions dans la garde-robe de Rainey. Elle avait mis ces achats sur le compte de tante Amelia, mais allez savoir si c'était vrai ?

Y avait-il eu d'autres acquisitions inexpliquées ? Il lui aurait été facile de cacher des bijoux, des CD et Dieu sait quoi à mon insu. Ou alors, elle aurait très bien pu entreposer chez une amie les choses qu'elle ne voulait pas me voir découvrir.

Plus je considérais cette possibilité, plus elle me paraissait angoissante et également probable. Je me rappelai les doigts crochus de Phelan caressant le clavier avec la même passion haletante que Richter avait montrée pour la jambe du Dr Midori. Sa précieuse machine lui donnait libre accès à tout ce que son petit cœur malfaisant pouvait désirer, ce qui expliquait sans doute pourquoi ce monstre y était tant attaché. Quant à Rainey, le fait qu'elle ait transgressé les règles de l'honnêteté pouvait expliquer l'insupportable insolence qu'elle affichait depuis quelque temps. Peut-être s'était-elle mise à énoncer ses propres lois, qui ressemblaient fort à celles de la jungle, et les inventait au fur et à mesure.

J'aurais été la cible la plus facile. Rainey avait un accès illimité au courrier, y compris à mes comptes et mes relevés bancaires. Je n'avais jamais pris la peine de lui cacher mes mots de passe ou mes codes secrets, ou de dissimuler mon numéro de sécurité sociale. Les tiroirs dans lesquels étaient rangés mes avis d'imposition et autres dossiers personnels n'étaient jamais fermés à clé. Jusqu'ici, je n'avais jamais eu de raison de ne pas lui faire totalement confiance.

À moins que je n'aie choisi de fermer les yeux ?

— Je peux vous aider, madame ?

La secrétaire m'observait avec la curiosité prudente de quelqu'un formé à s'attendre à des problèmes.

— Non, désolée.

Je quittai le bâtiment en hâte, le cœur battant. Je ne pouvais pas faire intervenir les flics. Pas sans preuve formelle.

Et même dans ce cas.

Rainey n'était qu'une gamine, la petite fille adorée de Noah. J'avais fait la promesse solennelle de la protéger, quoi qu'il arrive.

Le vent glacé qui me cingla me fit frissonner sous ma chemise moite. D'un geste frénétique, je hélai un taxi qui passait deux cents mètres plus loin. La berline jaune s'approcha résolument puis accéléra l'allure comme si j'étais devenue invisible.

Je décidai d'économiser quelques dollars et de rentrer à pied. Remontant mon col, je m'armai contre le violent vent d'ouest. La température avait plongé. Des nuages noirs masquaient le soleil.

23

Je passai la plus grande partie de l'après-midi au téléphone avec les compagnies de cartes de crédit. Tandis que le vent mugissait et que des branches gelées crissaient contre les fenêtres couvertes de givre, on me transféra d'un service à l'autre, en me remerciant sans arrêt, par boîte vocale interposée, d'une patience que je n'avais pas. Mon énervement montait comme une méchante fièvre. J'aurais dû être en train de travailler mon synopsis, au lieu de patauger sans répit dans une mer d'incompétence.

Lorsque enfin on me passait la personne responsable, elle n'avait pas grand-chose d'autre à m'offrir que la promesse de nouveaux contretemps. Si j'envoyais les autorisations nécessaires, ils contesteraient les dépenses que je n'avais pas faites. Personne n'avait idée du temps qu'il faudrait pour tout remettre en ordre, si tant est que mes réclamations soient validées.

— Je vous répète que je n'ai pas acheté ces choses.

— Vous dites que la carte a été volée, madame Barrow ?

— Non.

— Vous ne l'avez plus en votre possession ?

— Si, mais quelqu'un a malgré tout réussi à s'en servir.

— Vous n'avez autorisé personne à faire des achats avec ?

La colère battait dans mes veines.

— Non. Je n'ai pas fait ces achats, et n'ai autorisé personne à les faire. Je n'en ai même pas rêvé.

— Voulez-vous que j'annule la carte et que je vous en fournisse une nouvelle ?

— Non. Contentez-vous de l'annuler. Je ne veux rien laisser traîner jusqu'à ce que toute cette affaire soit démêlée.

— Vous êtes sûre ? Nous avons un nouveau taux d'intérêt. Très intéressant.

— Ce qui veux dire que je paierai moins chaque mois pour des choses que je n'ai pas achetées ?

— Pardon ?

— Rien. Je vais vous envoyer une autorisation pour que vous puissiez contester ces factures.

— D'accord. Passez une bonne journée.

Alors que je rédigeais lesdites autorisations, on sonna à la porte. Richter souffla joyeusement à la vue de l'expert graphologue du groupe Arcanum.

— Aldo, je suis désolée. J'avais l'intention de regarder dans les papiers de Noah, mais j'ai été distraite par autre chose.

— Tout va bien ?

— Oui. Enfin, non. Il y a eu tout un pataquès avec mes comptes bancaires.

— Si vous me permettez, vous avez l'air bouleversée.

— Juste énervée. Et je m'en veux de vous avoir fait venir pour rien. Ça vous ennuierait de repasser demain ?

— Pas de problème, Claire Barrow. À demain.

Je devais envoyer une lettre séparée à chaque magasin concerné. Je me sentais dans la peau d'une enfant plongée dans l'ennui d'une punition fastidieuse : je n'ai rien acheté au Saks de la Cinquième

Avenue. Je n'ai rien acheté au Virgin Megastore. Je n'ai rien acheté chez Niketown. Je n'ai jamais dîné à la Trattoria Del Este. Je n'ai jamais fait de courses chez Chanel.

Amelia était prise ce soir-là, et Rainey devait aller chez sa copine Melinda après les cours afin de travailler sur son projet pour le concours de sciences. Elle dînerait là-bas et y passerait la soirée. Irene, la maman de Melinda, dont l'énervant côté mère poule m'apparaissait soudain comme étant sensé et rassurant, m'avait appelée pour savoir si Rainey était soumise à des contraintes particulières pour ses devoirs, si elle avait des interdits alimentaires, et si les filles avaient besoin de matériel spécifique. En conséquence, je n'avais aucun doute quant à l'endroit où se trouverait ma fille dévoyée et à ce qu'elle ferait, au moins pendant les prochaines heures. J'étais très soulagée de ne pas avoir à l'affronter plus tôt. Je ne m'y sentais pas du tout préparée, mentalement ou stratégiquement.

Dès que j'eus fini de faxer les requêtes nécessaires, on frappa durement et avec insistance à la porte. Le Dr Midori arborait une blouse blanche stricte et un air de calme suprême. Cillant lentement, comme une grenouille, il montra son poignet.

— Cinq heures dix, miss Claire. Vous venir maintenant. Table attend.

— Merci, mais ce n'est pas le bon moment.

— Toujours bon moment pour s'occuper de soi. Âme remercie corps. Esprit aussi. Tous gagnent.

— Vous êtes gentil, vraiment. Mais j'ai eu une journée terrible. Je ne suis pas dans le bon état d'esprit.

— Mauvais état meilleur. Grand changement.

Son sourire s'éclaira en regardant Richter, qui aboyait follement à ses pieds.

— Chien aussi. Venir tous les deux. Gratuit pour voisine.

Mes dernières forces se révélèrent très insuffisantes face à son incorrigible optimisme. Midori posa sa large main sur mon dos, prit Richter par le collier et nous entraîna tous les deux en haut. Richter freinait des quatre fers, et entreprit un sit-in canin, tout en aboyant de terreur.

Alors que nous approchions du palier du premier, la porte de Mme DiMarco s'ouvrit à la volée. Ma voisine du dessus était une masse compacte de férocité, un mètre quarante d'opinions bien tranchées, surmonté d'une tête ratatinée telle une vieille pomme et d'une masse de cheveux blancs étincelants.

— C'est quoi, le problème de votre chien, Claire ? Il est fou ou quoi ?

— Il est juste très nerveux.

— Moi, il m'a l'air complètement dingo. Il me rappelle la femme de mon frère, Johanna. Une cinglée. Elle roulait les yeux de la même façon.

— Désolé que ses aboiements vous gênent. J'essaie de le faire tenir tranquille.

Ses lèvres ressemblaient à deux bâtons durs et ridés.

— Vous avez de la chance que mon ouïe ne soit plus ce qu'elle était.

Hochant la tête comme une pompe à pétrole, Midori nous poussa en avant.

— Vous venir faire acuponcture, madame DiMarco. Soigne oreilles. Chant des oiseaux clair comme torrent. Vous dites, je réserve heure. Gratuit pour voisine.

— Il neigera en enfer le jour où je vous laisserai poser vos mains baladeuses sur moi, monsieur Touche-touche. Je suis peut-être vieille, mais je sais très bien ce qui se passe dans ces instituts de massage.

Midori accusa le coup.

— Pas institut massage. Centre thérapie asiatique. Donne santé depuis cent ans.

— La santé ? Elle est bien bonne. J'ai parfaitement entendu ce que vous faites là-haut, docteur visqueux. Crac-crac. *Oh, c'est tellement bon ! Plus haut, plus fort*. Vous devriez avoir honte.

— Table prête, miss Claire. On y va. À plus tard, madame.

Le centre de thérapie était sombre et silencieux, à l'exception du carillon léger et hypnotique d'un CD de musique New Age japonais. Je perçus le parfum entêtant de l'eucalyptus et celui, âpre, du thé vert. Derrière le bureau, les étagères étaient couvertes de paquets d'herbes et de bocaux remplis de formes tentaculaires flottant dans un liquide ambré.

Midori me conduisit au fond d'un étroit couloir et me fit traverser une suite de salles.

— Aujourd'hui, retard. Table attend. Seulement dix minutes sauna. Prochaine fois miss Claire venir plus tôt. Sauna, hammam d'abord. Contraste bain chaud froid. Beaucoup chaleur pour beaucoup décontraction.

Le thermostat du sauna et du hammam qu'il me montra était éteint, mais je repérai les avertissements affichés et les valves pour tout couper en cas d'urgence. Apparemment, « beaucoup chaleur » pouvait avoir de sérieux effets négatifs sur la santé, dont un fâcheux risque de mort.

Une jeune femme apparut et me guida dans le vestiaire au fond. Je suspendis mon jean et ma chemise dans un étroit casier, échangeai mes chaussures contre des tongs géantes et m'enveloppai, comme on me l'avait demandé, dans une serviette rayée rose et blanche.

En sortant de la pièce, je m'attendais presque à trouver Richter trottant dans le même accoutrement. À la place, sa serviette jaune était étalée sur un banc de teck. L'animal était vautré dessus, ronronnant doucement tandis qu'un thérapeute lui massait les flancs. La boule de nerfs tremblante s'était transformée en une masse canine malléable.

Le Dr Midori m'installa dans un sauna préchauffé, avec un verre d'eau glacée et un linge froid et humide.

— Pensez à relaxer, dit-il. Esprit commande, corps écoute.

Aussi peu habituée que je l'étais à l'intensité de la chaleur, je ne tardai pas à manquer d'air. Chaque inspiration me faisait l'effet d'un fer rouge dans les poumons. Je craignis que ma peau ne rétrécisse et ne se recourbe aux extrémités comme un steak trop cuit.

J'étais sur le point de m'enfuir à l'instant où le sable finit de s'écouler dans le sablier. Une autre jeune femme m'emmena jusqu'à une cabine à l'arrière, en passant devant le hammam en marche. Par le hublot, je remarquai la buée de plus en plus épaisse. La chaleur semblait posséder une vie propre et malveillante. Me réjouissant que cette nouvelle brûlure me soit épargnée, je suivis mon guide dans un petit espace sombre meublé de deux tables de massage identiques. Elle m'ordonna de m'allonger sur le ventre et de poser la tête sur le repose-tête rembourré qui dépassait de la tablette. Elle glissa un gros coussin rond sous mes chevilles, me couvrit d'un drap moelleux et tamisa les lumières.

Bientôt, une silhouette entra dans la cabine. Des mains chaudes m'appuyèrent sur la colonne vertébrale, étirant et pétrissant. Le gros de ma tension s'apaisa et disparut. Mes membres devinrent mous et lourds tandis que les nœuds de muscles se dénouaient. Le thérapeute appuya plus fort, forçant les nerfs crispés à se rendre.

Même si ces mains ne paraissaient pas plus grandes que celles d'un enfant, elles possédaient une force de grosse machine. Pistons, énormes engrenages, marteau-piqueur s'attaquant à la pierre. Petit à petit, la pression devint désagréable, flirtant avec la douleur. Pourtant, la sensation était étrangement satisfaisante. Des décharges électriques me parcouraient les nerfs. Le Dr Midori avait promis de remuer mes énergies léthargiques et c'est ce qui arrivait : elles se réveillaient d'une longue torpeur, frétillaient d'impatience comme des écoliers attendant la cloche. Bientôt, les circuits étaient fermement établis, déployés comme une guirlande de lumière. La chaleur se répandait en moi, les courants circulaient de plus en plus vite, sautant par-dessus les synapses, ramenant à la vie des cellules longtemps dormantes.

Des questions se mirent à se bousculer dans mon esprit. Où et comment Rainey avait-elle rencontré ce terrifiant Phelan ? Pouvait-il être un camarade de classe ? Un ami d'ami ? Ou était-il entré dans sa vie par un hasard malheureux ? J'imaginai Rainey, debout à côté de lui dans le métro, lui lançant des regards à la dérobée, séduite par le danger qu'il représentait telle une phalène par la lumière.

Depuis combien de temps durait leur relation, de quelque nature qu'elle soit ? Je tentai de déterminer le moment où le comportement de Rainey avait commencé à changer et se détériorer, mais je n'y parvins pas. C'était comme d'essayer de saisir l'instant du passage du jour à la nuit. Le crépuscule monte et le ciel s'illumine de couleur poignante ; un poudroiement de lumières urbaines s'allume. Mais il est impossible d'isoler le début de l'obscurité. D'un coup, le soleil a disparu et on doit faire avec son absence.

J'étais en mesure d'identifier des tendances. À un moment, l'adolescente avait cessé de me parler de ses problèmes. Avant, elle les exprimait avec une confiance solennelle, comme des jouets aimés cassés qu'elle m'investissait du pouvoir de réparer. À présent, elle gardait ses soucis enfermés à l'intérieur, ou les emmenait ailleurs pour analyse et réparation. Je préférais ne pas imaginer où.

Elle avait également cessé d'amener des amies à la maison. Il n'y avait pas si longtemps, notre appartement était le QG de la puberté, La Mecque du chaos hormonal. Des gamines y traînaient tout le temps, restant pour dîner et dormir, vidant le frigo et remplissant l'espace de leurs fous rires, de leurs projets et de leurs angoisses.

Lorsque ça avait changé, j'avais gobé les explications de Rainey. J'avais même été fière d'elle. Elle avait prétendu ne pas vouloir me déranger dans mon travail. Comme c'était gentil et attentionné de sa part, m'étais-je dit, quelle enfant adorable. Il ne m'était jamais venu à l'idée qu'elle pût être fausse et dissimulatrice.

Les mains continuaient de pétrir mon dos avec insistance, forçant d'autres barrages mentaux. Combien de fois Rainey avait-elle menti pour aller retrouver ce grimaçant Phelan ? À quoi consacraient-ils leur temps ensemble, hormis ces déplaisants petits jeux informatiques ? Je m'obligeai à envisager une version non expurgée de la liste. Mon estomac se souleva et retomba avec une lourdeur désagréable.

— Laissez partir esprit, dit une voix. Respirez fort, lentement, relâchez.

J'inspirai profondément et expirai l'air en un fin ruban régulier.

— Inquiétude mauvaise. Vie coule comme rivière, emporte l'âme avec. Vent dit où bateau aller. Inutile lutter contre vent. Tourne en rond. Coule.

La voix du Dr Midori était une brise fraîche. Ses mains de fer irradiaient de chaleur.

— Laissez trouver bon endroit. Âme finit voyage, trouve maison.

D'un bond de félin, il monta sur la table. De grands pieds en chaussettes remplacèrent les mains sur mon dos. Midori travaillait avec une habileté étonnante, me pétrissant comme si j'étais un corps inerte. Et bientôt c'est ce que je devins : molle et décérébrée, dérivant dans un monde parallèle au son d'un carillon, quittant doucement l'état de conscience, rebondissant comme un ballon perdu sur un nuage parfumé à l'eucalyptus.

Lorsque je redescendis sur terre, une femme trapue, la frange noire et l'air avenant, était penchée à côté de moi.

— Massage bon ?

— Oh, oui.

Les mots s'étiraient comme du caramel chaud. Même ma langue s'était détendue.

Elle m'aida à m'asseoir et me tendit une tasse de thé vert.

— Prenez temps. Pas pressé.

Une fois rhabillée, je découvris Richter étendu comme une paillasse à côté du bureau de réception. En me voyant, il se leva avec les mouvements hautement précautionneux d'un ivrogne chancelant.

Le Dr Midori nous raccompagna à la porte.

— Traitement rend fort. Stress vole vers sud comme oiseau d'hiver.

— C'était formidable. Merci.

— Venir chaque semaine. Semaine prochaine même heure. Je réserve rendez-vous, chien et vous.

— Oh, non, je vous en prie. Je vous tiendrai au courant, d'accord ?

Il se décomposa.

— Miss Claire pas aimer ?

— Oh, si, énormément. Ce n'est pas ça.

— Argent pas problème. Gratuit pour voisine. Règle de la maison.

— Une fois, c'était bien, docteur Midori. Et j'apprécie. Mais vous dirigez une entreprise. Je ne peux pas utiliser vos services sans vous rémunérer. Je serais mal à l'aise. Et, pour vous parler franchement, les massages ne rentrent pas dans mon budget en ce moment.

Il ramassa plusieurs prospectus sur le bureau.

— Miss Claire écrivain, oui ?

— Oui.

— Midori parle bien, mais mauvais anglais écrit. Vous écrivez publicité. Payer comme ça.

Je parcourus rapidement les feuilles. Elles contenaient des fragments de la philosophie du Dr Midori. *Bonnes opportunités apporte. Pas pousser pas rester en place. Course apporte ralentissement.*

— Je serais ravie de les parcourir et d'en rendre la lecture un peu plus fluide. Sans massage gratuit en contrepartie.

Il serra les mâchoires.

— Miss Claire dirige entreprise. Midori pas à l'aise utiliser service sans payer. Écrivain pas dans budget. Dommage.

Le diable d'homme m'avait coincée.

— D'accord, vous avez gagné. Marché conclu.

Il s'agrippa à ma main et secoua mon bras comme une pompe.

— Tout le monde gagne. Meilleur accord. Semaine prochaine même heure, chien et vous.

Richter et moi redescendîmes l'escalier d'un pas léger. Mme DiMarco apparut une fois encore lorsque nous approchâmes du palier du premier. Les yeux plissés, elle nota nos mouvements somnolents et nos mines absentes.

— Les animaux, maintenant ?

— Regardez comme il a l'air détendu. N'est-ce pas incroyable ?

— Incroyable n'est pas le mot que j'utiliserais, ma chère. J'appelle ça dégoûtant. Vous n'avez donc aucune moralité ? Aucune limite ?

— Passez une bonne soirée, madame DiMarco, répondis-je.

— Qu'en dirait votre mère, Claire ? Répondez-moi ? Êtes-vous trop occupée à rechercher votre plaisir malsain pour vous soucier de ce que ça lui ferait ?

— Dormez bien, madame DiMarco. Faites de beaux rêves.

— Le monde déraille et il faudrait que je dorme ? Je vais appeler la mairie, voilà ce que je vais faire. J'appelle le FBI et la police des mœurs, et le type aux cheveux sales de NBC, celui qui s'occupe des plaintes. Vous n'avez pas fini d'en entendre parler, ma chère. Vous pouvez m'en croire.

Ses élucubrations nous suivirent jusqu'en bas, mais j'étais enfermée dans un brouillard trop épais pour qu'elles puissent y pénétrer. Je me glissai dans l'appartement avec Richter, nous nous écroulâmes tous deux dans le canapé et soupirâmes de concert.

C'est alors que je perçus un son, dur et grinçant, pareil à une luge sur des cailloux. Puis d'autres, agités dans le jardin. Des bruits de pas rapides sur le sol gelé qui s'éloignèrent puis disparurent, avalés par la distance et les derniers mugissements de l'orage.

Richter leva brusquement la tête, oreilles dressées. Sa queue se raidit, et il se mit à grogner.

Il y avait eu quelqu'un. Quelqu'un était entré chez nous.

24

Je saisis le téléphone sans fil posé sur la table en bout de canapé et martelai les touches du numéro de portable de Duffy. Retenant mon souffle, je priai pour que la connexion fonctionne. Ça ne marchait pas toujours en ville. Parfois, il sortait du réseau, lorsqu'il poursuivait un criminel ou un animal errant.

Grâce à Dieu, sa voix rassurante se fit bientôt entendre.

La mienne ressemblait à un croassement rauque.

— Duff, c'est Claire. Quelqu'un s'est introduit dans mon appartement.

— Il y est en ce moment ?

— Non, mais j'ai entendu la porte claquer. Et j'ai vu quelqu'un s'enfuir.

— OK, chérie. Assure-toi que les portes et les fenêtres sont bien fermées. J'arrive.

Il me connecta à sa radio de police et m'ordonna de rester en ligne. Les yeux braqués sur l'obscurité embrumée à l'extérieur, j'écoutai la litanie des horreurs qui s'y déversait : crise cardiaque dans Lower Broadway, fusillade à Park Row, accident impliquant trois voitures près de Madison Square Garden, possible overdose à Bryant Park, incendie incontrôlé dans un restaurant chinois de Chinatown.

La voiture banalisée de Duffy ne tarda pas à s'arrêter devant chez moi dans un crissement de pneus. Il remonta l'allée au petit trot, passa devant un Richter affolé et mugissant, et m'enveloppa dans une étreinte généreuse et rassurante. Puis il se recula et me jaugea, plissant ses yeux verts.

— Tu vas bien ?

— Tout dépend de ta définition de « bien ».

Il fit lentement le tour de la pièce, prenant mentalement des notes.

— Que s'est-il passé ?

— Le Dr Midori m'avait invitée à me faire faire un massage. Tout de suite après être rentrée, j'ai entendu la porte claquer. Puis j'ai vu quelqu'un qui s'enfuyait en courant.

— Il manque des choses ?

Je fis un inventaire rapide : télé, chaîne hi-fi, magnétoscope, chandeliers d'argent sur la table de la salle à manger, boîte à bijoux.

— Je n'ai pas l'impression.

— Il est parti de quel côté ?

— Par-derrière. Il a traversé le jardin et est passé par-dessus la grille.

— Tu as pu le voir ?

— Pas vraiment, il faisait trop sombre.

— Raconte-moi tout depuis le début encore une fois, Claire. Ferme les yeux et dis-moi ce que tu as vu. Parfois, il arrive que l'esprit remarque plus de choses qu'on ne l'imagine.

— Je vais essayer.

Je fermai les yeux et rembobinai la bande de mes souvenirs.

— Le Dr Midori est passé nous chercher, Richter et moi, et nous a emmenés là-haut pour nous faire un massage.

— Richter ?

— Oui, aussi bizarre que ça paraisse, Midori pensait que ça l'aiderait à se détendre. Et il avait raison. On est redescendus tous les deux comme sur un nuage. On était dans l'appartement depuis une minute à peine, quand j'ai entendu un bruit aigu. J'ai d'abord cru que quelque chose venait de tomber. Puis j'ai entendu du vacarme dans le jardin. Vu la réaction de Richter, je me suis dit que ça devait être un chat ou un chien errant.

— Pourquoi ?

— Il était aux aguets, en alerte, mais il n'est pas devenu fou comme il le fait devant des étrangers.

— Hum, intéressant.

J'ouvris les yeux d'un coup.

— Qu'est-ce qui est intéressant ?

— Ce que tu viens de dire. Qu'il s'agissait peut-être de quelque chose que le chien connaissait.

— J'ai dit ça ?

— Plus ou moins. Continue.

Je me replongeai dans mes souvenirs.

— Après t'avoir appelé, je suis allée dans la cuisine et j'ai regardé dehors. Il faisait sombre et c'était brumeux, difficile de distinguer clairement quoi que ce soit.

— Mais tu as vu cette personne s'enfuir.

— Oui. Il a sauté par-dessus la grille et a couru dans l'allée qui borde l'immeuble de brique à l'arrière.

— Donc, tu es sûre que c'était un homme ?

Serrant les paupières, je me concentrai encore plus sur cette image.

— Oui. Jeune, mince, grand.

— Blanc ou noir ?

— Blanc.

J'ouvris de nouveau les yeux.

— Mais il est difficile d'être sûre. Je peux me tromper.

Le sourire de Duffy n'appartenait qu'à lui : il dénotait une patience infinie teintée d'une certaine ironie désabusée.

— Fais confiance à ton instinct, Claire. Ferme les yeux.

Il attendit que j'obtempère.

— La grille mesure à peu près un mètre cinquante de haut ?

Je l'évaluai mentalement.

— À peu près.

— Tu as dit qu'il avait sauté par-dessus ?

— Oui. Il a posé une main dessus et a balancé son corps de l'autre côté.

— D'un seul mouvement fluide, comme un gymnaste ?

— Oui. Tout son corps bougeait d'un même mouvement, sauf ses cheveux. Ils étaient longs et libres.

La silhouette de l'intrus s'imposait à ma mémoire : épaules larges, hanches étroites, et le dos courbé.

Cette image m'était familière.

Trop familière.

Je me crispai de nouveau, luttant contre une vague de peur vertigineuse.

— Qu'y a-t-il Claire ? Qu'est-ce qui ne va pas ?

— Ce garçon, Duffy. Le copain hacker de Rainey. Ça pouvait être lui.

Son front se creusa de rides soucieuses.

— Ou quelqu'un de pire.

— Tu veux dire LeBeau ?

Une terreur froide m'envahit.

— Non, pas du tout.

Il m'adressa un sourire vide.

— N'en tire pas ce genre de conclusion effarante.

— Non. Je te l'ai dit, Duff, je ne vois pas pourquoi LeBeau s'intéresserait à moi. Il n'y a aucun lien rationnel.

Mon cœur n'en cognait pas moins contre mes côtes.

— Tu as raison, chérie. Ça ne tient pas la route quand on y réfléchit. De toute façon, l'Anguille n'est pas du genre à s'introduire quelque part puis à filer comme un lapin apeuré, hein ?

J'aspirai de l'air, luttant pour me débarrasser du nœud coulant de la terreur.

— Heureusement pour moi, je ne suis pas experte quand il s'agit de LeBeau.

— Moi, si. Et ce n'est pas sa façon de procéder. Rôder dans la nuit ? S'enfuir en courant ? Ça ne lui ressemble pas.

— Je suis d'accord là-dessus.

— Bien. À présent, détends-toi pendant que je fais le tour des lieux.

Malgré ses paroles rassurantes, mes nerfs étaient encore à fleur de peau.

— OK. Tu veux un café ?

— Ce serait formidable.

— N'oublie pas de regarder sous les lits et dans les placards. Je sais encore où les monstres se tapissent.

— Uniquement les monstres imaginaires, chérie. Les vrais peuvent se cacher en pleine lumière.

Le café finit de couler et j'en servis une tasse fumante à Duffy lorsqu'il revint. Il but une gorgée à grand bruit, puis entoura la porcelaine de ses mains pour les réchauffer.

— J'ai vérifié l'appartement et les environs. Tout a l'air en ordre. Est-il possible que tu aies laissé ouvert ?

— Je ne peux pas en être certaine. Mais je ne crois pas.

— Il n'y a pas de trace d'effraction sur l'une ou l'autre porte.

— Mon Dieu, Duffy. Et si Rainey avait donné la clé à Phelan ? Si elle l'avait invité à s'introduire ici ?

— Pour quelle raison ? Si Rainey voulait mettre la main sur quelque chose, tu ne crois pas qu'il lui serait plus facile de se servir toute seule ?

— Qui sait ce qui se passe dans la tête de ces gamins ? Peut-être qu'elle lui a donné la clé, à moins qu'il n'ait eu ses propres raisons de venir. C'est possible, non ? La personne que j'ai vue lui ressemblait vraiment beaucoup.

— Presque tout est possible. Mais le fait que ce soit possible ne veut pas dire que c'est vrai. Une chose que l'on apprend dans ce métier, c'est d'avancer pas à pas, de suivre une logique et de ne pas sauter à l'aveuglette d'une étape à l'autre.

— Ce n'est pas mon métier. En plus, pour toi, c'est différent. Tu es beaucoup moins dérangé que moi.

Ses yeux pétillèrent.

— Ça, c'est une victoire que je te concède. Dans ce domaine, tu me bats à plates coutures.

— Sois gentil, Duff. J'ai eu une journée vraiment pourrie.

— En plus de cette intrusion, tu veux dire ?

— Oui. Il semble que quelqu'un se soit aussi introduit dans mes finances. Mes comptes en banque ont été vidés.

— Pourquoi ne m'as-tu rien dit ?

Mes yeux me picotèrent.

— Je ne voulais pas t'embêter. Je suis un tel boulet ; je me repose tellement sur toi.

Il secoua la tête.

— Et moi, tu ne crois pas que je me repose aussi sur toi, Claire ? Est-ce que je ne viens pas toujours geindre auprès de toi ? Les amis sont faits pour ça : pour être des emmerdements pour les autres. S'il n'y avait pas les amis, qui pourrait-on embêter, hein ?

Mes larmes débordèrent.

— C'est plus que ça. Je peux à peine le dire.

— Mais si, tu peux. C'est à moi que tu parles.

— J'ai peur que Rainey et ce Phelan soient derrière tout ça.

Son visage s'assombrit.

— Qu'est-ce qui te fait croire ça ?

— Le fait qu'il fasse du piratage informatique, pour commencer. Et Rainey a de nouveaux vêtements très chers dont je ne m'explique pas la provenance. Bon, mais si ça se trouve, je me trompe complètement.

— À qui en as-tu parlé ?

— Je suis allée au commissariat pour déposer une plainte. Puis j'ai pensé que Rainey pouvait être impliquée dans l'affaire. Si c'est le cas, je ne peux pas supporter l'idée de la dénoncer aux flics. Tu as vu ce que ça a fait à Noah d'être soupçonné. De toute façon, si elle s'est mise dans ce genre de pétrin, c'est entièrement ma faute. C'est moi qui suis responsable d'elle.

— As-tu la moindre preuve au-delà de tes suppositions ?

— Non, mais tout concorde.

Il me caressa la tête d'un air absent, comme si j'étais l'un de ses chiens.

— Là, là, mon cœur. Une chose après l'autre. D'abord, on doit s'assurer avec certitude qu'elle est mêlée à tout ça, et ensuite on décidera de ce qu'il faut faire.

— Et comment on s'en assure ?

— Tu pourrais tout simplement lui poser la question.

— Certes, et je pourrais aussi me jeter dans la gueule du loup. Dans les deux cas, je n'en ressortirais pas vivante.

— Peut-être qu'elle te surprendrait ?

— Je n'ai aucun doute là-dessus.

— Essaie tout de même, Claire. Et appelle-moi après lui avoir parlé. De mon côté, je pense à quelqu'un qui pourrait nous aider à en savoir un peu plus sur ce

Phelan. J'irai le voir demain à la première heure et le passerai sur le gril.

— Laisse-moi venir avec toi, s'il te plaît. Je ne supporte pas de rester sans rien faire pendant que Rainey fout sa vie en l'air.

— Bon, si tu veux.

— Merci, dis-je en l'embrassant sur la joue. Pour ça, et pour tout le reste. Qu'est-ce que je ferais sans toi ?

— Inutile de se poser cette question. Chaque fois que tu auras besoin de moi, je serai là.

25

La visite à Stafford Secure Storage marquait la première incursion de Diamond dans le quartier de Queens. Il était soulagé que Griffey l'accompagne dans ces faubourgs inconnus où le métro roulait haut dans les airs, où l'anglais était souvent une seconde, voire une troisième langue, et où des entrepôts en ruine bouchaient la vue sur le fleuve.

Griffey l'avait retrouvé à l'endroit convenu. Ils avaient grimpé dans la rame juste au moment où les portes se refermaient avec un sifflement dur. Étudiant le plan, Diamond remarqua que la ligne empruntait un tunnel sous l'East River puis devenait aérienne de l'autre côté.

Les quelques autres passagers promenaient leur regard vitreux ou somnolaient sur leur siège. Griffey passa le trajet à feuilleter le dernier numéro des *Annales de psychiatrie criminelle*. D'un regard de biais, Diamond parcourut le sommaire : « L'incidence de la migraine sur les criminels violents finlandais », « Certains l'aiment show : un nouveau regard sur les crimes de la haute », « Harcèlement collectif : lubie ou mensonge ? ».

Pour sa propre édification, Diamond regarda par la vitre, étudiant le défilé des magasins barricadés et des modestes alignements de maisons. Certaines étaient encore illuminées par de vieilles guirlandes de Noël. Dans d'autres brillait la lueur spectrale des veilleuses ou des programmes télé du milieu de la nuit. La plupart étaient plongées dans le noir. Diamond aurait aimé se trouver dans l'un de ces cocons douillets, un homme ordinaire, se reposant en vue de la journée du lendemain, avec son avalanche de problèmes d'une banalité bienvenue et sa routine miraculeusement terne.

Ils descendirent au croisement entre Queens Boulevard et la 33e Rue à Long Island, parcoururent trois blocs, en passant devant les bureaux temporaires du Musée d'art moderne, puis tournèrent dans une petite rue mal éclairée.

— Par là.

Diamond suivit le regard de Griffey jusqu'à un bâtiment trapu, en grande partie caché par un garage plongé dans l'ombre et par l'usine de pièces détachées à côté. En approchant, il remarqua le système de sécurité sophistiqué : la haute clôture était surmontée de grillage rasoir, et les caméras, installées à intervalles réguliers, tournaient lentement, de manière à repérer le moindre mouvement suspect dans le noir.

— Ça m'a l'air bien gardé, fit observer Diamond. Mis à part les dossiers de vieilles affaires criminelles, que conserve-t-on dans un endroit pareil ?

— Sincèrement, je n'en sais rien. C'est top-secret. La discrétion absolue est une des caractéristiques de Stafford Secure.

— Quels sont les autres ?

— Paranoïa, soupçon, prudence exagérée, méfiance absolue. Suivez-moi, vous jugerez par vous-même.

Diamond emboîta le pas au vieil homme qui dépassa les épaves et autres carcasses de voiture rouillées sur le parking du garage. La clôture grillagée était percée d'une lourde porte de métal. Griffey tapa le code d'accès sur un petit cadran numérique, et une voix sortit d'un haut-parleur invisible.

— Votre mot de passe, s'il vous plaît.

Griffey pianota sur les touches avec ses doigts gantés. La voix désincarnée se fit dure.

— Mot de passe incorrect. Essayez de nouveau.

Retirant son gant, Griffey murmura :

— Certaines personnes ont trop vu de James Bond.

Il tapa le code une nouvelle fois et attendit, soufflant dans sa paume pour se réchauffer.

Un instant plus tard, un bip retentit et la porte s'ouvrit vers l'intérieur avec un grincement sinistre. Deux caméras les suivirent comme des tournesols cherchant le soleil tandis qu'ils entraient dans le périmètre et approchaient du bâtiment. Diamond avançait d'une démarche raide, intimidé par cette surveillance angoissante.

— On aurait peut-être dû se faire livrer les documents, Solomon Griffey.

— D'abord, il faut trouver ceux dont on a besoin.

D'autres procédures rigoureuses les attendaient à l'entrée de l'entrepôt. Cette fois, en plus des codes d'accès, ils furent fouillés par un agent de sécurité costaud et chauve, puis une femme austère passa une baguette hypersensible le long de leur corps. Le détecteur de métal bipa en approchant de la boucle de ceinturon et du bracelet de montre de Griffey, et des papiers d'emballage de chocolat dans la poche de Diamond.

Ensuite, on leur demanda de signer sur un écran digital, dont la technologie avait été mise au point avec l'aide de Diamond. Ces signatures seraient transmises à une banque de données et comparées à celles de criminels et autres indésirables susceptibles de représenter une menace quelconque. Cette technique s'était révélée particulièrement performante pour immobiliser des terroristes dans des aéroports ou aux frontières.

— Il ne me manque plus que l'accord final du responsable de l'Arcanum, dit l'agent de sécurité.

— Accordé. Il se trouve que c'est moi, dit Griffey.

L'agent haussa ses épaules massives.

— Désolé. Je dois le faire par téléphone. C'est la procédure, monsieur. Vous comprenez.

— Essayez le deuxième numéro sur votre liste.

Griffey récupéra son portable dans la corbeille en plastique où il avait déposé tous ses objets métalliques. Il sonna presque immédiatement. L'agent porta le récepteur du bureau à son oreille pendant que Griffey décrochait, à deux mètres de là.

— Monsieur Griffey. ici Raymond Garret, de Stafford Secure. Vous voulez bien répondre comme le veut la procédure, afin qu'on ait votre empreinte vocale ?

— Ici Solomon Griffey, pour l'Arcanum, unité 528, autorisant un accès illimité et un retrait discrétionnaire pour les membres Solomon Griffey et Aldo Diamond.

— Empreinte vocale vérifiée. Une heure présumée pour la fin de cet accès, monsieur le gardien ?

— Elle aussi est laissée à l'appréciation des membres autorisés.

— Merci, monsieur.

L'agent raccrocha et hocha la tête d'un air piteux.

— Vous pouvez entrer, messieurs. Je vais vous accompagner.

Les dossiers de l'Arcanum étaient entreposés dans un cube aux murs de ciment de trois mètres de haut. L'agent leur montra le bouton argenté qu'ils devaient pousser pour être libérés, puis il sortit et actionna le mécanisme de fermeture. En regardant la lourde porte se refermer, Diamond fut pris d'un accès de claustrophobie. L'angoisse l'étreignit comme une corde serrée autour de sa poitrine, de son cou et de son ventre rebondi. Ses membres furent parcourus d'une étrange décharge électrique ; il lui semblait que sa tête gonflait comme un ballon à l'hélium.

Griffey pinça les lèvres de manière presque imperceptible.

— Ça va, Aldo ? Vous me paraissez un peu pâle.

Diamond respira profondément, régulièrement, jusqu'à recouvrer ses esprits.

— Ça va. Mettons-nous à l'ouvrage.

Cherchant à s'occuper, Diamond passa en revue les étiquettes sur les cartons de rangement qui s'empilaient d'un bout à l'autre, du sol au plafond, en petites rangées. Il fut stupéfait par la liste incroyable des cas retors auxquels l'organisation s'était intéressée et qu'elle avait réussi à résoudre.

L'admiration teintée de respect que lui inspirait l'Arcanum grandit, tout comme son humble fierté d'avoir été convié à rejoindre le groupe. Il y avait les meurtres « à la Pleine lune », l'affaire du sanguinaire Ethan Alan Deboise, et les soi-disant « Meurtres du vampire », qui avaient coûté la vie à douze jeunes à Seattle – les victimes ayant été sauvagement assassinées et vidées de leur sang – et poussé la ville à se barricader le temps que le suspect soit identifié et emprisonné.

Et ainsi de suite. Il y avait les assassinats au « stylo empoisonné », le poseur de bombes de Detroit et le Scorpion, un entomologiste qui avait supprimé ses victimes avec un venin d'insecte rare. L'Arcanum avait aussi résolu les « meurtres de l'Ivy League » et démasqué le rôdeur assassin de Beverly Hills, dont les proies favorites étaient des stars de Hollywood. Ce séducteur s'était révélé être un aspirant acteur résolu à se débarrasser de la concurrence.

— Eh bien, Solomon Griffey. Je n'avais pas réalisé que l'organisation était intervenue dans toutes ces affaires.

— Nous préférons travailler ainsi. À de rares exceptions près, nous ne faisons pas cela pour la gloire. En réalité, la notoriété nous gêne plutôt.

— Je le comprends. C'est déjà difficile d'obtenir des résultats sans avoir la presse sur le dos.

— Exact. Hélas, c'est pourtant ce qui se passera tant que LeBeau mènera la danse.

— On peut peut-être trouver un moyen de lui gâcher la fête, dit Diamond. Où est le reste du dossier Garmin ?

Griffey se tourna vers le mur de gauche.

— Il devrait être par là. Toutes les affaires sont classées par ordre alphabétique et rangées dans le sens inverse des aiguilles d'une montre, les plus récentes étant par ici. Vous voulez bien commencer par le haut, je regarde en bas.

Ils ne tardèrent pas à trouver ce qu'ils cherchaient – trois cartons coincés entre le terroriste de Kansas City et le meurtre du fils du sénateur Arne Selwyn par un homme opposé à la position du politicien sur l'extraction à ciel ouvert. Diamond retira les cartons du dessus pour leur permettre de sortir ceux qui portaient l'étiquette GARMIN. Ils étaient étonnamment lourds. Diamond devint tout rouge et suant, en aidant Griffey à tirer les boîtes vers la porte.

Griffey aussi était à bout de souffle.

— On ferait mieux de les passer en revue ici et d'emporter ce dont vous aurez besoin.

— Bonne idée, acquiesça Diamond d'une voix sifflante.

Une pression sur le bouton argenté et l'agent revint. Il les conduisit au bout du couloir jusqu'à une porte sur laquelle était écrit : PRIVÉ. ENTRÉE INTERDITE SAUF PERSONNEL AUTORISÉ. À l'intérieur, ils découvrirent une table rectangulaire blanche et quatre chaises dures couleur vert-de-gris.

— Aurez-vous besoin d'autre chose, messieurs ? s'enquit l'agent de sécurité.

Griffey s'installa sur la chaise la plus éloignée, le temps de reprendre son souffle.

— Ça va pour moi. Et vous, Aldo ?

Diamond s'essuya le front.

— Non, rien.

De nouveau, on les enferma de l'extérieur. Cette fois, en plus de l'atmosphère confinée, ils furent assaillis par le bruit de grattements frénétiques de l'autre côté du mur. Diamond se représenta des rongeurs filant en tous sens, agitant leurs moustaches, fouettant l'air de leur queue, montrant leurs dents acérées. Il se força à concentrer son attention sur les dossiers.

— Commencez par ce carton et prenez tout ce que vous pourrez trouver qui comporte des échantillons d'écriture, même une simple signature, Solomon Griffey. Je m'occupe de celui-là, et nous nous partagerons le dernier.

Nombre de documents étaient des copies de transcriptions et de rapports dactylographiés. En fouillant dans le carton, Diamond sélectionna les interrogatoires et dépositions des témoins. Il retira aussi les feuilles portant des commentaires manuscrits signés par les enquêteurs sur l'affaire et des notes d'informateurs connus ou anonymes. La pile atteignait déjà une hauteur impressionnante.

Tout comme le tas de feuilles du côté de Griffey. Diamond se retrouvait face à une montagne de travail en plus de celui qu'il devait encore effectuer en vue du procès pour l'enlèvement.

Lorsqu'ils quittèrent Stafford Secure, on les fouilla encore une fois et on leur fit signer une autorisation de sortie pour eux-mêmes et pour les documents. À la demande de Griffey, l'agent de sécurité appela le service chargé des livraisons sécurisées pour qu'on les raccompagne à Manhattan. L'opération était coûteuse, mais compte tenu du poids et de la valeur des documents, Griffey l'estima nécessaire.

La camionnette s'arrêta d'abord devant chez Diamond.

— Si vous voulez, je peux rester vous aider, proposa Griffey.

— Merci, mais je dois étudier ça par moi-même.

— À demain, alors.

Diamond enferma les documents dans son appartement et ressortit, courbant le dos et serrant son manteau pour se protéger du froid. En route vers le deli, il scruta le parc. Il ne vit nulle trace de Harry : avec un peu de chance, le bon sens avait eu raison de sa folie obstinée et il était parti passer la nuit dans un endroit plus chaud et plus hospitalier.

C'était là l'idée qui lui traversait l'esprit juste au moment où il perçut un faible grognement. Se guidant au bruit, il repéra le vagabond recroquevillé entre une rangée de poubelles pleines et une montagne de sacs poubelles gonflés. Harry aurait aussi bien pu passer pour un autre tas d'ordures laissé sur le trottoir pour le ramassage matinal.

Diamond tenta de le remettre sur pied, mais Harry était tout mou et semblait peser une tonne.

— Allez, mon vieux. On va t'emmener au chaud.

Soufflant comme un bœuf, Diamond passa les bras autour du torse de Harry et le traîna jusqu'au deli. Sous la lumière fluorescente du magasin, il nota le teint gris de Harry et sa respiration rauque et irrégulière. Ses narines palpitaient dans son effort pour inspirer suffisamment d'oxygène, et il roulait des yeux sous ses paupières lourdes.

— Mieux vaut appeler les urgences, Battu.

— Tout de suite, monsieur Diamond.

Les ambulanciers arrivèrent dans la minute. Ils s'occupèrent aussitôt de Harry, prenant son pouls, écoutant son cœur.

Diamond tournait autour d'eux, anxieux.

— Le cœur, vous croyez ?

— Il a l'air solide. L'électrocardiogramme paraît normal. Ça peut être une hypothermie, mais on ne pourra pas se prononcer avant de l'avoir examiné. C'est un sans-abri ?

— Il dort dans le parc.

— De la famille ?

— Pas que je sache.

— On va l'emmener à l'hôpital Bellevue.

— Je dois vous accompagner ?

— Inutile. Ils ne vous laisseront pas entrer aux urgences, sauf si vous êtes de la famille. S'ils décident de le garder après l'avoir examiné, on peut laisser des instructions pour que vous soyez tenu informé, si vous le souhaitez.

— Je veux bien, merci.

Diamond nota son numéro sur une feuille du carnet de commande de Battu.

Les infirmiers sanglèrent Harry sur un brancard pliant et l'emmenèrent jusqu'à l'ambulance qui attendait. Diamond suivit, marmonnant des encouragements.

— Tiens bon, Harry. Dès que tu seras en état, je te promets une bonne bouffe.

Harry esquissa un baiser de ses lèvres sèches.

— Oh-Oh pour un gâteau Oreo.

— Exactement, Harry. Pense à des choses agréables.

26

Le taxi vrombissait le long du trottoir, crachotant des gaz d'échappement, pendant que la mère de Melinda raccompagnait Rainey à la porte. Melinda traînait au bout du passage pour piétons, trépignant d'impatience, détournant les yeux de l'humiliant spectacle.

Irene Ericsson avait le visage rond et un corps plantureux qui n'était pas sans rappeler un oreiller bien rembourré.

— Voici votre adorable fille, Claire. Saine et sauve. Quel trésor.

— Merci de l'avoir invitée.

— Et tellement bien élevée. Pas comme certains jeunes d'aujourd'hui, je vous le garantis.

— Ravie de l'entendre.

— C'est peut-être à cause de son nom. « Lorraine », c'est tellement mignon et vieillot. Ça évoque un univers de fleurs, de rubans et de dentelle. Je parie qu'un jour, tu voudras qu'on t'appelle comme ça et non plus par ton diminutif « Rainey ». On te connaîtra pour ce que tu es : l'adorable Lorraine. En fait, je crois que je vais t'appeler comme ça à partir de maintenant.

Je retins mon souffle, craignant que Rainey ne se retourne et gifle son visage rond ou lui balance une insulte grossière, mais elle retint sa langue de vipère. *Adorable Lorraine.*

— M'man, geignit Melinda.

— Une seconde, ma chérie, dit Irene. Les filles ont beaucoup travaillé. Elles ont construit une maquette mécanique d'un tremblement de terre, qui vibre et tout. Les immeubles miniatures et les petits ponts s'écroulent dans une minirivière qui a l'air tellement réelle, on ne dirait jamais que c'est juste de la peinture épaissie avec du sable. Elles ont fait les ponts avec des cure-dents et les immeubles avec du carton, qu'elles ont peint pour que ça ressemble à des briques. Quelle imagination ! Je suis sûre qu'elles vont remporter un prix.

— Ça a l'air formidable. Merci encore.

— C'était un plaisir. Tu es la bienvenue chez nous quand tu veux, Lorraine. Tu pourras peut-être même rester dormir à la maison quand il n'y aura pas école le lendemain. On s'amuse tellement quand on va dormir chez une copine. Même si personne ne dort vraiment, dans ces cas-là.

Elle pouffa de rire comme un personnage de dessin animé : hi-hi.

Le sourire de Rainey semblait collé à son visage.

— Merci, madame Ericsson. Le dîner était délicieux.

De contentement, Irene agita ses doigts dodus.

— Des manières parfaites. Tout simplement parfaites, Claire. Vous voyez ?

— Je vois, Irene. Alors, à bientôt.

À l'instant où la porte se referma, la demoiselle aux manières parfaites passa devant moi et se dirigea vers sa chambre.

— Attends, Rainey.

— Je suis fatiguée, j'ai envie d'aller me coucher.

— Quelqu'un s'est introduit ici pendant que tu étais chez Melinda.

— Et alors ?

— Et je pense que ça a pu être ton ami.

— Tu penses, ce qui veut dire que tu ne sais rien du tout. Chaque fois qu'il y a un truc, tu accuses Phelan.

— Je ne l'accuse pas. Je dis seulement que la personne qui est entrée ici lui ressemblait. De toute façon, je me fiche de Phelan. Mais pas de toi. J'ai besoin de savoir ce qui se passe. Si tu as des ennuis, je veux t'aider.

— Si tu veux m'aider, fous-moi la paix.

— J'ai peur que tu sois inconsciente. Je pense que tu t'es peut-être fourrée dans quelque chose qui risque de foutre ta vie en l'air.

— Et moi, je crois que tu te fais des films. La prochaine fois, ce sera des soucoupes volantes et des petits hommes verts.

— Phelan et toi avez-vous piraté mes comptes en banque ?

Ses yeux lui sortirent de la tête.

— Tu rigoles ?

— Je t'ai posé une question. J'aimerais que tu me répondes honnêtement.

Elle laissa tomber son sac de classe d'un geste furieux.

— Très bien. Voici ce que je crois honnêtement. Je crois que tu es complètement dingue. Je crois que tu es honnêtement et complètement timbrée, et qu'on devrait te faire enfermer dans un asile.

— Phelan et toi avez-vous piraté mes comptes, oui ou non ?

— « Oui ou non », m'imita-t-elle. J'en ai marre de tes putain d'accusations. J'ai pas à rester là à écouter tes salades !

— Si tu n'as rien à y voir, je dois aller signaler le vol à la police. Mais si tu y es mêlée, je préférerais qu'on essaye de régler ça entre nous.

— Tu peux faire ce que tu veux, je m'en fous. T'as pas compris ?

— J'ai besoin d'une réponse.

— Et moi, j'ai besoin que tu me lâches !

Elle se rua dans le couloir, s'enferma dans sa chambre et fit hurler sa chaîne stéréo. Lorsque j'allai toquer à sa porte, elle monta encore le son, jusqu'à ce que les murs tremblent sous l'assaut des percussions et, en contrepoint, des coups de canne furieux de Mme DiMarco contre le plancher.

— Si vous n'éteignez pas immédiatement, j'appelle la police, cria ma voisine. Je compose le numéro, Claire. Je suis en train de le faire.

Richter se recroquevilla, tout tremblant, contre le mur. Je le caressai entre les oreilles d'une main apaisante.

— On peut dire que j'ai réussi mon coup, marmonnai-je.

Le chien me lança un regard compatissant. Il avait des opinions bien arrêtées sur la plupart des gens, mais pour ce qui était de Rainey, il était aussi perdu que moi.

Duffy fut moins prompt à renoncer. Je le trouvai chez Griffes dépendantes où il s'était arrêté pour faire son inspection du soir. En arrière-fond, j'entendais les animaux déchaînés qui se disputaient âprement son attention.

— Je lui ai parlé.

— C'est bien. Comment ça s'est passé ?

— Mal.

— Désolé de l'apprendre.

— Tout ce que j'ai réussi à faire, c'est la rendre encore plus furax.

— Tu lui as ouvert la porte et lui as montré où elle pouvait trouver de l'aide. Compte tenu des circonstances, tu as fait tout ce que tu pouvais faire.

— Et maintenant ? Je vais déclarer le vol d'identité ou pas ?

— J'attendrais un peu à ta place. Laisse-moi le temps de voir ce que je peux trouver de mon côté, sans que ça tourne à l'enquête officielle. De cette façon, si Rainey et ce garçon y sont mêlés, on aura toujours les mains libres.

— Je suis d'accord. Je trouverai bien un moyen de me débrouiller en attendant.

— Désolé de ne pas pouvoir t'aider financièrement. Je suis comme qui dirait fauché comme les blés.

— Tu crois que ça prendra beaucoup de temps ?

— Pas du tout. Pas plus de quelques jours. Une semaine maxi.

— Ça ira. Du nouveau en ce qui concerne LeBeau ?

— Toujours la même chose. C'est toujours le chouchou des médias. Et le héros du département, aussi dingue que ça paraisse. D'après la rumeur, beaucoup de nos gars sont d'avis de lyncher les volontaires de l'Arcanum et de faire à LeBeau l'honneur de lancer la première pierre. Malgré tout, j'ai passé quelques coups de fil depuis qu'on s'est quittés. Quelques-uns de mes collègues un peu plus sains d'esprit sont d'accord pour m'aider à garder un œil sur lui. Avec un peu de chance, quelqu'un tirera le signal d'alarme à la seconde où il redeviendra lui-même.

27

Après que la sirène de l'ambulance emmenant Harry se fut fondue dans la nuit, Diamond retourna au deli. Il commanda une salade de thon basses calories, une petite salade de fruits, un sachet de biscottes et deux grands cafés noirs.

— Rien d'autre ? demanda l'homme au comptoir.

Diamond observa avec convoitise les rayons surchargés. Les paquets de gâteaux et de chips le narguaient de leur chant de sirènes, tentant de l'attirer vers les dangereuses profondeurs de l'autodestruction.

— Espérons que non.

D'une démarche lasse, il retourna à son studio vide. Il étala les documents relatifs à l'affaire Garmin, s'installa dans un fauteuil et se mit au travail.

Il avait une copie du logiciel Diamond EDGE sur son ordinateur, mais préférait faire ses analyses sans y avoir recours. Pour ses yeux entraînés, les écritures contenaient des subtilités et des nuances qu'aucune machine ne pouvait appréhender complètement.

Il commença par consulter de nouveau les notes écrites par Claire Barrow et son défunt mari. Quelque chose lui échappait dans le mouvement penché et désorganisé de l'écriture de Noah. Diamond détectait un message sous-jacent, indéchiffrable, que l'homme aurait voulu glisser entre les lignes. Mais il n'arrivait pas à mettre le doigt sur ce que ça pouvait être.

Ensuite, il étudia les misérables échantillons que le procureur avait reçus de l'accusé. B.B. LeBeau avait signé quelques formulaires obligatoires et une brève déclaration manuscrite présentée par l'équipe chargée de sa défense, avant la condamnation.

Cela suffisait néanmoins pour offrir à Diamond un aperçu horrifiant de ce qui se cachait sous le camouflage mental de l'Anguille. Des formes angulaires, agressives, révélaient un besoin obsessionnel de dominer et de contrôler. Un trait dur et lourd, des soulignages emphatiques signalaient un tempérament dangereusement explosif. L'inclinaison exagérée vers la droite trahissait son fanatisme enragé. Ses *t* en forme de poignard et ses ronds pleins témoignaient de son impitoyable cruauté. Même si les échantillons étaient en nombre insuffisant pour qu'on en tire des conclusions définitives, il était clair que le possesseur de cette écriture était totalement dénué de compassion ou de sentiments humains. Il était capable de tuer un inconnu innocent sans y accorder plus d'importance ou ressentir plus de remords que quiconque tuait une mouche avec une tapette. Diamond se réjouit de reposer cet échantillon pour passer à l'étude des témoins.

Lentement, il étudia les écritures et les signatures, cherchant des signes étranges ou des éléments manquants. Le contenu pouvait se révéler significatif, mais son boulot consistait à voir au travers et au-delà de lui. Parfois, cependant, ses émotions intervenaient et exigeaient d'être entendues. Il fut particulièrement ému par une lettre au tribunal émanant de la mère de Joe Garmin, reçue avant la condamnation de LeBeau, dans laquelle elle essayait d'exprimer l'énormité de sa perte.

Diamond n'avait pas besoin des mots pour lire le chagrin de cette femme. L'écho de sa douleur résonnait dans les longs jambages austères et les barres fragiles et angoissées. Ses lettres possédaient une pente morbide et désespérée, un rythme désordonné qui trahissaient une volonté réduite à néant et des espoirs en miettes. Ce genre de schéma ne se trouvait que chez les malades en phase terminale et les déprimés suicidaires.

Sur son bloc, Diamond prit note de se souvenir de parler au groupe de l'état mental de Mme Garmin. Si elle était encore sous le coup de cette profonde mélancolie, il faudrait la manier avec des gants de velours.

Mettant cette lettre de côté, il se frotta les yeux et continua. Il était déterminé à venir à bout de cette tâche dès le soir même, quitte à passer une nuit blanche. Compte tenu de la taille des enjeux, l'Arcanum devait agir vite.

Il étudia méthodiquement les piles de papiers. Beaucoup, parmi les échantillons d'écriture, ne présentaient pas d'intérêt. Dans les quelques-uns qui retinrent son attention, il ne réussit qu'à détecter des traces d'anxiété. Rien d'étonnant à cela : la majorité des gens étaient intimidés par le plus infime contact avec le système judiciaire. Une affaire de meurtre aggravait ce stress chez tout le monde, hormis chez ceux qui en avaient l'expérience – ou qui avaient des inclinations psychopathologiques.

Il ne repéra rien de significatif dans les déclarations des amis et voisins des Garmin. Les écritures des enquêteurs et du personnel du tribunal ayant travaillé sur l'affaire ne firent naître chez lui aucun soupçon non plus. Un juge, qui avait présidé un précédent procès sans succès contre LeBeau, montrait tous les signes d'une personnalité éminemment autoritaire, mais ça n'entrait pas en ligne de compte ici. En passant en revue les notes des informateurs, il en repéra plusieurs présentant les classiques tendances exhibitionnistes de ceux qui sont enclins aux fausses confessions. Là encore, rien de surprenant.

Il était six heures trente à la pendule. Les prémices de l'aube commençaient à éclaircir le ciel d'un gris d'étain sinistre. Diamond avait mal au dos, et ses yeux injectés de sang avaient du mal à converger. Il avait travaillé non-stop, sirotant du café froid et âcre afin de se maintenir éveillé. Il s'était seulement arrêté le temps de passer un coup de fil rapide à l'hôpital Bellevue pour prendre des nouvelles de Harry.

Une infirmière des urgences lui avait assuré que le bonhomme allait bien.

— Votre ami est assis, monsieur Diamond. Il a fait du chahut presque toute la nuit en chantant une chanson épouvantable.

— Du Harry tout craché. Je suis content de l'entendre. Quand pensez-vous pouvoir le laisser sortir ?

— Dès qu'on pourra, croyez-moi. Il nous casse les oreilles.

— Vraiment ? Moi, j'aime bien entendre Harry chanter.

— Grand bien vous fasse !

— Vous avez pu déterminer pourquoi il avait perdu connaissance ?

— Pas exactement. Il a une bosse à l'arrière de la tête. Il est peut-être tombé puis s'est évanoui. Ce genre de chose arrive assez souvent à des gens comme Harry.

— Ce qui compte, c'est qu'il aille mieux.

— Les chansons mises à part, je dirais que ça va.

Retournant à sa table, Diamond avait évalué la pile des papiers qu'il lui restait à consulter. Bientôt, il lui faudrait abandonner l'affaire Garmin pour relire ses notes relatives à l'enlèvement puis se rendre au tribunal pour la dernière journée de contre-interrogatoire. Il pourrait reprendre à la fin de la séance, mais il commençait à craindre de finir seulement avec une colonne vertébrale douloureuse et le cerveau en compote en récompense de ses efforts.

Évaluant la préparation nécessaire en vue du procès, il décida qu'il pouvait encore consacrer quinze minutes aux papiers Garmin. Il avala le fond du café glacial et amer et se replongea dans son étude.

Les documents suivants étaient des déclarations faites par des artisans ou autres qui avaient travaillé pour la famille Garmin et avaient eu accès à la maison. Parlant tout haut pour rompre la monotonie engourdissante, il les examina tour à tour.

— Plombier : fragile mais non violent, une espèce de doux dingue. Dératiseur : sensible et artiste. Ne supporte pas la critique. Livreur de fuel : un ultra-austère.

Le pire qu'il puisse tuer, d'après Diamond, c'était la joie.

— Éboueur : montre des signes d'une personnalité compulsive. Peut-être un problème lié au jeu. Pas impossible qu'il soit impliqué dans des petits vols, mais rien de plus.

Se frottant la nuque avec ses bras épais, Diamond imagina un scénario dans lequel la famille rentrait et surprenait ce type en train d'essayer de piquer un jouet de gamin ou un outil de jardin, mais de là à passer au meurtre multiple doublé d'un funeste rituel, il y avait un pas qu'il ne pouvait pas franchir.

La femme de ménage qui travaillait chez eux une fois par semaine paraissait sans problème. Tout comme le jeune gars qui livrait les courses, celui qui relevait le compteur électrique, et le menuisier qui venait de temps en temps faire des petites réparations. Diamond ne trouva rien de révélateur chez le prof de piano de Mme Garmin ni chez sa vieille copine de lycée qui passait une fois par mois pour lui couper les cheveux, sinon qu'elle avait eu une enfance malheureuse et avait une mauvaise image de soi.

La déclaration suivante avait été faite par la baby-sitter, une adolescente qui vivait en bas de la rue. À en juger par son écriture rigide, c'était une enfant très obéissante. Elle était un tout petit peu trop coincée pour que Diamond soit totalement rassuré, mais il y voyait seulement, au pire, un terrain favorable à l'anorexie ou à ce genre de comportement autodestructeur.

En saisissant la feuille d'après, son cœur s'accéléra. Le scripteur était une fille de dix-sept ans nommée Toby Felder. D'après les commentaires de l'inspecteur qui l'avait interrogée, c'était une amie proche de la baby-sitter, à qui les Garmin faisaient parfois appel en cas de besoin. Elle avait gardé les petits garçons trois jours avant les meurtres, un soir où les parents étaient allés à l'anniversaire surprise d'un ami à l'autre bout de la ville.

L'écriture de la gamine suintait la fausseté et un stress énorme. Ses mensonges apparaissaient dans les larges boucles de ses *o* en bas de casse, tandis que son trait lourd, inégal, témoignait de la pression extrême à laquelle elle était soumise. Toutes les formes habituelles et toute structuration avaient disparu. Mais ces altérations n'apparaissaient pas sous la ligne médiane, ce qui aurait indiqué une cause passée. C'était donc l'interrogatoire qui avait provoqué la désintégration de l'écriture de la jeune fille. Toby Felder, Diamond le devinait, savait quelque chose à propos des meurtres. Compte tenu de la nature et de la brutalité des crimes, il était hautement improbable qu'ils aient été commis par un jeune de dix-sept ans, a fortiori une fille, mais il était prêt à parier qu'elle pourrait les aider à remonter jusqu'au monstre qui les avait perpétrés.

Soudain plein d'énergie, Diamond composa le numéro du solarium du club Calibre. Griffey répondit à la troisième sonnerie, sa voix fluette encore affaiblie par la fatigue.

— Bonjour, Solomon Griffey. Ici Aldo Diamond. Je suis tombé sur quelqu'un qui cachait des choses à propos des meurtres Garmin.

— Je m'en réjouis, Aldo. Donnez-moi les détails.

Diamond formula ses soupçons à propos de la babysitter et lui fournit les informations qu'il avait glanées dans le dossier : nom complet, nom des parents, adresse de la famille, numéro de téléphone au moment des meurtres, renseignements fournis par l'école sur la gamine et sur ses parents par leurs employeurs.

— Excellent. Nous allons la retrouver.

— Je regrette de ne pas pouvoir vous aider, mais le contre-interrogatoire dans l'affaire du kidnapping se termine aujourd'hui.

— Vous nous avez déjà aidés, mon ami, et vous nous aiderez de nouveau. C'est votre piste, et vous devrez la suivre où qu'elle mène. On vous tiendra au courant.

— Merci, Solomon Griffey, j'apprécie.

— C'est moi qui vous remercie, Aldo. J'ai l'impression que ce pourrait être un tournant dans ce désordre. Je suis persuadé de la culpabilité de LeBeau. Nous devons simplement l'attraper avant qu'il ne s'en prenne à quelqu'un d'autre.

28

L'immeuble du 1 Police Plaza est tapi tel un troll hideux derrière l'hôtel de ville majestueux de New York. Il abrite une grande partie de l'administration pléthorique du NYPD et nombre de ses unités spécialisées. En cette ère de sécurité renforcée post-11 septembre, le bâtiment brun et trapu et la place à qui il a donné son nom sont protégés des attaques par des jardinières géantes, des murs d'un bleu criard, des barrières de fortune, des rubans de police, deux gardes en uniforme et une interdiction frappant les photographes, ceux qui traîneraient dans le périmètre de manière suspecte ou feraient montre d'une curiosité excessive.

Heureusement, Duffy était arrivé avant moi et avait signalé notre présence aux agents en faction dans la guérite face à l'entrée de l'immeuble. Il m'attendait dans l'ombre d'une sculpture géante composée de grands disques en métal rouge entrecroisés, rappelant des cellules sanguines coagulées. Me repérant, il fit claquer ses dents comme des castagnettes.

— T-te voilà, C-Claire. Zachary ne devrait pas tarder.

Dès que j'arrêtai de marcher, le froid mordant s'infiltra par les semelles de mes mocassins et me glaça les os.

— On n'aurait pas pu se voir à l'intérieur ?

— Zach a rendez-vous avec le Département de technologie et des recherches informatiques dans un moment, et il voulait nous voir en chemin. Si on veut travailler avec ce type-là, on doit apprendre à s'adapter. Le voici. Tu vas comprendre.

Un gamin plein de taches de rousseur, en survêtement rouge vif, passait sous l'arche de l'hôtel de ville. Chaussé de rollers en métal violet, il roulait vers nous à toute vitesse.

Il se ramassa sur lui-même, le coude pointé comme une lance, et continua d'avancer. Je me recroquevillai d'instinct.

— Attention ! hurlai-je.

Duff ne bougea pas tandis que le fou nous fonçait dessus. De plus en plus vite, la mine sombre, la tête rentrée dans les épaules comme un bélier.

Ma seconde mise en garde resta bloquée dans ma gorge alors que le gamin se précipitait vers une collision inévitable. Je me raidis, m'armant contre le choc. Et puis, à un cheveu du désastre, il virevolta comme une brise capricieuse. À l'entrée de l'arche, il exécuta un incroyable salto arrière et atterrit en douceur sur ses rollers. Puis il décrivit un cercle pour venir s'arrêter dans un gémissement de roues juste devant nous.

Le gamin tapa dans la paume levée de Duffy.

— Salut, inspecteur. Ça baigne ?

— Ça baigne ? Ce qui n'est pas gelé par le froid a failli me remonter dans la gorge pour se protéger des têtes brûlées de ton espèce. Je vois que tu t'es entraîné. Tu progresses bien, semble-t-il.

Son sourire dévoila une rangée de dents de travers.

— Ça me permet d'éviter les problèmes, inspecteur McClure.

— Bien sûr, et moi aussi je crois au Père Noël, Zachary. Je te présente mon amie Claire.

— Salut.

— Salut, répondis-je.

— Zachary est un jeune homme assez remarquable, déclara Duffy. Il excelle dans tout ce qu'il entreprend : la musique, l'art, le sport et dans toutes les matières scolaires imaginables. Il est sorti diplômé de Columbia l'année dernière, à l'âge de dix-huit ans. Il était en tête de classe, avec quatre spécialisations en physique, informatique, littérature française et relations internationales. Hélas, il lui arrive de mettre cette brillante intelligence au service de choses interdites par la loi. C'est comme ça qu'on s'est rencontrés. Le jeune Zach a eu maille à partir avec Dame Justice il y a quelques années, et il est venu nous voir dans le cadre de son travail d'intérêt général. Il lui arrive encore de bosser avec le département de temps en temps. Le DTRI serait perdu sans lui.

— Vous m'avez fait prendre conscience de mes erreurs, inspecteur. La gloire m'avait tourné la tête, après les succès des Attaques de Zack le Hacker. Mettez ça sur le compte de l'immaturité.

— Inutile de me sortir ces excuses bidon. Tu pouvais le faire, donc tu l'as fait. Tu peux le faire, et tu le feras. Je ne crois pas une seconde qu'on puisse guérir les types comme toi.

Le jeune homme leva la main à la manière scout.

— Faux. Voyez par vous-même : je fais des activités de plein air, comme vous me l'avez suggéré. J'ai des distractions simples et innocentes.

Duffy fit la grimace.

— Ne gâche pas ta salive, mon gars. Je me passerai de tes salades aujourd'hui.

Zachary roula en marche arrière, décrivant une petite figure en huit.

— Qu'est-ce que je peux faire pour vous ?

— On essaie de se renseigner sur un hacker appelé Phelan. Ça s'écrit avec *p-h*. Tu le connais ?

— Prénom ou nom de famille ?

— L'un ou l'autre, ou aucun des deux.

— Est-ce que Phelan pourrait vouloir dire autre chose ? Le « ph » est souvent utilisé pour jouer sur les mots commençant par « f ». « Folie », « fuite » ? Ça pourrait être un truc comme ça, à votre avis ?

— Ouais, ou plutôt « filou », dans ce cas-là. Qui sait ?

— Vous aviez peut-être une idée, dit Zach.

— Les tiennes seront sûrement meilleures que les nôtres. « Phelan », c'est tout ce qu'on a. Il doit avoir dans les dix-sept ans. Un petit malin.

— Le nom ne me dit rien, mais ça ne veut pas dire grand-chose. La plupart de ces mecs changent d'identité comme de chemise. En général, on en a plusieurs en réserve qu'on peut laisser tomber quand ça chauffe trop. Qu'est-ce que vous savez d'autre sur ce type ?

— On a suivi sa trace jusqu'à un trou à rats d'Alphabet City. Peut-être une planque régulière ou pas. Je ne sais pas.

— Où, exactement, dans l'ABC ?

Duff lui donna l'adresse exacte.

Le visage de Zach se crispa sous l'effet de la concentration, ses taches de rousseur formant de gros points kaki.

— Signes particuliers ?

— Pas pour le garçon, mais il y avait un truc bizarre sur son économiseur d'écran, dit Duffy. Une figure en forme de baguette avec une pointe à chaque extrémité et un cercle au milieu. Un truc bricolé, semble-t-il.

Il sortit un bout de papier et esquissa un dessin grossier.

— Intéressant, dit Zach en fourrant le papier dans sa poche. C'est quoi, son domaine ?

— C'est ce qu'on essaye de découvrir. Le vol d'identité est une hypothèse possible.

Le jeune homme renifla de mépris.

— Le pire du pire. Les types qui font ça ne valent pas mieux que des détrousseurs de vieilles dames, si vous voulez mon avis.

— Ah bon ? Et moi qui croyais que ce pouvait être un de tes camarades de jeu.

— Faire des conneries pareilles ? Jamais. De toute façon, la plupart des gars avec qui je traîne sont passés à autre chose depuis longtemps. Ceux qui sont restés dans la course collaborent plutôt avec les programmeurs, comme je le fais. Une fois qu'on a gravi toutes les montagnes, on se fait vieux. En plus, c'est devenu moche. Pas comme de notre temps.

Duffy retint un sourire.

— En l'an 2000, 2001, tu veux dire ?

— Plus ou moins. Nous, on faisait ça pour le sport. Les pirates d'aujourd'hui se moquent de l'identité de ceux à qui ils s'attaquent ou de ce qu'ils leur font.

— Non, mais regarde-toi, Zach ! En train de prêcher la bonne parole, entouré d'une auréole tellement brillante qu'elle pourrait rendre aveugle. Je n'aurais jamais cru vivre assez longtemps pour voir ça.

— C'est juste que ça me rend dingue, inspecteur. Ça nous attire une réputation pourrie qu'on ne mérite pas.

Il esquissa un sourire désabusé.

— De toute façon, si je suis devenu un défenseur de la loi et de l'ordre, c'est votre faute. L'inspecteur Travis et vous avez gâché ma chance de devenir un rebelle de légende. Maintenant, si je me romps le cou sur une demi-rampe, vous serez responsable.

Mon cœur fit un bond.

— Vous connaissiez Noah ?

Zachary acquiesça avec empressement.

— L'inspecteur Travis et ce gars-là m'ont sauvé la mise. Ils m'ont donné à réfléchir et m'ont montré que je pouvais faire meilleur usage de mes compétences.

Ses yeux pâles se plissèrent puis pétillèrent.

— Attendez un peu. Vous êtes Claire. *La* Claire. C'est ça ?

— Exact, dit doucement Duffy. La femme de Noah.

Le jeune homme me serra la main.

— Ravi de vous rencontrer. L'inspecteur Travis parlait beaucoup de vous. Il me disait qu'un jour, j'aurais peut-être la chance de rencontrer quelqu'un à moitié aussi chouette que vous. Je suis désolé pour ce qui s'est passé. Ça m'a foutu en l'air.

Je déglutis péniblement.

— Moi aussi.

Le visage du jeune homme s'assombrit.

— Je n'ai jamais compris cette histoire de suicide.

— Moi non plus.

Duffy s'éclaircit la gorge à grand bruit et adressa un regard appuyé à Zach.

— Avant d'en arriver à dénigrer quelque chose qu'on aime tous beaucoup, changeons de sujet. Tu peux nous aider, oui ou non ?

— Bien sûr. Je m'y mets tout de suite. Je vais balancer les infos que vous me donnez sur le réseau et voir ce qui ressort. Passez au Pit un peu plus tard dans la journée. Vers quatre heures. D'ici là, j'aurai sûrement des réponses à vous donner.

— Conditions habituelles ?

— Pas question.

— Tenter d'arnaquer un officier de police en plein jour juste devant le poste ? Tu n'es peut-être pas si génial que ça, finalement.

Le jeune homme leva les mains, et je remarquai ce même tremblement qui affectait les doigts de Phelan.

— Je veux dire, pas question de vous facturer quoi que ce soit pour ça, inspecteur. Quand c'est une enquête officielle du NYPD, c'est une chose. Je ne demande pas d'argent pour rendre service aux amis.

Duffy toussa dans sa paume pour cacher sa gêne.

— C'est sympa. Mais si, au bout du compte, ça te prend trop de temps ou si ça génère des dépenses, tu me le dis. C'est compris ?

— Ce ne sera pas le cas.

— On ne sait jamais.

— Je vous propose un marché. Si je vous trouve ce que vous voulez, vous pourrez venir m'encourager au championnat régional de roller, le mois prochain. Je suis inscrit à trois épreuves.

— J'en serai ravi, mon gars, que tu trouves ou non ce que je recherche.

29

Une nouvelle pile de problèmes m'attendait sur la console de l'entrée à la maison. Un relevé de mon compte de retraitée de l'enseignement présentait un important retrait récent que je n'avais pas effectué, accompagné d'une lourde amende pour avoir retiré cet argent avant la date autorisée. Il y avait un découvert de deux cents dollars sur un compte MasterCard que je n'avais pas ouvert, une facture astronomique pour un service de limousine libellée à mon nom, et une autre facture, tout aussi conséquente, relative à un téléphone portable dont je n'avais jamais vu le numéro. Le relevé comportait des milliers de minutes en appels longue distance, dont plusieurs conversations hors de prix avec des habitants de Nairobi, au Kenya, et de Quito en Équateur.

Je commençai par appeler l'opérateur téléphonique, pour m'entendre servir le laïus à présent familier : ils avaient besoin d'une lettre contestant la facture, plus une copie certifiée conforme de la plainte. Si je voulais qu'ils enquêtent, je devais d'abord déclarer le délit à la police.

Je me sentais dans la peau de la vieille dame qui vient d'avaler une mouche. Tout ce que je pourrais entreprendre pour tenter de régler le problème menaçait d'aggraver ledit problème. Avant d'entamer une action irrévocable, je devais savoir si Rainey était impliquée là-dedans. Si c'était le cas, je devais comprendre comment et pourquoi, avant de décider que faire.

Fixée sur cette idée, je traversai le couloir jusqu'à sa chambre. Richter me suivait avec précaution, gagné par mes réticences. Je m'arrêtai sur le seuil, détestant ce que je m'apprêtais à faire. Contrairement aux affirmations de Rainey, je n'avais jamais été encline à fouiner. Je l'avais trop subi lorsque j'étais jeune.

Ma mère ne supportait pas de ne pas être dans le secret. Lorsque Lottie et moi discutions derrière une porte close, échangeant des confidences ou des conseils, elle déboulait sous un faux prétexte et trouvait une excuse pour s'attarder et nous écouter. Elle lisait mes cahiers et fouillait dans mes tiroirs, sans craindre de laisser sa marque sur mes affaires. Des lettres qui m'étaient adressées m'arrivaient ouvertes « par erreur » et devenaient matière à discussion critique. Le plus insupportable, c'était lorsque maman me reniflait, avec l'air soupçonneux du chien de chasse, ou me regardait dans les yeux, y cherchant quelque éclaircissement inimaginable. Il m'est même arrivé de la surprendre en train d'épier mes conversations téléphoniques avec des amis, sur le deuxième combiné de la maison. Quand nous étions sûres de ne pas être à portée d'oreilles, Lottie et moi nous racontions pour rire que nous vivions dans un cauchemar orwellien, sous le regard fixe et dur de Big Mother.

Pour rien au monde je ne me conduirais de la sorte, jamais. Et pourtant j'étais là, prête à violer l'intimité de Rainey, au mépris de mes convictions les plus ancrées, au nom de l'inquiétude et du désespoir parental.

La chambre de Rainey était un cas d'école de l'ambiguïté adolescente. Des ruchés de petite fille couleur pastel encadraient encore la fenêtre, et le lit avait toujours son jupon aux imprimés pâles, mais le couvre-lit assorti avait été relégué depuis longtemps au fond du placard, remplacé par des draps léopard froissés. Des vieilles poupées et des peluches décolorées avaient été abandonnées sur le rocking-chair. Autrefois objets d'intense affection, elles étaient maintenant recouvertes de chaussettes sales et de vêtements jetés en tas. Les murs, à l'exception de la broderie de Winnie l'ourson encadrée, étaient couverts de posters de heavy metal et de photos de types archimusclés arrachées à des magazines de cinéma.

Grâce à Noah, j'avais une bonne connaissance de certains aspects du travail policier, sachant notamment comment interroger un suspect, détecter des mensonges dans des postures ou des expressions, et procéder à une recherche de preuves. Toutes ces activités nécessitaient une approche méthodique et méticuleuse, un œil pour les détails, une patience sans limite et un sens aigu de l'objectif à atteindre. Des échos de sa voix résonnaient dans ma tête. Ne néglige pas les évidences. Veille à remarquer les éléments manquants.

Me remémorant la méthode de fouille qu'il m'avait expliquée avec précision, je passai les affaires de Rainey au peigne fin. J'examinai sa commode et sa table de nuit, cherchant ce qui pourrait être dissimulé avec du scotch sous les lampes, les appareils électriques, sous les meubles ou les tiroirs. Je scrutai le lit, étudiant le matelas à la recherche de creux ou de bosses suspects. Je fouillai dans la penderie, un vêtement après l'autre, plongeant la main dans toutes les poches et à l'intérieur de chaque chaussure. J'examinai les livres et autres objets sur les étagères, passant rapidement sur les découvertes prévisibles et innocentes : pages cornées pour marquer un passage croustillant dans un livre qu'elle avait lu, ignoble caricature d'un prof honni, petits mots que Danielle et elle s'étaient échangés en classe, une photo de son acteur chéri de la semaine, ornée d'un baiser au rouge à lèvres.

Ensuite, je me concentrai sur les conduits de chauffage, fourrant la main dans des coins sombres pleins de toiles d'araignée collantes et de carcasses d'insectes. Je dévissai les appliques murales et retirai le dos de la radio et du magnéto. J'inspectai les placards de la salle de bains, tâtonnant derrière les lotions et les produits de maquillage dans l'armoire à pharmacie.

Rien.

Je roulai le tapis et le coussinet en dessous, laissant un sillage de mousse. Marchant à petits pas, je dressai l'oreille afin de percevoir un craquement révélateur dans le parquet et cherchai des fentes entre les lattes qui pourraient dissimuler une cachette.

Enfin, je me hissai sur la chaise de son bureau pour atteindre l'étagère supérieure de la penderie. Là, dans de vieilles boîtes rafistolées avec du scotch, elle rangeait ce qu'elle appelait ses « trucs ». D'après Noah, c'était là qu'on avait le plus de chances de dénicher des trésors. À l'entendre, les gens avaient un besoin quasi universel de préserver des bribes importantes de leur passé, aussi épouvantables ou compromettants que ces souvenirs puissent être. On pouvait apprendre beaucoup de ce qu'un suspect jugeait bon de conserver.

Je transportai les boîtes sur son lit et retirai le scotch de manière qu'il puisse être recollé sans que ça se voie.

La première était pleine de petits vêtements et de maillots de bain, faits pour le corps menu que Rainey n'avait plus. Une autre était remplie de cartes d'anniversaires, de lettres d'amis, de devoirs de classe, de dessins et d'une liasse d'excellents bulletins scolaires retenus par un élastique.

À la fin, je tombai sur une boîte pleine de ses plus anciens souvenirs. Vite, je passai en revue ces objets poignants : des photos de Rainey, bébé, avec sa mère et Noah, des clichés plus récents de Rainey et Noah seuls. Je fus frappée, comme toujours, par sa ressemblance avec sa mère : les mêmes yeux couleur d'opale, le même sourire attendrissant, le même visage ovale, la même implantation de cheveux en V sur le front, la même silhouette élancée. Si jamais il me venait l'idée folle de m'imaginer que Rainey était ma fille, il me suffirait d'un seul regard à Jenny pour comprendre mon erreur. La parenté avec Jenny était gravée sur le visage et le corps de sa fille, enracinée dans ses souvenirs les plus lointains, inscrite dans ses gènes comme mille prophéties gravées dans la pierre.

J'étais entrée tardivement dans la vie de l'enfant, et par défaut. Je n'étais reliée en rien à ses origines ni à ces moments précieux que rappelaient ces objets-souvenirs : le livre du bébé, la mèche de fins cheveux blonds, le bracelet de l'hôpital avec l'étiquette « petite fille Travis » glissée dans le film plastique, l'empreinte du pied minuscule de Rainey à côté de l'empreinte digitale de sa mère. Il n'existait peut-être aucun moyen de dépasser cela et de se gagner une place inaliénable dans le cœur de Rainey. Le mien chavira, plombé par cette probabilité.

Au fond de la boîte se trouvait une grande enveloppe épaisse fermée par du ruban adhésif. J'en mémorisai l'emplacement avant de le décoller. Mon pouls s'accéléra quand je découvris ce qui se cachait à l'intérieur.

Ce n'était pas ce que je cherchais, et sûrement pas ce que j'avais espéré ou m'étais attendue à trouver. C'était le dernier carnet de Noah, celui que je croyais détruit. Tous les policiers étaient tenus de faire un compte rendu de toutes leurs activités pendant leur service et de les noter dans ces calepins donnés par le département. À moins que des haut gradés aient besoin de les voir pour des motifs officiels, ils demeuraient propriété individuelle. La plupart des flics les remplissaient par habitude, sans trop songer que d'autres yeux pourraient un jour les lire. La plupart du temps, d'ailleurs, personne ne le faisait. Une collection de ces calepins retraçait une carrière de flic, petit bleu jusqu'à la retraite, pour généralement trouver le repos éternel sur une étagère dans un grenier ou au fond d'une vieille malle poussiéreuse et oubliée.

Mais lorsqu'il était sous le coup de l'enquête des Affaires internes, Noah avait reçu l'ordre de rendre son dernier calepin. Pour autant que j'en savais, il s'apprêtait à le faire le jour même de sa mort. Mais il ne s'était jamais présenté à cette convocation. Et plus tard, lorsque je l'avais cherché, je n'avais jamais réussi à mettre la main dessus.

Même si j'étais convaincue de l'innocence de Noah, la disparition du carnet m'avait toujours perturbée. S'il n'y avait rien de compromettant dans son récit des événements, pourquoi l'aurait-il fait disparaître ?

À présent, l'énigme prenait un nouveau tournant dérangeant. Rainey l'avait-elle trouvé puis caché pour protéger son père ? Ou Noah l'avait-il dissimulé afin que Rainey ou moi le trouvions un jour ? S'il avait voulu le faire disparaître à jamais, ne l'aurait-il pas simplement détruit ?

Mes questions se multipliaient. Quelle hypothèse était la bonne ? Ces pages renfermaient-elles un sombre secret qu'il voulait dissimuler à sa famille ? Ou au contraire quelque chose qu'il espérait nous voir révéler un jour ? Était-ce la chose qui avait précipité sa mort ? La tête me tournait, tandis que j'essayais d'imaginer ce qui pouvait bien être si dangereux ou si monstrueux, tout en étant terrifiée à l'idée qu'une telle chose existe.

Il n'y avait qu'un moyen d'en avoir le cœur net.

Je remis les boîtes en place et scrutai la chambre. L'examinant d'un œil critique, je rajustai l'enchevêtrement de draps sur le lit de Rainey, tirai son tiroir à chaussettes de quelques millimètres, remis le tapis dans sa position initiale et entrouvris un tout petit peu plus la porte du placard.

Malgré mon impatience à lire le calepin, je m'obligeai à regarder une nouvelle fois la chambre avec attention. Ce faisant, les mots de Noah me revinrent : *Ne néglige pas l'évidence. Fais bien attention à relever ce qui manque.*

Tandis que je me répétais en pensées ces mises en garde, un élément manquant me sauta pour ainsi dire aux yeux. Deux ans plus tôt, lorsque Rainey avait décidé de refaire sa chambre, elle avait retiré tout ce qui était accroché aux murs, dont d'innombrables images de son cher Winnie. Quelque temps plus tard, l'ourson brodé par ma mère avait retrouvé sa place au milieu des posters aux couleurs criardes et des stars de ciné au regard concupiscent.

En le décrochant, je sentis un angle aigu pointer sous la surface de coton tendue. Secouant le cadre, j'entendis le grattement d'un objet à l'intérieur. Une petite fente s'ouvrait dans le papier fermant le dos. Je réussis à glisser le doigt dedans et à en retirer l'objet : une enveloppe kraft.

À l'intérieur, je trouvai des coupures de presse relatives à la mort de Noah. Rainey avait entouré les mots offensants et gribouillé de véhémentes protestations dans les marges. Chaque référence au suicide était notée. Elle avait souligné toutes les mentions des accusations concernant ses prétendus délits. *Non !* écrivait-elle. *N'y croyez pas ! Mensonges !*

La mort dans l'âme, je compris que je venais de découvrir le poison que la pauvre gamine portait en elle. Rainey avait d'abord caché sa peine derrière un mur de force apparente. Aujourd'hui, elle la gardait emprisonnée derrière sa rage. Je replaçai les coupures dans l'enveloppe, la glissai dans sa cachette et raccrochai l'ourson, ses pattes rondelettes dans le pot de miel.

Puis j'allai dans mon bureau, fermai la porte à clé et ouvris le carnet de Noah. Je suivis son écriture ronde et échevelée pendant chaque heure de service qu'il avait effectuée durant ces derniers mois.

16 avril, 21 h 15, croisement 325 : O./23ᵉ R. Un voisin rapporte avoir entendu un coup de feu. L'inspection des lieux ne révèle aucune activité suspecte.

Je lus les comptes rendus de nombreuses autres fausses alertes. La plus grande partie du carnet était consacrée à ces activités de routine : interrogatoires, filatures, interminables réunions et heures de surveillance qui ne donnaient rien. Le véritable travail policier n'a rien à voir avec ce que l'on en montre sur le grand ou le petit écran. Les événements ne tiennent pas dans un format de trente minutes ou de deux heures, avec une affaire bouclée comme il se doit à la fin.

D'autres inscriptions me firent frissonner. *22 mai, 23 h 33. Croisement de la 14ᵉ et 8ᵉ R. Suspect ceinturé d'explosif, menace de se faire sauter, femme et enfant en otages.*

Je me rappelais comment ça s'était fini : une balle tirée dans la tête du fou par un tireur d'élite. Une seule seconde de retard ou la plus infime erreur, et Noah aurait pu être réduit en morceaux en même temps que le criminel et ses otages.

Dans les moindres détails atroces, il décrivait les fusillades en voiture, les hold-up avec violence, les prises d'otages, et le pire pour un flic : *Appel en renfort entre la 42ᵉ et la 7ᵉ R. La voiture 145, du 9ᵉ district, prise dans une fusillade suite à un conflit lié à la drogue. Deux officiers tués.*

Le hurlement des sirènes et les cris de douleur résonnèrent dans ma tête. En tant que femme de flic, on était toujours préparées au pire, mais cette préparation n'amoindrissait jamais la perte le moment venu.

Je lus les notes concernant l'époque où Noah et Duffy étaient remontés jusqu'à la planque de Richard Gray, un photographe qui avait tué six jeunes femmes dans son obscur loft de Tribeca. *16 juin : 16 h. Surveillance audio du loft de Franklin Street. Le suspect prend rendez-vous pour une « séance de photos » avec la policière en civil.*

16 juin : 20 h 03. Policière à l'intérieur. Contact audio.

20 h 10. Conversation inaudible.

20 h 32. Audio débranchée. Entrée en force sur les lieux. Tirs d'avertissements. Le suspect se rend et est appréhendé. Le suspect lit ses droits, qui sont considérés comme compris, et est emmené au poste de Midtown South.

Je suivis le compte rendu fait par Noah de leur nuit de surveillance, alors que Duffy et lui planquaient en attendant que sorte un type armé et drogué, suspect dans la fusillade de Bryant Park. Ils descendirent le suspect dans une explosion de balles hurlantes, la mort sifflant dans tous les sens telle une nuée aveuglante de mouches.

Noah était rentré à la maison, puant la poudre et le désespoir. Il avait les yeux ternes, encore pleins des horreurs qu'il avait vues. L'odeur fétide et âcre de brûlé avait imprégné ses habits pendant des semaines. Ni la lessive ni l'air ne parvenaient à la faire disparaître. Pareille expérience ne pouvait être pansée que par le baume de l'oubli et par le large et épais pansement du temps.

18 juin, 10 h. Affaire Henley bouclée. Mort par balle du suspect apparaît justifiable.

Au fil de ma lecture, je partageais l'atroce frustration de Noah alors que des pistes prometteuses tombaient à l'eau, et me délectais de sa joie lorsque la première lueur prometteuse apparaissait dans des affaires longues et compliquées.

23 juin : l'ex-petite amie de James Daly accepte de témoigner qu'il a fait passer une annonce pour recruter un tueur à gages chargé d'assassiner son associé.

Jamais je n'avais ressenti avec une telle force la réalité de ce boulot, à quel point il pouvait être terrible ou au contraire gratifiant, ou comment ces deux états opposés pouvaient bizarrement cohabiter.

Il en était allé ainsi dans l'affaire LeBeau. Pour les inspecteurs de la criminelle, rarement proie avait été plus attirante. Dans les années qui avaient suivi sa sortie de la maison de redressement, où il avait été enfermé après le meurtre de ses parents, LeBeau avait été le principal suspect dans au moins douze cas d'homicides atroces, tous caractérisés par leur brutalité et la froide préméditation avec laquelle ils avaient été perpétrés. Mais chaque fois, aussi solide que soit apparue l'accusation, l'Anguille était passée à travers les mailles du filet et s'était échappée.

Puis, six mois avant que Noah n'attente à sa vie, Duffy et lui étaient tombés sur l'affaire Lynnwood.

30 juin, 21 h 12 : Appelés au croisement de la 40e et de la 2e. Une mère déclare le meurtre de ses enfants chez elle. Coupable inconnu.

Les cinq enfants Lynnwood, dont les âges s'échelonnaient entre six et dix-huit ans, avaient été massacrés dans leur appartement, pendant que leur mère, veuve, donnait un cours du soir en droit des affaires à la New York University. En rentrant, Mme Lynnwood avait trouvé ses enfants sans vie installés à la table du dîner comme un groupe grotesque de mannequins au teint gris. Sur le mur derrière eux, on avait griffonné avec du sang : « Home sweet home ».

La scène macabre était typique de LeBeau, et la police criminelle était prête à tout pour le coincer. Durant l'enquête, Noah et Duffy avaient bossé jour et nuit, se reposant juste assez pour ne pas tomber d'épuisement. Ils avaient suivi chaque piste, traqué chaque témoin imaginable, et écumé les bas-fonds de la ville pour faire parler les informateurs.

Lentement, les éléments s'étaient mis en place. Duff et Noah avaient été en mesure de prouver que LeBeau avait accès à l'appartement, un lien avec la famille et un alibi plein de trous. Plus important encore, il avait été vu quittant le lieu du crime par le responsable de l'entretien de l'immeuble, un homme maniéré du nom de Stanley Peake.

Dès qu'ils l'avaient interrogé, Noah avait senti que Peake leur cachait des choses.

2 juillet, 8 h. Le témoin Peake évasif. A fait quelque chose ? Sait quelque chose ?

Patiemment, Duffy et lui s'étaient évertués à faire tomber les défenses de Peake et à gagner sa confiance. Cela avait pris des semaines, mais à la fin, un soir que Duff était arrêté pour cause de grippe carabinée, Noah avait réussi à délier la langue du concierge.

15 juillet, 19 h 38. Le témoin Stanley Peake, responsable de l'entretien du Chadwick, sur la 40e Rue Est, déclare avoir vu un individu de sexe masculin, jeune et de type caucasien, mesurant environ un mètre soixante, pesant soixante-quinze kilos, s'enfuir de l'immeuble par la porte de service à 19 h 30 le 30 juin. Les vêtements de l'individu étaient tachés d'une grande quantité d'une substance que le témoin a supposé être du sang.

Le lendemain, Noah avait accompagné Peake au quartier général, où ce dernier avait consulté un fichier informatique plein de photos de criminels et formellement identifié l'homme maculé de sang qu'il avait vu fuir par la porte de service comme étant B.B. LeBeau. Cela suffisait à obtenir un mandat d'arrêt du juge de la Cour suprême Vincent Maldonado. Noah allait réussir à pincer LeBeau, un moment de triomphe dans sa carrière.

16 juillet, 15 h 45. Le suspect B.B. LeBeau localisé à l'hôtel Sutphen, chambre 1213. Suspect menotté, mis au fait de ses droits, supposés compris. Placé en détention. Suspect transféré ensuite au North Infirmary Command, aile 2C, à Rikers Island. Lecture de l'acte d'accusation prévue le 17 juillet à 10 h.

Je gardais un souvenir très clair de la joie sans bornes de Noah d'avoir arrêté LeBeau et de l'avoir fait interner dans l'aile 2C, qui était réservée aux suspects les plus dangereux et les plus odieux de la ville. Nous avions fêté cela autour d'un bon dîner et d'une nuit d'amour, activité qui, comme presque tout le reste, avait été mise en veille pendant ces semaines épuisantes qu'il avait passées à poursuivre l'assassin.

Noah était resté d'une bonne humeur inébranlable pendant la préparation du procès, dont la date approchait. Malgré l'appel aux médias lancé par LeBeau et son équipe d'avocats de choc, l'accusation paraissait solide et inattaquable. Cette fois, l'Anguille ne disposait d'aucun moyen de s'échapper.

Et pourtant, tout s'était écroulé. La veille de la date prévue pour le début de la sélection du jury, Stanley Peake, accompagné d'un avocat à la mine austère, s'était rétracté. L'homme avait affirmé que Noah l'avait forcé à faire cette déclaration décisive contre LeBeau. D'après Peake, Noah lui avait promis un traitement de faveur de la part de la police s'il le faisait, et de sérieuses représailles dans le cas contraire. Peake avait aussi déclaré que Noah l'avait tuyauté avant l'identification sur photo et avait promis de lui souffler ce qu'il faudrait dire lorsqu'il serait appelé à témoigner. La liste des charges potentielles contre Noah s'allongea, et devint de plus en plus moche : obstruction à la justice, subordination de témoin, harcèlement, conjuration. Je me rappelais avoir regardé l'interview de Peake au journal télévisé du soir. Chacun de ses mots frappait Noah comme autant de coups.

Duffy, immobilisé chez lui avec la grippe, en plein délire de fièvre, lorsque Peake s'était finalement décidé à parler, n'était pas en mesure d'aider. Étant donné qu'il avait des chances d'être appelé à témoigner contre son coéquipier, on lui avait interdit tout contact avec Noah jusqu'à la fin de l'enquête des Affaires internes.

Ces jours sombres étaient encore très présents dans ma tête. Rainey et moi avions fait tout ce que nous avions pu pour soutenir Noah et rendre ces heures interminables moins douloureuses, mais autant essayer de hâter la fin d'une tempête ou d'abréger le lent et cruel processus de deuil.

J'en arrivai aux dernières inscriptions.

17 décembre. Sommé de répondre à l'offre des AI d'une réduction des charges en échange d'aveux complets.

22 décembre. Audition officielle fixée le mardi 29 décembre, 10 h aux AI. Une semaine. Qui a manipulé Peake ?

26 décembre, 11 h 30. Visite à la 40e R. E. Peake parti sans laisser de trace.

29 décembre, 9 h 40. Le temps manque. Il est peut-être déjà trop tard.

Le carnet s'arrêtait là, environ une heure avant que Noah eût passé la corde autour de son cou, attaché l'autre extrémité au ventilateur du plafond et fait basculer l'échelle pour se retrouver dans le vide, tel que je l'avais découvert une heure plus tard, gris et froid.

À moins que ces lignes ne confirment ce que je soupçonnais depuis longtemps : que ça ne s'était pas du tout passé ainsi.

À l'instant même où je me faisais cette réflexion, la sonnerie de la porte d'entrée retentit. C'était le graphologue de l'Arcanum.

— Le procès est suspendu, Claire Barrow, alors je me suis dit que j'allais m'arrêter pour voir ce que vous aviez trouvé. J'espère que je ne tombe pas à un mauvais moment.

— Non, Aldo. C'est parfait. Il se trouve que j'ai déniché un trésor.

Je lui tendis le carnet.

— Si vous voulez connaître Noah. Il n'y a pas mieux.

30

Guidant Arnie Broder vers la porte, Callendar se faisait l'effet d'être un remorqueur tentant de manœuvrer une péniche récalcitrante. Ce patient dépassait la plupart des gens, mais il donnait une nouvelle dimension au mot « grand ». Il avait des jambes épaisses comme des bittes d'amarrage, des bras comme des boulets de canon reliés les uns aux autres. Son cou de taureau était surmonté d'une tête en forme de noix de coco qui laissait peu de place pour des traits ou une cervelle de taille normale.

— À jeudi, cinq heures, Arnie. Prenez soin de vous.

Broder frappa son front simiesque.

— Attendez, doc. Je viens juste de penser à un truc. Cette histoire avec mon vieux. C'est tout le temps comme ça que ça se passe.

— Intéressant. Pensez-y pour la prochaine fois. On en reparlera jeudi.

— Allez, doc. Franchement, deux minutes de plus, ça ne va pas vous tuer. Si ça se trouve, c'est la réponse qu'on cherche. Il m'est arrivé la même chose avec mon patron à la scierie. Vous me suivez ? Ces deux salauds m'ont baisé de la même façon.

— Ça devra attendre, Arnie. La séance est terminée.

Le désespoir brillait dans les petits yeux noirs, et les fines lèvres se retroussèrent en une moue.

— Cinq minutes de rien du tout, putain. C'est quand même pas le Pérou !

— Vous connaissez les règles.

Callendar garda le sourire jusqu'à ce qu'il ait repoussé le colosse au-delà du seuil et refermé la porte derrière lui. Les pas furieux d'Arnie s'éloignèrent puis s'arrêtèrent au milieu de la réception. Espérant éviter qu'il ne revienne à la charge, Callendar s'immobilisa. Grâce à Dieu, les pas reprirent bientôt et on entendit la porte extérieure se refermer.

Éconduire Broder lui avait coûté cinq précieuses minutes. Callendar attrapa son attaché-case et y fourra le dossier qu'il devait parcourir. Avec un peu de chance, il pourrait encore arriver à l'heure au bâtiment fédéral Javits, où il devait retrouver le contact de Trupin aux services de Renseignement de Phoenix.

Trupin l'avait appelé des urgences de l'hôpital Mount Sinai juste avant l'arrivée d'Arnie. Sa mère, âgée de plus de quatre-vingts ans, était tombée et souffrait probablement d'une fracture de la hanche. Callendar avait accepté d'aller à sa place au rendez-vous avec l'agent spécial Straley, qui devait prendre un avion pour Londres après un passage éclair à New York le temps d'un rendez-vous avec le FBI.

L'horaire n'aurait posé aucun problème avec tout autre patient que Broder. Arnie avait un sérieux problème avec les séparations, et la plupart des séances se terminaient par une lutte pour s'en débarrasser. Depuis un an que ce type venait pour ses séances de ronchonnerie bihebdomadaires, Callendar rêvait de le refiler à un autre thérapeute. Hélas, il n'avait jamais réussi à trouver un collègue qu'il détestait suffisamment pour lui infliger un boulet pareil. Broder n'était pas juste un crampon de première catégorie ; c'était aussi un emmerdeur égoïste qui passait son temps à se lamenter sur son sort.

Le téléphone retentit au moment où il se dirigeait vers la porte de derrière. Callendar laissa le répondeur faire son travail. Un bip plus tard, la plainte rauque de Broder résonna dans le bureau.

— Décrochez, doc. Arrêtez vos petits jeux. Je sais que vous êtes là.

Callendar leva les yeux au ciel.

— Vous avez un de ces culots, poursuivit la voix. Vous êtes toujours là, la main tendue, quand il est l'heure d'empocher vos honoraires. Pour ça, vous avez tout le temps qu'il faut. Si vous vous imaginez que vous pouvez me virer comme une merde, vous allez au-devant d'une surprise.

Callendar referma la porte derrière lui, étouffant le blabla de Broder. Il dévala les trois étages et sortit par la porte de service. Son bureau était situé dans un immeuble néogothique de l'entre-deux-guerres sur la Cinquième Avenue. Pour éviter de tomber sur l'insupportable hercule, il resta dans l'ombre de Waverly Place et coupa par le parc de Washington Square. Débouchant par le côté sud, il attrapa un taxi. Le chauffeur parlait anglais et connaissait le chemin jusqu'à Broadway et Duane. La situation lui parut moins désespérée.

Soudain, son portable retentit. Il répondit aussitôt, se disant que ce devait être ses filles qui appelaient pour le tenir au courant des contrôles qu'elles avaient ce jour-là à l'école.

Mauvaise pioche.

La voix rauque d'Arnie était pleine d'éclats de verre.

— Vous vous foutez de moi, doc. Vous vous foutez de moi grave.

— Je vous demande d'arrêter ça, Arnie. Tout de suite.

— Et si c'est vous que j'arrêtais, espèce de connard ? Il se trouve que vous bossez pour moi, doc. C'est moi qui paie. Quatre dollars la minute, au cas où ça aurait échappé à votre esprit de rapace.

— Je raccroche, Arnie. Je ne sais pas comment vous avez eu ce numéro, mais je ne vous permets pas de l'utiliser.

— Mon cul. Personne ne me donne d'ordres, et sûrement pas un incompétent comme vous. Vous parler est une foutue perte de temps.

— Vous avez sûrement raison, Arnie. Vous feriez peut-être mieux de vous trouver un autre thérapeute. Je pourrais en discuter avec votre juge d'application des peines pour qu'on parvienne à une solution.

— Faites ça ! Et je vous coupe votre putain de langue. Je vous coupe les couilles et je les donne à bouffer à mon chien.

Callendar pressa la touche fin. Presque aussitôt, la sonnerie retentit de nouveau. « Numéro privé » s'afficha sur l'écran digital. Broder, encore.

Il mit le téléphone en mode vibreur, afin de pouvoir répondre si les filles appelaient. Tandis que le taxi filait vers le sud, le nombre d'appels en absence monta comme le tableau d'affichage du Téléthon : 7-10-15. King Kong était pugnace. Il fallait au moins lui reconnaître ça.

Mais pas grand-chose d'autre.

Broder lui avait été envoyé par le tribunal. Ce taré avait le casier le plus chargé que Callendar avait jamais vu, et le plus varié peut-être de l'histoire du NYPD. Hélas, aucun de ces délits ne dépassait le niveau de l'infraction mineure et n'était assez grave pour que la société en soit débarrassée plus de soixante ou quatre-vingt-dix jours, le temps qu'il purge sa peine à la prison de Rikers Island. Les spécialités d'Arnie étaient le harcèlement et les menaces, même s'il donnait aussi dans l'alcoolisme et dans l'atteinte aux bonnes mœurs, les petits larcins, l'agression, la mise en danger de la vie d'autrui, la fraude et le trouble à l'ordre public. Tout ça, plus parfois de l'exhibitionnisme, qui, de l'avis de Callendar, aurait dû inclure toutes les fois où Broder montrait sa sale gueule.

Le juge McElroy, dans sa sagesse douteuse, avait décidé que la libération conditionnelle de Broder devait obligatoirement être assortie d'un traitement psychiatrique. Callendar passait pour un des meilleurs spécialistes de la ville dans le soin des esprits sérieusement asociaux, si bien que, par un coup du sort assez sadique, la punition d'Arnie était devenue la sienne.

Une partie de Lower Broadway mal couvert par le réseau offrit un bref répit dans les assauts de Broder, mais dès que le signal revint, le téléphone couina telle une souris effrayée. Dix nouveaux appels d'Arnie – quinze.

Soudain, la circulation s'arrêta et reflua comme de l'eau dans un tuyau d'évacuation bouché. L'angoisse de Callendar augmenta alors que les minutes passaient sur l'horloge du tableau de bord du taxi, se rapprochant de dix-huit heures trente. L'agent spécial Straley devait partir pour l'aéroport JFK à dix-huit heures quarante-cinq, au plus tard. Son avion décollait à dix-neuf heures cinquante-huit. Cela laissait peu de temps à Callendar pour recueillir les informations que l'ami de Trupin avait pu rassembler sur les meurtres au tribunal et la libération soudaine de LeBeau. À la demande de Trupin, Straley avait fait sa petite enquête et parlé à des gens de l'intérieur. Il devait forcément en savoir plus que ce qui figurait dans les documents qu'il avait en main. Callendar était furieux de perdre une minute de ce précieux moment où il serait en mesure d'interroger l'agent.

La circulation reprit à une allure poussive de dix kilomètres à l'heure. Au loin, Callendar repéra la pulsation éclatante des gyrophares.

— Il y a un accident un peu plus loin, dit-il au chauffeur. Il vaut mieux prendre une autre rue.

Alors qu'il bifurquait pour échapper à l'embouteillage, son Nokia vibra une fois encore. Cette fois, l'écran afficha le numéro de son ancien domicile. Ses deux filles étaient au bout du fil, papotant en un chorus excité.

— Salut, papa ! Tu sais quoi ?

— Quoi ?

— J'ai cartonné à mon devoir de français. J'en suis sûre, s'exclama Madison. *Je suis absolument contente*[1].

— *Très bien*[1], répondit Callendar. *Muy molto mucho tres mightily bien.*

— Pitié, papa ! Mme Wyland te saquerait.

— C'est ce qu'elle faisait autrefois, sauf qu'à l'époque, elle s'appelait M. Letalon. Et tes maths, Cody ?

— Je peux pas dire que j'ai cartonné, mais c'est pas la cata non plus. Je pense que j'aurai autour de B – ou C +. Au pire, C.

— Je suis sûr que tu as fait de ton mieux, chérie.

— Merde, Ted. C'est la dernière chose qu'il faut lui dire.

La voix de son ex-femme était la dernière chose qu'il avait envie d'entendre, mais il se faisait un devoir de garder ce genre de réflexion pour lui.

— Salut, Janice. Je ne savais pas que tu étais en ligne.

— Pas étonnant qu'elle ait des notes aussi médiocres si tu fermes les yeux sur tous ses mauvais résultats. Si elle s'appliquait, Cody pourrait être en tête de classe, compte tenu de ses capacités.

— On peut en parler une autre fois, Janice ? dit Callendar entre ses dents serrées.

1. En français dans le texte.

— La moindre des choses serait que tu l'encourages à développer son potentiel, Ted. Dieu sait que tout le reste me retombe dessus.

Mais pas les bonnes choses, songea amèrement Callendar. Il suffirait d'une brique bien envoyée.

— Désolé, je dois me dépêcher. Je suis en retard à un rendez-vous. À demain, les filles : même heure, même endroit que d'habitude.

— Je ne sais pas, Ted, dit Janice. Elles ont des contrôles jusqu'à la fin de la semaine, et ton appartement n'est pas idéal comme environnement de travail.

— Ne t'inquiète pas. Il y aura du calme et du silence. Pas de distractions. Les filles bosseront sans interruption jusqu'au dîner, sauf pour les pauses pipi absolument incontournables, et durant lesquelles je leur demanderai d'emmener des fiches de révision. Pas de rigolade chez papa cette semaine. Et pas de discussion.

Il entendit le rire étouffé de Cody. Madison réussit un peu mieux à dissimuler le sien.

— Je te prends au mot, Ted, crois-moi. Si leurs notes ne sont pas ce qu'elles devraient être, je t'en tiendrai pour personnellement responsable.

— Bonne nuit, les filles. À demain. J'ai hâte de vous voir.

— Bonsoir, papa.

Le son de leur voix alla droit au cœur de Callendar. L'idée d'être privé du peu de temps qui lui était alloué avec ses filles lui était insupportable. Avant d'avoir ses enfants, il n'avait jamais imaginé qu'il puisse exister d'amour aussi fervent – et une telle crainte de le perdre.

Enfin, le taxi le déposa devant l'immeuble fédéral Javits, un gratte-ciel moderne qui s'élevait comme un poing triomphal dans le ciel d'encre froid. Il éteignit son portable, se débarrassant avec joie de la présence obsessionnelle de Broder.

Callendar passa devant les gardiens austères et sous le détecteur de métal, puis scruta le flot des employés qui sortaient, cherchant un homme grand et brun, ainsi que l'avait décrit Trupin. Il y avait beaucoup trop de candidats possibles. Dans sa hâte à faire parler Straley, il sortit une chemise de son attaché-case et griffonna le nom de l'agent sur une enveloppe kraft.

Un type costaud en costume s'avança vers lui. Callendar était sur le point de le saluer quand une blonde se précipita dans les bras ouverts de l'homme. Elle passa ses bras minces autour de son cou et l'embrassa langoureusement. La solitude et l'envie pesèrent sur la poitrine de Callendar.

Le regard toujours posé sur le couple enlacé, il sentit qu'on lui tapotait le bras. Se retournant, il se retrouva face à une sylphide dont la longue silhouette parfaite était surmontée d'une cascade de cheveux noirs brillants.

— Je suis Sandra Straley. Vous me cherchez ?

Je vous ai cherchée toute ma vie, eut-il envie de répondre.

— Agent Straley ?

— Oui. Et vous êtes ?

— Un ami de Lyman Trupin. Il a eu une urgence familiale et m'a demandé de vous retrouver à sa place. Il vous présente ses excuses.

— Rien de grave, j'espère ?

— Sa mère a eu un accident. Probablement une fracture de la hanche.

— Désolé de l'apprendre. Merci d'être venu à sa place, monsieur…

Sa poignée de main était un entêtant mélange de douceur et de force.

— Callendar. Ted Callendar.

— Lyman m'a parlé de vous. Psychologue judiciaire, c'est ça ?

— Oui.

Il ne pouvait s'imaginer lui dire autre chose que : *oui*.

— Lyman vous tient en haute estime. Il dit que vous avez une vision au laser. Que vous allez droit à l'essentiel.

— J'essaie. Mais je ne réussis évidemment pas à tous les coups.

— Personne n'a cette chance.

Callendar observait ses lèvres pleines, en se demandant quel goût elles avaient.

Elle consulta sa montre.

— Je me suis arrangée pour qu'on puisse utiliser le bureau d'un collègue là-haut. On ferait mieux d'y aller. Je n'ai pas beaucoup de temps.

— Bien sûr. Allons-y.

Il remarqua sa valise en nylon balistique noir et son attaché-case éraflé. D'après ces indices, l'agent Straley était une habituée des voyages. Callendar se demanda si ceux-ci l'amenaient souvent à New York.

Il la suivit dans l'ascenseur puis jusqu'à un petit espace fonctionnel au milieu des alcôves qui s'alignaient telles des cages à lapins au vingt-cinquième étage.

L'agent se débarrassa de son manteau noir, et Callendar perçut le parfum d'une merveilleuse journée de printemps ensoleillée. Un pantalon de tailleur noir et un chemisier de soie gris soulignaient sa taille fine, ses courbes généreuses et ses longues jambes. Elle ouvrit son attaché-case et en sortit deux épais dossiers.

— Ce qu'on a là est une vraie patate chaude politique.

— Ça ne me surprend pas.

— Vous serez peut-être surpris de découvrir à quel point ça monte haut. Après les accusations de LeBeau, la consommation de Valium a doublé dans les ministères et sur Pennsylvanie Avenue. Pas mal de politiciens ont fait de la défense de la peine de mort leur fonds de commerce. Maintenant, ils tournent tous casaque à vitesse grand V.

— Et ils aimeraient faire porter le chapeau au groupe Arcanum.

— Exactement. Vous leur offrez des dizaines d'agneaux sacrificiels pour le prix d'un seul.

— On n'a pas l'intention de se laisser mener à l'abattoir sans rien dire.

Straley lui adressa un éclatant sourire d'approbation.

— Vous n'auriez aucune raison de le faire. Selon toute évidence, LeBeau a pu échapper à la peine de mort par un tour de passe-passe tordu.

— Comment ça ?

— Le directeur du labo Celasphere déclare avoir falsifié les résultats, puis disparaît. À la demande de Lyman, j'ai chargé un membre du FBI d'interroger son remplaçant par intérim ce matin. Le type ne voit pas comment Ronald Sallis ou quiconque aurait pu trafiquer ces tests ADN. Celasphere suit des procédures très strictes et contrôlées pour garantir des résultats fiables. Les échantillons analysés sont anonymes. Les codes d'identification figurent sur un serveur qui ne se trouve pas sur place mais est géré par un cabinet d'audit indépendant, codes qui eux-mêmes passent par un système d'encodage complexe réalisé par une autre compagnie. Personne ne peut remonter jusqu'au propriétaire d'un échantillon donné avant que les rapports soient certifiés et rendus.

— Je ne comprends pas. Comment ont-ils pu relâcher LeBeau sans vérifier les déclarations de Sallis ?

Straley haussa les épaules.

— Celasphere a fourni des preuves dans plusieurs affaires particulièrement brûlantes. Je pense que les gens haut placés étaient tellement désireux de contenir la situation qu'ils n'ont pensé qu'à se protéger. Croire Sallis sur parole et le considérer comme un fou essayant de discréditer la peine de mort était la voie de la moindre résistance.

Callendar sortit un bloc et un stylo de son attaché-case et se mit à crayonner. Il esquissa une foule de visages, à l'expression perplexe.

— Je crains que ma vision laser ne soit dans le noir. Je ne comprends toujours pas pourquoi Sallis s'est sabordé lui-même de cette façon. Il avait beaucoup investi dans une entreprise très lucrative et en expansion. D'après la rumeur, Celasphere devait être introduit en Bourse dans les deux prochaines années. Ce type était littéralement assis sur une mine d'or.

Straley fouilla dans ses papiers et en sortit une perle : le dossier médical de Ronald Sallis de la clinique Graydon à Chicago.

— On lui a diagnostiqué un cancer du pancréas il y a trois semaines. On lui en a donné pour six mois à vivre, maximum.

Callendar fronça les sourcils.

— Pourquoi cela l'aurait-il poussé à se suicider plus tôt ?

— D'après son contrat avec Celasphere, quatre-vingt-dix pour cent de sa rémunération était constituée d'options à exercer dans les dix-huit mois. S'il mourait avant, la compagnie gardait tout. Ses parts retournaient au pot commun, avant d'être octroyées à son successeur. Le type n'avait pas d'assurance-vie, mais il avait trois jeunes enfants, une femme au foyer et des factures mensuelles mirobolantes. Pour moi, c'est le candidat idéal à un comportement désespéré et irrationnel.

Callendar avait la tête qui tournait, autant à cause de ces révélations que de la proximité de l'agent Straley.

— Vous croyez qu'on a pu faire disparaître Sallis pour que ça ne s'ébruite pas ?

— C'est une possibilité. Une autre serait qu'il ait accepté de devenir injoignable, comme partie du deal. D'après ce qu'on sait, il a exercé ses options assez tôt, à moins qu'on l'ait planqué dans une clinique privée sous une fausse identité. On a commencé à se renseigner, pour repérer un patient entré avec un cancer du pancréas, mais nos chances de le retrouver sont infimes.

— Et si on persuadait le directeur du labo par intérim de témoigner sur ces procédures de sécurité ? Ça ne suffirait pas à renvoyer LeBeau derrière les barreaux ?

— J'en doute. On rétorquerait qu'il n'existe aucun système de sécurité parfaitement fiable, ce qui est la triste vérité. De plus, le chef du labo n'est pas une partie totalement désintéressée. On penserait qu'il est prêt à raconter n'importe quoi dans une tentative désespérée de sauver sa boîte. À moins que Sallis ne réapparaisse et se rétracte, il y a peu d'espoir de ce côté-là. Et même s'il le faisait, le type a perdu toute crédibilité. Dans ces circonstances, personne ne se précipitera pour rejuger LeBeau, vous ne croyez pas ?

— Avez-vous pu apprendre quelque chose sur Martha Garmin ?

De son côté, Callendar avait essayé en vain de joindre la mère de la victime. Dans une tentative de faire rejuger LeBeau, une requête venant d'elle pourrait avoir un certain impact sur la cour.

Straley se rembrunit.

— Sur ce front-là aussi, les nouvelles sont mauvaises, hélas. On l'a traquée de Phoenix jusqu'à Sedona, où elle vit depuis quelques années sous son nom de jeune fille. Sauf qu'elle a disparu depuis plus d'une semaine. Elle est partie un jour en pleine nuit et n'a pas refait surface depuis. On a procédé à une recherche et trouvé une femme qui correspond à son signalement. Le groupe sanguin et le dossier dentaire correspondent. Martha Garmin a été poignardée à mort et abandonnée dans un site d'enfouissement de déchets à la sortie de Sedona. Un plaisantin a accroché des étiquettes de prix à un orteil et au lobe de l'oreille disant « promotion spéciale » et « sans garantie ».

— C'est écrit à la main ?

— Pas cette fois. Des étiquettes de chez Wal-Mart. Aucune autre piste directe ou indirecte. Notre ami peut être félicité pour sa propreté et son attention aux détails.

Callendar dessina un autre visage, avec cette fois des yeux globuleux qui louchaient.

— Quel gâchis.

— À la vitesse où ça va, ce pourrait être un euphémisme.

Straley lui tendit la copie des rapports d'investigation sur les meurtres du tribunal.

— La juge Montrose, Deakin Barnes, Martha Garmin, et sans doute Ronald Sallis sont des victimes toutes fraîches, et LeBeau n'est en liberté que depuis une semaine. Je me réjouis que l'Arcanum travaille là-dessus.

— Nous ferons tout notre possible, agent Straley. Vous nous avez été d'une aide précieuse.

En la voyant sourire, Callendar sentit ses genoux trembler.

— Appelez-moi Sandra.

Elle lui tendit sa carte.

— Je ferais mieux de me dépêcher. Si vous avez besoin de moi, appelez-moi sur mon portable. Il marche à l'international.

Callendar lui offrit sa propre carte en échange.

— Pareil pour moi. Si vous pensez à quoi que ce soit, à n'importe quelle heure, appelez-moi.

— Vous aussi. Quoi que ce soit, à n'importe quelle heure. Le sommeil est une valeur largement surestimée, si vous voulez mon avis.

— Je suis d'accord.

Elle enfilait déjà son manteau, fermait son attaché-case et soulevait sa valise.

— Si vous passez par New York au retour, on pourrait peut-être se revoir pour étudier l'affaire plus en profondeur.

Straley lui tendit la main. Callendar détesta la lui rendre.

Elle le regarda droit dans les yeux, et un courant passa entre eux.

— Absolument, Ted. Il faudra me tenir au courant de la suite.

31

Agrippé à son volant, Duffy regardait fixement la route, bouillant de rage. Je faisais moi aussi de mon mieux pour l'ignorer, m'obligeant à détourner vite le regard chaque fois que ma curiosité outragée m'incitait à jeter un coup d'œil dans sa direction.

À la fin, je n'y tins plus.

— C'est incroyable. Je t'annonce que Noah était sur une piste qui l'a probablement tué, et tu me dis d'oublier tout ça.

— Je ne t'ai pas dit d'oublier, Claire. Je t'ai dit de laisser tomber. Je ne vois pas les choses comme toi, c'est tout.

— Ce n'est pas juste une petite divergence d'opinion. Je parle de la possibilité que quelqu'un ait tué Noah et fait croire à un suicide.

Il agita à grand bruit les copies que j'avais faites des pages déterminantes, avant de confier le carnet de Noah à Aldo Diamond.

— Où est-ce que ça dit ça ? Où trouves-tu le moindre mot étayant tes affirmations ? Tu lui fais dire beaucoup trop de choses. Je sais que tu aimerais croire que Noah ne s'est pas donné la mort. Moi aussi. Mais il ne suffit pas de le vouloir.

— C'est écrit noir sur blanc. Noah a dit qu'il avait découvert quelque chose qui allait ouvrir les yeux des

Affaires internes. À l'évidence, c'était en rapport avec l'enquête qui le visait.

— Ça n'a rien d'évident.

— Alors, comment expliques-tu ce qu'il a écrit ?

— Tu es sûre de vouloir le savoir, Claire ?

— Oui.

Il me lança un regard grave, puis reporta les yeux sur la route.

— On devrait peut-être s'arrêter là.

— Non, Duff. J'ai besoin de savoir la vérité, quelle qu'elle soit.

— Et si la vérité est moche, sale et pleine de verrues ?

— Je m'en fiche.

— Tu en es sûre ?

— Oui.

— Alors, d'accord.

Il inspira lentement et souffla.

— Noah savait qu'il allait plonger, et il ne le supportait pas. Ce n'était pas tant la honte, ni même le risque de purger une peine de prison. Ce qu'il ne supportait pas, c'est l'idée d'une vie sans son insigne. Ce boulot le définissait. C'était Noah Travis, inspecteur de choc, ou rien. Chaque fois qu'il y avait une affaire corsée, que personne n'arrivait à dénouer, elle était pour lui. Il avait besoin qu'on le voie comme ça. Et c'est ça qui a fini par le tuer.

— Je ne comprends pas.

Il resserra encore sa prise sur le volant, au point que le sang reflua au niveau des articulations.

— Lorsqu'il a vu la possibilité de coincer LeBeau, il n'a pas pu la laisser échapper. Et il s'est persuadé qu'il pouvait contourner les règles. Un tout petit peu d'abord, puis davantage. Le problème, c'est qu'à force de contourner, il a pris le mauvais chemin.

— C'est impossible. Il n'y avait pas plus honnête que lui.

— Tu crois ? En fait, nous avons tous une part de mal en nous, qui attend son heure. Face à la bonne tentation, elle sort.

— Noah n'était pas comme ça.

— Peut-être pas dans des circonstances normales. Mais Noah voulait attraper LeBeau plus que tout au monde. Au point de s'aveugler. Il était obnubilé par le désir de devenir le flic légendaire qui aurait fait tomber l'Anguille. Il était prêt à tout pour y arriver. À tout.

— Tu ne sais pas ce qui s'est passé. Tu n'étais même pas là quand Peake a parlé.

Sa bouche prit un pli amer.

— Non, je n'y étais pas. Pauvre de moi, cloué au lit avec de la fièvre !

Un grand froid s'abattit sur moi.

— Tu n'étais pas malade ?

— D'une certaine façon, si. J'en étais malade, que Noah puisse faire un truc aussi fou et stupide. LeBeau méritait d'être mis à l'ombre, mais pas de cette façon. Je savais ce qui se passerait, comment ça se finirait. J'ai supplié Noah de ne pas forcer la main à Peake, mais il n'a rien voulu entendre. Je refusais d'y être mêlé, alors, j'ai emprunté la seule issue possible.

— Ce n'est pas possible, Duffy. Noah n'aurait jamais fait une chose pareille.

— Et pourtant si. C'est la vérité. Et quand elle a éclaté, il s'est fait éclabousser. Noah croyait que sa vie était foutue, et il a préféré en finir.

Un cri d'angoisse m'échappa.

— Non !

— Désolé, mon cœur. Mais c'est comme ça que ça s'est passé. La pure vérité.

— Pourquoi ne l'ai-je pas su ? Pourquoi tu ne m'as rien dit ?

— Tu n'étais pas en état d'entendre quoi que ce soit. Et quand bien même tu l'aurais été, quel intérêt ? Noah était parti. LeBeau était disculpé dans cette affaire. Ça n'avait plus d'importance.

L'air était agité de courants à donner le vertige.

— Mais si, ça en a. La vérité a de l'importance.

— La vérité, c'est qu'il n'a jamais cessé de t'aimer. Ni toi ni Rainey. Tu dois le croire. C'était comme une maladie chez lui. Quelque chose qu'il ne pouvait pas contrôler.

Je m'obligeai à faire passer de l'air à travers ma gorge nouée.

— J'ai compris.

— Tu ne dois pas te laisser détruire par cela, Claire. Tu dois être forte, pour ta fille.

Je croisai son regard agité.

— Je sais, Duff. Ça va aller.

— Bien. Maintenant, allons voir ce que le jeune Zach a à nous raconter.

Duffy tourna dans la 49e Rue Ouest. Au milieu du pâté de maisons, il trouva une place pour se garer juste devant un immeuble massif et brunâtre, décoré de vieux échafaudages et d'escaliers de secours rouillés.

Une enseigne délavée près de l'entrée annonçait : Lycée technique Crain, fondé en 1958. Plusieurs avis délivrés par le ministère de la Santé étaient placardés sur la porte, déclarant que le bâtiment était condamné. Des circulaires annonçant une foire à l'emploi et des examens qualifiants pendaient d'un tableau d'affichage en piteux état. Regardant de plus près, je vis qu'ils dataient de huit ans.

— L'endroit est vide depuis, expliqua Duffy. Il y a eu une espèce de conflit familial. J'ai cru comprendre que le vieux Crain a créé l'école et passé quarante ans à la développer. Il l'a laissée à ses trois fils, avec l'espoir qu'ils poursuivraient son œuvre. Et ils ont continué, mais pas de la manière qu'il attendait. Le pauvre vieux n'était pas encore enterré que les frères se battaient déjà.

Le bâtiment évoquait une bête morte, en décomposition.

— Ils se battaient pour ça ?

— Des guerres ont été menées pour bien moins, mon cœur. L'un des fils était un joueur invétéré, et il voulait revendre l'immeuble pour avoir du cash à jeter sur le tapis vert. Un autre souhaitait emprunter beaucoup pour développer l'école, et laisser tomber les disciplines professionnelles, qui étaient la passion du vieux, pour un cursus général. Le troisième a décrété que l'une ou l'autre solution déshonoreraient leur père mort, idée qu'il ne pouvait pas supporter, si bien qu'un jour, il est venu ici et il a tout saccagé. Il a défoncé les murs, percé des trous dans les plafonds, vidé les extincteurs et vandalisé les meubles et les machines.

— Et ça a été la fin ?

— Hélas, non. Après toutes ces années, la succession n'est toujours pas réglée. Tout le monde est en procès avec tout le monde, et personne n'y gagne quoi que ce soit, à part les avocats. Et ça durera probablement jusqu'à ce qu'ils n'aient plus un centime. En attendant, Zachary et ses copains squattent parfois le bâtiment et s'en servent de point de ralliement.

Suivant les indications de Zachary, Duffy tâtonna derrière une colonne d'eau et trouva la clé. Elle ouvrait une porte à l'arrière du quai de chargement. Nous traversâmes un entrepôt en désordre jusqu'au hall du rez-de-chaussée. Tout était tordu, cassé, et il y avait des ordures répandues partout. Les portes gisaient, en lambeaux, ou pendaient de gonds cassés. Le mobilier, dans les anciennes salles de classe, était en miettes. Du carton maintenu avec du scotch remplaçait les vitres brisées, mais ne parvenait pas à isoler du froid, de la chaleur et de l'humidité qui tachait et cloquait les murs.

Presque au bout du couloir, Duffy me précéda dans un escalier raide, bas de plafond et branlant. En bas, il y avait un long espace rectangulaire, sentant la rouille et la terre pourrie. Même en se pliant en deux, Duffy manquait presque s'égratigner la tête contre le plafond qui exsudait une pourriture poudreuse et dense.

Luttant pour chasser de ma tête les images de la mort de Noah, je le suivis à travers un cimetière d'équipements dépassés. Il y avait des photocopieuses, des machines à écrire, à calculer, des imprimantes matricielles Epson, des téléphones à touches noires, de vieux meubles classeurs pour Ozalid et des oscilloscopes.

Au centre de l'espace se dressait une forteresse artisanale, dont les remparts étaient faits des vieilles carcasses d'unités centrales d'ordinateurs. Je repérai des modèles des séries IBM 700 des années 1960 et des séries 360 plus tardifs et plus fins qui mesuraient presque un mètre cinquante de hauteur. Nous nous faufilâmes à travers une petite ouverture pour entrer dans le fameux Pit, où Zach était assis sur un siège de fortune constitué de plusieurs ordinateurs TRS 80 recouverts de coussins usés. Il pianotait sur un clavier relié à une collection dépareillée d'étranges appareils électroniques. Son visage était figé par la concentration. À la lueur de l'écran, ses taches de rousseur étaient estompées et ses yeux décolorés.

— Alors, Zachary, les nouvelles sont bonnes ? demanda Duffy.

Le jeune homme ne cilla même pas. À l'exception des mouvements erratiques de ses doigts, il était parfaitement inerte.

Duffy serra les lèvres.

— C'est pire que l'héroïne. Plus addictif que le crack. Même un type brillant comme Zach n'a aucune chance s'il devient accro. Regarde-le, Claire. Complètement perdu.

Zach n'avait pas conscience de notre présence. Il se pencha plus près de l'écran, ses doigts s'agitant comme une nuée de moucherons excités.

Duff s'éclaircit la voix à grand bruit. Il claqua des doigts tout près de l'oreille de Zach, mais le gamin demeura impassible. Croisant mon regard, il secoua la tête d'un air grave.

— Son cerveau est en haut débit. Il pourrait tout aussi bien être fait de plastique et de puces.

Pour moi, l'écran paraissait couvert de charabia, mais ce que signifiait ce méli-mélo de données paraissait fasciner Zach. Duffy eut beau lui enfoncer le doigt dans les côtes, il n'obtint pas son attention. Duff essaya de retirer ses mains des touches, mais le gamin se contenta de balayer l'importun.

— Ça suffit !

Duffy plaça les mains entre Zach et l'écran.

Le sorcier de l'informatique se redressa sur son siège, d'un mouvement d'incrédulité outragée. Il se retourna brusquement et se dressa devant Duff, le visage grimaçant, brandissant les poings.

— Espèce de connard !

Duffy lui saisit les poignets et évita agilement son coup de pied.

— Du calme, Zachary. C'est ton vieux copain l'inspecteur McClure et Claire, la femme de Noah. C'est toi qui nous as fait venir ici.

Soudain, le gamin cessa de lutter et battit des paupières.

— Inspecteur ? Désolé, je ne vous ai pas entendus entrer.

— Tu pètes les plombs, mon gars. Voilà ce qui arrive quand tu t'autorises à t'approcher trop près du bord.

— Je faisais des recherches. En fait, j'ai trouvé des trucs qui, à mon avis, vont vous intéresser.

Le regard de Duffy demeura de glace.

— Si tu as un minimum de bon sens, tu ne retourneras pas là-bas, Zachary. Je n'aurais pas dû t'impliquer là-dedans. C'est jouer avec le feu. Je sens déjà l'odeur de brûlé. C'est peut-être ton âme éternelle qui rôtit sur la broche.

— Le feu crée de la chaleur, inspecteur. De la chaleur et de la lumière. Sans lui, les hommes des cavernes auraient dû manger les mammouths crus.

— Pour un génie avéré, je trouve que tu manques sérieusement de bon sens, Zach. Maintenant, dis-nous ce que tu as trouvé, pour qu'on puisse se tirer d'ici et ne plus voir le triste spectacle que tu offres.

— Je me suis renseigné sur ce Phelan. Aucun des types à qui j'ai parlé ne le connaît directement, mais deux copains à moi ont entendu parler de lui. Il a une sale réputation.

Duffy fronça les sourcils.

— De quel genre ?

— Un adepte du hacking, comme vous le pressentiez. D'après la rumeur, il pourrait être derrière le gros bordel qu'il y a eu l'année dernière au centre médical à Chicago.

— L'affaire dans laquelle des prescriptions ont été interverties et où deux patients sont morts ?

— Exactement.

— Tu t'en souviens, Claire ? Une des victimes était un nouveau-né. L'autre une femme d'une trentaine d'années, mère de trois petits enfants. Si le copain de Rainey était dans le coup, la bonne nouvelle, c'est qu'il sera très bientôt hors d'état de nuire – pour dix ans au minimum.

— Peut-être que oui, peut-être que non, dit Zach. On raconte qu'il a des protections en haut lieu.

Apparemment, ce Phelan, si c'est bien le même, est assez intouchable.

Duffy s'échauffa.

— Je ne suis pas venu ici pour entendre des histoires de conte de fées, Zachary. N'essaie pas de me faire avaler des salades.

— Eh, du calme. Je ne veux rien vous faire avaler du tout. Je vous répète juste ce que j'ai entendu. Ce sont peut-être des salades, comme vous dites, mais on raconte que certaines personnes sont en position de se tirer de certaines situations, et que ce Phelan est de ceux-là.

— Quelle position ? Quelles situations ? Ceux-là qui ? Allez, crache le morceau. Je ne suis pas d'humeur à jouer aux questions-réponses.

— C'est tout ce que j'ai trouvé jusqu'ici. Des bruits. Je ne peux même pas affirmer avec certitude que le type dont j'ai entendu parler est celui que vous recherchez. Mais si c'est le cas, je vous souhaite bien du courage.

— Tu as trouvé quelque chose d'utile ? Un nom complet ? Une adresse ?

— C'est ce que j'ai essayé de chercher.

Zachary se réinstalla prestement sur son siège. Il pianota sur le clavier et l'écran se couvrit de nom se sites Web et d'adresses virtuelles. Il pressa encore quelques touches pour en extraire plusieurs Phelan qu'il avait trouvés dans les répertoires de ces sites ou dans leurs bases d'abonnés. Ensuite, Zachary sélectionna les Phelan de la zone de New York puis affina la sélection en fonction de l'âge et du sexe. Malgré tout, il restait des pages d'écran entières de possibilités : les candidats se comptaient par centaines.

— Ça suffit. J'ai compris, dit Duffy.

— Et ce n'est qu'une partie. On ne sait toujours pas si Phelan est un nom ou un pseudo, ce qui est plus probable. En plus, quel que soit son vrai nom, je serais prêt à parier qu'il utilise un anonymiseur pour ses activités sur le Web, c'est-à-dire un service qui masque les informations concernant le souscripteur, si bien que même si on arrivait à repérer notre Phelan parmi tous ceux-là, on n'en saurait pas beaucoup plus sur lui.

Duffy soupira.

— Tant pis. Merci d'avoir essayé, Zach. Bon, on va y aller. Suis mon conseil et fais comme nous. Tu as bien besoin de te reposer.

— Attendez, inspecteur. Il y a encore une chose. J'ai trouvé des infos sur l'économiseur d'écran que vous avez vu sur la bécane de Phelan.

Les yeux du jeune homme étaient de nouveau rivés au moniteur.

Duffy s'approcha au moment où une image se formait.

— C'est ça. Qu'est-ce que c'est ?

— Ça s'appelle la Fourche de l'Hérétique.

Zach fit apparaître un flot d'horribles dessins.

— Ce sont des instruments de torture de l'époque médiévale. Celui qu'on accusait d'un crime se voyait attacher un truc comme ça autour du cou. Une extrémité de la fourche était enfoncée dans son sternum et l'autre sous le menton. Le suspect pouvait juste bouger la tête suffisamment pour dire qu'il était coupable. Si le type cédait et confessait son soi-disant crime, on l'exécutait tout de même, sauf qu'on lui mettait d'abord de beaux habits. Je ne sais pas pour vous, inspecteur, mais si je devais me faire exécuter d'une manière atroce, je me ficherais pas mal de ma tenue.

Duffy eut un mouvement de recul.

— Ça n'a pas l'air très amusant.

— Certaines personnes trouvent que si. Regardez ça.

Zachary fit apparaître la page d'accueil d'un site hautement sécurisé et réservé aux membres, et franchit sans encombre les barrières de sécurité.

Zach renifla de mépris.

— Hautement sécurisé, hein ?

Une autre réplique de l'objet de torture figurant sur l'économiseur d'écran de Phelan s'afficha. En dessous était inscrit le mot *Abiuro*.

— Ça signifie « j'abjure » en latin. C'est le mot qu'on attendait du suspect pour dire qu'il admettait avoir menti sur son innocence. Ce site est une mine d'informations sur les méthodes de torture. Il propose des instructions très précises sur la fabrication et l'utilisation de ce genre de gadgets comme ceux qu'on voit ici. Voilà l'Arracheur de sein, la Griffe du chat, le Berceau de Judas, la Vierge de fer, et ma préférée la Chaise à pointes.

Les abominables dessins des victimes de ces armes épouvantables, hurlant à l'agonie, me donnèrent la chair de poule.

— Phelan est lié à ce groupe ?

— Il est sur leur liste d'abonnés. Et il apparaît aussi dans leur chat-room.

— Comment l'avez-vous traqué jusque-là ? demandai-je.

Une légère rougeur apparut sur ses joues, faisant ressortir ses taches de rousseur.

— Ça m'a pris un certain temps. Inutile de vous ennuyer avec les détails techniques.

— En langage Zach, ça veut dire qu'il ne souhaite pas partager ses sales petits secrets, traduisit Duffy. De toute façon, il vaut mieux ne pas savoir, Claire. On est très loin de ce qui se fait dans la légalité.

— On ne peut pas trouver ce que vous cherchez en suivant le manuel des scouts, inspecteur McClure.

— Tu l'as repéré sur d'autres sites de ce genre ? demanda Duffy.

— Un ou deux.

Zach nous fit faire la balade virtuelle. L'adresse mail de Phelan apparaissait sur la liste des visiteurs de sites qui vendaient et proposaient des échanges d'instruments de torture. Il fréquentait des groupes de discussion consacrés à la torture physique et mentale, dont l'objectif était toujours plus de cruauté. Les messages étaient résolument joyeux, comme si le sujet était une farce enfantine, comme les blagues téléphoniques, et non l'infliction d'une douleur inconcevable.

— Ça peut être notre Phelan, ou peut-être pas, fit remarquer Duffy. Si ce n'est pas lui, il n'en reste pas moins un type peu fréquentable. Si c'est lui, il risque d'être encore pire que ce qu'on croyait.

J'avais la tête qui tournait.

— Et maintenant, qu'est-ce qu'on fait ?

Duffy secoua la tête.

— Bonne question.

— Laissez-moi faire, inspecteur. J'ai une idée, dit Zach.

— Je connais tes idées, Zachary. Si elle est de ce genre-là, oublie-la tout de suite.

— Vous voulez Phelan ? Je crois avoir un moyen de vous l'attraper. Je n'en ferai pas davantage, inspecteur. Croix de bois, croix de fer.

32

Rainey laissa tomber son sac de livres sur le sol de l'entrée et, le pas furieux et la bouche pincée, fonça jusqu'à sa chambre. Richter la regarda avec effroi, comme on regarde approcher une tornade.

Me préparant moi aussi à essuyer une tempête, je criai dans son dos :

— Tante Amelia a dû annuler pour ce soir. Elle a des problèmes avec les rénovations dans sa maison du Connecticut. Elle a dû y aller pour les régler.

— Nooon ! gémit Rainey. C'est nul.

— Je sais que tu attendais cette soirée avec impatience. Je suis désolée que ça tombe à l'eau.

— C'est ça. Comme si t'en avais quelque chose à faire.

— C'est le cas, Rainey. Sincèrement. Je suis désolée que tu sois déçue.

— Ben voyons.

— Tu as des envies particulières pour le dîner ?

Elle détourna brusquement les yeux.

— Puisque je ne sors pas avec Amelia, j'irai peut-être chez Dani.

— J'aimerais bien que tu restes à la maison. Tu es sortie beaucoup trop souvent, ces derniers temps.

— Alors maintenant, je suis prisonnière ?

— Non. J'ai juste envie de passer un peu de temps avec toi.

— Et ce dont moi j'ai envie, tout le monde s'en fout ? Ça ne compte pas ?

— Ça ne te tuera pas de rester à la maison pour changer.

Je tressaillis en entendant mes mots et le ton de ma voix : on aurait dit l'écho de ma mère dans ses pires jérémiades.

— C'est ça.

Elle me lança un regard méprisant, traversa le couloir comme une furie et claqua la porte.

Je réussis à la faire sortir de sa tanière pour le dîner, mais ça ne valait pas la peine de faire autant d'efforts. Elle resta les yeux rivés sur son assiette et avala sans enthousiasme ses plats préférés du moment, que je lui avais concoctés : cocktail de crevettes, poule farcie au riz sauvage et sauté d'asperges. J'avais mis la belle porcelaine et une nappe de lin pour tenter de nous remonter le moral. Mais l'ascenseur semblait en panne.

Pendant un moment, nous mangeâmes dans un silence tendu, seulement rompu par le cliquetis métallique de nos couverts, les bruits de mastication et de déglutition.

À la fin, j'osai risquer une conversation neutre.

— Comment ça va, à l'école ?

— Quoi ?

— Tu as déjà eu les résultats du projet que tu as fait avec Melinda ?

— Le concours de sciences, c'est après les vacances.

— Je n'avais pas compris ça.

— Tu l'aurais compris si tu avais pris la peine de lire la foutue circulaire.

— Je l'ai lue, Rainey. Ce que je n'arrive pas à lire, c'est ce que tu as dans la tête. Tu ne m'avais pas dit que tu préparais la maquette du tremblement de terre pour le concours.

— OK. Tu t'imaginais qu'on le faisait pour quoi ? Pour le fun ?

Ses sarcasmes coupèrent le peu d'appétit qu'il me restait. Je me levai pour débarrasser.

— Tu veux un dessert ?

Son visage s'éclaira.

— Bonne idée. Je vais sortir m'acheter une glace.

— J'en ai dans le freezer de trois parfums différents. Tu peux en prendre là.

— T'en as pas marre de ces discussions débiles ?

Je reposai les assiettes et me rassis.

— Si. Justement.

— Bon, alors je peux aller chez Dani ?

— Non, mais on peut discuter d'un sujet plus important.

Elle poussa un gros soupir.

— Quoi encore ?

— Qu'est-ce que tu sais de ce Phelan ?

— Ne recommence pas avec lui, Claire. Je te préviens.

— Je veux juste m'assurer que tu sais qui il est et ce qu'il fait. Parfois, les gens cachent beaucoup de choses qu'on ne voit pas.

Elle me transperça d'un regard de pur dégoût.

— Oh, d'accord. J'en vois beaucoup plus que tu ne peux l'imaginer.

— Ce qui veut dire ?

— Ce qui veut dire que je sais qui tu es vraiment et ce que tu as derrière la tête, et que je te déteste. Je regrette que papa et toi vous soyez rencontrés.

Ma voix n'était plus qu'un murmure douloureux.

— Je suis désolée que tu ressentes cela. J'aimais ton père de tout mon cœur ; et je t'aime, toi aussi. Je t'aime et je tiens à toi. Et je serai toujours là pour toi, quelle que soit l'énergie que tu mettes à me repousser.

— Tu t'y crois tellement.

Ses traits étaient déformés par la rage.

— En fait, tu n'aimes que toi, Claire. C'est tout ce qui t'importe : toi !

Elle se leva d'un bond et quitta la pièce en trombe.

Je restai assise là, à écouter le martèlement de ses pas puis le claquement brutal de sa porte. Dans les minutes de tension qui suivirent, Richter me rejoignit, me lança un regard plein d'amour et me lécha la main.

Je le grattai sous le museau.

— Merci, mon vieux. J'en avais bien besoin.

Il trottina à côté de moi jusqu'à la cuisine, où je garnis sa gamelle de nos restes les plus appétissants. L'amour inconditionnel avait du bon, surtout quand il ne coûtait qu'un peu de poulet fermier accompagné de riz. Le chien tourna fidèlement autour de moi pendant que je rangeais puis éteignais les lumières.

Dans ma chambre, je m'assis sur le lit, pris la photo de Noah sur la table de nuit et plongeai le regard dans ses yeux clairs immobiles.

— Tu es censé être auprès de moi pour m'aider avec elle, en tout. C'était le contrat que nous avions passé, tu as oublié ?

La colère monta en moi et remplit le vide douloureux dans ma poitrine.

— Ce n'était qu'un boulot, Noah. Une affaire parmi des centaines, bon sang. Comment as-tu pu foutre ta vie en l'air pour ça ?

Son image se brouilla derrière les larmes brûlantes.

— Et Rainey ? Et nous ? Tu n'avais donc aucune raison de vivre en dehors de ton foutu boulot ?

Je m'allongeai, étouffant mes sanglots, serrant la photo contre ma poitrine. Je connaissais la réponse à ces terribles questions, et je mesurais les profondeurs cruelles de cette bonne blague. Il nous aimait, il avait fait de son mieux. Pour ce qui était de notre contrat, il avait fait jouer la clause suspensive. Notre accord était devenu caduc lorsqu'il avait fait basculer l'échelle pour se retrouver dans le vide et que la corde avait écrasé sa trachée. La mort nous avait séparés, et le contrat avait été résilié de fait.

Soudain, la plainte lugubre du révérend du train E résonna de l'autre côté de la rue. *« Malheur, enfants rebelles, dit le Seigneur, vous qui machinez des plans en dehors de moi, contractez des alliances contre mon gré et accumulez ainsi faute sur faute. »*

— Qui lancez des pierres et détruisez les ego, soufflai-je. N'oubliez pas ceux-là.

« Et vos enfants, qui ne discernent pas encore le bien du mal, ceux-là entreront dans ce pays ; je le leur donnerai à eux et ils le posséderont. Prenez en main ces âmes perdues, mes frères et mes sœurs. Il vous incombe d'ouvrir leurs yeux aveugles et de les guider sur les sentiers de la justice. »

— C'est à moi que ça incombe, dis-je amèrement. Ouais, et je m'écroule sous le poids de cette responsabilité.

La voix du révérend se fit légère et fluide.

« Les prophéties prendront fin, les langues cesseront, la connaissance disparaîtra… Et maintenant demeurent la foi, l'espoir et l'amour. Le plus important des trois est l'amour. Suivez-le, agneaux et béliers ; guerriers et anxieux. Allez où l'amour vous guide. Aussi sombre et désespérant que soit le sentier, l'amour vous montrera le chemin. »

33

L'explosion de grésillements dans le haut-parleur réveilla Diamond en sursaut.

— Mesdames et messieurs, toutes ces lumières que vous voyez se rapprocher sur votre gauche délimitent Las Vegas Strip, l'artère la plus célèbre de la ville. Nous allons atterrir dans quelques minutes. Pour votre sécurité et votre confort, veuillez garder vos ceintures attachées jusqu'à l'arrêt complet de l'appareil.

Diamond bâilla, puis frotta ses paupières collées par le sommeil. La dernière chose dont il se souvenait, c'était le vacarme assourdissant du décollage à l'aéroport JFK. À en juger par la sensation d'humidité sur son épaule et l'irritation de sa gorge desséchée, il s'était endormi tout de suite, ronflant et bavant allégrement dès le début du voyage.

Son voisin, un homme d'apparence soignée, fronçait les sourcils en signe de profond dégoût. Quand il croisa son regard, Diamond le gratifia d'un sourire penaud.

— J'ai dû tomber comme une masse. J'espère que je ne vous ai pas trop dérangé…

L'homme redressa la tête tel un oiseau jouant les délicats.

— En fait, vous m'avez rappelé ma femme, qui est morte le mois dernier. Celia ronflait exactement comme ça : avec délectation.

— Désolé.

— Il y a de quoi, je vous assure ! Je n'ai pas profité d'une seule nuit de sommeil correcte en trente-cinq ans. Je ne pourrais même pas vous dire combien de fois j'ai été tenté de l'étouffer pendant qu'elle dormait...

Il prit un air nostalgique, savourant manifestement son fantasme.

— À une ou deux reprises, je suis même allé jusqu'à placer l'oreiller au-dessus de son visage. Ç'aurait été si facile d'appuyer ! Elle n'aurait même pas résisté. Celia n'avait quasiment pas de tonus musculaire, sauf dans cette fichue mâchoire toujours occupée à me harceler ou à se goinfrer de cochonneries. Il aurait suffi d'appuyer un bon coup et j'aurais eu la paix.

Un soupir lui échappa.

— Si seulement la loi voulait bien reconnaître la parfaite logique d'un tel acte ! Mais aujourd'hui, tout ça, c'est du passé. Plus de Celia, plus de nuits blanches.

Il se frotta les mains, à l'évidence satisfait d'être débarrassé de ce désagrément.

Diamond esquissa un sourire contraint, puis se tourna vers le hublot. L'appel de Griffey l'informant qu'on avait retrouvé la trace de l'ancienne baby-sitter des Garmin à Las Vegas lui semblait maintenant faire partie d'un rêve. Tout comme la fin de son contre-interrogatoire dans l'affaire de l'enlèvement et son départ précipité du tribunal pour se rendre à l'aéroport, où Griffey s'était débrouillé pour lui réserver un billet à son nom. Pendant le trajet, Diamond avait étudié le carnet de Noah Travis, en particulier les dernières notes prises au cours des quelques jours précédant son prétendu suicide. Il avait repéré plusieurs détails étranges, mais sans pouvoir identifier précisément leur nature ou leur source.

Il aurait tellement voulu aider Claire Barrow à obtenir les réponses et les éclaircissements qu'elle cherchait… Diamond savait qu'il était impossible de vivre avec des *que se serait-il passé si* et des *si seulement*. Il n'était pas en son pouvoir d'effacer cette journée où Em et Willy avaient été fauchés par une voiture, mais grâce à lui, Claire serait peut-être capable de chasser le terrible doute planant sur le décès de son mari.

L'avion vira sur l'aile, plongea vers la piste d'atterrissage et se posa en douceur à l'aéroport McCarran. Sitôt la passerelle mise en place et les portes ouvertes, Diamond se dépêcha de quitter l'appareil, trop heureux de s'éloigner de son désagréable voisin.

C'était la première fois qu'il venait à « Sin City », la ville du péché, comme on la surnommait parfois à juste titre. Vu qu'il repartirait par le premier avion du lendemain, il était bien décidé à en voir le plus possible.

Rien n'égalait ce monument à la cupidité et à l'excès, flamboyant, exubérant et étourdissant, qui pouvait se targuer de posséder neuf des plus vastes hôtels du monde et semblait avoir accaparé le marché international des néons de couleurs criardes. Les clones d'Elvis abondaient, de même que toutes sortes de caricatures vivantes : dames âgées aux cheveux bleus, magnats du pétrole coiffés de Stetson, vieux beaux accompagnés de poupées surfaites en guise d'accessoire, requins des affaires, chefs de la mafia, prostituées avenantes, candidats à la gloire de Hollywood, cohortes de dépravés et de dérangés. Jamais Diamond n'aurait pu imaginer une telle débauche de publicité et d'occasions de se ruiner. Un touriste pouvait facilement dépenser le budget de ses vacances entières, voire la fortune familiale, sans même sortir de l'aéroport.

Durant le trajet en taxi, il alla de surprise en surprise. La voiture passa devant une réplique géante du Sphinx, une autre de la tour Eiffel, une version légèrement réduite de New York traversée en son centre par un grand huit. D'immenses jets d'eau s'élevèrent quand ils longèrent le Bellagio brillant de tous ses feux. Lumières séductrices et promesses creuses clignotaient partout. *Win ! Big Jackpot ! $$$$$ and More !* Enfin, le chauffeur le déposa à la porte du Mirage le bien nommé, un monstre dressé vers le ciel entouré de gigantesques palmiers.

Grâce à ses innombrables relations, Lyman Trupin avait réussi à lui réserver une place très convoitée pour le principal show de la soirée. Diamond donna son nom au maître d'hôtel qui l'escorta aussitôt jusqu'à une table juste devant la scène. Au moment où il s'installait sur sa chaise, les cuivres de l'orchestre attaquèrent une fanfare triomphale. Bientôt, des dizaines de jeunes femmes éblouissantes émergèrent des coulisses. Elles apparaissaient par groupes de six sur d'immenses balançoires étincelantes ou descendaient des cintres suspendues à des harnais invisibles retenus par des câbles transparents, perchées sur des trapèzes incrustés de strass et assises à califourchon sur des nuages roses cotonneux et des étoiles dorées.

Elles portaient d'immenses coiffures ornées de plumes et de paillettes, et leurs jambes superbes étaient gainées de bas résille scintillants. Certaines danseuses étaient vêtues de minuscules jupes d'un jaune éclatant, d'autres de shorts flamboyants. Toutes sans exception, peut-être deux cents au total, avaient le buste dénudé. Diamond tenta bien de ne pas regarder, mais partout où il posait les yeux, il les voyait : boules de crème glacée, îles flottantes, dômes de crème fouettée, meringues moelleuses, cerises sur des gâteaux.

Fermement, il revint à des considérations plus professionnelles. Après avoir sorti la photo de Toby Felder, que Griffey avait faxée au greffier du tribunal en fin d'après-midi, il examina le visage des danseuses en essayant de repérer des similitudes. Il y avait maintenant huit mois que l'ancienne baby-sitter des Garmin, dont le nom de scène était Tawny DeeVine, se produisait dans cette revue. Diamond songea aux divers changements qui avaient pu s'opérer en elle depuis l'époque où cette photo avait été prise, le jour de la remise du diplôme de fin d'études secondaires. Il tint compte du maquillage appuyé et envisagea l'éventualité d'une nouvelle couleur de cheveux. Elle avait peut-être grossi ou maigri, voire subi quelques retouches chirurgicales, comme l'avaient certainement fait bon nombre de ces créatures représentant un défi aux lois de la pesanteur.

À plusieurs reprises, il laissa son regard s'attarder sur l'une des jeunes femmes en pensant que c'était peut-être elle, mais compte tenu des lumières éblouissantes, du mouvement constant, des coiffures imposantes et de l'importante source de distraction que constituait le haut de leur costume, il ne pouvait en être certain.

Griffey, dont l'étendue des connaissances ne manquait jamais de l'étonner, lui avait fourni le moyen d'entrer en contact avec l'ancienne baby-sitter. À l'entracte, Diamond suivit donc les recommandations du grand homme. Il emprunta le stylo d'une serveuse et rédigea sur une serviette en papier un bref message dans lequel il exprimait son désir de rencontrer Tawny DeeVine après le spectacle. Il enveloppa ladite serviette dans un billet de cinquante dollars tout neuf et en tendit un deuxième à la serveuse pour porter la note à l'intéressée. Toujours sur les conseils de Griffey, il avait retiré huit cents dollars au distributeur de l'aéroport – le maximum autorisé pour une journée – avant de quitter New York. Il n'avait pas l'habitude de transporter autant de liquide sur lui, et pourtant, dans un tel environnement, son épaisse liasse semblait ridiculement maigre.

Diamond sua à grosses gouttes durant tout le reste du show, et pas seulement à cause des puissants projecteurs. Le deuxième acte débuta par l'arrivée d'un couple de tigres tout en muscles qui bondirent sur la scène, grondant et dévoilant leurs crocs à une courte distance de son siège. Ensuite, un homme se mit à jongler avec des épées enflammées si près de sa table que Diamond finit par comprendre ce qu'une côte de bœuf devait ressentir sur le gril. Mais le plus terrible, ce fut le numéro suivant : un comédien paillard qui multiplia les plaisanteries grasses extrêmement pénibles à ses dépens.

Des roulements de tambour ponctuaient chaque coup bas. « Hé, visez-moi un peu ce lascar. Cet homme-là, mesdames et messieurs, est gros depuis le jour de la naissance. Avez-vous jamais rien vu de plus triste ? Une cigogne affligée d'une hernie ! *Tchac !* Le jour de son baptême, au lieu de la cérémonie habituelle, ses parents ont fracassé une bouteille de champagne contre son flanc. *Boum !* Il est tellement gros qu'on lui a attribué son propre code postal. *Taratata !* Ce gars a plus de mentons qu'il n'y a de pages dans l'annuaire de Hong Kong ! *Boum-tchac-boum !* »

Puis ce fut le grand finale, et les danseuses topless envahirent de nouveau la scène. Cette fois, Diamond regarda droit devant lui, pratiquement incapable de se concentrer. Il n'était plus sous le feu des projecteurs, mais il transpirait toujours, un sourire figé aux lèvres, dans la chaleur de l'humiliation.

Vive le spectacle !

Il resta sur son siège tandis que la foule s'en allait et que les extras chargés de plateaux encombrants affluaient dans la salle pour débarrasser les tables. Une fois leur tâche accomplie, ceux-ci cédèrent la place à l'équipe de nettoyage armée d'aspirateurs, de seaux et de serpillières.

Gagné par la nervosité, Diamond ne cessait de consulter sa montre. Près de vingt-cinq minutes s'étaient écoulées depuis la fin de la revue. Peut-être la serveuse avait-elle filé avec les deux billets de cinquante, ou peut-être Mlle DeeVine avait-elle choisi de partir avec l'argent. Griffey se trompait rarèment, mais même lui n'était pas en mesure de prédire toutes les variations de comportement.

Un quart d'heure passa encore, qui lui parut durer une éternité. L'équipe de nettoyage se rapprocha tel un bataillon de fourmis parties en éclaireurs. Diamond leva les pieds pour permettre à l'aspirateur vrombissant de se glisser sous la table. Des odeurs de désodorisant et d'encaustique au citron emplirent l'atmosphère, autant de parfums synthétiques qui lui chatouillèrent les narines et le firent éternuer.

Enfin, le maître d'hôtel s'avança vers lui en tapotant le dessus de son poignet.

— Désolé, monsieur, mais je vais devoir vous demander de partir. Nous allons fermer.

Diamond parcourut la salle du regard.

— Pourriez-vous m'accorder encore quelques minutes ? En principe, j'ai rendez-vous.

— Avec une des filles du show ?

— Oui, c'est ça.

— Pas ici, mon vieux. Il faut aller au bar.

— Oh non, marmonna Diamond. Je ne savais pas. Et si je l'avais manquée ?

— Du calme. Si vous avez pensé à envoyer un petit gage d'admiration en coulisses, elle sera là.

— Vous en êtes sûr ? C'est vraiment très, très important.

— Pas de panique, mon vieux. Suivez-moi.

Il conduisit Diamond hors de l'impressionnante salle de spectacles, puis traversa le hall étouffant décoré façon jungle jusqu'au Baccarat Bar.

— Dites-moi laquelle de ces ravissantes poupées vous a tapé dans l'œil, mon vieux. Je vous la montrerai.

— Elle se fait appeler Tawny DeeVine.

L'homme le poussa du coude.

— Monsieur a bon goût. Tawny, c'est du premier choix, la qualité supérieure, le top du top. C'est une de mes préférées. Et elle est là-bas, comme je vous l'avais dit, qui vous attend dans ce box. Partez vers l'ouest, jeune homme. Les contrées sauvages s'offrent à vous.

Sans les plumes et les bijoux, la danseuse ressemblait à une enfant récupérant ses forces après une fête déguisée. Des traces de fard assombrissaient son petit visage espiègle et ses cheveux emmêlés, striés de mèches rouges, pendaient mollement. Elle portait un jean moulant en faux serpent, un haut stretch violet et des sandales argentées à talons hauts. Sa tenue se voulait peut-être sexy, mais elle produisait l'effet inverse. Tawny DeeVine paraissait terriblement jeune. S'il ne l'avait pas sue âgée de vingt ans, Diamond lui en aurait donné douze ou treize maximum.

Il se présenta.

— Aldo Diamond.

Elle avait une poignée de main molle mais des ongles acérés.

— Salut, moi, c'est Tawny. Ravie de vous rencontrer.

Une serveuse s'approcha.

— Vous désirez quelque chose ?

La jeune femme opta pour un cocktail sea breeze. Diamond consulta rapidement la carte. Après avoir hésité entre des nachos géants et des bâtonnets de mozzarella fondue, il finit par commander les deux.

Dès que la serveuse se fut éloignée, Tawny DeeVine sourit avec une timidité affectée.

— Avant d'aller plus loin, faut qu'on cause un peu des règles.

— Quelles règles ?

— Vous pouvez regarder, mais pas toucher, OK ? Vous avez le droit de faire du lèche-vitrine, pas de tripoter la marchandise. Je pratique un tarif spécial juste pour mater. Cent dollars de l'heure, payables d'avance, sans possibilité de remboursement. On est d'accord, mon grand ?

Gêné, Diamond toussa pour s'éclaircir la gorge.

— Je veux seulement bavarder, mademoiselle DeeVine.

— Tout ce qui vous chante, mon petit père… Ça vous coûtera pareil, cent sacs toutes les soixante minutes. Alors, je vous en mets pour combien de temps ?

Diamond compta quatre billets de cinquante qu'il lui remit. Il n'en aurait sans doute pas pour aussi longtemps, mais il ne tenait pas à la voir consulter sans arrêt sa montre.

Tawny/Toby roula les billets en un petit cylindre qu'elle glissa dans le décolleté de son haut moulant. L'argent trouva sa place à mi-buste, telle une côte supplémentaire, et se souleva au rythme de ses battements de cœur.

— Allez-y, papa ours, dites-moi tout. Je vous écoute.

— Non, c'est moi qui vous écoute, répliqua Diamond en tirant sur ses lobes bulbeux pour mieux souligner ses propos. J'aimerais que vous me parliez de vous, Tawny DeeVine.

— OK, c'est votre blé, c'est vous qui décidez. Mais j'ai pas grand-chose à raconter. Je suis danseuse, ce que vous savez déjà. Je pratique au niveau professionnel depuis que j'ai quitté le lycée. Ici, c'est pas trop mal pour le moment, ça me permet de payer les factures et tout le reste, mais à la première occasion, je me barre à la Grosse Pomme. Broadway si j'ai de la veine. Petits théâtres si j'en ai pas.

Elle alluma une cigarette avec son Bic incrusté de brillants et souffla un nuage de fumée mentholée.

— En tout cas, je me tire à New York.

— Aucune envie de retourner à Phoenix ?

Les yeux de la jeune fille se rétrécirent.

— Je vous connais ? demanda-t-elle.

— Non. Mais moi, je vous connais, d'une certaine façon.

Elle s'adossa à son siège.

— Écoutez, monsieur. Vous me flanquez les jetons. Vous feriez mieux de partir.

— Désolé. Je ne voulais pas vous effrayer, Tawny DeeVine.

Diamond lui montra plusieurs références et papiers d'identité.

— Je suis détective, j'enquête sur l'affaire Garmin. Vous n'êtes peut-être pas au courant, mais l'homme reconnu coupable de ces meurtres a été libéré.

L'inquiétude perça dans le regard de la danseuse.

— Ça remonte à loin, dit-elle. Des années. Je m'en souviens à peine.

— À l'époque, la police a recueilli votre déposition, insista Diamond en sortant une copie du document. Peut-être que ceci vous rafraîchira la mémoire.

Elle examina la page, puis la reposa et tira une longue bouffée de sa cigarette.

— Oui, c'est vrai, j'ai gardé les gosses trois jours avant le meurtre. J'ai changé leurs couches, lu *Bonsoir lune*, donné le biberon au bébé et je les ai mis au lit. Tout est écrit là. J'ai rien à ajouter.

Diamond fourragea dans sa poche à la recherche d'une photographie des jeunes victimes.

— Ce n'est pas juste que leur assassin puisse s'en tirer aussi facilement, déclara-t-il.

— Vous croyez que je le sais pas ? Merde !

— Je sais que vous le savez, Toby Felder. Je sais aussi que vous êtes raisonnable, sensible et bien d'autres choses encore.

Il étudia la déposition manuscrite.

— Vous appréciez la vie au grand air et vous êtes timide, poursuivit-il. Vous êtes la deuxième de trois enfants, vous n'avez pas beaucoup d'amis proches et vous aimez tout ce qui est manuel, comme le tricot ou les activités de ce genre. Vous êtes née en hiver et vous êtes plutôt du matin. Vous êtes sujette aux accidents et vous souffrez de problèmes respiratoires. D'asthme, plus précisément. Ce n'est pas une bonne idée de fumer, et vous en avez conscience, mais vous le faites quand même. Cela s'apparente chez vous à une sorte de désir de mort qui ne se manifeste pas seulement sous cette forme.

— Donc, vous lisez dans les esprits. Génial. Cette ville compte plus de médiums que de pochards et de menteurs, et Dieu sait s'ils sont nombreux.

— Je n'ai pas besoin de lire dans votre esprit, Toby Felder. Tout est là, dans votre écriture.

Un silence tendu suivit cet échange. La danseuse écrasa sa cigarette, puis en alluma une autre et cracha un filet de fumée.

— Qu'est-ce que vous attendez de moi ?

— Vous pouvez vous débarrasser de votre fardeau, Toby Felder. Si vous m'aidez à découvrir qui a détruit ces gosses adorables et leurs parents, vous n'aurez plus à le supporter. Ça vous détruit, vous aussi. Je le vois bien.

— Vous voyez rien du tout. Vous me connaissez même pas.

— Oh si, Toby. Je sais que vous faites des cauchemars. Je sais que vous vous réveillez en hurlant parce que vous êtes hantée par l'image de ces petits cadavres.

Elle se boucha les oreilles.

— Taisez-vous !

— Je sais que vous avez peur d'avoir un jour des enfants. Vous êtes terrifiée à l'idée qu'on puisse vous les enlever pour vous punir.

Sa lèvre tremblait.

— Ils sont morts, mon vieux. Et ça, je peux rien y faire.

Diamond décela de la peur au fond des prunelles fixées sur lui.

— Ce n'est pas vrai, Toby. Vous pouvez empêcher que d'autres subissent le même sort.

Elle remua la tête avec tristesse.

— Je peux pas vous aider. Je suis rien ni personne. Vous l'avez pas encore compris ?

— Faux. Je m'en rends compte à votre écriture. Vous êtes quelqu'un de bien, de gentil, qui mérite de ressentir des émotions positives.

Un petit rire nerveux échappa à la jeune fille.

— Des émotions, j'en ai plus. Ni positives ni négatives. Depuis des années.

— À mon avis, ça reviendra. Je crois aussi que vous retrouverez la capacité de respirer normalement. Libérez vos secrets et ils vous libéreront.

Elle claqua des doigts.

— C'est aussi simple que ça, hein ?

— Oui. Ça l'est.

— Oh non, sûrement pas. Si j'avoue maintenant que j'ai pas tout dit, on risque de m'envoyer en taule. Vous m'imaginez enfermée avec des tas de nanas endurcies qui se donnent des grands airs et passent leur temps à chercher la castagne ? Je tiendrai pas un jour, vieux. Peut-être même pas une heure.

— Vous ne serez pas enfermée. Au contraire, vous serez délivrée.

Les yeux de la jeune fille s'embuèrent.

— Il est trop tard.

— Non, Toby. C'est le bon moment, au contraire. Respirez un grand coup et racontez-moi tout.

— Je vous en prie… Je peux pas.

Diamond la regarda gentiment.

— Mais si, vous pouvez. Donnez-moi juste votre version des faits. Commencez par le début.

Le visage en face de lui se convulsa d'angoisse.

— J'ai peur.

— Bien sûr que vous avez peur. Comme tout le monde.

Un frisson parcourut le corps gracile de Toby Felder, dont les larmes se mirent à couler. Parfaitement immobile, Diamond l'écouta ramener au grand jour une vérité enfouie depuis longtemps.

34

Je parvins à joindre Lottie sur son téléphone portable à Paris, où elle était sortie faire du jogging afin d'éliminer un déjeuner pantagruélique et de pouvoir s'offrir un dîner encore plus extravagant. En fond sonore, j'entendais la rumeur de la circulation ponctuée de coups de klaxon. Des voix gazouillaient dans une langue inconnue. Ma sœur respirait par brèves saccades sifflantes tandis qu'elle foulait les pavés impitoyables, déterminée à laisser dans son sillage des bataillons entiers de calories vaincues.

— J'allais justement t'appeler pour te demander des nouvelles, Claire. Tu lis dans une boule de cristal, ou quoi ?

— La boule, je suis plutôt en train de la perdre…

— Pourquoi, chérie ? Qu'est-ce qui ne va pas ?

— Demande-moi plutôt ce qui va. La liste est beaucoup plus courte.

— Mon pauvre chou. Rainey te donne toujours du fil à retordre, c'est ça ?

— Les rares fois où je la vois, elle est terriblement insolente.

— Ah, les jeunes…

— Elle souffre. Ça, je l'ai compris. Sauf que je ne sais pas quoi faire pour l'aider.

— Je sais, ma chérie. C'est dur…

Son soupir se mua soudain en cri perçant.

— Lottie ? Qu'est-ce qui se passe ? Tu vas bien ?

— Désolé si je t'ai crevé le tympan. Ils ne sont pas fans de moto-crottes, dans le coin. Je viens juste de poser le pied dans une *merde de chien*[1] encore fumante.

— Ça m'arrive souvent aussi, ces derniers temps, ironisai-je. Sans que j'aie besoin de chien.

— Raconte-moi tout. Je t'écoute.

— Je vais plutôt attendre que tu sois rentrée pour t'embêter avec mes horribles histoires. Je voulais juste entendre ta voix.

— Tu en es sûre ?

Lottie soufflait de plus en plus fort à mesure qu'elle accélérait l'allure.

— Même si je déteste perdre une bonne occasion de me lamenter sur mon sort, le plus important pour moi en ce moment, c'est de me remettre à bosser. Je suis encore loin d'avoir terminé mon nouveau synopsis.

— Tu vas y arriver, m'assura-t-elle.

— Où ça ?

— Je ne plaisante pas, ma chérie. Ce que tu traverses en ce moment n'est que temporaire. Tu verras, d'ici quelques jours, les choses vont changer.

— Et si c'était pour le pire ?

— Attention, Claire. Tu commences à parler comme maman.

— Ah non, je t'en prie. Tout mais pas ça. À partir de maintenant, je serai une bonne petite optimiste. Promis.

— Je préfère. Bon, va étudier ton scénario. Je te téléphonerai après-demain et j'espère bien t'entendre dire que tu as bouclé ce fichu truc.

1. En français dans le texte.

— Tu sais, quand je t'écoute, ça me paraît possible.

— Ça l'est et tu vas t'en sortir. Allez, au boulot. Et plus vite que ça !

Ragaillardie par ses certitudes, je m'installai à mon bureau. Je passai les quatre heures suivantes à refaire tout le travail perdu après l'intrusion de ce drôle de ver informatique dévoreur de fichiers. Les scènes que j'ébauchais déstabilisaient peu à peu mon héroïne et l'entraînaient dans une spirale infernale.

Je me résolus à l'appeler Laura, le prénom que je me serais moi-même attribué si j'avais eu le choix. Elle formerait un couple solide avec son mari, aurait deux enfants aussi adorables que ceux de Lottie et serait responsable d'une chronique humoristique publiée dans plusieurs journaux, qui lui vaudrait une popularité grandissante. À mes débuts dans l'écriture, j'avais réussi à placer quelques articles humoristiques et revenir à cette veine un jour restait sur ma liste de projets en attente. Même dans les situations les plus tristes, un éclat de rire suffit parfois à alléger la tension. Je décidai donc que l'humour serait à la fois le don et le salut de Laura. De n'importe quel contexte, elle parviendrait à extraire de précieuses pépites d'ironie et d'absurdité.

Ensuite…

L'enchaînement des événements destructeurs m'apparaissait clairement. Quelqu'un usurpe son identité et prend le contrôle de ses finances. Alors que Laura s'aperçoit du problème, le voleur commence à commettre des crimes en son nom. Les accusations qui suivent menacent la carrière de Laura, ses relations, sa réputation, et enfin, sa liberté et sa raison. Les preuves contre elle s'accumulent jusqu'au moment où même ses alliés les plus sûrs se dérobent. Au bout du compte, elle se retrouve seule et désespérée, apparemment à court de ressources et d'options.

Quels crimes ? Quelles preuves ? Que se passe-t-il après ?

Le curseur clignotait en rythme, tel un pied tapant le sol avec nervosité. Mon histoire avait basculé dans un profond fossé. J'étais bloquée.

« L'angoisse de la page blanche », une maladie répandue mais néanmoins inquiétante, a engendré une remarquable diversité de remèdes maison. Certains de mes collègues affirment qu'ils sont capables de sortir de l'impasse en séjournant un mois ou deux dans une colonie d'écrivains comme Yaddo ou Ragdale. Bien sûr, il faut pour cela mener une existence qui permette de s'absenter sans autre contrainte que de suspendre son abonnement au journal et de jeter le lait du frigo. D'autres trouvent plus efficace de délaisser l'ordinateur pour reprendre la plume ou vice versa. Lottie ne jure que par les longs bains chauds à remous. Personnellement, cette méthode ne me vaut que des cheveux frisés et des doigts fripés. J'ai aussi essayé la lessive, le rangement, le classement des papiers et même les rendez-vous chez le dentiste en me disant que l'écriture me semblerait agréable en comparaison. Mais un cas de constipation mentale sévère peut se révéler plus douloureux qu'un détartrage ou une intervention sur le canal dentaire. Sans compter qu'il existe des anesthésiants pour ce genre d'opération.

Ce jour-là, pour surmonter le passage à vide, je décidai de tenter la marche. L'air était vif et le ciel dégagé – des conditions idéales pour une promenade. N'ayant pas de destination particulière en tête, je me laissai guider par les feux de signalisation pour piétons. Ils me menèrent d'abord vers le nord, dans Flatiron District, puis vers l'est, le long de la 23e Rue grouillante d'activité, avant de m'orienter de nouveau vers le nord, le long de la Deuxième Avenue.

Je m'engageai dans le quartier de Kips Bay et empruntai la Première Avenue, où je passai devant une série de centres médicaux : l'hôpital VA, Bellevue, Brookdale, le bureau du légiste et enfin, NYU. Tel est le gros avantage de New York : tout y est si abondant, si pratique… Vous pouvez être légèrement souffrant, affligé d'une maladie chronique, plongé dans un état critique ou défunt et autopsié sans même avoir à traverser la rue.

À l'angle de la 40e Rue, le piéton vert me renvoya vers l'ouest en direction de la Deuxième Avenue. Là, je m'attardai devant une modeste bâtisse de douze étages recouverte de plaques de ciment couleur chocolat. L'endroit ne ressemblait en rien au musée des horreurs qu'il avait dû être pour les cinq petits Lynnwood et leur mère, qui les avait découverts autour de la table de la salle à manger, tous figés dans la mort.

Je remontai l'allée étroite qui serpentait vers la porte. Les dalles de pierre croulaient sous le poids des mauvaises herbes desséchées par l'hiver. À côté de l'entrée, je consultai le tableau comportant le nom des occupants. Il ne me fallut pas longtemps pour repérer la ligne que je cherchais : S. PEAKE – R.C.

Une pression sur le bouton déclencha une sonnerie grinçante. Quand j'ôtai mon doigt, un profond silence s'ensuivit.

Je patientai quelques instants, assaillie par le doute. Je savais que ce n'était pas une bonne idée, qu'elle frisait l'inconscience. Mais la raison n'avait aucune prise sur mon besoin irrépressible de vérifier les faits. Noah n'était plus là pour raconter sa version de l'histoire et l'opinion de Duffy, quoique d'une fermeté inébranlable, n'était peut-être ni complète ni précise. J'étais préparée à accepter la vérité, même si elle était dure et amère, mais d'abord, je devais découvrir de quoi il retournait.

De nouveau, j'appuyai sur le bouton.

Pas de réponse.

Le responsable de l'entretien pouvait se trouver n'importe où dans l'immeuble. Résolue à aller jusqu'au bout, je décidai d'entrer par un autre moyen. Peake étant le seul résident au rez-de-chaussée, je sonnai à côté des noms au premier.

Toujours rien.

Systématiquement, je pressais les boutons puis tendais l'oreille. Enfin, après avoir appelé C. Dribben au 6B, une voix désincarnée s'éleva en crachotant dans l'interphone :

— Oui ?

— Désolé de vous déranger. Je cherche M. Peake.

— C'est au rez-de-chaussée.

— Je sais, mais il ne répond pas. Vous savez où il est ?

— Sûrement au sous-sol.

— Merci. Je vais essayer de ce côté. Vous pouvez me laisser entrer ?

— Bien sûr.

Je patientai.

— Hé, une minute, reprit la voix. Vous venez vendre quelque chose ?

— Non. J'ai juste besoin de lui parler.

— Bonne chance.

Pour finir, un bourdonnement discordant résonna dans l'interphone. Je poussai la porte quand le signal s'interrompit et pénétrai dans le hall miteux.

Le mobilier était minable. De sombres taches grasses maculaient la surface d'un canapé vert pelucheux, usé jusqu'à la trame par endroits, flanqué de tables en bois branlantes enchaînées au sol tels des prisonniers dangereux. Les lampes de style oriental étaient également indélogeables, de même que le grand pot de terre cuite contenant une fougère en plastique striée de jaune.

Un nuage de désodorisant au citron dominait les relents d'une litière pour chat, d'oignons frits et de lait tourné. Tout en retenant mon souffle, je me précipitai vers l'escalier tout au fond.

Mes pas résonnèrent dans la fraîcheur de la cage en ciment. La lumière me parut de plus en plus faible à mesure que je descendais. Le sous-sol ressemblait à une sombre crypte rectangulaire. De grosses machines cliquetaient et tremblaient au milieu, et je reconnus l'odeur âcre de gaz d'échappement.

— Monsieur Peake ?

Je dus me baisser pour éviter les tuyaux humides et rouillés qui sinuaient partout. Ma main déchira au passage un épais rideau de toiles d'araignée.

— Monsieur Peake ?

— Ouais, qu'est-ce qu'y a ?

La voix bourrue provenait de derrière moi et, surprise, je me retournai tellement vite que je me cognai le front.

Machinalement, je portai les doigts à ma tempe pour masser le point douloureux. L'homme était plus jeune que je ne l'avais imaginé ; c'était une espèce de grosse brute aux cheveux en brosse et aux dents tachées, plantées de travers. Il portait un T-shirt souillé, sans manches, un jean qui lui descendait bas sur les hanches et il empestait la sueur et le tabac. Son énorme ventre débordait par-dessus sa ceinture, tressautant comme un goret affolé chaque fois qu'il bougeait.

Je me forçai à détourner les yeux de cette bedaine stupéfiante.

— Vous êtes monsieur Peake ?

— Qu'est-ce que vous voulez ?

— Je m'appelle Claire Barrow. Y a-t-il un endroit où nous pourrions parler ?

Il prit un air faussement timide.

— De quoi ?

— Vous connaissiez mon mari. Il est mort.

— S'appelait comment ?

Les recoins sombres conféraient à ces lieux un aspect irréel et franchement lugubre.

— Serait-il possible d'avoir plus de lumière ? murmurai-je.

— Je vous ai demandé comment il s'appelait. Se pourrait bien que vous me fassiez perdre mon temps.

— Noah Travis.

L'homme se rapprocha de moi, me privant d'oxygène.

— Le flic ?

— Oui.

— Pourquoi vous pensez que j'ai envie de parler de lui ?

— Je veux savoir ce qui s'est passé. J'ai besoin d'entendre le récit de votre bouche.

— On s'en tape, de ce que vous voulez !

— Je vous en prie, monsieur Peake. Je vous paierai.

Les cinquante dollars que je retirai de mon porte-monnaie étaient tout ce qui subsistait de la réserve de secours à la maison. Le reste avait servi à régler les réparations de l'ordinateur chez J & R et à m'acquitter de mes dettes chez Nicole.

Peake froissa les billets et les fourra dans mon sac.

— Vous êtes pour un échange de bons procédés ? railla-t-il. Alors, j'ai une meilleure idée.

Je décelai la lueur sournoise dans ses yeux, reflet des sombres rouages qui se mettaient en branle dans son esprit. Il s'avança encore, me privant cette fois d'espace.

— Ne vous approchez pas de moi, ordonnai-je.

— Vous voulez un truc, j'en veux un aussi. C'est pas compliqué.

Déjà, je m'élançai en baissant la tête pour passer sous l'entrelacs de tuyaux. Je gravis l'escalier comme une folle. L'air résonnait des grognements porcins de l'homme à mes trousses.

J'allais atteindre le palier quand il me saisit par la cheville, me faisant perdre l'équilibre. Je glissai et me cognai violemment le tibia contre le rebord de la marche. Une douleur fulgurante me traversa de part en part. Avec l'énergie du désespoir, je réussis à me redresser, à franchir les derniers degrés et à pousser la lourde porte coupe-feu. Je devinais Peake sur mes talons. Il se jeta sur moi au moment où je débouchais dans le hall et m'immobilisa dans une étreinte implacable.

— Lâchez-moi !

Haletant, il se tenait tout contre mon dos. Je sentais la pression de sa panse et du membre rigide en dessous.

— Du calme, ma p'tite dame, me chuchota-t-il à l'oreille. Je suis tout disposé à causer, maintenant. Bien gentiment, bien tranquillement. Tout ce que vous voudrez.

Je plantai mon talon dans son cou-de-pied. Il recula d'un bond en jurant entre ses dents.

Aussitôt, je me tournai vers la porte. Je tentai de courir, mais ma jambe endolorie se déroba sous moi.

Peake me rattrapa par-derrière. Il me souleva dans ses bras et, ignorant mes contorsions frénétiques, me porta vers le sous-sol.

— Non !

Je me débattis de toutes mes forces. Quand mon crâne heurta son nez, je perçus un craquement horrible. Pourtant, mon assaillant continuait d'avancer vers l'escalier, apparemment bien résolu à m'entraîner dans ce sous-sol obscur et bruyant où personne ne pourrait m'entendre appeler au secours.

Comme il avait déjà la main sur la poignée, j'inspirai à fond, puis hurlai.

— Fermez-la !

Je m'époumonai de plus belle, multipliant les cris de pure terreur.

— J'ai dit, fermez-la, bon Dieu !

Ses doigts sales se plaquèrent sur mes lèvres. Je parvins à ouvrir la bouche et à planter les dents dans sa paume charnue.

Lorsqu'il retira vivement sa main, je poussai un hurlement tel que ma gorge me brûla et que le son infernal retentit dans ma tête.

Soudain, l'homme me relâcha et s'écarta, les yeux agrandis par la peur.

— C'est quoi, ce bordel, Sid ?

Celui-ci laissa retomber ses bras.

— Rien. Je rigolais un peu, c'est tout.

Je me retournai, pour découvrir une vieille sorcière en peignoir. Ses cheveux gris pendaient en une masse informe et son visage n'était que plis et replis de chair flasque et cireuse.

— Tu m'as réveillée, imbécile. J'ai presque pas fermé l'œil de la nuit.

— Désolé, m'man.

— T'as raison, y a pas plus désolant que toi.

Elle reporta son attention sur moi.

— Qu'est-ce que vous fabriquez là, d'abord ? Vous êtes pas une de ses copines, c'est sûr.

— Je cherchais Stanley Peake.

Un reniflement de mépris salua ma réponse.

— Ben, vous aurez de la veine si vous le trouvez ! Ça fait trois ans que ce salopard m'a larguée. Il m'a dit qu'il allait acheter un paquet de clopes et il est jamais revenu. Il m'a laissée avec ce trou à rats sur les bras et rien d'autre que cette espèce d'empoté pour m'aider à l'entretenir.

Sid pointa vers moi un index accusateur.

— C’est la femme de ce flic, m’man. Celui qui nous a apporté toutes ces emmerdes.

Elle lui agita sous le nez un doigt noueux.

— Recommence pas avec ça, Sidney. C’est que des conneries.

— Non, c’est pas vrai. Si p’pa s’est tiré, c’est à cause de lui. Ce flic arrêtait pas de venir ici fourrer son sale nez partout. P’pa, il a fini par avoir la trouille. Je le sais.

— Qu’est-ce que je t’ai dit ?

Sa mère s’approcha lentement de lui et le gifla.

— Maintenant, ferme-la, ordonna-t-elle.

Au bord des larmes, il pinça les lèvres.

Je me dirigeai vers la porte.

— Au revoir, madame Peake. Je m’en vais.

— Vaut mieux, ouais. Et à votre place, j’éviterais de me repointer dans le coin. On peut pas lui faire confiance, à ce gars-là. Il a toujours été comme ça.

— Ne vous inquiétez pas, vous ne me verrez plus.

— Oh, et si vous avez des nouvelles de Stan, tenez-moi au courant. Des fois que ce connard serait pas mort, je me ferais une joie de lui tordre son foutu cou de poulet.

35

Griffey conduisait avec une témérité surprenante, changeant adroitement de file pour gagner de précieuses secondes.

Diamond ne cessait de s'appuyer contre la boîte à gants et d'écraser une pédale de frein imaginaire en regrettant de ne pas avoir pris le volant. Il avait bien remarqué l'étrange lueur qui s'était allumée dans les yeux de Griffey lorsqu'ils avaient loué la voiture à l'agence Avis de la 43e Rue, mais comment aurait-il pu imaginer que ce vieil homme méfiant à la voix ténue avait la fibre d'un cow-boy urbain ?

Rockaway, dans le Queens, était à une bonne heure de route du centre-ville, mais avec Griffey à la barre, ils rallièrent leur destination en seulement quarante-cinq minutes. Les pneus crissèrent quand il arrêta brutalement la Buick Century marron devant la maison des Behringer sur Beach Channel Drive – un petit bijou blanc dominant la vaste étendue houleuse de Jamaica Bay. Au moment où les deux hommes descendaient de voiture, un avion de ligne ayant amorcé sa descente vers l'aéroport Kennedy tout proche les survola à basse altitude dans un grondement assourdissant.

Les jambes flageolantes après ce trajet éprouvant dans la Buick, Diamond remonta l'allée à la suite de

Griffey et examina la villa en essayant d'en tirer des conclusions sur l'homme que Toby Felder lui avait conseillé d'aller voir.

Les fenêtres à petits carreaux entourés de plomb réfléchissaient l'éclat éblouissant du soleil au déclin. Diamond repéra un skiff sur une remorque, un cortège de jouets en plastique de couleur vive et des outils de jardinage maculés de terre derrière le 4×4 familial. De l'intérieur du pavillon leur parvenaient les mesures sensuelles d'un nocturne de Chopin, ponctuées par le bourdonnement cacophonique d'une scie électrique.

Une jeune femme au teint pâle leur ouvrit. Elle portait un tablier à ruchés sur un chemisier blanc et une jupe noire, et elle avait calé sur sa hanche un bébé d'une pâleur maladive. Celui-ci, un petit garçon, affichait un sourire bravache dans son pyjama Spiderman malgré son nez qui coulait et ses joues rosies par la fièvre.

Diamond s'éclaircit la gorge.

— Bonsoir, madame. Je m'appelle Aldo Diamond et voici Solomon Griffey. Nous avons rendez-vous avec M. Behringer.

— Howard est derrière, dans l'atelier. Faites le tour de la maison.

Le bruit de la scie s'amplifia quand ils contournèrent le pavillon. L'atelier de Behringer se trouvait au bas d'un petit escalier à l'arrière. En jetant un coup d'œil par l'imposte de verre ambré, Diamond distingua un barbu penché sur son œuvre en cours, une sculpture complexe représentant la Cène. À côté de lui, un jeune apprenti aux yeux sombres, protégés par d'épaisses lunettes, découpait à la scie à chantourner de fines silhouettes dans des panneaux d'acajou. Diamond frappa un coup sec aussitôt noyé par le vacarme.

La porte n'était pas verrouillée. Griffey tourna la poignée et Diamond le suivit à l'intérieur. Mal à l'aise, ils restèrent près du seuil jusqu'à ce que le barbu s'aperçoive enfin de leur présence et pose son ciseau sur l'établi.

— Monsieur Diamond, je présume ? Je ne vous avais pas entendu. Entrez, entrez.

— Merci de nous recevoir, monsieur Behringer. Je vous présente mon collègue, Solomon Griffey.

Behringer s'essuya les paumes sur son large pantalon kaki, puis leur tendit une main calleuse.

— Enchanté. Alors comme ça, vous êtes chargé de me transmettre un message de la part d'une vieille amie ?

— Oui, répondit Diamond. Toby Felder.

Les yeux de Behringer s'animèrent. Il se tourna vers son assistant et, de la tête, lui indiqua la porte.

— Va donc nous chercher du Coca light, Tomás, *por favor*. Un pack de six et le *Post. ¿Comprende ?*

— *Si.*

— Et prends ton temps, surtout.

Le jeune garçon enleva ses lunettes, saisit le billet que lui tendait Behringer, fit une halte dans les toilettes à l'entrée de l'atelier puis s'éclipsa.

Diamond balaya du regard le local encombré. Plusieurs scènes religieuses destinées à orner des autels étaient appuyées contre les murs. Il reconnut Jonas et la baleine, Daniel et le lion, Moïse frappé de stupeur devant le buisson ardent. D'autres œuvres à divers stades de réalisation se trouvaient disséminées un peu partout. Les parties d'un balustre, un jubé cassé, le devant d'un lutrin, une rangée de bancs et des bas-reliefs d'autel. Des cloisons de séparation au centre de la pièce servaient à entreposer des planches et des bouts de ferraille. Des outils étaient nichés dans les alvéoles d'un meuble évoquant une ruche ou suspendus à des crochets fixés à un panneau perforé. Des scies et des accessoires de finition occupaient le fond de l'atelier.

— Toby Felder pense beaucoup à vous, reprit Diamond.

— Très franchement, je ne pourrais pas en dire autant. C'était un autre lieu, une autre vie, un autre moi.

Diamond plissa les yeux.

— Et les Garmin, Howard ? Vous arrive-t-il de penser à eux ?

— Oui, quelquefois. Je ne les connaissais pas personnellement, bien sûr, mais c'était tellement horrible…

— À vous entendre, on jurerait que vous n'étiez pas concerné.

— Vous insinuez le contraire ?

— J'affirme que vous êtes passé voir Toby Felder chez les Garmin ce soir-là. Pendant qu'elle s'occupait des gosses, vous avez pris la clé de la maison. Ensuite, sous un prétexte quelconque, vous vous êtes absenté le temps d'en faire faire une copie. Toby vous a surpris au moment où vous la raccrochiez au tableau dans la cuisine, mais la peur l'a empêchée de parler. Elle savait qu'elle n'aurait jamais dû vous laisser entrer et qu'elle risquait de gros ennuis, sans pour autant se douter à quel point. Plus tard, après les meurtres, elle s'est retrouvée paralysée par la peur et le remords ; elle était certaine qu'on l'enverrait en prison si on découvrait son rôle dans cette histoire. Ça la ronge depuis.

Behringer partit d'un rire cassant.

— Toby a toujours eu de l'imagination à revendre.

— Peut-être, mais en l'occurrence, elle a dit la vérité. Vous avez donné le double de cette clé à quelqu'un ou vous l'avez vous-même utilisé. Alors, quelle est la bonne réponse ? lança Diamond.

Le cou de Behringer se couvrait peu à peu de marbrures écarlates.

— Vous ne croyez tout de même pas que j'ai tué ces gens…

— Ah non ? Vous avez emporté la clé et je peux le prouver. Primo, il y a la déposition de Toby, et secundo, ce ne devrait pas être trop difficile d'identifier la personne qui vous en a fabriqué un double.

— En admettant que j'aie emprunté cette clé, ça ne fait pas de moi un meurtrier. Ça n'avait rien à voir.

— Je me demande comment réagirait un jury, intervint Griffey. Vous volez une clé chez les Garmin, et, trois jours plus tard, toute la famille est massacrée. On n'a pas relevé la moindre trace d'effraction, évidemment, puisque l'assassin possédait un double. À mon avis, tout ça risque de jouer contre vous, monsieur Behringer ; c'est le genre de « rien à voir » qui peut vous valoir une condamnation à perpétuité, voire la peine de mort.

— Je suis chrétien. Jamais je n'attenterais à la vie d'un innocent.

Diamond haussa les épaules.

— Aujourd'hui, peut-être, mais comme vous l'avez dit tout à l'heure, il s'agissait d'une autre époque, d'un autre lieu, d'un autre vous-même. Qui sait si ce bon vieux Howard Behringer n'était pas un homme complètement différent, en ce temps-là ? Qui sait s'il n'était pas capable d'infanticide ?

L'inquiétude crispa les traits de son interlocuteur.

— Non. J'ai fait certaines choses dont je ne suis pas fier, c'est vrai, mais sûrement pas ça.

L'air solennel, Griffey hocha la tête.

— Ce sera aux jurés d'en décider. S'ils estiment crédibles les accusations portées contre vous, je pense que vous pourrez occuper la cellule libérée par M. LeBeau dans le couloir de la mort au pénitencier de Florence.

— Oh, je vous en prie, gémit Behringer. J'ai une femme et deux jeunes enfants…

— Comme Joe Garmin à l'époque, l'interrompit Diamond.

Des larmes coulèrent sur les joues de Behringer et allèrent se perdre dans les poils drus de sa barbe brune.

— Je ne les ai pas tués, affirma-t-il. Vous devez me croire.

— Si vous voulez nous convaincre, répliqua Griffey, je vous conseille de dire la vérité, monsieur Behringer.

Celui-ci s'affala contre un établi.

— Il n'y a aucun moyen d'échapper au passé, je suppose, quoi qu'on fasse.

— Vous devez d'abord comprendre ce qui vous a amené là aujourd'hui pour déterminer où vous voulez aller, déclara Griffey.

Behringer s'essuya les yeux, puis affronta le regard implacable du vieil homme.

— J'ai rencontré Toby dans un bar environ un an avant l'affaire Garmin et on est devenus amis. Il n'était pas question de liaison sérieuse entre nous, en tout cas pour moi. Elle affirmait avoir vingt-deux ans, mais je me rendais bien compte qu'elle était plus jeune. Bien trop jeune. Sans compter qu'elle avait l'air si triste, si sérieuse… Je me disais toujours qu'à la moindre erreur de ma part, elle risquait de se briser.

— Elle est encore fragile, confirma Diamond.

— Je buvais beaucoup, à l'époque, et je bossais pour un ébéniste quand j'avais l'esprit suffisamment clair, poursuivit Behringer. Il me payait une misère, même si c'était sans doute plus que je ne méritais. Résultat, j'étais toujours fauché, toujours à la recherche d'un moyen de me faire un peu d'argent.

» Bref, ce type a commencé à fréquenter mon bar de prédilection. Il était bizarre, et même effrayant, mais il avait en permanence les poches pleines de blé qu'il distribuait allégrement, et c'est tout ce qui m'intéressait à ce moment-là. Il s'est mis à me confier des petits boulots en me payant royalement. J'allais lui chercher un paquet de cigarettes et il me refilait dix dollars. Vingt pour transmettre un message à un gars. Cinquante pour appeler une vieille dame et lui dire qu'il allait être en retard, ou un truc dans le genre. Cinquante aussi pour envoyer un e-mail à quelqu'un. Comme ça, rubis sur l'ongle.

— Quel rapport avec Toby Felder ? s'enquit Diamond.

— J'y arrive. Ce type savait tellement de choses que c'en était troublant. J'ignore comment, mais il a découvert que Toby était une de mes amies. Et comme il avait appris qu'elle devait garder les gosses des Garmin, il m'a demandé de lui procurer un double de la clé de la maison. Cent dollars pour quelques minutes de travail. C'est tout ce que j'ai vu. Ça ne me paraissait pas bien méchant.

Griffey secoua la tête.

— Vous ne me ferez pas avaler ça, Behringer. Vous vous doutiez forcément qu'il avait de mauvaises intentions.

— Non, je vous assure. Il m'a raconté qu'il connaissait les Garmin et qu'il voulait leur préparer une surprise pour leur anniversaire de mariage. J'ai pensé qu'il parlait d'une fête. Je vous jure.

Ses traits s'affaissèrent sous l'effet de l'angoisse.

— Qu'est-ce que vous attendez de moi ? murmura-t-il.

— Je vous le répète, monsieur Behringer, rien d'autre que la vérité, répondit Griffey.

— Mais c'est la vérité. Ça peut sembler stupide et dingue aujourd'hui, mais sur le coup, je l'ai cru.

— C'était LeBeau ?

De sa manche, Behringer essuya sa barbe humide.

— Il ne lui ressemblait pas. Mais très sincèrement, je ne suis plus sûr de rien.

— Pourquoi ?

— Le type en question avait une longue cicatrice sur le menton, une moustache, un short, des cheveux noirs et des lunettes. Son visage paraissait aussi moins creusé que celui de LeBeau. Du moins, par rapport aux photos publiées dans les journaux au moment du procès.

— Mais vous n'avez toujours aucune certitude ?

— Non. Après tout, il est possible que ce type ait été LeBeau déguisé. Si vous savez comment vous y prendre, c'est facile de transformer l'aspect d'un objet. De le faire paraître plus gros, plus plat, plus sombre, différent de mille façons. Le bois et les visages, c'est pareil. Il existe toutes sortes de techniques pour créer des trompe-l'œil.

— LeBeau et l'homme qui vous a réclamé cette clé avaient la même stature ? Le même âge ? demanda Diamond.

— Oui, mais il n'y avait pas que ça, répondit Behringer. Ce gars, il lui manquait aussi la même chose, si vous voyez ce que je veux dire.

Diamond fronça les sourcils.

— Non, je ne vois pas.

— Ses yeux étaient pareils à ceux de LeBeau. Morts. Comme s'il n'avait pas d'âme.

Griffey hocha la tête et lui tendit une carte.

— Merci pour votre aide, monsieur Behringer. Nous allons vous laisser, maintenant. Si d'autres souvenirs vous reviennent, appelez-nous.

Ils étaient dans la voiture, prêts à démarrer, lorsque Behringer déboucha dans l'allée en courant.

— Attendez !

À contrecœur, Diamond avait cédé devant l'insistance de Griffey à reprendre le volant. Il baissa la vitre côté passagers.

— Oui ?

Behringer lui remit une feuille de papier pliée.

— J'ai gardé cette note qu'il m'avait écrite. Je ne sais pas pourquoi, c'est comme si une force mystérieuse m'avait poussé à la conserver. C'est un message qu'il m'avait demandé de transmettre. Ça vous sera peut-être utile.

— Peut-être, monsieur Behringer. Merci.

— Non, merci à vous…

Les larmes montèrent de nouveau aux yeux de Behringer.

— J'ai eu tort, murmura-t-il. Il y a des années que j'aurais dû raconter ce que je savais.

— Vous l'avez fait aujourd'hui. C'est l'essentiel.

Quand Griffey s'engagea sur la chaussée, Diamond déplia la page manuscrite. Son regard chercha aussitôt à se repaître d'informations : inclinaison et rythme, forme et pression, caractéristiques du tracé des lettres et de leurs regroupements, boucles et connecteurs, points et tirets. Insatiable, il retourna la page avant de l'étudier de bas en haut. Il faudrait procéder à quantité d'analyses et de comparaisons. Même la texture du papier et l'encre contenaient probablement de précieux renseignements. Au besoin, il tenterait d'estimer l'ancienneté du stylo et de déterminer sa marque.

Plus il regardait, plus il s'interrogeait. Plus il creusait, plus il éprouvait la nécessité de creuser encore. Comme pour la nourriture, il n'espérait guère atteindre la satiété avant longtemps. Il se gaverait de ce message aux bords déchirés, mesurant environ dix centimètres sur quinze, jusqu'au moment où il pourrait enfin s'en libérer. Avec un peu de chance, ils seraient alors en mesure de renvoyer LeBeau derrière les barreaux.

36

Callendar regarda de nouveau les photos d'autopsie. Il avait consacré tous ses instants libres au cours des dernières vingt-quatre heures à revoir le dossier, et à présent, il connaissait intimement la juge Gretchen Montrose et l'huissier Deakin Barnes. Montrose était une femme d'un mètre soixante-dix pour soixante-huit kilos, et Barnes, un homme d'un mètre quatre-vingts pour cent quatre kilos. Montrose était en bonne santé, à l'exception d'un minuscule dépôt calcaire dans l'aorte gauche et d'une légère dégénérescence arthritique dans les genoux.

Barnes n'avait qu'une congestion pulmonaire mineure et de petites cicatrices sur la jambe gauche dues à un ancien accident de moto. Sans les multiples entailles incisées et transversales infligées au couteau – sept pour Montrose et neuf pour Barnes –, ils auraient pu vivre tous les deux jusqu'à un âge avancé. Chacun avait également reçu de vilaines blessures aux mains, indiquant qu'ils n'avaient pas succombé sans résister. À en juger par l'absence de sang sur les lieux et l'accumulation particulière des fluides corporels, les meurtres avaient été perpétrés ailleurs et les victimes transportées post-mortem dans la salle du tribunal.

Tout en réexaminant les faits, Callendar ressassait les mêmes questions. Il consulta de nouveau la liste qu'il avait établie et se heurta aux mêmes sempiternels points d'interrogation. Où le juge et l'huissier avaient-ils été tués ? Pourquoi les avait-on déplacés ? Quand reverrait-il Sandra ? Comment pourrait-il provoquer une rencontre plus tôt ? Comment avait-on pu les déplacer en toute discrétion ? Quand reverrait-il Sandra Straley ? Comment allait-il tenir jusque-là ?

Il détacha son regard du dossier et contempla le téléviseur muet. Ce qu'il découvrit à l'écran le propulsa telle une fusée hors de son fauteuil favori. Il se mit à gesticuler frénétiquement en pestant dans sa barbe comme dans une pantomime effrénée tandis que ses Knicks bien-aimés achevaient de perdre les seize points qui leur avaient assuré une confortable avance. Lonnie Jonze, la vedette récemment intégré à l'équipe, était en train de torpiller le match.

Le nouveau joueur semblait ailleurs. Peut-être pensait-il à tous ces dollars qui pleuvaient sur lui. Profitant d'un moment d'inactivité, Callendar avait calculé que le basketteur touchait dans les deux mille dollars la minute par match, sans compter les revenus générés par la publicité, les produits dérivés et les ventes d'autographes, qui lui permettaient d'empocher un billet de cinquante dollars juste pour griffonner son nom sur un bout de papier.

L'autographe de Callendar, lui, valait exactement le montant inscrit sur les chèques qu'il remplissait, sauf ceux qu'il rédigeait tous les mois pour la pension alimentaire de Janice. En l'occurrence, elle veillait à ce que chaque centime versé rapporte à son ex-mari plus que son lot d'ennuis.

Il jeta un coup d'œil attendri à ses enfants. Madison et Cody, installées par terre dans le salon tels deux serre-livres, étaient entourées de manuels scolaires, de cahiers, de marqueurs, de stylos et de snacks stimulants pour l'esprit d'après leur père : essentiellement du cheddar Goldfish. Toutes deux arboraient une expression d'intense concentration, mais connaissant Cody, la sienne était vraisemblablement feinte. Pourtant, il avait bien l'intention de respecter sa parole en maintenant leurs jolis petits nez plongés dans les bouquins. Janice devrait trouver un autre moyen pour essayer de lui retirer son droit de garde.

Callendar ne doutait cependant pas qu'elle ferait son possible pour y parvenir. Tout pour le rendre malheureux. Sur ce point, la fin de leur mariage n'avait pas entamé sa détermination à lui empoisonner la vie.

Jonze tenta un tir facile. Un petit jeune belliqueux, moitié moins grand que lui, récupéra le ballon quand il rebondit contre le panneau, traversa le terrain à longues foulées fluides et marqua au terme d'un gracieux lancer en arc de cercle. Les spectateurs se déchaînèrent dans les gradins, les uns enthousiastes, les autres prêts à liquider Jonze, un joueur payé des millions de dollars. Callendar se releva d'un bond.

— Il craint, hein, papa ?

Cody hocha la tête.

— Franchement, combien il touche, ce mec ? Dix millions ?

— C'est ce que j'ai lu, répondit son père.

Pensive, la fillette fronça les sourcils.

— Avec une moyenne de quatre-vingt-deux matchs par saison, ça fait presque cent vingt-deux mille dollars par match.

Callendar ne fut pas surpris qu'elle se soit aperçue de la contre-performance de Jonze tout en donnant l'impression d'étudier ses livres. Rien ne lui échappait jamais.

— Si tu tiens à conserver ta réputation de nulle en maths, répliqua-t-il, tu as raison de regarder.

— M'en fiche, des maths. C'est le basket qui m'intéresse.

Madison, dont la conscience sociale se développait en même temps que le reste de sa personne, émit un reniflement réprobateur.

— Je trouve dégueulasse qu'il se fasse autant de fric pour lancer un ballon alors que des tas de gens crèvent de faim.

— Si tu peux me dire la même chose en termes plus élégants, je me rallie à ton point de vue, ma belle, répliqua Callendar.

Toujours ravie d'avoir obtenu sa libération conditionnelle après une peine d'emprisonnement orthodontique, elle lui adressa un sourire éblouissant.

— Je trouve révoltant que ce monsieur gagne autant d'argent pour lancer un ballon alors que beaucoup de gens meurent de faim, déclama-t-elle.

— Frimeuse ! rugit Cody. Grosse tête, fayotte, chouchoute de la maîtresse, crâneuse, première de la classe !

Madison, son aînée d'un an, lui tapota la tête d'un air condescendant.

— Merci, ma petite Cody. Tu as raison, c'est plus prudent pour toi de reconnaître ma supériorité intellectuelle.

— Alors là, tu peux toujours courir, espèce de débile profonde ! T'as pas plus de cervelle qu'une puce !

Sa sœur conserva son calme olympien, supérieur.

— La pauvre ! railla-t-elle. Elle a beau essayer, elle arrive pas à suivre…

— Ah oui ? Ben, tu vas voir ça !

Cody se jeta sur le cahier de Madison, l'ouvrit à la dernière page puis éclata d'un rire sadique. L'intérieur de la couverture cartonnée s'ornait d'une multitude de cœurs stylisés percés d'une flèche. *Madison aime Scott*, avait-elle écrit en dessous.

— Regarde, papa ! s'écria Cody. Madison est amoureuse d'une marque de PQ.

Sa sœur lui arracha le cahier des mains.

— Ça vaut mieux que d'être soi-même du PQ, grosse tache !

Callendar se rassit pour se concentrer de nouveau sur le match. Il préférait les laisser régler seules leurs querelles. Ces disputes précoces et les négociations qui s'ensuivaient lui apparaissaient comme une excellente préparation aux relations sociales, plus tard. Ayant grandi avec trois sœurs et deux frères, Callendar s'était forgé une solide expérience dans la gestion des intérêts opposés et des opinions divergentes. Souvent, avait-il découvert, la meilleure solution résidait en un compromis qui décevait tout le monde en proportions à peu près égales.

Janice, bien entendu, était une enfant unique.

Jonze se racheta dans la seconde mi-temps, rattrapant une passe difficile puis marquant de loin un panier à trois points. Là-dessus, une occasion saisie à temps ramena le ballon dans leur camp. Les Knicks semblaient bien partis pour faire leur come-back. Callendar jubilait.

Durant les quelques secondes où il les avait ignorées, les filles avaient conclu une trêve. Elles en étaient à cette phase de gloussements qui marquait la fin de presque toutes leurs chamailleries. Comme par hasard, ce fut le moment choisi par Janice pour prendre de leurs nouvelles.

Callendar leur intima par gestes l'ordre de rester tranquilles, mais elles continuèrent de pouffer à qui mieux mieux. Il eut beau plaquer la main sur le micro, Janice les entendit ; quand il s'agissait de détecter une défaillance chez son ex-mari, aussi minime soit-elle, elle possédait une sorte de radar infaillible.

— Je n'ai pas l'impression que ce soit l'environnement idéal pour étudier, Ted.

— Elles ont travaillé pendant des heures. Pour le moment, elles relâchent un peu la pression, c'est tout.

— Ah oui ? Eh bien, je ne me rappelle pas cette partie de notre accord. Mais il est vrai que le respect des engagements n'a jamais été ton point fort, n'est-ce pas ?

— Les filles font leurs devoirs. Tout va bien. Tu veux que je te les passe ?

— Laisse-moi deviner, Ted. Vous regardez le match, c'est ça ?

— C'est gentil de ta part de poser la question.

— Vous regardez une espèce de match débile et des photos sadiques répugnantes. Je me trompe ?

— Oui. Du tout au tout. Les filles n'ont pas accès à ces clichés.

— Tiens donc ! Quoi qu'il en soit, je ne vois pas comment elles pourraient se concentrer au milieu de toutes ces inepties. Sans parler de l'inconscience d'un père qui confronte de jeunes enfants à des actes criminels révoltants.

— Je sais, répondit-il avec un calme surhumain. Je ne leur montre rien.

— Écoute, Ted, tu as tes priorités, mais j'estime que l'éducation des filles est plus importante qu'un putain de match ou que ces satanées photos qui te font bander. Tu t'intéresses à toutes ces conneries, je m'intéresse à mes enfants. La différence est de taille, il me semble. Sans rancune, OK ?

L'humeur exubérante des deux sœurs s'était dissipée. Toutes deux observaient maintenant leur père en essayant de deviner ce qui se tramait au téléphone.

Il s'efforça d'adopter un ton neutre pour répondre :

— Non. Bien sûr que non.

— Parfait. Je viendrai les chercher dans une demi-heure.

— Pas question. Elles ont apporté toutes leurs affaires pour aller en classe demain. Hein, les filles ?

Cody haussa les épaules.

— Moi, oui.

— Maman le sait bien, qu'on a tout pris, renchérit Madison. Qu'est-ce qui se passe ?

— Arrête de m'emmerder, Ted. Tu as rompu notre accord, point final. Demande-leur de se préparer.

— Elles te verront demain après l'école, Janice. Bonsoir.

— Elles me verront dans trente minutes ! piailla-t-elle. Je te préviens, il vaut mieux qu'elles soient prêtes, ou on en reparlera au tribunal des affaires familiales. Je suis sûre que le juge Frankel sera ravi d'apprendre que tu les encourages à regarder des matchs de basket et des photos de victimes de meurtres au lieu de leur faire faire leurs devoirs.

— Elles étudient, Janice.

— À mon avis, le juge appréciera ta définition du verbe « étudier ». Bon, je serai là dans une demi-heure.

Callendar percevait la détresse des petites. S'il refusait de les laisser partir, Janice ne manquerait pas de faire une scène.

— D'accord, je vais leur demander de se préparer.

— Et pour l'amour de Dieu, ne les laisse pas descendre avant mon arrivée. La dernière fois que tu…

— OK.

Cette fois, Callendar raccrocha. Il n'avait pas envie d'entendre la suite. Plus de dix-huit mois s'étaient écoulés depuis cette terrible soirée où un dingue avait attiré les filles dans un piège afin de semer la panique et de lancer un avertissement. Janice ne lui permettrait jamais d'oublier. De toute façon, il en était incapable.

Le temps que ce détraqué soit appréhendé, puis incarcéré, Callendar avait passé ses journées à surveiller ses filles. Et quand il s'endormait, ce qui lui arrivait rarement et par brèves périodes seulement, des monstres envahissaient ses rêves.

Une fois la crise surmontée, Janice l'avait traîné devant le juge Frankel et accusé de mettre délibérément ses enfants en danger par le biais de sa participation à l'Arcanum. Qu'il ait pris ses distances avec le groupe ne l'avait pas calmée. Par chance, le magistrat, un homme intelligent et sensé, avait rejeté l'argument et débouté Janice de sa demande avec une grande fermeté.

Frankel n'avait pas non plus adhéré à l'idée que Callendar puisse être responsable de l'enlèvement. Il avait décrété qu'un métier périlleux ne suffisait pas à annuler le droit de garde d'un parent, mais il avait néanmoins ordonné à Callendar de protéger ses enfants de ce travail et de ses éventuelles conséquences. En outre, un inspecteur des services sociaux avait confirmé qu'il était capable de prendre en charge ses filles et de leur offrir des conditions de vie tout à fait décentes. Mais rien de tout cela n'avait ébranlé Janice.

— Pourquoi faut qu'on s'en aille ? lança Madison quand il raccrocha.

— Maman veut que vous rentriez ce soir.

— Mais pourquoi ? insista Cody.

— C'est comme ça. Pas de quoi en faire un drame.

— Faut toujours que tu lui cèdes, l'accusa Cody.

— Elle est plus grande que moi, plaisanta Callendar. Sérieux, il s'agit simplement de décider où vous allez dormir. Après vos examens, on pourra reprendre nos petites habitudes.

— C'est pas juste, marmonna Cody.

— Il n'y a pas de problème, ma chérie, affirma Callendar. Je t'assure.

Madison remarqua le regard suppliant de son père.

— Suis-moi, tête de nœud, dit-elle à sa sœur. On va quand même pas passer la nuit là-dessus !

— Tête de nœud toi-même, répliqua aussitôt Cody.

Les deux filles se dirigèrent vers la chambre d'amis pour récupérer leurs affaires. Dégoûté, Callendar éteignit le téléviseur, interrompant Jonze en plein milieu d'un lancer franc.

Il alla chercher le dossier du tribunal et s'installa dans son fauteuil. S'efforçant de chasser la séduisante Sandra Straley de son esprit, il réfléchit une nouvelle fois aux questions qui l'obsédaient. Où les victimes avaient-elles été tuées ? Pourquoi les avait-on déplacées ? Comment avait-on fait pour les transporter en toute discrétion ?

Première question : où avaient-elles été tuées ?

Soudain, la réponse lui parut évidente. Elles avaient forcément été assassinées sur place. Il possédait un rapport complet sur le tribunal de Maricopa County et les mesures de sécurité appliquées sur l'ensemble du site. Celles-ci étaient à la fois maximales et extrêmement élaborées. Il n'y avait pas moyen d'entrer dans les bâtiments ou d'en sortir sans être repéré par l'œil exercé des agents en faction et les caméras de surveillance omniprésentes, orientées de façon à filmer tout et tout le monde.

Les meurtres avaient été commis pendant le week-end, quand seuls les véhicules autorisés pouvaient pénétrer dans le parking et l'ensemble des employés devaient se présenter au poste de sécurité équipé d'un système d'identification ultramoderne. Un examen minutieux des bandes enregistrées ce jour-là n'avait rien révélé d'anormal. Il n'y avait pas eu beaucoup d'activité.

Autrement dit, il fallait chercher du côté de ce qui paraissait normal.

Son cœur s'emballa en même temps que ses pensées. Les archives lui avaient révélé que des voitures de particuliers uniquement avaient accédé au parking ou en étaient sorties. Étant donné la taille des victimes, il aurait été impossible de les loger à l'intérieur d'un coffre. De plus, comme tous les véhicules entrants étaient fouillés, il était peu probable que le meurtrier ait voulu courir le risque.

Le garde à l'accueil conservait un registre dans lequel étaient notées toutes les allées et venues du personnel et des visiteurs autorisés, et l'agent Straley s'était procuré une copie de la page à la date des meurtres. La liste ne révélait rien de suspect. Elle comportait le nom de quelques juges, d'employés du tribunal et de techniciens de surface supervisés par les agents de sécurité. Bien sûr, il y avait aussi les agents eux-mêmes, tous soumis à des vérifications rigoureuses au moment de leur embauche.

Mais ensuite, ils pouvaient circuler librement dans les bâtiments. Tout le monde était surveillé par les agents, y compris les agents eux-mêmes. Si l'un d'eux projetait un mauvais coup, voire un meurtre, il était néanmoins bien placé pour exploiter les failles du système. Il savait où et quand ses collègues exerçaient leurs rondes, à quel moment ils prenaient leurs pauses et rompaient le contact. Il connaissait la portée et l'emplacement de chaque caméra, ce qui lui permettait de déterminer les zones mal surveillées et les angles morts. Au besoin, il pouvait toujours créer des diversions.

Ce qui amena Callendar à la question suivante : pourquoi avait-on déplacé les victimes ?

Il était convaincu que cette initiative ne faisait pas partie du plan initial de l'assassin. Disposer les corps dans la salle d'audience en traçant des lettres de sang sur le mur derrière leur dos lui apparaissait comme une tentative évidente de plagier LeBeau, mais les tuer ailleurs lui semblait une manœuvre inutile et sans doute imprévue. Les meurtriers sont par nature aussi paresseux que tout un chacun. Ils ne se créent pas sciemment de complications superflues. D'une façon ou d'une autre, le juge Montrose et Barnes avaient dû changer leurs habitudes, contrariant ainsi les projets du tueur. À moins que l'intervention d'un facteur extérieur n'ait modifié le cours des événements ? L'agresseur avait peut-être été retardé par un embouteillage, un pneu crevé ou une visite inattendue de son patron. Il arrive parfois que même les tentatives d'assassinat les plus soigneusement préméditées tournent court.

D'où la question numéro trois : comment les avait-on déplacées ?

La magistrate et l'huissier n'étaient pas des poids plumes. Or un poids mort est encore plus difficile à transporter, surtout quand le sang qui s'échappe de multiples coups de couteau le rend glissant.

Tout se mettait en place, désormais. À part dans la salle d'audience, aucune trace de sang n'avait été relevée à l'intérieur du bâtiment ou sur le site alentour. On n'avait rien découvert non plus dans les escaliers, les ascenseurs ou les couloirs de l'édifice. Autrement dit, soit l'assassin avait fait le ménage sur les lieux de son crime, puis trouvé un moyen propre et discret de transporter les corps, soit il avait soigneusement effacé d'éventuels indices compromettants avant de quitter le tribunal.

En l'occurrence, « propre » était un mot clé dans cette affaire. Le personnel d'entretien dispose forcément du matériel capable de venir à bout des taches de sang, une substance en général difficile à éliminer. Il utilise des aspirateurs, des laveuses et des cireuses électriques d'une puissance industrielle, des désinfectants, des détergents, de lourds chariots, de grands sacs en plastique et des bâches. Dans le cas présent, il suffisait d'une équipe de nettoyage collaborant avec un agent de sécurité. En d'autres termes, il devait s'agir d'une conspiration interne. Ce qui signifiait…

Soudain, Madison reparut, Cody sur les talons. Elle pila net avant de pointer le doigt en silence.

Cody attrapa sa sœur par la main et l'entraîna vers la porte.

— Vite, papa. Regarde. Il y a le feu !

De fines volutes de fumée emplissaient peu à peu la pièce et allaient se masser près du plafond. Callendar perçut en même temps l'odeur âcre du caoutchouc brûlé et le crépitement de flammes voraces.

— Attendez ici, leur ordonna-t-il. Ne bougez pas.

La porte de l'entrée n'était pas spécialement chaude, mais il ne tenait pas à courir de risques. Il mouilla une pile de serviettes en papier et les disposa au pied du battant.

— Venez.

Prenant chacune des filles par la main, il les conduisit vers la fenêtre de sa chambre.

— Allez, jolies demoiselles, dehors.

Avec précaution, il les aida à enjamber le rebord pour atteindre l'escalier de secours. Puis il sortit à son tour et les précéda sur les marches métalliques.

— J'ai peur, murmura Madison.

Cody serra avec force la main de son père.

— Qu'est-ce qui brûle, papa ? D'où ça vient ?

— D'abord, on descend jusqu'à la rue. Après, on essaiera de comprendre ce qui s'est passé.

Parvenu au pied de l'immeuble, il ne décela aucun signe alarmant dans les appartements voisins. La fumée ne s'échappait que de sa fenêtre. Il retira de sa poche son téléphone cellulaire et appela police secours. Sitôt les filles conduites à bonne distance, il se risqua dans le hall et déclencha l'alarme.

Bientôt, ils furent rejoints sur le trottoir par des voisins plus ou moins ahuris et plus ou moins habillés. Janice arriva en même temps que deux camions de pompiers et une ambulance, toutes sirènes hurlantes.

Poussant un cri perçant, elle attira les fillettes contre elle.

— Oh, mes bébés ! Mon Dieu, vous n'avez rien ?

Callendar entendit les protestations étouffées de Cody.

— Tout va bien, m'man. C'est pas grave. Y avait juste un peu de fumée.

— Où sont vos manteaux ? répliqua-t-elle. Mais enfin, Ted, tu es fou ou quoi ? Qu'est-ce qui t'a pris de les laisser sortir comme ça en plein hiver ?

Occupé à expliquer au chef des pompiers ce qu'il avait vu, Callendar leva les yeux au ciel, résumant ainsi sa situation conjugale.

Son interlocuteur haussa la voix de façon à ce que Janice l'entende :

— Vous avez eu parfaitement raison de téléphoner et d'évacuer immédiatement les lieux, monsieur Callendar. Personne n'a été blessé. C'est l'essentiel. Restez ici le temps que mon équipe aille jeter un coup d'œil à l'intérieur.

Les pompiers pénétrèrent dans l'immeuble, où ils se déployèrent. Les chauffeurs des camions demeurèrent près de leurs véhicules en attendant des instructions. Grâce à la radio de leur chef, Callendar put écouter les rapports transmis des différents secteurs. *Rien à signaler au sous-sol. Aucune trace d'incendie dans l'escalier. Rien à signaler dans le hall. Tout est OK au premier et au deuxième étage.*

Les hommes étaient maintenant dans l'appartement de Callendar. *J'ai trouvé, chef. Le feu a pris au fond d'une poubelle dans le placard de l'entrée. On l'a maîtrisé. C'est fini.*

— Une poubelle ? s'étonna Callendar. Je n'en ai jamais mis dans le placard !

— Quelqu'un l'aurait déposée chez vous ? demanda le chef.

Callendar remarqua la façon dont Janice, qui guettait sa réaction, se hérissait. Quoi qu'il dise, il le savait, elle ne manquerait pas de s'en servir contre lui.

Il haussa les épaules en s'efforçant de conserver une expression impassible.

— Bah, elle était peut-être à moi. Mais comme vous l'avez dit, l'essentiel, c'est que tout le monde soit indemne. Il y a eu plus de peur que de mal.

Le chef des pompiers le gratifia d'un hochement de tête complice.

— C'est tout ce qui compte, monsieur. Bon, vous recevrez probablement un coup de fil de l'inspecteur. C'est la procédure normale.

— D'accord.

Déjà, Janice entraînait Cody et Madison vers la rue.

— Venez, les filles. On rentre à la maison, où on sera bien au chaud et en sécurité loin de toute cette pagaille. J'espère que vous n'êtes pas trop bouleversées pour vous concentrer sur vos contrôles.

— On n'est pas bouleversées, m'man. T'as pas écouté le monsieur ? C'était rien du tout.

Plaquant la main sur la bouche de sa fille pour l'empêcher de faire entendre la voix de la raison, Janice la poussa dans un taxi.

Les uns après les autres, les voisins réintégrèrent l'immeuble, et Callendar finit par les suivre. De retour chez lui, il évalua l'étendue des dégâts. Son anorak bleu était à moitié consumé et son pardessus beige roussi au niveau de l'ourlet. Il découvrit aussi deux cache-nez calcinés, un gant de base-ball carbonisé et les restes boursouflés, nauséabonds, de son attaché-case favori. Par chance, il en avait retiré les dossiers obtenus auprès de l'agent très spécial Straley. La plupart du temps, la mallette contenait des documents et des enregistrements confidentiels qu'il lui aurait été difficile, voire impossible, de remplacer.

Son placard empestait le renfermé, l'humidité et la laine brûlée. La poubelle de caoutchouc gris, noircie et remplie d'une eau trouble, ne lui était pas familière.

En voyant le chaos ambiant, il frissonna à la pensée de la terrible violation d'intimité qu'il venait de subir. Quelqu'un s'était introduit dans l'appartement alors que les filles étaient là. Le feu aurait pu se déchaîner dans la penderie, puis se libérer brutalement, avide d'oxygène, et faire une démonstration de force mortelle. Madison et Cody auraient pu se retrouver piégées dans les flammes, victimes de blessures horribles ou pis encore.

Il songea aussitôt à Amie Broder, qui l'avait harcelé au téléphone. Mais le nom de plusieurs autres candidats tout aussi déterminés lui vinrent ensuite à l'esprit. Dans son métier, les ennemis ne manquaient pas.

37

Une longue douche chaude ne m'aida pas à chasser le spectre de Sid Peake. Sa puanteur de bête fauve me donnait toujours le tournis. Je n'arrêtais pas de le voir s'avancer vers moi dans ce sous-sol grouillant d'ombres. Je sentais ses doigts rugueux m'attraper la cheville et me faire perdre l'équilibre alors que je tentais de me sauver. Son souffle rauque résonnait comme le tonnerre à mes oreilles.

Mon tibia droit m'élançait là où je m'étais cognée contre la marche. Une sensation de gonflement chaud irradiait du centre à vif de la blessure et chaque pas hésitant que j'esquissais me rappelait douloureusement mon impardonnable imprudence.

Le téléphone sonna au moment où je m'essuyais. J'allai répondre en boitillant gauchement et décrochai à la troisième sonnerie. Mes cheveux étaient toujours mouillés et de l'eau me dégoulinait dans le dos.

— Salut, Claire. Ça va ?

— Certaines choses vont bien, Jed. Mais les gens, c'est une autre histoire.

— J'ai l'antidote idéal : un bon dîner relaxant en ma compagnie ce soir.

— Merci, mais ce soir, je ne peux pas. Il faut que je reste ici avec Rainey.

— Demain ?

— Demain, nous avons rendez-vous chez le Dr Bruno.

— Alors, quand ?

— Je ne sais pas, Jed. Je t'appellerai, OK ?

Un silence tendu s'instaura à l'autre bout de la ligne.

— OK ? répétai-je.

— C'est moi, la personne qui t'embête ?

— Non, tu n'as rien à voir là-dedans. Je t'assure.

— Qu'est-ce qui te tracasse ?

— C'est compliqué.

— Essaie de m'expliquer, Claire. Je parie que je peux comprendre. Et peut-être même t'aider.

— Pour le moment, c'est impossible, Jed. Il se passe trop de choses. J'ai juste besoin de temps, d'accord ?

— De temps ? répéta-t-il, avant de laisser échapper un petit rire cassant. Autrement dit, tu m'envoies balader.

— Mais non, je ne t'envoie pas balader.

— Oh, aurais-je employé la mauvaise expression ? Honte à moi. Tu préfères « me congédier », c'est ça ? Est-ce suffisamment froid et distant pour toi ?

— Je t'en prie. Ce n'est pas du tout ça.

— Bien sûr que si. C'est exactement ça, et ce, depuis que je suis arrivé à New York. J'aurais dû m'en apercevoir plus tôt, j'imagine, mais j'ai tendance à me montrer obtus quand il s'agit de toi. Désolé de t'avoir dérangée. Je ne recommencerai plus.

Il raccrocha brutalement avant que j'aie pu répondre à ses accusations. Je contemplai le combiné muet en essayant de comprendre comment cet échange à la fois bref et léger avait pu dérailler à ce point. Après tout, Jed était l'une des rares bonnes surprises que m'avait récemment réservées la vie.

Je m'apprêtais à le rappeler, quand je me ravisai. Je lui avais dit la vérité : la situation était trop compliquée pour le moment. Je n'avais ni le temps, ni l'énergie, ni l'envie de m'investir dans une idylle naissante. Mon carnet de bal était surchargé de problèmes professionnels, de problèmes avec Rainey, de problèmes financiers et de découvertes pénibles au sujet de la mort de Noah. Si Jed ne parvenait pas à s'accommoder de ce chaos chronique, le déraillement était inévitable.

J'enfilai mon sweat-shirt et mes pantoufles, puis boitillai jusqu'à mon bureau, Richter sur les talons. Je relus mon synopsis jusqu'au dénouement en suspens.

La sagesse populaire recommande d'écrire sur ce que l'on connaît et je résolus de suivre ce conseil. Puisqu'une telle profusion de malheurs s'abattait sur ma tête, pourquoi ne pas m'en inspirer pour mon travail ?

Aussitôt, je sabordai le long mariage stable de mon héroïne et troquai ses deux enfants modèles contre une adolescente rebelle, hostile et exaspérante au possible. Je changeai le métier de Laura qui, de chroniqueuse humoristique, devint romancière peinant sur l'ébauche de son nouveau livre. J'allai même jusqu'à remplacer son éditrice adorée par une garce grincheuse, déraisonnable et décourageante que je renommai judicieusement Eleanor après avoir envisagé d'autres possibilités plus osées comme Pat ou Peggy. Afin de mieux couvrir mes arrières, je la dotai également d'une poitrine avantageuse et d'une croupe opulente qui tressautait quand elle marchait tels deux gamins chahutant sous une couverture. Paige Larwin, avec sa silhouette parfaite et son allure impeccable, ne pourrait jamais se reconnaître dans un tel personnage.

Lorsque je levai les yeux, je constatai avec étonnement qu'une heure s'était écoulée. Ma jambe me tourmentait toujours, de même que ma rupture avec Jed ; mais durant un moment, le travail m'avait offert une diversion bienvenue.

Replongeant dans l'histoire, je décidai que le premier crime attribué à Laura serait le plagiat. La personne déterminée à la détruire enverrait à son éditrice une œuvre volée signée de son nom, puis annoncerait publiquement l'identité du véritable auteur. Certains écrivains à la réputation bien établie ont été capables de se remettre de telles révélations, aussi accablantes et humiliantes soient-elles, mais la carrière de Laura ne serait pas suffisamment solide pour lui permettre de surmonter la crise. Soucieux des conséquences juridiques de ce scandale, son agent et son éditrice la laisseraient tomber. Elle serait vilipendée par les autres écrivains et crucifiée par les médias.

Le curseur clignotait sur mon écran de nouveau vierge, m'invitant à monter encore les enchères. Un épisode horrible de plus amènerait ma malheureuse héroïne au bord du gouffre. À ce stade de désolation et de désespoir absolus, soit elle parviendrait à vaincre son ennemi sans visage, soit elle serait anéantie.

Je visualisai clairement la scène la plus dramatique. Laura découvre que sa fille s'est enfuie et elle a toutes les raisons de la croire partie chez sa tante préférée, dans le nord du Connecticut. Mais personne ne répond quand elle appelle là-bas et Laura en déduit qu'elles sont sorties dîner.

Déterminée à aller chercher sa fille et à tenter de combler l'abîme entre elles, elle loue une voiture pour se rendre dans le Connecticut. Quand elle arrive, la tante est chez elle, mais elle n'a aucune nouvelle de l'adolescente. Elles appellent la police pour signaler sa disparition.

Imaginant le pire, Laura décide de retourner chez elle. La neige tombe de plus en plus fort alors qu'elle suit l'entrelacs de petites routes mal éclairées. À deux reprises, elle perd le contrôle de son véhicule. La troisième fois, elle finit sa course contre un arbre, enfonçant pare-chocs et calandre et se blessant à la jambe. Ma cheville douloureuse et ma situation incertaine me fournirent des détails convaincants : sensation de chaleur et peau tendue au niveau de la plaie enflée, esprit dérapant sur ses propres zones à risques.

Sur ce ruban d'asphalte étroit et sinueux, Laura n'a aucun moyen de demander de l'aide. Elle ne voit ni véhicules ni maisons et elle n'a pas de réseau pour son téléphone portable. En fin de compte, elle réussit à ramener la voiture sur la chaussée défoncée, couverte de plaques de verglas, et elle poursuit sa route. Pleine d'appréhension après plusieurs autres embardées éprouvantes et erreurs de parcours, elle rejoint l'autoroute et rentre chez elle. Là, elle trouve sa fille vautrée sur le canapé, bavardant au téléphone et regardant la télévision comme si de rien n'était.

Une dispute terrible éclate entre elles, durant laquelle la peur et l'impuissance de Laura se heurtent au mépris rebelle de sa fille. La querelle s'achève comme à l'accoutumée par un K-O technique. Épuisée, Laura sombre dans un sommeil lourd, sans rêves.

Le lendemain matin de bonne heure, elle est réveillée par de violents coups frappés à sa porte. Sur le seuil, elle découvre deux inspecteurs armés d'un mandat d'arrestation suite à la mort dans le Connecticut d'une fillette de sept ans tuée par un chauffard ayant pris la fuite. La mère de l'enfant, témoin de l'accident fatal, a identifié le véhicule loué par Laura et relevé le numéro d'immatriculation.

Les policiers l'appréhendent et l'emmènent jusqu'à leur voiture de patrouille. En chemin, ils passent devant la Taurus de location garée le long du trottoir. Dans la lumière crue du petit matin, la calandre bosselée semble lancer des accusations sournoises. Le métal est constellé de fins cheveux blonds et de sang séché.

Richter somnolait près de mon fauteuil de bureau. Je venais de taper le mot « sang » quand il se redressa d'un bond pour hurler à la mort.

— Tais-toi, bon sang !

Le chien se tapit sur le sol en gémissant.

Je grattai les poils doux sous son museau.

— Désolé, mon vieux. Je ne voulais pas crier, mais tu m'as fichu la frousse.

Au moment où je prononçais ces mots, je me rendis compte que ce n'était pas tout à fait vrai. Ce qui m'avait réellement fichu la frousse, c'était de m'être si bien identifiée à mon héroïne que j'avais ressenti au plus profond de moi sa totale impuissance devant la succession d'horribles événements qui déferlaient sur elle.

Quand le travail progresse à un tel rythme, il arrive qu'on ne sache plus où s'arrête l'histoire et où commence la réalité. Un romancier peut ainsi se retrouver piégé dans un crépuscule trouble entre ses inventions et lui-même. La frontière devient parfois trop floue pour que l'on puisse la discerner.

38

Zachary ajusta son baudrier avant de se tourner vers la paroi la plus difficile. Celle-ci se présentait comme un mur vertical ponctué de crevasses béantes et de surplombs défiant les lois de la pesanteur. Sur la surface artificielle délibérément lisse, de larges intervalles séparaient les prises pour les mains et les pieds. Il jeta un regard d'envie au visage du débutant sur le pan du fond, où des saillies fantaisistes déclinant les tons pastel ou les couleurs primaires offraient l'équivalent d'une promenade balisée jusqu'au sommet. Malheureusement, ce genre d'ascension trop facile ne produirait pas l'effet recherché.

L'assureur, un type prétentieux, trapu et musclé, dispensait d'un ton neutre mises en garde et instructions de rigueur. Il manifesta son impatience en tirant sur la corde d'un coup sec.

— Alors, vous êtes prêt ou quoi ?

En guise de réponse, Zachary se lança dans une brusque démonstration de vitesse. Il se colla contre le mur et grimpa en crabe, se mouvant si rapidement que l'assureur eut du mal à avaler la corde.

Si Zach progressait à une allure vertigineuse, son cerveau n'en fonctionnait pas moins avec un temps d'avance sur son corps alerte. Au pied de la paroi, il avait mémorisé l'ensemble du relief complexe, évaluant en un éclair le meilleur itinéraire pour monter. Les yeux fermés, il se repéra à cette carte mentale sans hésitation ni faux pas. En le voyant à l'œuvre, personne n'aurait pu se douter qu'il s'agissait de sa première expérience de la varappe.

Parvenu tout en haut, il se retourna, attrapa la corde de rappel et se laissa descendre jusqu'en bas comme une araignée glissant le long de son fil de soie. Une bonne dizaine de curieux, bouche bée, s'étaient rassemblés pour le regarder. Ils l'acclamèrent, applaudissant et poussant des exclamations enthousiastes, avides de lui manifester leur admiration.

Mais il n'y avait pas de place pour de telles réjouissances dans son planning soigneusement élaboré.

Zach jeta un coup d'œil, par-delà le groupe d'admirateurs déchaînés, à la silhouette appuyée dans l'ombre près de la porte. Tout en se dirigeant vers le nouvel arrivant, il procéda à d'autres calculs. Lorsqu'il le rejoignit, il se sentait calme, parfaitement préparé à la rencontre.

— Tu es en retard, dit-il.

— D'après ce que j'ai pu voir, t'as trouvé un bon moyen de passer le temps.

— Ce n'est pas le propos.

— Alors c'est quoi, le propos ?

Feignant la paranoïa, Zach chuchota :

— Pas ici.

— T'as la trouille ?

— Non, je suis prudent.

— Parfait.

Le môme poussa la porte et sortit. Il dévala les trois longs escaliers jusqu'au rez-de-chaussée, puis se dirigea vers la dernière porte à gauche. Quelques secondes lui suffirent pour forcer la serrure du bureau indiquant : MARCUS OLEN, PRÉSIDENT, ASCENSION DE L'EXTRÊME,

INTERNATIONAL INC. À l'intérieur, il parcourut la pièce du regard, puis se laissa tomber dans le grand fauteuil de cuir au bout de la table de réunion au plateau de verre.

De son côté, Zachary resta debout, affirmant ainsi une position de pouvoir différente.

Son jeune interlocuteur retroussa les lèvres en un rictus de mépris amusé.

— Donc, t'apprécies la douleur ?

— Je la trouve intéressante, disons.

— Dans quel sens ?

Zach affecta un froncement de sourcils pensif.

— Avant tout, parce qu'il y a très peu de gens capables de la comprendre. Tout le monde pense que la douleur est une réaction à certain type de stimulus agressif, d'ordre physique ou émotionnel. En vérité, c'est à la fois beaucoup plus complexe et beaucoup plus simple.

— Comment ça ?

— La douleur pure, je veux dire son essence, ou son distillat si tu préfères, réduit le cobaye à ses émotions les plus primaires : peur, dépendance, docilité, résignation, confiance. En situation d'échange parfait, il subit une régression totale. À ce stade, l'expérimentateur a le pouvoir d'opérer une transformation radicale, un peu comme s'il était Dieu.

Phelan hochait la tête, désormais sur la même longueur d'onde.

— Pas mal. Le distillat, hein ? C'est ça qu'il faut atteindre.

— Mais attention, le plus important, c'est de savoir *où* on va, précisa Zachary. L'essence de la peur, c'est la destination, le point d'arrivée. Si on va trop loin, ou pas assez, le processus est complètement anéanti.

Phelan se mit à pianoter sur la table à une cadence nerveuse.

— Si je te suis bien, le principal pour toi, c'est la capacité de contrôle.

— Non, ce n'est pas le principal. Le contrôle, c'est tout ce qui compte, rectifia Zach d'un ton sévère. C'est l'opposé des extrêmes, ce que presque tout le monde recherche. En vain, la plupart du temps.

Sans cesser de pianoter, Phelan se pencha en avant.

— Je commence à comprendre pourquoi tu passes pour un génie. T'es rudement fort en paroles.

— Les paroles ne sont rien. Ce qui importe, c'est ce qui se cache derrière.

— Tu veux bien me montrer ce qui se cache derrière les tiennes ? demanda Phelan en clignant lentement des yeux.

— Comment savoir si je peux te faire confiance ? répliqua Zach, persuadé d'avoir décelé un soupçon de moquerie dans la question.

Le môme laissa échapper un rire cassant, sans joie.

— Tu penses que je suis flic, un truc comme ça ? Ou envoyé en mission par une organisation du gouvernement, peut-être ?

— Possible.

— Bien sûr, et toi, tu pourrais très bien être le Christ, mais vu la probabilité, je ne crois pas courir beaucoup de risques.

Zach dévisagea son interlocuteur, qui ne cilla pas. Son regard avait la dureté de l'acier et l'implacabilité d'une gifle.

— Je ne suis toujours pas convaincu, déclara-t-il.

Cette fois, Phelan ricana.

— OK. Je te révèle mon secret, et après, tu me révèles le tien.

— Marché conclu. Où on va ?

Dans l'attente d'une réponse qui lui fournirait peut-être un indice précieux, Zach se raidit.

— T'habites plus près, affirma Phelan.

— Ah oui ? Comment tu le sais ?

— C'est juste une intuition. Moi, je vis dans un pays complètement différent.

— D'accord. *Mi casa*, alors. Ça ne ressemble pas à grand-chose, mais au moins, personne ne nous dérangera.

— Super. Vas-y, je te suis.

Zach sortit du bureau à une allure modérée, décontractée, en prenant sur lui pour dissimuler son impatience grandissante. Les choses s'étaient déroulées beaucoup mieux et beaucoup plus vite qu'il ne l'avait imaginé. Phelan avait réagi rapidement à son message soigneusement ciblé sur le site des tortures. Après un bref échange, ils avaient opté pour un chat-room puis décidé de se rencontrer. C'était Phelan qui avait choisi le club de varappe, pour une raison qui échappait encore à Zach.

Pour le moment, il laissait le môme mener le jeu. Chaque décision que prenait celui-ci était révélatrice. Tôt ou tard, les pièces du puzzle s'assembleraient pour former une image nette que Zachary présenterait telle une offrande à l'inspecteur McClure.

Le Pit se trouvait à deux rues à l'ouest et une dizaine de rues au sud. Phelan avançait en silence derrière Zach, sans troubler ses pensées. Celui-ci se demandait surtout où il serait aujourd'hui sans l'intervention de McClure et de Noah Travis.

Où il serait, et dans quel état.

En dépit de ses airs fanfarons, Zachary était terrifié par la fragilité et les fréquentes défaillances de sa volonté. Le hacking l'avait englouti comme des sables mouvants. Il lui avait fallu une arrestation pour pouvoir s'en sortir et se remettre sur le droit chemin. Un soutien solide et fiable, ainsi que des trésors de détermination patiente, lui avaient permis de ne pas rechuter. Pourtant, il ne pouvait relâcher un seul instant sa vigilance. Car il avait appris à se considérer comme indigne de confiance.

Au bruit des pas de Phelan, il devina que celui-ci avait adopté une démarche de caïd. Ce petit salopard tentait de masquer sa faiblesse en prenant de grands airs. Mais sans McClure et Travis, songea Zach, lui-même en serait peut-être là aussi. Dans tous les cas de dépendance, on finit par en vouloir toujours plus – des trips toujours plus violents, des doses toujours plus fréquentes. En fin de compte, on se transforme en paquet de nerfs répugnant de désespoir.

La fascination de Phelan pour les tortures suivrait un schéma prévisible. Tôt ou tard, il franchirait la ligne et passerait de la théorie à la pratique, s'il ne l'avait déjà fait.

Mais avec un peu de chance, avant que les choses n'aillent plus loin, Zach serait capable de fournir à l'inspecteur McClure suffisamment de munitions pour le coincer. Qui sait ? Peut-être même que dans un avenir proche, le petit salaud se retrouverait du bon côté de la barrière.

Zachary parcourut la dernière centaine de mètres qui le séparait des bâtiments désaffectés du lycée technique Crain. Il récupéra la clé logée derrière la colonne d'eau et ouvrit la porte donnant sur le quai de chargement. Phelan le suivit comme son ombre le long du couloir jonché de détritus, puis dans l'escalier. Zach le guida à travers la forteresse de matériel obsolète jusqu'à son poste de travail improvisé.

— Mets-toi à l'aise, dit-il.

Phelan examina l'agencement complexe des systèmes électroniques.

— T'avais raison, ta bécane ressemble pas à grand-chose.

— Exact, mais en termes de performance, il n'y a rien à redire, se défendit Zach. Vas-y, démarre-la. Regarde comment elle fonctionne.

Le môme se percha sur les anciennes carcasses d'ordinateurs et alluma la machine. Il se connecta aussitôt, puis se lança dans une série d'échauffements rituels. Zach ne manifesta aucune réaction quand Phelan saisit les codes magiques qui lui autorisaient l'accès à un nombre stupéfiant de sites protégés : documents ultraconfidentiels du FBI, dossiers des patients de l'hôpital Cedars-Sinai, usine nucléaire d'Indian Point, informations bancaires sur des comptes de particuliers à la First National Bank, deux ou trois ambassades américaines à l'étranger.

— Pas mal, bougonna-t-il.

L'air désabusé, Phelan rejeta en arrière sa longue tignasse.

— Mouais, mais rien de nouveau sous le soleil.

— Ah bon ? Alors, qu'est-ce qui est nouveau d'après toi ? Qu'est-ce qui est excitant ?

— Les séances de torture en direct. La télé-réalité au service de la douleur. Ça te branche ?

— Sûr.

Le môme se rendit sur le site *Abiuro*. L'image de la Fourche de l'Hérétique se matérialisa peu à peu sur la page d'accueil. Après s'être enfoncé dans les méandres du serveur de données, Phelan ouvrit un fichier intitulé « Fin amère ».

La vidéo qui suivit avait beau être floue, Zach en vit plus qu'il ne l'aurait souhaité. La scène montrait une femme grisonnante à genoux sur une route sombre, suppliant qu'on l'épargne. Du sang jaillissait des multiples coups de couteau portés à sa gorge et à son buste tandis qu'une main désincarnée lui en infligeait d'autres.

Lentement, la caméra recula, révélant d'abord le bras du bourreau, puis son épaule.

Un petit rire nerveux échappa à Zach.

— Des *snuff movies ?* Ce n'est pas ce que j'appellerais une nouveauté.

La caméra s'inclina lentement vers le haut, découvrant cette fois un cou maigre sous un rideau de longs cheveux fins.

Les cheveux de Phelan. C'étaient eux que Zach contemplait directement. Il sentit une sueur glacée l'inonder.

Un menton apparut, puis des lèvres minces et dures.

Phelan partit d'un rire sarcastique.

— C'est marrant comme tout le monde s'imagine que ces films sont truqués.

Zach eut le plus grand mal à trouver assez de souffle pour répondre.

— Marrant, oui.

— Regarde mieux.

Le môme sauta de son perchoir pour pousser Zach plus près de l'écran.

Trop stupéfait pour résister, celui-ci se laissa faire et découvrit avec horreur le nez du monstre, et enfin, ses yeux.

Soudain, les cheveux s'envolèrent ; c'était une simple perruque, comprit Zach. Deux doigts tirèrent sur la prothèse en caoutchouc qui allongeait le menton et élargissait les pommettes. Une autre manœuvre suffit à enlever les lentilles de contact déroutantes.

— Hé, une minute. Ce n'est pas toi ! s'exclama Zach.

Pourtant, le visage à nu sur le moniteur lui était étrangement familier. La confusion la plus totale régnait maintenant dans son esprit.

Phelan gloussa.

— Est-ce moi, ou pas ? Telle est la question.

La main reparut à l'écran, armée d'un affreux couteau. L'extrémité de la lame perça la trachée artère de la vieille femme, la réduisant aussitôt au silence.

— Qu'est-ce qui est réel, qu'est-ce qui est illusion ? nargua Phelan. Alors, à ton avis, c'est moi ? Allez, Zach le Hacker, devine.

Zach aurait voulu l'étrangler sur-le-champ mais, gardant à l'esprit le cadeau destiné à l'inspecteur McClure, il se domina.

— Je dirais que non. Tu m'as fait une sacrée farce, vieux. J'y ai cru pendant au moins une minute.

— Une sacrée farce, c'est vrai.

Phelan lui assena une grande claque entre les omoplates.

— Et devine quoi, le grand génie ? C'est toi, le dindon.

Au même instant, Zach éprouva une douleur fulgurante à l'endroit où Phelan l'avait frappé. Un liquide chaud se mit à lui dégouliner dans le dos.

— Qu'est-ce que tu fous ?

Levant les yeux, il vit la lame dans la main levée de Phelan juste avant de la sentir s'enfoncer une nouvelle fois entre ses côtes.

Phelan riait de bon cœur, à présent ; de toute évidence, il s'amusait comme un fou.

Zach y vit une chance dont il devait profiter. Tout à son triomphe, le môme se réjouissait prématurément ; il avait quitté la balle des yeux beaucoup trop tôt. Malgré l'affaiblissement de ses sens, Zach entrevoyait une issue possible. Tout ce qu'il avait à faire, c'était envoyer un signal de détresse. Un de ses copains habitait une rue plus loin. Avec un peu de chance, il ne lui faudrait que quelques secondes pour arriver.

Il ferma les yeux et, malgré la terrible souffrance, respira profondément pour essayer de remplir d'air son poumon percé. Son cœur s'affolait, des sons sifflants s'échappaient de sa poitrine.

Les joues inondées de larmes, Phelan se tordait de rire.

Rassemblant ses dernières forces, Zach se jeta sur le clavier. Ses doigts localisèrent d'eux-mêmes les bonnes touches, qu'ils pressèrent.

Le regard fixe, il attendit que les lettres apparaissent sur l'écran. Son auriculaire était immobilisé sur la touche Enter, prêt à envoyer le message.

Pourquoi était-ce aussi long ?

Tout devenait de plus en plus confus, il n'avait pas une minute à perdre. Cédant au désespoir, il appuya sur Enter. Aussitôt, ses muscles le trahirent et il s'effondra sur le sol de ciment froid. C'est alors qu'il découvrit la prise du clavier dans la main de Phelan.

Il esquissa un sourire mélancolique. Il était bien placé pour comprendre les règles du combat. Tout était question de stratégie. Il avait manqué une manœuvre cruciale à un moment critique.

Fin de la partie.

39

Lorsque Diamond arriva à la séance tardive de brainstorming, la tempête faisait rage sous son crâne. Erin McCloat et Perry Vacchio, penchés sur une table au fond du solarium du club Calibre, étudiaient la copie des dossiers relatifs aux meurtres du tribunal que Callendar leur avait remise. Lyman Trupin et Griffey, installés au centre de la pièce, en occupaient une autre qui croulait sous les archives et les notes relatives à l'affaire Garmin.

Griffey jeta un coup d'œil par-dessus ses lunettes quand Diamond libéra un peu de place pour son ordinateur portable parmi les monceaux de documents.

— Content de vous voir, Aldo. Tout va bien ?

— Désolé pour le retard. J'ai travaillé sur le carnet de l'inspecteur et analysé le message d'Howard Behringer. Je n'ai pas vu le temps passer.

Trupin haussa les sourcils.

— Vous avez des informations intéressantes à nous communiquer ?

— Étranges, plutôt, répondit Diamond. Je cherche toujours à déterminer s'il y a un code caché dans la lettre laissée par Noah Travis avant son suicide, mais pour l'instant, je n'ai rien découvert. Quant au message de Behringer, il comporte des incohérences vraiment bizarres.

D'un haussement d'épaules, il se débarrassa de son imperméable bleu marine puis alla le suspendre au portemanteau. En revenant, il se rapprocha du buffet garni de provisions, attrapa une pleine poignée de bonbons et les enfourna prestement entre ses lèvres.

L'air intrigué, Griffey inclina la tête.

— Des incohérences dans l'écriture ou dans la personnalité de l'auteur, Aldo ?

— Les deux, marmonna Diamond, la bouche pleine. Je vais vous montrer. Ce sera plus facile à expliquer avec une assistance visuelle.

Il ouvrit son mince portable Toshiba, puis quitta le mode veille. L'image scannée de la note apparut sur l'écran. Le morceau de papier se désagrégeait sur les bords et présentait des traces de pliures nettes. Le message était écrit à l'encre noire sur un papier jaune à rayures bleues. Des instructions détaillées concernant sa délivrance figuraient en haut de la page. Behringer devait en recopier l'intégralité sur une feuille blanche et vierge, la plier en quatre, inscrire dessus le nom de code du destinataire – « Stryker » –, puis la glisser derrière le lavabo dans les toilettes pour hommes du Bluebell Diner, à Scottsdale, le mardi soir à dix heures.

Le corps du texte se composait de trois lignes rédigées d'une écriture irrégulière. *Le plan se déroule comme prévu. Demande moyens supplémentaires. Reprendrai contact dans une semaine via les canaux habituels.*

Heidi Cohen, qui venait d'arriver, jeta un coup d'œil à l'écran par-dessus l'épaule de Diamond.

— C'est quoi, Aldo ? On dirait un truc tout droit sorti de *Mission impossible*.

— Un nouvel indice dans l'affaire Garmin.

À ces mots, Erin McCloat et Perry Vacchio délaissèrent leurs activités et vinrent rejoindre le petit groupe rassemblé autour de Diamond.

— D'où ça vient ? demanda Erin.

— On l'a obtenu grâce au témoignage d'une fille qui a fait du baby-sitting pour les Garmin quelques jours avant les meurtres, expliqua Griffey. C'est peut-être le chaînon manquant entre les Garmin et LeBeau.

Diamond leva une main pour modérer l'enthousiasme du vieil homme.

— J'aimerais que ce soit le cas, Solomon Griffey, comme tout le monde. Malheureusement, je suis dans l'obligation de vous décevoir.

— Vous n'avez pas réussi à établir de correspondances avec l'écriture de LeBeau ?

— Plus ou moins. Des éléments concordent, mais quelques-uns sont totalement différents. Ce serait peut-être utile d'obtenir d'autres échantillons rédigés par LeBeau. À part les signatures, tout ce que j'ai trouvé dans le dossier, c'est une courte déclaration manuscrite.

— Et pour la lettre de menaces envoyée à Joe Garmin ? intervint Griffey. Les experts des deux parties n'ont pas pu se mettre d'accord, mais au moins deux d'entre eux du côté de l'accusation ont affirmé que LeBeau en était bien l'auteur.

— Elle ne se trouvait pas dans le dossier, déclara Diamond.

— Vous en êtes sûr ? s'étonna Trupin.

— Certain. J'ai passé en revue toutes les pièces à conviction. Elle n'y était pas.

La mine lugubre, Griffey hocha la tête.

— Bon, laissez-moi m'en occuper. Je crois savoir où elle est.

— Dites, Aldo, vous pourriez me réexpliquer votre théorie ? lança Erin McCloat en ramenant ses cheveux derrière ses oreilles. D'après vous, ça ressemble à l'écriture de LeBeau, mais ce n'est pas la sienne ?

Diamond sentit ses joues s'empourprer.

— Ça paraît dingue, je le reconnais.

— Il arrive que certaines choses n'aient pas de sens, mon ami, dit Griffey en lui posant une main apaisante dans le dos. Vous ne devez pas vous en vouloir pour autant.

Diamond agrandit l'image sur le moniteur, transformant chaque lettre en immenses traits agressifs.

— Je ne sais pas, Solomon Griffey. J'ai l'impression de passer à côté d'un truc important. Si j'en juge par mon expérience, même l'absence apparente de logique graphique obéit souvent à des règles.

Griffey se rassit sur sa chaise et croisa les doigts derrière sa nuque.

— Du genre ?

— Eh bien, il est possible que des facteurs émotionnels et physiques provoquent une déformation de l'écriture au point de la rendre presque méconnaissable. Une crise cardiaque, par exemple, peut sérieusement l'altérer. Pareil pour les épisodes psychotiques. Ils entraînent parfois une disparition totale des marqueurs graphiques. Suite à sa dépression nerveuse, mon oncle Leonard a vu son écriture changer du tout au tout, de sorte qu'il a dû fournir de nouveaux exemples de signature à la banque. Sa femme a même été obligée de témoigner de sa bonne foi pour lui permettre de renouveler son permis de conduire. Ça a créé des tas de complications.

La perplexité se lisait sur les traits de Griffey.

— Il n'arrive jamais que ces marqueurs disparaissent partiellement ? demanda-t-il.

— C'est envisageable. Mais dans ce cas, tous les marqueurs seraient affectés par la disparition partielle. L'écriture se détériorerait dans son ensemble. Vous n'auriez pas de hampes montantes et de jambages parfaitement stables alors que les connecteurs subissent d'importantes modifications. Et vous n'auriez pas non plus ce que j'ai devant moi. Certains tracés correspondent parfaitement à l'écriture de LeBeau, d'autres pas du tout.

Trupin se concentra sur l'écran.

— Et si LeBeau s'était servi d'une main pour rédiger une partie du message et de l'autre pour rédiger la fin ?

— Je m'en serais aperçu.

Ses yeux clairs rivés sur le moniteur, Heidi Cohen se pencha à son tour.

— Aurait-il pu déformer délibérément son écriture, sachant que la note risquait peut-être de devenir un jour une pièce à conviction ?

— Ce serait visible à des ruptures inattendues ou des altérations du tracé. Or je n'en vois aucune.

Diamond regarda les bonbons avec envie. Sur un hochement de tête entendu, Vacchio alla chercher le bol et le posa à côté de l'ordinateur.

Sans la moindre hésitation, Diamond plongea la main dedans, impatient de combler le terrible vide qui le tenaillait. L'explosion d'arômes sucrés ajouta au chaos sensoriel dont il avait souffert toute la journée. Jaillissement de framboise, débauche de vanille, déferlement de fraîcheur piquante citronnée.

Griffey ôta ses lunettes, puis pressa ses paupières.

— Vous avez essayé de soumettre la note au système d'analyse EDGE, Aldo ?

La rougeur s'accentua sur les joues de Diamond, gonflées de bonbons.

— Euh, non. Mais j'aurais dû, Solomon Griffey. Comment ai-je pu être aussi bête ?

Le vieil homme pinça les lèvres, feignant la réprobation.

— Je vous rassure, Aldo, vous ne l'êtes pas. Vous étiez tout simplement trop occupé à suivre d'autres pistes.

— Vous êtes beaucoup trop gentil, répliqua Diamond. Accordez-moi quelques minutes et je vais lancer le programme.

Alors que les autres se dispersaient, Ted Callendar s'encadra sur le seuil. Il portait un gilet épais sur un pull à col roulé. Une odeur âcre, semblable à celle des pneus carbonisés, l'accompagna dans la pièce.

Heidi Cohen plissa le nez.

— Salut, Ted. Vous avez changé d'eau de toilette ?

— Tout juste. Si mes souvenirs sont bons, celle-là s'appelle « Eau de Pyromane ».

Trupin se leva d'un bond.

— On a allumé un incendie chez vous ? Il y a des blessés ?

— Non, heureusement, répondit Callendar. Quelqu'un a mis le feu à une poubelle dans le placard de l'entrée. J'ai fait sortir les filles et appelé les secours. Ils ont réussi à le circonscrire avant qu'il s'étende, mais pas avant qu'il ait attiré l'attention de ma femme.

Erin McCloat reposa la page qu'elle lisait et fronça les sourcils.

— Une idée sur l'identité du pyromane ?

— Plusieurs.

— LeBeau, vous croyez ? demanda Heidi Cohen.

— J'ai envisagé cette possibilité, naturellement, mais ça ne colle pas du tout avec son style. C'est beaucoup trop subtil et limité. Si LeBeau avait opté pour une telle initiative, il aurait agi à grande échelle. Il aurait déversé des litres d'essence et se serait servi d'un lance-flammes de taille industrielle, il ne se serait pas contenté de jeter une allumette dans une poubelle pour détruire un malheureux attaché-case et deux ou trois vestes et cache-nez.

— Selon vous, ce serait le style de qui ? s'enquit Griffey.

— Plus j'y pense et moins je vois de rapport avec un patient en particulier. À vrai dire, si tout le monde est d'accord, j'aimerais demander à Russell de mettre la pression sur ce type qui m'a harcelé.

— Je suis pour, dit aussitôt Trupin.

Les autres approuvèrent également l'idée et Callendar téléphona à Russell Quilfo pour lui transmettre sa requête. Après avoir raccroché, il s'affaissa sur une chaise.

— Quilfo va envoyer une équipe d'inspecteurs interroger ce salopard et tâcher de flairer des pistes. Avec un peu de chance, ils trouveront suffisamment de preuves pour lui offrir de longues vacances aux frais de l'État.

— J'imagine que cette épreuve vous a épuisé, Ted, déclara Griffey. Vous êtes sûr que vous ne seriez pas mieux chez vous, ce soir ?

— Certain. Je préfère de loin me concentrer sur d'autres problèmes, comme essayer de déterminer quel agent de sécurité et quel membre de l'équipe de nettoyage au tribunal de Maricopa County sont impliqués dans l'assassinat de la juge Montrose et de son huissier, Deakin Barnes.

— Comment ça ? s'étonna Griffey. Allez-y, racontez-nous.

Callendar récapitula les différentes étapes de son raisonnement. Les indices indiquaient clairement que les victimes avaient été tuées à l'intérieur du tribunal puis transportées jusqu'à la salle d'audience. Malgré la mise en œuvre de systèmes de détection ultrasensibles, on n'avait relevé ni taches de sang ni signes de lutte dans le vaste complexe judiciaire. Pour déplacer les corps à l'intérieur de cet espace hautement surveillé sans laisser de traces, il fallait forcément un accès privilégié aux bâtiments, du matériel spécial et plus d'une paire de mains puissantes. Tous ces éléments laissaient supposer une conspiration interne soigneusement chorégraphiée.

Perry Vacchio récupéra le ballon au vol et poursuivit sa course.

— Excellent travail, Ted. Ce ne devrait pas être trop difficile d'enquêter sur les agents de sécurité et le personnel d'entretien. Leurs empreintes sont sûrement dans un dossier. Lyman ? Vous pouvez nous aider sur ce coup-là ?

— Je peux toujours obtenir un accès prioritaire à l'AFIS, le service de renseignements, qui nous alertera sur d'éventuels antécédents ou mandats lancés contre eux, mais compte tenu des vérifications auxquelles ces personnes sont soumises avant leur embauche, je doute qu'on obtienne des résultats.

— Vous avez raison, observa Griffey. N'empêche, la théorie de Ted me plaît bien. La présence d'un ou plusieurs complices expliquerait beaucoup de choses, en particulier comment LeBeau a pu multiplier les apparitions publiques à New York pendant que des meurtres reproduisant très précisément son mode opératoire étaient commis en Arizona.

L'ordinateur de Diamond émit un bip signalant la fin du rapport d'analyse. Tous se massèrent devant l'écran pour voir les résultats.

Concentré sur le moniteur, Diamond parcourut les pages de données complexes.

— Le logiciel EDGE examine les influences internes et externes susceptibles d'avoir un impact sur l'écriture, expliqua-t-il. Le but est de fournir à l'analyste de nouvelles catégories d'informations. Ce programme est capable, entre autres, de déterminer les conditions météorologiques au moment de la rédaction du texte. Il donne des renseignements sur la vitesse et la direction du vent, la température ambiante, le taux d'humidité dans l'air et le niveau de la pression atmosphérique.

— Ce qui permet à l'analyste de déterminer si l'échantillon a été généré à l'intérieur ou à l'extérieur, voire de se prononcer sur la saison et l'endroit où il a été écrit, ajouta Griffey.

— C'est exact, confirma Diamond. Il est possible de relier les résultats de l'EDGE à la banque de données météorologiques et de les comparer aux échantillons prélevés à l'intérieur des sites suspects. On a réussi plus d'une fois à démonter un alibi et à retrouver les victimes de kidnapping à partir des seules demandes de rançon.

— Mais ce n'est pas tout, loin de là, intervint Griffey. Parlez-leur des autres éléments que l'EDGE est à même de détecter.

— D'abord, les caractéristiques physiques de l'auteur d'une note manuscrite, déclara Diamond. Tenez, regardez ce passage, ajouta-t-il en le montrant sur la page affichée à l'écran. D'après l'EDGE, notre suspect est masculin, droitier, âgé de vingt et un à trente ans et d'origine d'Europe de l'Est. Il mesure environ un mètre soixante-dix pour quatre-vingts à quatre-vingt-cinq kilos et possède une musculature bien développée.

— Vous êtes en mesure de nous dire tout ça en vous fondant sur quelques lignes d'écriture ? C'est incroyable, commenta Erin McCloat.

Cette fois, ce fut la modestie qui empourpra les joues de Diamond.

— Les algorithmes de l'EDGE ont été obtenus après analyse de milliers d'échantillons soigneusement calibrés. On peut ainsi tirer des conclusions relativement fiables sur l'âge, le milieu ethnique et culturel, le niveau d'instruction et, bien sûr, de nombreux facteurs affectifs et personnels.

— Mais au-delà de ce que vous nous avez déjà dit, que savons-nous de cet individu, Aldo ? demanda Griffey.

Diamond fit défiler d'autres tableaux de données et d'analyses aussi denses que complexes. Enfin, il parvint à la conclusion de l'étude.

— Ce que j'aurais dû remarquer tout de suite, dit-il, c'est que l'écriture est un composite. Deux voire trois personnes ont participé à l'élaboration du message. Voilà pourquoi je le trouvais bizarre.

Perry Vacchio lut le texte par-dessus l'épaule de Diamond.

— Je ne comprends pas. Comment ont-ils fait pour que n'apparaissent pas ces ruptures brutales et ces changements de tracés que vous avez mentionnés ?

— Ils se sont servis d'un système informatique de synthèse pour générer le texte.

Les yeux plissés, Diamond examina de plus près l'image sur l'écran.

— Je ne connais aucun appareil actuellement sur le marché ou en cours de réalisation capable de produire de tels résultats. Il s'agit forcément d'un prototype extrêmement sophistiqué qu'ils ont développé eux-mêmes ; autrement dit, ils disposent d'outils technologiques très pointus et d'importants moyens de fabrication.

— Donc, ils ont des ressources considérables, observa Perry Vacchio.

— Sans aucun doute, confirma Diamond. C'est une possibilité que je n'avais pas prise en compte jusque-là. Heureusement, le logiciel EDGE ne se laisse pas influencer par ce qu'il s'attend à découvrir. Dans ce cas précis, j'ai bien peur que l'invention ne soit encore plus astucieuse que l'inventeur.

Il chercha une consolation dans le bol de bonbons. Il se sentait d'humeur chagrine.

— Bon, il ne nous reste plus qu'à identifier les individus derrière cet échantillon, reprit Griffey. J'ai l'impression que cette brillante invention et ce non moins brillant inventeur vont nous en apprendre beaucoup.

— Il va falloir qu'on récupère les dossiers de candidature des agents de sécurité et du personnel d'entretien employés par le tribunal, observa Callendar.

Tous les regards convergèrent vers Trupin.

— Je devrais pouvoir me débrouiller, déclara ce dernier. Je vais passer quelques coups de fil.

Griffey opina d'un air satisfait.

— Parfait, mes amis. On se rapproche.

Diamond s'abstint de participer à l'échange général de joyeuses bourrades. D'accord, ils se rapprochaient. Mais de quoi ?

40

De nos places au milieu du premier rang, il suffisait d'un petit bond par-dessus l'orchestre pour se retrouver dans le Japon de la fin du XIXe siècle. Le décor me fascinait : une maison modeste, dont la simplicité élégante renfermait la vaine promesse du confort et de la paix. D'imposantes parois de papier coulissantes s'ouvrirent sur le ciel d'été rêveur et la face d'une lune radieuse.

J'étais si près que je parvenais à distinguer les motifs prune et argentés brodés sur l'écharpe nuptiale de soie écarlate de Mme Butterfly, une pièce de vêtement appelée obi. Les éclats d'une tunique rouge sang apparaissaient sous son kimono virginal. Sa coiffure était un paysage mystérieux, complexe, et ses sandales de bois claquaient à chacun de ses pas délicats. J'observai la palpitation voilée de sa poitrine et sa gorge vibrante tandis que ses lèvres rouges s'ouvraient et que sa voix montait dans les aigus. À mesure que l'opéra progressait, ses espoirs butés m'envahirent et la trahison douloureuse de son mari m'atteignit de plein fouet. Les larmes qui ruisselaient sur ses joues poudrées de riz débordèrent pour couler sur les miennes.

La dernière fois que j'avais vu le chef-d'œuvre de Puccini, j'avais l'âge de Rainey. Comme aujourd'hui, tante Amelia avait fourni les billets. Si je me souvenais bien, son chauffeur de l'époque les avait déposés à la dernière minute, comme l'avait fait cet après-midi celui qu'elle employait aujourd'hui.

De cette représentation, je me rappelle surtout la honte que j'avais ressentie en entendant ma mère pleurer à intervalles réguliers. Il m'était insupportable d'être associée à cette chose larmoyante, molle et mal fagotée, dans sa robe informe et ses chaussures confortables, qui se mettait soudain à haleter avant d'éclater en sanglots.

Je me revois, recroquevillée dans mon fauteuil, tentant de me faire toute petite. Si seulement j'avais pu disparaître. Le visage en feu, j'étais persuadée que tous les spectateurs de cette salle immense nous observaient, se repaissaient, à travers leurs petites jumelles de théâtre, du spectacle humiliant des angoisses de ma mère. Tous, m'imaginais-je, devaient remercier leur bonne étoile d'avoir une mère normale, saine d'esprit, simplement absente ou, encore mieux, muette.

Et cette fois, c'était moi qui luttais pour contenir mon chagrin en regardant la jolie Cio-Cio-San, geisha de quinze ans surnommée Butterfly, dont le tort fatal est de croire en l'honnêteté et en la fidélité de son ignoble mari adultère, le lieutenant Benjamin Franklin Pinkerton. Pinkerton lui jure un amour éternel, mais cherche avant tout à satisfaire ses désirs immédiats. Officier de marine stationné au Japon, il considère sa maison de Nagasaki et Cio-Cio-San comme des commodités temporaires dont il peut jouir le temps de son séjour avant de les oublier.

Peu de temps après leur mariage, Pinkerton repart en Amérique, non sans avoir solennellement promis de revenir. En son absence, Cio-Cio-San met au monde, en secret, l'enfant de Pinkerton, à qui elle donne le nom bien choisi de Trouble.

Je lançai un coup d'œil à Rainey, mon propre petit paquet de joie sadique, qui semblait trouver les malheurs de Butterfly à la fois pathétiques et amusants. Elle grimaçait, reniflait et levait les yeux au ciel, même pendant le clou du spectacle, l'aria « Un Bel di Vedremo », dans lequel Mme Butterfly exprime sa conviction inébranlable que son bien-aimé Pinkerton lui reviendra un jour.

L'opéra approchait de sa fin tragique. Quelques années plus tard, Pinkerton revient en effet – accompagné de son épouse américaine. Prétextant un remords insupportable, il fuit et laisse à son épouse, au consul américain et à la servante de Butterfly, le soin de faire le sale boulot. Ils convoquent Mme Butterfly, lui racontent tout et lui conseillent de confier l'enfant à Pinkerton, que l'Américaine promet d'élever comme le sien. Cio-Cio-San ne voit d'autre issue au déshonneur que de se faire hara-kiri. Dans la scène finale, elle bande les yeux de son petit garçon et se tranche la gorge.

Mes larmes débordèrent au moment où Butterfly succombait à son désespoir mortel. Rainey eut une réaction totalement différente. Lorsque les lumières se rallumèrent, elle semblait littéralement ravie.

La Bentley étincelante d'Amelia attendait dans une longue file de taxis et de limousines devant le Lincoln Center. À notre approche, le jeune play-boy qui servait de chauffeur à ma tante en sortit et nous fit monter sur la banquette arrière couleur crème. Tandis qu'il rejoignait le flot de la circulation vers le sud de Broadway, la vitre de séparation remonta.

Rainey tourna le visage de l'autre côté et se poussa aussi loin de moi que le permettait la spacieuse voiture.

Les eaux paraissaient infestées de requins, mais je m'y jetai néanmoins.

— Ça t'a plu ?

Elle hocha vaguement la tête en réponse.

— Tu n'as pas aimé la voix de Mme Butterfly ?

— Si si.

— Tu veux appeler tante Amelia pour la remercier ?

Elle me prit prestement le portable des mains et l'alluma. Je cherchais mon petit carnet d'adresses dans mon sac quand je vis que Rainey connaissait le numéro d'Amelia par cœur.

— Tante Amelia ? Bonsoir. Oui. On en sort ! C'était génial ! Merci encore !

Elle écouta un instant, buvant chaque parole d'Amelia.

— Ça aurait été parfait si tu avais été là, dit-elle. Tu rentres quand ? Tu me manques. Super. Ouais. D'accord. Bonsoir.

Après avoir raccroché, elle replongea dans un silence hostile, et bondit hors de la voiture dès que nous nous arrêtâmes devant notre immeuble. Le temps que je rentre à mon tour, elle s'était déjà barricadée dans sa chambre. Richter faisait le planton devant la porte, gémissant de douleur d'avoir été rejeté.

Je posai mon manteau et retirai d'un coup de pied mes escarpins, avec lesquels il m'avait été d'autant plus difficile de boiter avec ma jambe blessée. Trois messages m'attendaient sur le répondeur. Tous provenaient de Duffy : d'une voix voilée par l'inquiétude, il me demandait de le rappeler au plus vite.

J'étais en train de composer son numéro quand des coups retentirent à la porte.

Richter se précipita en grognant. Il se calma immédiatement en reconnaissant le visage large et rubicond de Duffy.

— Dieu merci, tu es là, Claire. Tout va bien ?

— Très bien. Pourquoi ?

— J'ai passé la soirée à essayer de te joindre et d'imaginer où tu pouvais bien être. Ton portable était éteint, et il n'y avait personne chez toi. J'étais fou d'inquiétude.

— Amelia nous avait réservé une table au restaurant puis des places à l'opéra. Que se passe-t-il, Duffy ?

— C'est Zachary.

— Que lui est-il arrivé ?

Il respira un grand coup, avant d'ajouter :

— Il a reçu cinq coups de couteau. Ça aurait pu être pire, mais un de ses copains est passé au Pit à l'improviste, et son agresseur a pris la fuite. Une ambulance l'a emmené aux urgences du New York Presbyterian. Je me suis arrangé pour le faire inscrire sous le nom de mon père, au cas où celui qui a fait ça voudrait venir terminer le boulot.

— Mon Dieu. Je suis désolée. Il va s'en sortir ?

— Qui sait ? Il a perdu beaucoup de sang. Il a un pneumothorax et Dieu sait quoi d'autre. On lui fait encore des examens pour déterminer l'ampleur des dégâts.

— Oh, Duff, je ne sais pas quoi dire.

— Il n'y a rien à dire. C'est ma faute. C'est moi qui l'ai impliqué là-dedans, qui l'ai mis en danger. Chaque goutte de sang qu'il perd me salit les mains.

— Tu crois qu'il a été agressé parce qu'il recherchait Phelan ?

— Non. Je pense que c'est à cause de ce qu'il a trouvé au cours de ses recherches. Ça peut être Phelan, mais je crains que ce ne soit pire. Il semblerait que les coups aient été portés avec un K-Bar.

— Qu'est-ce que LeBeau viendrait faire là-dedans ? Je ne comprends pas.

— Je ne te demande pas de comprendre, mais seulement de rester à l'écart des ennuis. Tu crois que tu en es capable ? Tu crois ?

Il m'attrapa par les épaules et me lança un regard de défi.

— Arrête ! Tu me fais mal.

Il se recula, marmonnant de colère.

— C'est inutile, n'est-ce pas ? Pour ce qui est de te faire du mal, tu te débrouilles très bien toute seule, hein ?

— J'admets que tu sois bouleversé, mais tu n'as pas à passer tes nerfs sur moi.

— Comme je n'arrivais pas à te joindre, je me suis persuadé que tu t'étais fait agresser toi aussi. Que tu avais encore fait une bêtise, comme de te pointer chez les Peake.

— Comment tu le sais ?

— Mme Peake a appelé pour porter plainte. Le flic qui a reçu l'appel a reconnu son nom et il a été assez bon pour me la passer.

— Son espèce de gorille de fils m'a agressée. De quel droit porterait-elle plainte ?

— Elle a tous les droits. Tu es entrée chez elle sans y être conviée, ce qui relève de la violation de domicile. Tu as utilisé un faux prétexte pour entrer dans l'immeuble, ce qui est également illégal. Si son fils s'est senti menacé, s'il a décidé de se défendre et de défendre sa vieille maman chérie, la plupart des juges qualifieront sa réaction de normale et justifiée.

— Il a essayé de m'entraîner dans la cave pour me violer. Tu trouves ça normal et justifié ?

— Tu prétends qu'il a annoncé ses intentions ?

— Non, mais…

— Ah. Donc tu as lu dans les pensées de ce type, c'est ça ? Excuse-moi. Je ne savais pas que tu possédais un don de voyance.

— Je n'ai pas eu besoin de lire dans ses pensées. C'était évident.

— Désolé de mettre en cause ton omniscience, Claire. Mais rien n'est évident devant une cour de justice. Surtout quand tu violes une propriété privée après t'y être introduite sous un faux prétexte. Et surtout quand tu as été avertie par quelqu'un qui connaît les faits qu'aller là-bas et tenter de réécrire l'histoire était totalement vain.

Je cherchai le Duffy que je connaissais et que j'aimais, mais il était enfermé derrière un froid mur de pierre.

— Tu te fiches que ce taré m'ait attaquée ?

Je remontai la jambe de mon plus beau pantalon noir pour lui montrer l'horrible bleu sur ma cheville enflée.

— J'ai trébuché en essayant de lui échapper. Je n'ai pas demandé ça.

— Bien sûr que non, je ne m'en fiche pas. Au contraire, je m'en soucie un peu trop.

— Que veux-tu que je te dise ? Que je suis désolée ?

— Tu as soigné cette jambe ? Tu l'as nettoyée tout de suite et tu as mis de la pommade antibiotique ?

— Oui.

— Tu crois qu'il faut la faire examiner ? Tu veux que je t'emmène aux urgences ?

— Non, Duff, merci. Ça ira.

Son visage s'assombrit.

— Mme Peake ne veut plus te voir chez elle. Elle dit que son fils tient Noah pour responsable de la fuite de son père et qu'elle ne pouvait pas lui en vouloir de passer sa colère sur toi si tu débarquais là-bas. Elle demandera un ordre du tribunal si tu refuses d'obtempérer, ce qui est une première étape avant des charges plus sérieuses.

— Ne t'inquiète pas. Je n'y retournerai pas.

Il leva les mains, dégoûté.

— Qui sait ? J'en ai assez d'essayer de te mettre un peu de plomb dans la tête. Si tu es décidée à foncer tête baissée dans les bras du danger, comme ton idiot de mari, même au risque d'y laisser ta peau, je ne peux rien faire pour t'en empêcher.

Il sortit de chez moi en trombe et s'en alla dans la fourgonnette du refuge. Je restai sur le perron, regardant s'éloigner la lumière de ses phares. Le froid traversa ma chemise de soie pâle et s'insinua sous ma peau, mais je demeurai clouée sur place jusqu'à ce qu'il ait tourné au coin de la rue et que le vent ait balayé la trace de la fumée du pot d'échappement.

Lorsque je rentrai, Richter se colla à moi. Je l'emmenai dans ma chambre, contente de sa compagnie. Il sauta sur mon lit et posa doucement le museau sur mes genoux.

Je lui frottai les flancs, tentant d'apaiser mon pouls qui battait fort et de vider mon esprit de la rage de Duffy. Malgré tout, sa dernière remarque résonnait toujours dans ma tête. *Si tu es décidée à foncer tête baissée dans les bras du danger, comme ton idiot de mari, même au risque d'y laisser ta peau, je ne peux rien pour t'en empêcher.*

In venin veritas, pensai-je amèrement. Il avait craché la vérité comme on crache son venin. Duffy n'était pas convaincu que Noah s'était donné la mort. Les faits demeuraient mystérieux.

41

Griffey s'arrêta devant la grille ouvragée de chez Frame et appuya sur le bouton de l'interphone. Un moment plus tard, une voix désincarnée cracha par la bouche grimaçante d'une gargouille en fer forgé :

— Qui est là ?

— C'est Griffey, Melton. Je dois vous parler.

Le petit rire désagréable de Frame jaillit des lèvres de la gargouille.

— Quelle surprise, Griffey. Je vous attendais.

L'interphone grésilla et le portail électronique se déverrouilla. Griffey s'avança prestement dans l'allée en pierre taillée. En haut d'une petite volée de marches, des répliques des lions majestueux gardant l'entrée de la New York Public Library flanquaient les portes d'ébène étincelantes. Comme Griffey atteignait le perron, celles-ci s'ouvrirent et Frame apparut. Il portait une robe de chambre à motifs cachemire couleur fauve au-dessus d'un pyjama assorti et des chaussons de velours noir ornés d'armoiries dorées.

— Entrez, Solomon. Je peux vous offrir quelque chose ? Une petite part de tarte, par exemple ?

— Non, merci. J'ai déjà mangé.

Griffey suivit le bavard à travers une entrée tapissée de miroirs, jusqu'au cabinet de travail. Un portrait de

Frame était accroché derrière le bureau massif, au milieu de lettres de flatteurs et de récompenses encadrées. Des étagères vitrées renfermaient les distinctions en trois dimensions : statuettes, blocs de cristal taillé et autres trophées, de même que des exemplaires des nombreux livres dont Frame affirmait être l'auteur, en totalité, en partie ou pour les avoir inspirés.

Les yeux de Griffey se fixèrent sur les épreuves reliées du dernier ouvrage de Frame, posées sur le sofa.

— Je vois que vous avez terminé *Dans l'esprit d'un assassin*.

— En effet.

Frame se rengorgeait comme un jeune papa tout fier.

— Mon éditeur est tout excité. L'ouvrage ne sortira pas avant plusieurs mois, mais il fait déjà du bruit.

— Je suis sûr que vous êtes ravi.

— Dommage que les bénéfices ne profitent pas à l'Arcanum, cette fois. Naturellement, j'ai retiré toutes les références au groupe dans ma biographie, sur mon site Internet et dans les communiqués de presse.

Griffey baissa le menton.

— Naturellement.

Frame prit une pose digne de Napoléon.

— Si l'on aborde la question, ce qui, hélas, ne manquera pas d'arriver au cours de ma tournée de promotion internationale, je devrai simplement admettre que, de manière regrettable, je ne juge plus l'organisation digne de ma présence.

— Comme vous voulez.

— Exactement, Solomon.

Griffey soupira.

— Un désagrément malheureux.

— Malheureux et non nécessaire. Quelques mesures toutes simples de la part du groupe suffiraient à rectifier la situation.

— Vraiment ?

— Tout à fait. J'y ai réfléchi. Mieux vaut que vous preniez des notes.

Se dirigeant vers le bureau, il tendit à Griffey un stylo et un bloc. Les deux objets étaient ornés d'un poinçon représentant la silhouette de leur propriétaire.

Frame contourna le bureau et se posta derrière le fauteuil de cuir, aussi imposant qu'un trône.

— J'exige des excuses informelles de votre part tout de suite, suivies d'une reconnaissance écrite que le groupe a fait une erreur et de l'expression de ses remords dans les plus brefs délais. Vous feriez mieux de noter, Solomon. Le diable est dans les détails, comme on dit.

— Je prends note, Melton. De chaque mot.

— Continuons, donc.

Frame toussa dans sa main.

— Les statuts doivent être modifiés sur-le-champ pour refléter l'importance de ma stature et de mes contributions. Je veux un droit de veto dans les affaires de l'organisation. À partir de maintenant, c'est moi qui déciderai en dernière instance des dossiers que nous traiterons.

— En dernière instance, répéta Griffey. C'est tout ?

— Pas tout à fait. Il vous faudra rayer M. Diamond de la liste de nos membres et me donner la garantie écrite qu'aucune admission ne sera faite sans mon accord express.

Un gorille vêtu d'un col roulé noir et d'un pantalon de cuir apparut à la porte du bureau. Il était armé d'un .44, un pistolet hypodermique, et muni d'un pager Blackberry.

— Tout va bien, monsieur Frame ? Vous avez besoin de quelque chose ?

— Si c'est le cas, je vous le ferai savoir, Rodney. Combien de fois dois-je vous dire de ne pas m'interrompre ?

Frame fit la grimace.

— Ce qui me fait penser : comme mon travail pour le compte de l'Arcanum m'a placé dans une situation à risque, j'ai été contraint d'engager une armée de gardes du corps pour me protéger vingt-quatre heures sur vingt-quatre. Évidemment, j'attends un remboursement de ces frais coûteux.

Griffey sourit aimablement.

— Autre chose ?

— Pour l'instant, non. Ce seraient là grosso modo mes exigences.

— Je comprends, Melton. Et voici grosso modo les miennes. Vous avez subtilisé la lettre de menaces envoyée à Joe Garmin, et je dois la récupérer immédiatement.

— La lettre de menaces ? Je n'ai pas la moindre idée de ce dont vous me parlez, mon vieux.

— Vous avez subtilisé l'original lorsqu'on vous a octroyé un accès privilégié au dossier de police pour le compte de notre groupe.

— Eh bien, eh bien, Griffey. Je ne m'étais jamais douté que vous aviez une telle imagination.

— Nous vous avions confié la mission d'étudier les documents Garmin et de faire les copies qui nous seraient utiles, Melton. Cela ne vous donnait en aucun cas le droit de vous emparer de ces documents pour votre usage personnel. Comptez-vous la revendre sous le manteau, ou eBay est-il le meilleur marché aujourd'hui ?

— Comment osez-vous formuler de telles accusations ? C'est la provocation de trop, Griffey.

Frame martela le bureau.

— La dernière.

— Comme vous voudrez. Je voulais vous offrir l'occasion d'éviter de subir de graves accusations, mais vous avez parfaitement le droit de rester sur vos positions. Il ne me reste plus qu'à transmettre la preuve dont je dispose au bureau du procureur de Phoenix et le laisser gérer ces charges d'obstruction à la justice et de dissimulation de preuves. Bonne nuit, Melton. Faites de beaux rêves.

Frame trottina à son côté.

— Quelle preuve ? C'est absurde. Du bluff.

Arrivé à la porte, Griffey le regarda dans les yeux.

— Vous me connaissez depuis plus de trente ans. Ai-je jamais été du genre à proférer des affirmations sans fondement ?

Griffey sortit et s'engagea dans l'allée. Il entendait le souffle sonore de Frame derrière lui.

— Attendez, Griffey. Inutile de vous fâcher. Vous avez peut-être raison. J'ai peut-être, par inadvertance, placé cette lettre au milieu de mes propres papiers. Je suis tout à fait prêt à jeter un coup d'œil. Sans garantie, bien sûr.

Griffey consulta sa montre.

— Vous avez cinq minutes, Melton. J'attends ici.

— Allons, soyons raisonnable. Je dois parcourir mes dossiers. Cela peut prendre plusieurs jours, voire des semaines.

— Quatre minutes et quarante secondes.

Frame rentra dans la maison en toute hâte. Il revint au bout de trois minutes, portant la menace de mort que Joe Garmin avait reçue deux jours avant que sa famille et lui ne soient assassinés.

— Quel merveilleux coup de chance, Griffey. Je l'ai retrouvée dans ma mallette de voyage, collée à ma note d'hôtel à Phoenix.

Griffey prit la feuille et s'en alla sans un mot. Les suppliques de Frame le suivirent tandis qu'il passait les grilles et sortait dans la rue.

— Ces propositions que je vous ai faites n'étaient qu'un cadre, mon vieux. Naturellement, je suis ouvert à la discussion.

Griffey héla un taxi qui passait et se glissa dans le véhicule.

— Je suis souple, Solomon. Ravi de vous avoir parlé. Rien qu'un malentendu stupide, je dirais. Pas vous ?

Le chauffeur prit l'adresse de Griffey.

La voix de Frame n'était plus qu'un cri désespéré.

— Quand puis-je espérer avoir de vos nouvelles, Griffey ? D'ici un jour ou deux ?

Rentrant dans sa maison, Frame parvint à afficher un air de vertueuse indignation. Il se dirigea vers son bureau où il se servit un brandy pour calmer ses nerfs. Le verre à la main, il fit lentement le tour de la pièce lambrissée, cherchant du réconfort dans les nombreux témoignages de sa brillante carrière.

Petit à petit, il relégua l'interlude mortifiant avec Griffey au fond de sa mémoire. Son ego féroce se secoua, se gonfla, et il redressa le menton d'un mouvement fier. Enivré par l'alcool et par des applaudissements fantasmés, Frame monta vers un micro imaginaire.

— Merci, merci à tous. Vous êtes trop bons. Laissez-moi vous dire à quel point je suis honoré de paraître devant vous aujourd'hui et d'accepter cette reconnaissance de ma contribution extraordinaire et révolutionnaire à la science judiciaire.

Se redressant après avoir salué bien bas, il attendit que les clameurs se taisent.

— Merci. Merci beaucoup.

Ils continuaient d'applaudir et de l'acclamer. Une telle adoration !

Au moment où Frame saluait de nouveau, les lumières de l'entrée clignotèrent puis s'éteignirent. Une seconde plus tard, le bureau était à son tour plongé dans le noir. Plissant les yeux, Frame distingua une silhouette furtive dans l'entrée.

— Rodney ? Que se passe-t-il, bon sang ? Rallumez les lumières immédiatement.

— Comment ? Vous avez peur du noir ?

Il fit volte-face, tentant de localiser la voix. Elle semblait venir de derrière lui, mais il ne vit personne à cet endroit.

— Ça suffit, Rodney. Les lumières ! Maintenant !

Soudain, un faisceau aveuglant se braqua sur ses yeux.

Frame eut un mouvement de recul.

— Éteignez ça tout de suite, espèce d'imbécile.

— C'est quoi, le problème, crâne d'œuf ? Vous voulez de la lumière, oui ou non ? Décidez-vous !

Cette fois, il reconnut la voix.

— LeBeau ?

— Coupable.

Une terreur brûlante descendit dans les jambes de Frame et jusque dans ses chaussons.

— Désolé de vous déranger en plein milieu du rappel, le chauve, mais j'ai déjà attendu beaucoup trop longtemps pour vous rembourser.

Frame recula jusqu'à ce que son dos heurte la bibliothèque. Ses mains tremblantes tâtonnèrent à la recherche d'une arme, mais toutes les statuettes et trophées étaient enfermés derrière les parois de verre.

— Rodney ! croassa-t-il.

— Vous appelez votre garde du corps ? J'irais volontiers vous le chercher, mais il est trop occupé à être mort.

Frame laissa échapper un rire nerveux alors que la pointe du couteau jouait sur sa poitrine. Le bouton de sa robe de chambre sauta avec un pop joyeux, puis la lame trancha en douceur son pyjama.

— Inutile que quiconque soit blessé, LeBeau. Prenez ce que vous voulez. N'importe quoi. J'ai de l'or. De l'argent. Des bijoux précieux.

Le couteau coupait à présent la toison de son torse, lui égratignant la peau.

— Je vous en prie. Tout, tout est à vous. Je jure de ne dire à personne que vous êtes venu.

— C'est exact, gros porc, dit la voix pendant que la lame s'enfonçait profondément. En fait, tu ne diras plus jamais rien à personne.

42

Je me réveillai à mon bureau, la joue collée au tapis de souris à l'effigie de Mickey, un trombone accroché aux cheveux. J'avais la nuque raide, ma jambe blessée me lançait douloureusement et l'horloge de mon ordinateur m'accusait d'avoir dormi au-delà de neuf heures.

Les événements de la veille flottaient autour de moi comme un brouillard toxique. La dispute avec Duffy m'avait tourneboulée, m'empêchant de dormir. Vers une heure du matin, j'avais abandonné tout espoir de trouver le sommeil et décidé de travailler plutôt à mon synopsis.

Les yeux voilés de fatigue, je parcourus les nouveaux malheurs que j'avais ajoutés, au milieu de la nuit, à la liste de ceux qui accablaient déjà Laura. Son histoire d'amour toute neuve, la première qu'elle ait osé tenter depuis son divorce, se termine par une conversation téléphonique pleine d'amertume. Une terrible dispute avec son meilleur ami menace de briser cette vieille relation pourtant solide et si importante pour elle. Sa sœur adorée, partie en voyage d'affaires pour une durée indéterminée, est pratiquement injoignable. Pendant ce temps-là, les problèmes que lui cause son enfant s'aggravent. Tous les points fixes de son monde s'écroulent, ne laissant rien que des variables mouvantes et des zones d'ombre terrifiantes.

J'avais trouvé à la fois très simple et horriblement compliqué de partir de cette réalité non digérée. Il me suffisait de regarder la pile croissante de fausses factures et de lettres de relance pour alourdir les soucis financiers de mon héroïne. Rien qu'hier, j'avais reçu par la poste deux relevés de dépenses non autorisées. La première, d'un montant de 11 000 dollars, incluait des billets d'avion de première classe pour San Francisco, où l'imposteur s'était offert un week-end dans une suite de l'hôtel Fairmont, la location d'une voiture de luxe et des dîners à des prix invraisemblables dans des établissements pour gourmets tels Masa, Boulevard ou Chez Panisse. L'autre facture, pour la modique somme de 9 356 dollars, témoignait d'un marathon de shopping, avec un net penchant pour les boutiques chic. Parmi les achats dominaient le cachemire, le cuir et autres peaux exotiques. On comptait aussi bien des articles pour homme que pour femme, dans une grande variété de styles.

Pourtant, l'insolvabilité de Laura et ses dettes croissantes se révèlent le moindre de ses soucis. Elle est accusée de plusieurs crimes inconcevables, dont le plagiat et le délit de fuite. Les preuves contre elle s'accumulent, au point que même ses plus fidèles alliés la lâchent. Inévitablement, Laura commence à douter d'elle-même. Elle craint d'avoir perdu les pédales, comme cela lui est déjà arrivé quelques années plus tôt, de même que sa capacité à distinguer la vérité du mensonge.

Là, je me retrouvai dans une nouvelle impasse. Mon héroïne n'avait plus d'alliés. Ses amis et sa famille la jugeaient responsable de sa terrible déchéance. La police refusait de croire à son histoire, et elle n'avait pas les moyens de s'assurer les services d'un bon avocat. Comment pouvait-elle prouver son innocence et récupérer la vie qu'on lui avait volée ? La solution continuait de m'échapper.

Ayant grand besoin d'une bonne dose de caféine, je me traînai jusqu'à la cuisine. Rainey était partie à l'école depuis longtemps. Posté à la fenêtre, Richter aboyait sur chaque automobiliste ou piéton qui passait. À l'étage au-dessus, Mme DiMarco manifestait ses protestations à grands coups de canne, formant un backbeat sur la ligne de basse du chien.

— J'appelle la police, Claire. Vous faites taire ce cabot ou je les appelle. Je vous aurai prévenue.

Arrivée au milieu du salon, je lorgnai vers le répondeur téléphonique qui clignotait frénétiquement. Richter abandonna son poste pour trotter jusqu'à moi et gronda devant la machine. Je ne voyais pas du tout qui avait pu appeler de si bonne heure, mais j'aurais parié que les nouvelles étaient mauvaises.

Le compteur indiquait six appels. Mon cœur exécuta un roulement de tambour alors que j'attendais le début de l'enregistrement. Le premier message venait de Paige, et avait été laissé tout juste après sept heures. D'après les bruits de fond et le rythme saccadé et superficiel de sa respiration, je supposai qu'elle était à son club de gym. Je l'imaginai, affinant sa silhouette ramassée avant de se diriger vers les vestiaires pour se doucher et affûter ses griffes.

Je n'ai pas pu m'empêcher de vous appeler tout de suite, Claire. C'est tout simplement génial. Hilarant. Je ne savais pas que vous aviez ce talent. Pourquoi ne me l'aviez-vous pas dit, petite cachottière ?

Bip !

La voix de ma mère, à l'instar de celle de Paige, était teintée d'une note de gaieté assez terrifiante.

Oh, ma chérie, désolé d'appeler si tôt, mais je ne pouvais pas attendre pour te dire à quel point je suis fière de toi. Quelle fille intelligente et talentueuse tu es ! Et si on allait déjeuner dehors pour fêter ça ? Je t'invite dans ce petit restaurant français que tu aimes tant. Celui qui fait des moules.

Déjeuner ? Dehors ? Maman ? Apparemment, le monde entier était devenu fou.

Bip !

Bonjour, Claire, c'est Paige de nouveau. Je n'arrête pas de me dire que vous devriez insuffler un peu de cet humour dans votre livre. Ou même beaucoup. Lâchez-vous, ma grande. Amusez-vous !

Ma grande ?

J'avais la gorge obstruée par la panique.

Bip !

Salut, Claire. C'est Jordana. On a participé à un atelier d'écriture d'ensemble au Y, il y a quatre ans. Tu te souviens de moi ? Sans doute pas. Quoi qu'il en soit, je voulais t'appeler après la sortie de ton dernier livre, que j'ai adoré, entre parenthèses. Mais tu sais comment c'est. Je bosse toute la journée, et j'ai encore du mal à trouver le temps d'écrire (petit rire, soupir). Et puis j'ai eu un bébé. Oh, mon Dieu. Je n'en reviens pas qu'il soit si tôt. Molly m'a réveillée à quatre heures pour la tétée, alors j'ai l'impression qu'il est midi. Bon, je voulais juste t'appeler avant d'oublier. Je n'ai jamais rien lu d'aussi drôle. Sincèrement. On dirait un cocktail fait d'une dose d'Erma Bombeck, deux de David Barry avec un zeste de Candace Bushnell. Et voir ta prose dans le New York Times, rien de moins ! Ouah !

En proie à une grande agitation, je boitai jusqu'à la porte d'entrée, vêtue du T-shirt trop grand que je portais pour dormir. Le froid mordant s'insinua dans mes pieds nus. Il avait plu pendant la nuit, et mon journal était posé dans une mare givrée.

J'emportai le cylindre froid et mouillé et retirai la bande élastique. Les pages faillirent se désagréger quand je tentai de les décoller. Je fourrai le journal dans le micro-ondes et le fis cuire les trois minutes nécessaires, à la puissance maximale.

Je parcourus les différentes sections avec une excitation anxieuse, scrutant les signatures à la recherche de mon nom : National, Local, International, Affaires, Technologie, Culture, Déco. J'inspectai la rubrique Sports et même les petites annonces, avant de retourner aux pages Culture.

Rien.

Le numéro de ma mère sonnait occupé. Nul doute qu'elle était en train d'appeler tous les gens de sa connaissance pour se vanter de cet article génial que je n'avais pas écrit.

Il devait y avoir erreur. Cette idée n'arrêtait pas de me trotter dans la tête : une simple erreur. Il s'agissait seulement d'une coïncidence étrange, même si elle était aussi très dérangeante. En dépit du scénario que j'avais imaginé pour mon nouveau livre, des événements inventés ne sautaient pas des pages pour devenir réalité.

Mon téléphone n'avait pas enregistré le numéro de Jordana. Je ne me rappelais plus sa tête, encore moins son nom ou tout autre information utile. Aucune aide à attendre de ce côté-là.

Je tentai de rappeler ma mère, encore et encore, appuyant à intervalles réguliers sur la touche bis, sans résultat. En même temps, je continuais de feuilleter le journal, mais, la panique aidant, je ne voyais presque plus rien.

À la fin, je boitai jusqu'à mon bureau et me connectai au site du journal. Utilisant la recherche par mots clés, je tapai mon nom.

J'obtins sept réponses à ma requête. Je passai rapidement les quelques courts articles que j'avais écrits quelque temps plus tôt pour le supplément éducation, le compte rendu de mon dernier livre, et la mention de ma participation à un petit déjeuner littéraire sponsorisé par le journal l'automne précédent. Les réponses étaient classées par ordre chronologique. La dernière était datée du jour, et apparaissait dans la section. Débats. Là, au milieu de la première colonne, figurait un article intitulé : « Ados tyrans, gare ! Vos parents sont peut-être en train de préparer la rébellion. » Signé : C. J. Barrow.

Je baissai les yeux vers les informations biographiques en bas de l'article, espérant découvrir que ce C. J. Barrow était un anthropologue du Wisconsin ou la directrice d'un pensionnat de jeunes filles dans le Vermont. Mais non : l'auteur de l'article était décrit comme un écrivain vivant avec sa fille adolescente à New York.

Je composai le numéro du standard du *Times*, où une voix préenregistrée me proposa une agaçante série d'options. Si je connaissais le numéro de poste de mon correspondant, je pouvais le composer à n'importe quel moment. Idem si je connaissais le nom de la personne que je cherchais à joindre. La touche 3 me donnerait accès au service des abonnements, de la livraison à domicile, et des archives. Pour obtenir leur adresse à Washington et dans les principales villes, je devais composer le 4. Si j'appuyais sur le 5, je serais connectée aux Ressources humaines ou à une personne chargée des cas urgents.

Enfin, je joignis une opératrice, qui me connecta au service Débats. Un aimable enregistrement m'informait qu'ils accepteraient des propositions sur n'importe quel sujet, d'une longueur ne dépassant pas les six cent cinquante mots. Ils préféraient les recevoir par e-mail, inclus dans le message et non en pièce jointe. Ils proposaient un numéro de fax pour ceux qui étaient allergiques au mail, promettaient de lire toutes les propositions et exprimaient leur regret de ne pas pouvoir signifier les refus par téléphone ; en revanche, ils téléphonaient lorsqu'un papier était accepté. Le nom du rédacteur en chef et deux numéros à contacter étaient donnés à la fin de l'enregistrement. D'une écriture heurtée, je les notai.

J'appelai deux fois le même mauvais numéro, au grand dam d'un malheureux inconnu dont la voix était encore tout ensommeillée. Je finis par tomber sur un autre disque enregistré. Si je laissais mon nom, mon numéro et un bref message, Mme Han, la responsable des pages Débats, me rappellerait entre 10 heures et 16 heures, heure de la côte Est.

Je résolus de patienter calmement, et j'y réussis pendant presque trente secondes. Puis je me traînai jusqu'à ma chambre, m'habillai aussi bien que possible pour ressembler à une personne saine d'esprit et sortis.

Les bureaux du *Times* occupent un long bâtiment dans la partie nord de la 43e Rue, entre la Septième et la Huitième Avenues. À l'époque où je travaillais comme guide touristique et où j'avais le secret espoir de vivre un jour de ma plume, je m'étais intéressée à l'histoire de l'immeuble. La structure avait été bâtie en trois étapes, entre 1912 et 1932. La tour originale consistait en une base de pierre calcaire et une colonne de brique surmontée d'une corniche sculptée et d'un parapet en terre cuite. Les architectes avaient voulu préserver l'idée originelle : un bâtiment néogothique agrémenté d'une touche de Renaissance française, mais à mes yeux de profane, toute la beauté était annihilée par le ballet des gros camions qui entraient et sortaient à grand fracas des plates-formes de livraison et par le flot des employés qui franchissaient les portes.

Je me joignis à eux et attendis mon tour pour passer le barrage de sécurité. Un vigile boutonneux, mâchant du chewing-gum, fouilla dans mon sac avec une curiosité non dissimulée et me déshabilla grossièrement des yeux.

Les employés et le personnel autorisé passaient sans problème et se dirigeaient vers les ascenseurs. N'ayant pas d'autorisation, je fus de nouveau arrêtée par un autre gardien.

— Je peux vous aider, madame ?

— Je voudrais voir quelqu'un du service Débats.

— Vous avez rendez-vous ?

— Non, mais ils ont publié un article sous mon nom, article que je n'ai pas écrit. Je veux rectifier cette erreur sans tarder.

Il fronça les sourcils.

— Je ne peux pas vous laisser monter si vous n'avez pas rendez-vous, madame.

— Je comprends. Mon nom est Claire Barrow. S'il vous plaît, appelez Mme Han, dites-lui que je suis là et que je dois la voir immédiatement à propos d'un article dans le numéro d'aujourd'hui.

Il parcourut du doigt la liste téléphonique et trouva le nom de la chef de service. Sans me quitter de son regard soupçonneux, il composa le numéro du poste.

— J'ai ici Claire Barrow, qui désire voir Mme Han. Elle dit que c'est à propos d'un papier dans le journal d'aujourd'hui. Bon. Je vois. Je vais lui dire.

Raccrochant, il baissa le menton.

— Mme Han est en réunion. Son assistante me dit de vous dire de laisser votre nom et votre numéro et qu'elle vous contactera dès que possible.

— Ça ne peut pas attendre. Je dois la voir tout de suite.

Il me montra ses paumes, comme pour me prouver qu'il n'y cachait aucun responsable, puis se tourna vers le visiteur suivant.

Je me rapprochai, refusant de me laisser éconduire.

— Puisqu'elle n'est pas disponible, je veux que vous appeliez le bureau du président. Ou le rédacteur en chef ou n'importe quel directeur. S'il vous plaît.

— Calmez-vous, madame.

— Je me calmerai dès que je verrai un responsable et que je pourrai clarifier cette affaire.

— Je ne peux rien faire pour vous dans l'immédiat.

— C'est faux.

Je tendis la main, saisis le combiné de son téléphone et le brandis comme une arme.

— Vous pouvez appeler la direction. Vous pouvez les appeler sur-le-champ et leur dire que vous avez ici un écrivain du nom de Claire Barrow qui est très, très en colère.

Il me prit le combiné des mains et le remit à sa place.

— Je vous demande gentiment et poliment de bien vouloir partir, madame.

— Et moi, je vous demande d'appeler le bureau de la direction. Je ne laisserai pas ce journal mettre à mal ma réputation et peut-être ruiner ma carrière. Je me fous que vous soyez le putain de *New York Times*. Vous m'entendez ?

La réponse était évidente : il m'avait entendue, comme tout le monde. Ma tirade hystérique résonnait à mes oreilles et laissait ma gorge à vif.

Les gens s'étaient rassemblés pour observer, comme c'était toujours le cas devant un spectacle de tôle froissé. Rouge de honte, je fis un effort pour me calmer.

— Appelez là-haut. S'il vous plaît.

— C'est exactement ce que je vais faire.

Souriant d'un air suffisant, il décrocha le téléphone.

— Ici la réception. Exact. Nous avons besoin de quelqu'un des relations avec les auteurs, ici en bas. Ouais, relation avec les auteurs. Une femme du nom de Claire Barrow. Bien sûr, je lui demande d'attendre ici.

Quelques secondes plus tard, deux types en uniforme se précipitaient sur moi.

— C'est bon, ma petite dame. Vous sortez.

— Je vous en prie, écoutez-moi. Il y a eu une grosse méprise dans le numéro d'aujourd'hui. J'ai été créditée de la rédaction d'un papier que je n'ai pas écrit. Tout ce que je demande, c'est de parler à une personne responsable afin que l'erreur soit corrigée.

— Si vous ne partez pas de votre plein gré, nous serons obligés de vous faire sortir, madame.

Les gardes se rapprochaient toujours plus, leurs mentons agressifs en avant.

— Ce ne sera pas nécessaire, dis-je avec un calme mortel. Je voulais seulement offrir à ce journal la possibilité de rectifier une malencontreuse erreur avant d'en arriver à des poursuites judiciaires. Puisque vous ne voulez pas m'écouter, tant pis. Lorsque l'affaire ira en justice, le juge saura que j'ai essayé.

Les vigiles échangèrent des coups d'œil interrogateurs, puis rendirent leur verdict.

— Allez, venez, madame. C'est le moment de partir.

Ils m'attrapèrent par les coudes et me poussèrent vers la sortie. À mi-chemin, un homme aux cheveux gris, vêtu d'un pardessus de cachemire couleur caramel qu'il portait sur un costume sombre et des mocassins bien cirés, s'approcha de nous.

— Que se passe-t-il ?

Il avait un accent aristocratique et un maintien à côté duquel celui d'un roi aurait paru décontracté.

— Cette femme faisait un scandale, monsieur, et exigeait de voir la direction.

D'un regard sévère, il obligea les spectateurs curieux à circuler.

— Quel serait le problème ?

— Il y a un article signé de mon nom dans les pages Débats d'aujourd'hui, alors que je ne l'ai pas écrit. Je suis venue ici pour essayer de tirer cela au clair.

L'homme plissa son large front.

— Je vois, madame... ?

— Claire Barrow.

— Boyd Howell, responsable du département informations, dit-il en me serrant la main. Ah, oui, Barrow. « Ados tyrans : gare ! » Page centrale, section A, page 26. Il vous a été attribué par erreur ?

— Oui, c'est cela.

— C'est aimable à vous de nous le signaler, madame Barrow. Venez avec moi, s'il vous plaît, et nous allons essayer d'y voir plus clair.

Son regard impressionnant était à présent rivé sur les vigiles. Ils reculèrent en marmonnant des excuses.

Howell appela pour annoncer son arrivée puis me conduisit au dernier étage à son bureau d'angle, qui jouissait d'une vue panoramique sur l'effervescence de Times Square.

— Asseyez-vous, je vous en prie, madame Barrow. Mme Han va nous rejoindre dans un petit moment. Puis-je vous offrir quelque chose à boire en attendant ? Un café ou un jus de fruits ?

— Un verre d'eau serait le bienvenu.

Presque tout de suite, une jeune femme aux traits fins entra, un dossier vert gazon à la main. Chaussée de lunettes épaisses à monture argentée, elle avait les yeux sombres et des cheveux noirs ramassés en un chignon strict.

— Je suis Lucy Han, chef de la section Débats, madame Barrow. Je crains qu'il n'y ait un malentendu.

— À ce qu'il semble.

Elle prit place dans le luxueux fauteuil à côté du mien et sortit une feuille de son dossier.

— C'est bien l'article en question ?

Je parcourus la copie qu'elle me tendait.

— Oui. Ce n'est pas moi qui l'ai écrit.

— Je le sais. Cet article nous a été proposé par un homme du nom de Carl Joseph Barrow, un père célibataire qui vit dans l'Upper West Side. C'est un officier de marine en retraite qui vient de se mettre à écrire. Nous avons beaucoup aimé sa description humoristique de l'adolescence difficile de sa fille.

— Un autre écrivain new-yorkais appelé C. J. Barrow ayant une fille adolescente ?

— Exactement.

— Je ne sais pas quoi dire.

Tous deux souriaient gentiment.

— L'erreur était compréhensible, dit Mme Han.

Howell acquiesça de bonne grâce.

— En effet. Je suis toujours stupéfait par le nombre de coïncidences que nous rencontrons dans ce métier : des homonymes, nés le même jour et ayant des carrières presque identiques.

— Ça ne m'avait jamais frappée. Je me sens tellement idiote. Je vous en prie, pardonnez-moi d'avoir abusé de votre temps. Inutile de me raccompagner, je me débrouillerai pour partir.

Je boitai jusqu'à la station de métro de la 42e Rue et pris la direction du sud. Tandis que la rame s'ébranlait, le révérend du train E entra dans le wagon, venant de celui d'à côté. Jusqu'ici, je ne l'avais vu que dans les rames allant vers le nord, mais il était logique qu'il fasse aussi le trajet en sens inverse. Il portait un T-shirt du NYPD, un pantalon beige trop grand et un cache-nez vert attaché comme un nœud coulant autour de son cou. Il circula au milieu des passagers, prêchant la bonne parole en tendant son assiette à l'effigie du clown McDonald's.

— *Bonjour, frères et sœurs, pères et mères, jeunes gens et jeunes filles. Je viens parmi vous avec la question du jour et vous demande de répondre à mon offrande par une autre, tout aussi généreuse.*

Un gamin trapu, accompagné de deux copains débraillés et dégingandés, balança une canette de Coca vide à la tête du révérend. Ce dernier l'évita adroitement et sourit.

— Le Seigneur a pourtant dit de tendre l'autre joue.

Une femme à la tenue négligée, de l'autre côté du wagon, rit de bon cœur et lui lança cinquante cents.

— C'est ça, mon frère.

Le révérend souleva un chapeau imaginaire.

— La question que je vous soumets aujourd'hui est la suivante : *Elle est semblable à une veuve ! Elle pleure durant la nuit, et ses joues sont couvertes de larmes.*

Je détournai les yeux.

— *Tous ses amis lui sont devenus infidèles, ils sont devenus ses ennemis.*

Il s'arrêta juste devant moi, et je sentis la chaleur de son regard.

— *Ses oppresseurs triomphent ; car l'Éternel l'a humiliée, à cause de la multitude de ses péchés.*

Impatiente d'être débarrassée de lui, je fouillai dans les maigres fonds qu'il me restait et posai un vieux billet de un dollar dans son assiette.

Un sourire mauvais flottait sur ses lèvres.

— *Il a détourné mes voies ; il m'a déchiré. Il m'a jeté dans la désolation.*

— Stop, dis-je d'une voix grinçante.

— *Je suis pour tout mon peuple un sujet de railleries, chaque jour l'objet de leurs chansons.*

— Ça suffit ! Fichez-moi la paix.

Il se pencha plus près, et j'eus la tête remplie de son odeur rance.

— On n'a jamais assez de la vérité du Seigneur, ma sœur. Elle rend la vue à la fille aveugle.

Je me levai, le contournai et me frayai un chemin dans la foule jusqu'à l'autre bout du wagon.

Riant doucement, il lança dans mon dos :

— Pour un petit dollar seulement, je vous fais un don, ma fille.

Il leva les mains comme pour donner la bénédiction, et sa gaieté retomba comme une pierre.

— *Prenez garde à ces mots, gardez-les et soyez sauvés.*

43

Diamond arriva au club Calibre avant le lever du soleil. Un brouillard épais et bas estompait les contours du bâtiment et absorbait son joli toit de tuiles. Les lumières d'une voiture qui approchait fendirent la brume et l'aveuglèrent. Lorsqu'il pénétra dans le hall de la réception, il avait encore des points lumineux devant les yeux. Une fois sa vue recouvrée, il aperçut Griffey, Trupin, Callendar et Erin McCloat groupés près de la porte du solarium.

— Bonjour, Aldo, dit Callendar. Vous n'auriez pas la clé, par hasard ?

— C'est verrouillé ? Bizarre.

— Colin a dû s'en aller pour une raison ou pour une autre, dit Griffey.

Trupin consulta sa montre.

— Laissons-lui encore cinq minutes. Je suis sûr qu'il va arriver.

Diamond dansait d'un pied sur l'autre comme un oiseau privé de perchoir, tentant de contenir son impatience. Il avait passé les sept dernières heures à analyser les dossiers de candidature de l'équipe de sécurité et de nettoyage du tribunal du comté de Maricopa. Trupin les avait obtenus par les services de sécurité de Phoenix, et un coursier les avait apportés chez

Diamond peu après vingt-deux heures la veille. Il avait hâte de partager ses découvertes avec ses collègues.

— Ça ne ressemble pas à Colin de déserter en laissant l'endroit sans surveillance.

Perry Vacchio entra à ce moment-là, suivi de près par Heidi Cohen. Elle saisit au vol la porte donnant sur l'extérieur au moment où Vacchio passait celle de l'intérieur, et un grand courant d'air glacé pénétra dans le hall.

— Que se passe-t-il ? demanda Vacchio.

— On est à la porte, répondit Griffey.

— Dommage. J'ai laissé mon matériel de cambrioleur dans mon autre sac, dit Heidi Cohen.

Un rai de lumière filtrait sous la porte du solarium.

— Apparemment, quelqu'un y était il n'y a pas longtemps. Le chauffage marche et je sens l'odeur du café frais.

Les narines de Griffey palpitèrent, tandis qu'il absorbait des informations plus détaillées.

— Je suis presque sûr que c'est le mélange de Colin, un tiers noisette, deux tiers d'italien finement torréfié. La machine a une capacité de trente tasses et un cycle de quarante-cinq minutes. Au bruit, le café est encore en train de passer, donc Colin n'a pas dû partir depuis bien longtemps.

— Je donnerais cher pour une tasse de café tout de suite, dit Erin McCloat.

— Moi, j'aimerais bien qu'on commence. Je dois partir dans une heure, ajouta Callendar.

— Moi aussi, dit Vacchio.

Trupin consulta de nouveau sa montre.

— On devrait peut-être appeler le directeur du club. Vous avez son numéro, Griffey, n'est-ce pas ?

— Oui, mais Colin est toujours fiable à cent pour cent. Laissons-lui encore quelques minutes.

— Et si on allait voir dans les toilettes ? suggéra Perry Vacchio.

— Bonne idée. Moi, je vais jeter un œil à l'étage au-dessus, dit Heidi Cohen en ôtant son manteau vert.

Erin McCloat lui emboîta le pas.

— Je vous accompagne. On ira plus vite à deux.

Trupin haussa les épaules.

— Autant aller faire le tour du pâté de maisons pour voir s'il n'est pas sorti chercher le journal ou quelque chose à manger. Ted, vous pouvez y aller par l'est. Je pars de l'autre côté et on se retrouve à mi-chemin.

— Ça marche, acquiesça Callendar en se dirigeant vers la porte, les extrémités calcinées de son cache-nez dans le dos.

— Ce qui nous laisse cet étage et le sous-sol, Aldo, dit Griffey. Vous avez une préférence ?

— À vous l'honneur, dit Diamond.

— Si vous n'y voyez pas d'inconvénient, je préfère éviter l'escalier. Mon genou fait des siennes.

Alors qu'il parcourait l'espace souterrain sombre, Diamond entendait les autres au-dessus de sa tête : le pas discret de Griffey, le claquement des fins talons d'Erin, et le bruit de ventouse des bottes à semelles épaisses de Heidi.

Le couloir de la cave formait un long L majuscule, avec en guise d'empattement de petits espaces de rangement à l'angle et aux extrémités. Deux portes s'ouvraient dans la jambe, donnant sur la grande cuisine rectangulaire, qui contenait un mur d'armoires frigorifiques aux parois métallisées, une cuisinière à huit brûleurs, quatre fours et, au centre, un vaste plan de travail en granit noir. Toute une batterie de casseroles en cuivre pendait d'un grand rack ovale. Les petits ustensiles étaient rangés dans des placards vitrés.

Diamond traversa l'espace immaculé puis passa dans la cave à vin. Plusieurs milliers de bouteilles étaient posées sur des étagères derrière la porte de bois fermée à clé. Il scruta l'intérieur par la petite fenêtre percée à hauteur d'yeux. Tout semblait en ordre. Idem dans les trois espaces de rangement pleins à craquer de matériel et de provisions. Diamond inspecta chacun d'eux, s'assurant que le concierge ne s'y trouvait pas – blessé, malade ou tout simplement endormi.

S'il ne découvrit rien d'anormal, Diamond n'en sentit pas moins croître en lui un certain malaise. Quelque chose le titillait, comme une douleur profonde mais impossible à localiser. Il remonta l'escalier en vitesse et referma la porte derrière lui.

Au même instant, Griffey sortit de la bibliothèque.

— Rien ?

Les signes d'inquiétude discrets sur le visage de Griffey n'échappèrent pas à Diamond.

— Très étrange, pas vrai ?

— Oui, mais si ça se trouve, il n'y a rien de grave. On ferait peut-être bien d'aller jeter un coup d'œil dehors.

Le ciel s'était éclairci et, d'étain, était devenu couleur de cendres. Le brouillard se levait, laissant dans son sillage des traînées cotonneuses et spectrales. Les deux hommes traversèrent d'un même pas la pelouse humide de neige, slalomant entre les flaques gelées. Diamond frissonna, à cause du froid et d'un sentiment de peur croissant.

— Qu'en pensez-vous, Solomon Griffey ?

— Je ne sais pas exactement, Aldo. Mon premier souhait serait que tout aille bien.

— Et le second ?

— Que ça n'aille pas aussi mal que je commence à le craindre.

En plus du solarium, Griffey avait compté plusieurs autres pièces fermées à clé : un salon de musique, une petite salle de conférences et deux bureaux.

Ils s'arrêtèrent devant la fenêtre du salon de musique, approchèrent le visage et soufflèrent fort pour parvenir à voir quelque chose par la vitre pleine de givre. Griffey mit la main en visière et scruta l'intérieur. Plissant les yeux, Diamond distingua deux pianos à queue et, derrière, les casiers pleins d'instruments à hanche, des cuivres et des bois, le long du mur. Derrière, il y avait des classeurs pleins de partitions annotées à la main par des membres du club.

Ils avancèrent jusqu'à la fenêtre de la salle de conférences, que Diamond essuya d'un revers de manche. La pièce était simplement meublée d'une table d'ébène ovale et d'une douzaine de chaises Hepplewhite. Ils plissèrent les yeux pour scruter les coins sombres ou repérer la forme d'une silhouette qui aurait pu être cachée derrière les rideaux.

Les deux bureaux semblaient vides eux aussi, et l'appréhension de Diamond n'en augmenta que davantage. La pression montait sous son crâne, de plus en plus douloureuse, tandis qu'ils approchaient du solarium. Instinctivement, il ralentit le pas, et soudain, ses jambes se dérobèrent.

— Que se passe-t-il, Aldo ? demanda Griffey.

— Rien. Enfin, si. Je ne sais pas.

Le vieil homme se remit en marche, et Diamond obligea ses jambes à faire de même. Un pas. Un autre.

Griffey arriva le premier au solarium. Les fenêtres étaient hautes, aussi dut-il se hisser maladroitement sur la pointe des pieds pour distinguer l'intérieur.

Le pouls de Diamond s'était emballé quand il rejoignit son compagnon. Beaucoup plus grand que Griffey, il atteignait facilement la fenêtre. Même s'il ne voyait pas la pièce entière, il réussissait à distinguer le haut de plusieurs têtes.

— Qu'est-ce que vous voyez ?

— On dirait une sorte de réunion.

— Dans le noir ?

— Ça paraît fou, je sais. Mais il y a des gens dans la pièce. Au moins trois, peut-être plus.

— Essayez d'attirer leur attention.

Diamond tapa du poing sur la vitre. Pas de réponse.

— Très bizarre. Nous devons en avoir le cœur net, dit Griffey.

Les deux femmes et Perry Vacchio les attendaient dans le hall. Trupin et Callendar ne tardèrent pas à les rejoindre.

— Apparemment, le solarium est occupé, leur annonça Griffey.

— Vous plaisantez ? réagit Trupin.

Les fines lèvres de Griffey prirent un pli amer.

— J'aimerais bien.

Erin McCloat recula instinctivement.

— Qui cela peut-il être ?

— Il n'y a qu'un moyen de le savoir.

Callendar tambourina contre la porte.

— Qui est là ? Ouvrez !

— Attention, Ted, l'avertit Diamond. Et si…

Avant qu'il ait fini sa phrase, Callendar donna un bon coup à la vieille serrure. La porte s'ouvrit d'un coup. Trupin suivit Callendar à l'intérieur et alluma la lumière. Les autres entrèrent à leur tour, plissant les yeux dans l'éclat soudain.

Vacchio porta la main à sa bouche. Callendar en resta stupéfait.

— Mon Dieu, dit Griffey.

— Pauvre Colin, dit Heidi Cohen.

— Et pauvre Frame, ajouta Perry Vacchio.

Erin McCloat grimaça.

— C'est Frame ? Je ne l'avais pas reconnu sans ses cheveux.

Diamond n'avait plus qu'un filet de voix rauque.

— Qui est le troisième ?

— C'est le garde du corps que Frame avait engagé pour le protéger. Je l'ai vu hier soir, quand je suis passé chez Frame chercher la lettre de menaces de l'affaire Garmin.

Heidi Cohen fit un pas en avant.

— C'est Frame qui l'avait ?

— Oui. J'espérais qu'Aldo pourrait s'en servir pour trouver un lien entre LeBeau et l'affaire du tribunal.

Diamond avait endossé son armure professionnelle ; cette épaisse carapace qui lui permettait de fonctionner même face à un tel degré d'horreur. Respirant profondément, il affronta la scène. Frame avait été installé à une extrémité de la table, un micro pressé contre les lèvres. Du sang séché venant d'une artère perforée tachait son pyjama de soie et la robe de chambre assortie. Sa peau aussi était constellée de sang, à l'exception de son crâne rose et lisse qui avait toujours été dissimulé sous sa perruque noire. Diamond détourna le regard de ce spectacle obscène, l'ultime humiliation subie par Frame.

Le concierge et le garde du corps de Frame étaient assis face à ce dernier, la tête baissée. Le cadavre du garde du corps avait le lustre pâle d'un ventre de truite. Les blessures de Colin dégoulinaient encore de sang. Ses doigts agrippaient un .45 armé.

Diamond chercha des yeux la légende en lettres de sang, et finit par la découvrir sur un mur derrière un portemanteau. « Attention : raseur dangereux. »

— Cela doit cesser, dit-il dans un brouillard.

Callendar avait déjà décroché le téléphone pour appeler la police. Les autres refluèrent vers la porte, prenant garde à ne pas déranger la scène. Seul Griffey s'avança, suivant le léger parfum qu'il avait senti. Il contourna les cartons et se pencha d'un mouvement raide.

— Je crois que ça a cessé, Aldo. Enfin.

Les autres approchèrent et firent cercle autour de la forme recroquevillée par terre. Une seule balle avait percé le crâne et tracé un chemin oblique entre la nuque par laquelle elle était rentrée et le front écarlate.

Perry Vacchio renifla de mépris.

— Autant pour l'invincible LeBeau.

Griffey s'agenouilla pour s'assurer qu'il était bel et bien mort.

— Amen. D'après moi, même l'Anguille ne sera pas capable de se sortir de cette situation.

44

J'appelai ma mère pour lui expliquer la confusion qui s'était produite autour de l'article du *Times* et fis de même, par e-mail, avec Paige. Toutes deux seraient déçues et agacées, mais ça ne serait pas nouveau.

Après avoir troqué mes vêtements de dame contre un survêtement, je me dirigeai vers mon bureau. La solution aux malheurs de Laura continuait de m'échapper. Je repris au début et relus tout le synopsis.

L'écriture nécessite un subtil équilibre entre assurance et doute. Un peu trop de l'un ou de l'autre, et l'entreprise est vouée à l'échec. D'une manière ou d'une autre, il faut réussir à se persuader qu'on est capable de sortir du néant une idée intéressante, de la peupler de personnages crédibles, puis de la raconter de manière cohérente du début à la fin. Il faut s'accrocher à cette idée malgré les imprécations de votre critique intérieure, celle qui est déterminée à ne jamais vous laisser oublier à quel point vous êtes nul.

Cette voix négative était particulièrement en forme ce jour-là. Rien d'étonnant, après que je m'étais autant ridiculisée au *New York Times*. Toute mon intrigue me paraissait maintenant invraisemblable. Comment les choses sur lesquelles Laura écrivait pouvaient-elles mystérieusement se produire dans sa vie ? Pourquoi chercherait-on à la détruire délibérément ? Ça n'avait tout simplement aucun sens.

Je tentai de faire le vide dans mon esprit, avant de remettre de l'ordre dans mes pensées. L'usurpation d'identité sonnait juste. Pour preuve, les comptes vidés et les fausses factures. Je pouvais aussi conserver les détails concernant le boulot de Laura et sa constellation familiale, même s'il me serait certainement plus facile et moins douloureux de décrire quelqu'un qui ne me ressemblait pas autant.

Pendant des heures, je triai et supprimai, réfléchis, reconsidérai, ressuscitant certaines scènes, en éliminant d'autres. L'exercice m'absorba complètement. Même quand je m'interrompis le temps de manger un morceau et d'ouvrir la porte de derrière pour laisser sortir Richter dans le jardin, mon esprit demeura concentré sur le synopsis.

Jusqu'au moment où je m'aperçus que la pièce était plongée dans la pénombre. Des ombres mouvantes s'étiraient sur le sol. Je fus stupéfaite de découvrir qu'il était déjà dix-huit heures. Rainey n'était pas là, alors que nous devions partir une heure plus tard pour un rendez-vous avec le Dr Bruno. Elle avait pourtant promis d'être rentrée à l'heure.

Je vérifiai les endroits où nous avions l'habitude de nous laisser des messages. Rien.

Une demi-heure passa, sans nouvelles d'elle. De plus en plus agitée, je parcourus plusieurs fois le même circuit, guettant son arrivée par la fenêtre de ma chambre, puis celle du salon, avant de sortir sur le perron, d'où je pouvais scruter tout le pâté de maisons des deux côtés. Lors d'un de mes passages dans le hall d'entrée, je tombai sur le Dr Midori.

— Miss Claire ressemble ballon dégonflé. Stress comme caillou écrase énergie.

Il fit mine de soulever une grosse pierre au-dessus de sa tête et la laissa tomber, avec un grognement.

— Je vais bien. J'attends Rainey, c'est tout.

— Inquiétude pareille qu'Anthrax. Nécessaire respiration abdominale – dedans, dehors. Dix minutes, lentement.

Richter se glissa dans l'entrée et lança au docteur un regard concupiscent, la langue pendante, les yeux brillants.

— Non ! lui dis-je rudement.

— Adolescente coincée comme cocon chenille. Le temps passe, prend bientôt liberté.

— Vous avez sûrement raison. D'ici vingt ou trente ans, je suis sûre qu'elle sera facile à vivre.

— Massage shiatsu enlève inquiétude. Miss Claire revient bientôt. Table libre une heure. Sept heures pile.

— Merci, mais ce soir je ne peux pas. De toute façon on se voit bientôt, docteur Midori. Je vous dois toujours ces prospectus publicitaires.

— Temps pas d'importance, miss Claire. Paix seule compte.

De la paix, il m'en manquait en ce moment. Je scrutai la rue jusqu'à en avoir mal aux yeux, mais fus incapable de faire apparaître Rainey.

Si nous ne partions pas très vite, nous serions en retard pour notre rendez-vous chez la psychiatre. Au bout d'un moment, je finis par appeler ses copines habituelles. Il n'y avait personne chez Dani ni chez Melinda. Grace décrocha à la deuxième sonnerie.

— Oh, bonsoir, Claire. Vous appelez à cause des maths ? Rainey va mieux ?

— Elle a été malade ?

— Comme elle n'était pas en classe aujourd'hui, je me suis dit…

Elle s'arrêta net ; en plein milieu d'un acte de trahison. J'entendis son rire nerveux, puis, le souffle court, elle tenta de faire énergiquement machine arrière.

— J'ai dû la rater, c'est tout. Je suis complètement à côté de la plaque, en ce moment.

— S'il te plaît, Grace. Je ne dirai rien. Mais il faut absolument que je la trouve. Est-ce que tu sais où elle pourrait être ?

— Non, je vous assure.

— C'est possible qu'elle soit avec Dani ou Melinda ?

— Je ne pense pas. Dani est au restaurant pour l'anniversaire de son père, et Melinda devait aller faire des courses avec sa mère. Elle se cherche une robe pour le mariage de son frère. Chez Vera Wang. Ce n'est pas le top du top ?

— Si. Écoute, c'est vraiment important. Si tu as la moindre idée de l'endroit où elle peut se trouver, tu dois me le dire.

Une abominable succession d'images se déroula dans ma tête : Rainey avec Phelan, Phelan avec Zachary, Zachary, en sang au Pit, après avoir reçu cinq coups de couteau.

L'adolescente resta silencieuse un si long moment que je crus qu'elle avait raccroché.

— Grace ?

— Elle a mentionné une visite à sa tante Amelia dans le Connecticut. Mais c'était juste des mots comme ça.

— Merci. Je vais essayer là-bas.

— S'il vous plaît, ne lui dites pas que je vous ai dit. Elle me tuerait.

— Ne t'inquiète pas. Elle me réserve toutes ses envies meurtrières.

Je tombai sur le répondeur à la maison de campagne d'Amelia ; son portable était sur messagerie, tout comme celui que j'avais donné à Rainey dans une vaine tentative pour rester en contact avec elle.

Oncle Walter, le sixième ou septième mari d'Amelia, suivant la façon dont on comptait oncle Manny, dont elle avait divorcé avant de se remarier avec lui, avait fait fortune dans l'immobilier. J'appelai au siège de sa société, domiciliée à l'angle de Madison et de la Cinquante-quatrième Avenue. On me le passa immédiatement quand j'invoquai une urgence familiale.

Je lui expliquai la situation. J'étais presque sûre que Rainey se trouvait avec Amelia dans le Connecticut. Je devais impérativement les joindre, mais n'y arrivais pas.

Walter rit de bon cœur : c'était sa réaction habituelle en toute circonstance.

— Du Amelia tout craché. Elle offre aux gamins son attention pleine et entière. Aucune interruption n'est tolérée.

— On ne peut pas appeler un voisin ?

Il s'esclaffa de plus belle.

— Comme je vous le disais, ça ne servirait à rien. Si elle est avec votre fille, elle ne répondra pas au téléphone ni à la porte. Elle est d'avis qu'il faut se concentrer exclusivement sur chaque jeune. Si vous voulez parler à Rainey, le mieux à mon avis est d'aller là-bas.

— Je n'ai pas de voiture.

Et pas non plus les moyens d'en louer une à l'heure actuelle, même si je me gardai de le lui avouer.

— De toute façon, j'ai à peine dormi la nuit dernière. Je ne suis pas en état de conduire pendant deux heures et demie, repris-je.

— Pas de problème. Mon chauffeur va vous emmener. Vous pourrez vous installer confortablement et vous reposer pendant le voyage. C'est ce que je fais. Votre tante est un vrai tourbillon : il n'est pas toujours facile de la suivre.

— Merci, mais je ne voudrais pas abuser.

— N'y pensez pas, ma chère. Arch passera vous prendre dans quelques minutes.

Il pouffa de nouveau puis raccrocha.

Je laissai un message d'excuse sur le répondeur du Dr Bruno et m'habillai. Au moment où je relevais les stores de ma chambre, le chauffeur apparut dans une Lincoln Town et se gara en double file.

Suivant le conseil de Walter, je me calai dans le siège de cuir et plongeai dans ma rêverie. Je fus réveillée par un courant d'air au moment où Arch baissait sa vitre pour ouvrir le portail électronique d'Amelia. Nous suivîmes un interminable chemin pavé de briques et flanqué d'immenses sapins qui projetaient une muraille menaçante d'ombres hérissées sur notre passage.

Le « cottage », comme l'appelait ma tante, se trouvait être un immense manoir victorien, avec bordures de pignons, tourelles, nombreuses cheminées et un garage pour sept voitures.

En contraste total avec ma tante, l'endroit dégageait une atmosphère de tranquillité étudiée. Seules quelques lumières rompaient çà et là la noirceur de l'élégante façade. Amelia ouvrit la porte, vêtue d'une longue robe rouge écarlate et de mules assorties.

— Claire, ma chère, entre. J'ai appelé chez moi et Walter m'a dit que tu étais en route. Dommage que tu aies raté la fête. J'avais invité quelques personnes du coin à venir rencontrer ta charmante fille. Mais ici, ils ont des principes éducatifs terriblement stricts : on se couche tôt quand on va à l'école le lendemain. Je te jure, on se croirait vraiment dans *La Petite Maison dans la prairie*.

— Où est Rainey ?

— Plongée dans un bon bain moussant bien chaud. Elle a fait des heures et des heures de voyage pour venir jusqu'ici. La pauvre enfant a dû prendre le métro, le bus, le train, un taxi et Dieu sait quoi encore. Je ne comprends pas pourquoi elle n'a pas tout simplement téléphoné pour me demander de lui envoyer la voiture. Même toi, tu as eu l'intelligence de le faire.

— Pourquoi ne m'as-tu pas dit qu'elle était ici ?

— Tu ne savais pas ?

— Non. J'étais folle d'angoisse.

Elle balaya cette remarque d'un revers de la main avant d'entrer dans la maison.

— Viens prendre une petite coupe pour calmer tes nerfs.

La petite coupe remplit son office. À la deuxième, je n'étais pas loin de partager la vision amusée de ma tante concernant la situation.

Elle riait de bon cœur.

— C'est vraiment la première fois qu'elle fugue ? Ma parole ! Moi, je m'enfuyais au moins deux fois par semaine. Plus souvent encore quand le temps le permettait. À une époque, je gardais même un sac tout prêt, afin de pouvoir m'enfuir dès que l'envie m'en prenait.

— Tes parents ne devenaient pas fous ?

Je n'avais pas de souvenirs directs de mes grands-parents, qui étaient morts avant ma naissance. Pourtant, je les imaginais plus comme ma mère, avec ses manières prudentes et un peu fades, que comme Amelia, qui avait tendance à entrer partout en fanfare et à s'emparer de ce qu'elle voulait comme un Wisigoth en maraude.

— Fous ? Au contraire. Ils étaient positivement ravis de me voir partie. Vu le trublion que j'étais, mon absence devait leur faire l'effet d'être en vacances.

— Rainey doit rentrer à la maison. Elle a cours demain matin.

— Et après-demain, et le jour d'après aussi.

Elle remplit de nouveau ma coupe en cristal, qui se couronna de mousse.

— Cette enfant est brillante, Claire. Manquer une journée d'école n'entravera en rien ses études.

— Peut-être, mais je ne peux pas lui laisser croire qu'elle peut s'enfuir comme ça.

— Rainey est à bout, ma chère. Et, à l'évidence, toi aussi. Vous avez besoin de prendre un peu de distance l'une vis-à-vis de l'autre, le temps de changer d'air. Laisse-la passer le week-end chez moi. Cela lui donnera l'occasion de se relaxer et de lâcher un peu de vapeur. Quant à toi, tu auras tout loisir de te concentrer sur ce… ce truc que tu dois rendre.

Elle claqua des doigts, cherchant le mot juste.

— Ce synopsis.

— C'est ça. Ce sera plus facile de finir si tu n'as pas de distraction, non ?

— Bien sûr, mais…

— C'est donc décidé. C'est ce qu'il vous faut à toutes les deux.

Le champagne m'avait tourné la tête. Tout comme la perspective d'un week-end libéré de l'animosité et du mépris affiché de Rainey.

— Elle doit retourner en classe lundi matin sans faute.

— N'y pense plus, chérie. Va-t'en et amuse-toi. Je te la ferai livrer à l'heure pour l'école.

Je lançai un regard précautionneux vers le plafond.

— Je devrais lui dire un mot.

— Surtout pas, Claire. Fais-moi confiance : en l'état actuel des choses, il vaut même mieux qu'elle ne sache rien de ta venue. Je lui dirai qu'on s'est parlé et que tu es au courant qu'elle passe le week-end chez moi.

— Je dois te faire promettre de garder un œil sur elle.

— Bien sûr que je le ferai.

— Je veux qu'elle reste avec toi. Et je ne veux pas qu'elle s'approche de ce gamin nommé Phelan, ni qu'elle lui parle au téléphone.

— Pas de souci, chérie.

Amelia prit une gorgée de champagne d'un geste élégant.

— Le pire danger qui la guette ici, c'est un ennui mortel. Walter tient à ce qu'on ait une maison de campagne, mais je soupçonne que tout ce bon air, cet espace et ces braves gens du coin sont très mauvais pour la santé.

45

Diamond informa le cabinet de gestion de Tudor City qu'il ne renouvellerait pas son bail. Il résilia son abonnement au téléphone et à l'électricité, ce qui prendrait effet une semaine plus tard. Il remit un pourboire au concierge et à l'homme de ménage et laissa des instructions au facteur pour faire suivre son courrier.

Sortant dans le froid mordant, en ce samedi matin, il plissa les yeux et soupira. Il y avait tant de choses qu'il regrettait de quitter : ses brillants collègues du groupe Arcanum, qui l'avaient accueilli comme un égal et un ami ; l'énergie urbaine bouillonnante ; le deli, où il pouvait assouvir sa faim de nourriture et de compagnie à n'importe quelle heure. Le petit appartement confortable aussi lui manquerait. Et même ce fou de Harry, ainsi que son chant atroce. Au moment où il s'apprêtait à partir, Diamond s'aperçut qu'il se sentait davantage chez lui dans cet endroit que dans n'importe quel autre où il lui était arrivé de séjourner ces dernières années. Il courba le dos, et sentit le poids de la solitude peser sur ses épaules.

Au deli, il commanda des sandwichs aux œufs et au bacon, deux pains au fromage et deux grands cafés, légers et sucrés. Il traversa la rue pour rejoindre le parc où Harry, assis sur un banc, parcourait le journal de la semaine précédente.

Diamond posa le pique-nique entre eux sur le banc.

— C'est un brunch d'adieu, mon vieux. J'ai fini mon boulot ici. Je repartirai dès que les derniers détails seront réglés.

Harry retira le papier du sandwich et regarda amoureusement le pain recouvert de graines de pavot. Il arracha un bout de bacon craquant qui dépassait et le fourra dans sa bouche. Il ferma les paupières de plaisir et entonna d'une voix de crooner :

— *If ever you would leave me. It wouldn't be in sunshine...*

— Crois-moi, mon vieux, je préférerais rester. Je vais là où le boulot m'appelle. Tu sais ce que c'est.

— *You've got to be a part of it. New York, New York.*

Diamond prit une généreuse bouchée, savourant le mélange des saveurs.

— C'est une chouette ville, Harry. Je suis d'accord avec toi. Ça ne me déplairait pas de m'installer ici, si c'était possible.

— *Get back, get back, get back to where you once belonged*, chanta Harry.

— Qui sait ? J'aurai peut-être un jour l'occasion de revenir puis de rester pour de bon. Ce serait bien. Je suis un peu vieux pour cette vie nomade.

Ils mangèrent et sirotèrent leur café sans rien dire pendant un moment. Un pigeon sautilla jusqu'à eux pour grappiller quelques miettes. Lorsqu'ils eurent terminé, Diamond roula les papiers d'emballage en boule, écrasa les tasses en Styrofoam et fourra le tout dans le sac d'épicerie. Il se leva pesamment et serra la main rouge et calleuse de Harry.

— Tu prendras soin de toi, hein ? Je compte sur toi.

Harry se leva.

— Toi aussi, prends soin de toi.

— À un de ces jours, Harry.

Rentrant dans l'immeuble, Diamond trouva le paquet attendu chez le concierge. L'Association américaine pour l'analyse de documents judiciaires recevait puis lui transmettait les demandes de service. Diamond avait repris contact avec eux la veille, après que le dernier sac mortuaire eut été emporté du club Calibre, que les techniciens de scène de crime eurent fini de collecter les indices et qu'il eut été longuement interrogé par les inspecteurs de la criminelle en charge du dossier.

Avec un soupir las, Diamond ouvrit l'enveloppe et, durant le trajet en ascenseur, en parcourut le contenu. Une des affaires impliquait une cellule terroriste dans le Wyoming. S'il acceptait cette mission, il devrait travailler avec un interprète de farsi sur des documents qu'il ne pourrait même pas lire. Les hivers dans cette région convenaient parfaitement aux élans, mais guère aux bipèdes allergiques au froid de son espèce.

Deuxième choix : une lettre anonyme de menace envoyée de la prison de Folsom à Represa, en Californie, à la fille d'un grand manitou des médias du nom de Wendell Manes. Diamond avait déjà travaillé pour ce type, et c'était une expérience qu'il n'avait guère envie de renouveler. Manes était un tyran colérique, déraisonnable et d'une prétention intolérable.

La troisième et dernière possibilité consistait à étudier des documents pour une institution scolaire dans le Missouri afin de découvrir la ou les personnes qui avaient envoyé des lettres anonymes au journal local, accusant plusieurs enseignants d'avoir volé du matériel.

Si peu de temps ; tant de possibilités sans intérêt.

Diamond s'affala dans son fauteuil et mit les pieds sur la table. Fermant les yeux, il fit apparaître l'image aimée de sa femme et de son fils défunts. L'espace d'un instant, Diamond joua avec ce souvenir et tenta d'imaginer Willy tel qu'il aurait pu être aujourd'hui.

Mais son fils resterait à jamais figé dans l'enfance, un gamin monté en graine, les pieds démesurément grands à l'instar de ses dents de devant, une mèche rebelle en travers du front. Emma, quant à elle, aurait toujours trente-deux ans, une femme frêle, sérieuse et réfléchie. S'accrochant à leur souvenir, il s'assoupit. Son rêve le ramena dans leur petite maison douillette, au jardin verdoyant, entouré de rhododendrons rose vif, où il avait appris à son fils à rattraper les balles hautes. Il se représenta son gamin, reculant sur ses grandes jambes pâles aux genoux cagneux, plissant les yeux vers le ciel pour suivre la trajectoire de la balle.

Soudain, une masse éclipsa le soleil. Willy hurla de terreur au moment où un gigantesque oiseau noir fondait sur lui et l'emportait. Sous les yeux de Diamond, rendu muet par l'épouvante, l'enfant ne fut bientôt plus qu'un point dans le lointain, avant de disparaître. Diamond se précipitait pour aller chercher Em, mais à la place de la maison, il n'y avait plus qu'un entonnoir bouillonnant et sans fond. Il était pris au piège de ce tourbillon grondant et coulait lentement.

Brusquement, il se réveilla. La pièce était plongée dans un noir d'encre. Il avait dû dormir tout l'après-midi et une bonne partie de la nuit. Pas étonnant, compte tenu de son état d'épuisement. Cependant, quelque chose n'était pas à sa place. Scrutant l'obscurité autour de lui, il comprit : quelqu'un avait fermé les stores occultants.

La peur remonta le long de son échine.

— Il y a quelqu'un ?

— Rien que toi et moi, Dumbo.

La voix n'était qu'un sifflement railleur.

Diamond se retourna vivement, cherchant sa provenance.

— Qui êtes-vous ? Que voulez-vous ?

— Je veux que tu viennes faire une petite promenade avec moi, pour prendre un peu d'exercice. Brûler un peu de cette graisse disgracieuse.

Diamond sentit une pointe de métal dans sa nuque.

— S'il vous plaît. Prenez ce que vous voulez et allez-vous-en.

— T'es sourd, gros lard ? Comme je viens de te le dire, ce que je veux, c'est toi. Maintenant, tu te lèves et tu viens.

La pointe s'enfonça plus fort, piquant la chair à la base du cou. Tremblant, Diamond se leva et se dirigea vers la porte. Il tourna la poignée et sortit dans le couloir. Il voulut se retourner pour voir l'intrus, mais le plat de la lame l'arrêta net.

— Tu sais ce qu'on dit de la curiosité, mon pote. Contente-toi de regarder droit devant et de marcher.

Aiguillonné par la pointe de la lame, Diamond s'engouffra dans la cage d'escalier et descendit les deux étages jusqu'au rez-de-chaussée. Une fois dans le hall, ses espoirs s'évaporèrent. Nulle trace du concierge. L'entrée était déserte. À cette heure-ci, tout le monde devait dormir. Il n'y avait qu'une chance infime qu'ils puissent croiser un voisin rentrant chez lui.

En traversant le hall, Diamond aperçut la silhouette de son agresseur dans un miroir mural. C'est à peine s'il put prononcer le nom.

— LeBeau ?

Un rire sec retentit derrière lui.

— Ne sois pas idiot, gros plein de soupe. Comment pourrais-je être LeBeau s'il est mort ?

— Mais il *est* mort. J'ai vu…

Les mots de Diamond moururent dans sa gorge quand la monstrueuse réalité lui apparut. Le cadavre sur le sol du solarium était un leurre. Un homme qui avait subi des opérations chirurgicales pour ressembler à LeBeau. Ce qui était conforme aux conclusions auxquelles il était parvenu en étudiant les dossiers des employés du tribunal. La réponse la plus logique à tous ces faits illogiques était l'existence d'un double. Un sosie permettait de fournir un alibi parfait et c'était un moyen pratique de déjouer l'enquête la plus minutieuse. La preuve par l'ADN n'étant plus exploitable, il leur suffisait de trouver quelqu'un possédant le même groupe sanguin. Il n'était pas facile, en revanche, d'imiter l'écriture de LeBeau, aussi, pour contourner l'obstacle, quelqu'un avait mis au point une machine pour brouiller les pistes.

— Où m'emmenez-vous ?

— Tu le découvriras assez tôt, Elephant Man. Maintenant, marche !

Diamond se crispa, contre sa peur et le froid mordant. D'une démarche raide, il suivit le chemin et tourna à gauche, vers le centre de Tudor City. Les lumières du deli brillaient à un bloc de là. S'ils s'en approchaient suffisamment, il pourrait peut-être appeler à l'aide.

LeBeau parut lire dans ses pensées désespérées.

— Justement, c'est là qu'on va. Hélas, le caissier avait l'air fatigué, alors je l'ai plongé dans un long, très long sommeil.

— Pourquoi ? gémit Diamond.

— C'est ce qui me fait vivre, gros porc. Pour certains, c'est la peinture, moi, je me débarrasse des ordures de ton espèce. Appelle ça le sens civique.

Ils approchaient maintenant du deli. Diamond avait l'esprit troublé par la terreur.

— Heureusement que tu as pu venir jusqu'ici, gros bidon. Je n'aurai pas à déplacer ta carcasse plus loin que nécessaire. J'aurais pas aimé me démancher le dos et être immobilisé à cause de toi, alors que j'ai encore tant de boulot à faire.

Diamond entra dans le magasin, les jambes flageolantes. L'employé gisait à côté du rayon snack. Il avait les yeux écarquillés et une grande tache de sang maculait son tablier. Tandis qu'ils se dirigeaient vers la caisse, l'homme émit un faible gémissement.

— Il est encore en vie. Laissez-moi lui venir en aide.

— Inutile, Bibendum. Je m'occuperai de lui dès que je me serai occupé de toi.

— Non !

Dans un soudain accès de rage, Diamond fit volte-face et lui balança un grand coup de coude dans les côtes.

LeBeau tituba en arrière et alla buter contre un présentoir de biscuits, qui s'effondra avec fracas. L'espace d'une seconde, il parut stupéfait. Puis il se redressa, animé d'une fureur surhumaine, la lame pointée droit sur le cœur de Diamond.

Diamond saisit la main tenant le couteau et lutta pour la maintenir à distance. Mais LeBeau avait toute la force de levier, et le couteau se rapprocha de plus en plus près. Diamond perdait du terrain, ses muscles tremblaient, prêts à lâcher prise.

La lame tachée de sang déchira sa chemise. Une lueur de triomphe étincela dans les yeux vitreux de LeBeau.

— Un dernier mot ?

Diamond ouvrit la bouche et ses yeux lui sortirent des orbites. Une fraction de seconde plus tard, le coup de feu retentit. Le couteau tomba de la main de son assaillant. LeBeau émit un son semblable à un ballon qui se dégonfle, puis s'affala par terre.

Diamond respira un grand coup et observa le miracle incarné à la porte. Le pistolet était un délicat .22, un beau petit joujou. L'homme qui le tenait semblait assuré, résolu et en pleine possession de ses facultés.

— Merci, Harry. Tu m'as sauvé la vie. Mais comment tu as eu cette arme, mon vieux ? Tu as toujours le permis, depuis le temps où tu étais dans les services secrets ?

Un grand sourire éclaira les traits de Harry.

— Non, rien de rien, je ne regrette rien.

— Ce n'est pas moi qui te contredirais, vieux, mais on ferait mieux de se débarrasser du truc avant que les flics arrivent, au cas où. D'ailleurs, il faut que j'appelle les secours sans tarder.

Diamond composa le 911 et demanda une ambulance et la police. Le caissier respirait encore, mais LeBeau était raide mort.

Les choses commençaient peut-être enfin à s'arranger.

46

En dépit des prédictions d'Amelia, l'absence de Rainey n'eut aucun effet magique sur mon synopsis. Je fus donc ravie de la visite impromptue d'Aldo Diamond. Tout comme Richter, qui s'était pris d'affection pour le bonhomme et lui faisait du charme éhontément.

— J'espère que je n'arrive pas à un mauvais moment, dit Diamond.

— Vous ne pouviez pas mieux tomber, au contraire. J'étais en train de me taper la tête contre les murs. Ça fait toujours du bien quand ça s'arrête.

— Pardon ?

— C'est une image. J'essaie de boucler le synopsis de mon bouquin, mais je n'arrive absolument pas à trouver la fin.

— Celui dont vous m'avez parlé, sur le vol d'identité ?

— Exactement. J'ai acculé mon héroïne dans un coin, maintenant, je dois l'en sortir.

Il pinça les lèvres.

— Ça viendra, Claire Barrow. Donnez-vous du temps.

— Du temps, c'est exactement ce dont je manque. Mon éditrice me tient au collet.

— Je ne vais pas vous déranger plus longtemps, alors. Je quitte la ville dans quelques jours et voulais d'abord vous rendre le calepin de votre mari. Je me suis dit que vous seriez aussi contente d'apprendre que LeBeau est définitivement hors d'état de nuire.

— Que s'est-il passé ?

— Il a voulu améliorer son palmarès, mais s'est fait surprendre et a reçu une balle. Il a été déclaré mort à l'hôpital Bellevue.

— C'est une nouvelle magnifique, Aldo. Je commençais à croire qu'il était indestructible.

— C'est bien de pouvoir parler de lui au passé, en effet. J'ai été content de vous rencontrer, Claire Barrow.

— Moi aussi. Avez-vous trouvé ce que vous cherchiez dans l'écriture de Noah ?

— Rien de déterminant. Ce genre d'analyse prend du temps.

— Pourquoi ne garderiez-vous pas le carnet encore un peu ? Si vous découvrez quelque chose, tant mieux. Sinon, vous pourrez toujours me le renvoyer quand vous voudrez.

— J'en serais ravi. Si ça ne vous dérange pas.

— Au contraire. S'il existe un moyen de savoir ce qu'il s'est vraiment passé, je vous en serai éternellement reconnaissante. Le plus dur, c'est l'incertitude.

— Je comprends parfaitement, Claire Barrow. Je verrai ce que je peux faire.

Je bossai non-stop tout le week-end, sans pourtant découvrir la solution aux malheurs de Laura. J'en envisageai plusieurs, mais aucune ne résista à un examen approfondi. Le dimanche soir, j'en étais réduite à réfléchir à une reconversion professionnelle. Une fois que Paige m'aurait renvoyée pour n'avoir pas respecté la deadline, il me faudrait trouver un autre moyen de gagner ma vie.

Le temps d'une pause, j'appelai Amelia pour savoir quand Rainey rentrerait.

— Lundi matin, ma chérie, comme tu as dit. Je me suis arrangée pour qu'un des employés de Walter vienne la chercher et la dépose directement à l'école.

— C'est ridicule ! Elle devra se réveiller à quatre heures du matin. Mieux vaut qu'elle rentre ce soir.

— Il est bien trop tard pour tout réorganiser.

— J'aurais préféré que tu m'en parles avant, Amelia. C'est idiot.

— Je ne voulais pas te déranger, chérie.

— C'est nouveau ?

— Allez, Claire, ne sois pas si pénible. Nous avons passé un week-end délicieux. Rainey est tellement intelligente. Sensible aussi, et drôle. Ses idées sont réfléchies et matures. Franchement, je n'arrive pas à comprendre pourquoi tu as tant de mal à t'entendre avec elle.

— C'est elle qui ne s'entend pas avec moi.

— Tu dois simplement te montrer plus ouverte.

— Je me suis ouverte, je t'assure. Je peux même te montrer les cicatrices.

Amelia soupira d'exaspération.

— Claire, Claire, voilà que tu parles encore comme ta mère. Tu sais, elle disait exactement la même chose de toi à cet âge.

— Je t'ai déjà demandé de ne pas m'emmener sur ce terrain-là, Amelia. Les relations entre ma mère et toi ne me concernent pas.

— Bien sûr que si. C'est intimement lié, au contraire. Un jour, tu le comprendras.

— Si tu le dis. Maintenant, il faut que je retourne travailler.

— Tu n'as pas encore fini ce truc sur lequel tu t'échines ?

— Pas tout à fait. J'ai des soucis avec la fin.

— Comme tout le monde, ma chérie. La fin, c'est toujours ce qu'il y a de plus compliqué.

47

Parfois, la réponse me venait en rêve. Si je formulais correctement la question juste avant de m'endormir, il arrivait que mon subconscient m'offre la solution à un problème qui me résistait depuis des jours. Faute de meilleure idée et confrontée à la perspective imminente de la deadline, je décidai de tenter le coup. J'embrassai la photo de Noah, me glissai entre les draps frais et me concentrai le plus possible.

Comment Laura pourrait-elle découvrir qui tente de la détruire et y mettre un coup d'arrêt ?

Je m'endormis, accrochée à cette idée, et fus réveillée par des coups impérieux frappés à ma porte et une voix bourrue qui appelait mon nom.

— Je sais que tu es là, Claire. Ouvre !

Duffy ?

Je passai ma robe de chambre et me dirigeai vers la porte. Duff se tenait dans le hall à côté d'un inconnu de petite taille, massif, à la calvitie naissante.

— Je te présente l'inspecteur Brill, Claire. Je dois te demander de nous suivre.

— Ce n'est pas drôle, Duff. Tu me fais peur. Que se passe-t-il ?

Duffy et le flic trapu échangèrent un regard lourd.

— On doit vous interroger à la suite d'un accident avec délit de fuite qui s'est produit tard hier soir à quelques blocs d'ici.

— C'est une blague, n'est-ce pas ?

— Loin de là, madame Barrow. Une jeune femme a été tuée et son petit ami est dans un état critique. Un témoin a vu une voiture s'enfuir sur le lieu de l'accident et a relevé le numéro de la plaque. La description du véhicule et le numéro d'immatriculation correspondent à la Taurus, garée dehors, que vous avez louée hier après-midi.

J'avais la tête qui tournait.

— Je n'ai pas loué de voiture hier après-midi. Je ne suis pas sortie de chez moi du week-end.

— Garde tes explications pour toi le temps de parler à un avocat, dit Duffy.

— Mais tu ne comprends pas. C'est encore lié à cette folie dont je te parlais. Comme ces fausses factures et ces cartes de crédit refusées. J'écris des choses pour mon livre et elles se produisent dans la réalité. Quelqu'un doit avoir accès à mon ordinateur.

Duff me lança un regard dur.

— Je te conseille fortement de ne rien dire avant d'avoir eu l'occasion de consulter un avocat.

— Je t'en prie, va jeter un œil au dossier intitulé « nouvelle proposition ». Tout y est. On veut imputer à mon héroïne un accident avec délit de fuite. C'est une machination. Et pour une raison qui m'échappe, quelqu'un me fait subir ces trucs dingues. C'est peut-être ce gamin, là, Phelan. Tu m'as bien dit que c'était un hacker, non ?

— Habille-toi, Claire. On doit t'emmener.

— Tu me connais, Duff ! Jamais je ne ferais une chose pareille.

Dehors, des portières claquèrent, et j'entendis l'écho de voix animées. Brill fit un signe de tête vers la porte.

— Sans doute les techniciens de scène de crime. Gardez un œil sur elle. Je dois aller leur dire un mot.

Duffy me saisit par le bras et me fit rentrer dans l'appartement.

— LeBeau est mort.

— Je sais. L'expert graphologue de l'Arcanum me l'a appris.

— Au moins une nouvelle positive au milieu de toute cette folie.

— Tu dois les convaincre qu'il s'agit d'une erreur, Duff. Je sais que tu m'en veux, mais tu ne peux tout de même pas croire une chose pareille.

— Je ne t'en veux pas. Mais je ne peux rien faire. Cette affaire est lancée, il faut aller jusqu'au bout. Mais surtout ne dis rien, s'il te plaît. Plus un mot. Ouvrir la bouche ne servira qu'à t'enfoncer davantage.

— Mais c'est n'importe quoi ! Je te le répète, je n'ai rien fait de mal.

— Tiens-toi tranquille, comme je te l'ai dit. Ton seul objectif, maintenant, c'est de te trouver le meilleur avocat que l'argent puisse offrir.

— Quel argent ? Je te l'ai dit, mes comptes en banque ont été vidés.

— Tout ce que je possède est investi dans le refuge pour chiens. Il faudra demander à ta sœur ou à ta mère, ou à ta riche tante.

— Ce qui se passe n'est pas possible. C'est un cauchemar.

Il hocha gravement la tête.

— Tu as raison. Mais pas le genre de cauchemar qui disparaît quand on se réveille.

Par la fenêtre, je distinguai Brill et les techniciens groupés à l'avant d'une Taurus vert épinard. Quand Brill s'écarta, je vis le phare brisé et le métal cabossé et tordu. La calandre ressemblait à une grimace maculée de sang.

C'était tellement fou que je fus prise de vertige.

— Que se passe-t-il, Duffy ? Et pourquoi ?

Il m'attrapa par les coudes et m'empêcha de tomber.

— Chut, mon cœur. Allez, va t'habiller. Il faut avancer pas à pas. Le moment venu, tout s'éclaircira.

48

Brill et Duffy m'escortèrent jusqu'à la voiture de patrouille et m'installèrent derrière la vitre pare-balles. Comme je n'étais pas officiellement en état d'arrestation, ils ne m'avaient pas passé les menottes, mais à part ça, l'humiliation était complète. Passants et voisins s'agglutinaient pour regarder. Alors que nous nous éloignions, Mme DiMarco passa la tête à la fenêtre du premier étage et gloussa d'un rire méchant.

— J'ai toujours su que ça arriverait, espèce de petite putain. Vous l'avez bien mérité.

Ils me conduisirent au 6e district, toutes sirènes hurlantes, et me firent entrer par la porte latérale, réservée aux flics et aux suspects. En haut, ils m'emmenèrent dans une salle d'interrogatoires et me soumirent à un feu roulant de questions que Duffy, en une mise en garde muette, m'enjoignit à esquiver.

Brill ne tarda pas à perdre patience.

— Vous ne l'aidez pas, McClure. Et si vous alliez faire un tour ?

Duffy continua de gagner du temps. Amelia avait promis d'envoyer un avocat d'élite dans les plus brefs délais.

— Cette femme a le droit d'attendre son avocat.

— Elle n'est pas en état d'arrestation. Nous essayons seulement d'établir les faits.

— Alors autant que vous attendiez et établissiez les faits avec l'aide de son conseiller juridique.

— Son refus de coopérer sera dûment consigné, inspecteur. Elle aggrave son cas, là.

Duffy planta les mains sur la table éraflée et regarda Brill de haut.

— Forcer la main de Mme Barrow ne vous avancera pas non plus.

— Allez vous faire foutre, McClure. Je me fiche qu'elle soit une amie à vous. Ce que je sais, c'est qu'elle a renversé deux jeunes innocents. Sûrement en état d'ivresse ou droguée au dernier degré, d'après ce que je vois. Qu'est-ce que vous êtes ? Un flic ou une putain de baby-sitter ?

Duffy se tourna vers le mur de miroirs.

— Souriez à la caméra, Brill. Cette petite prestation pourra devenir un classique.

— Ah ouais ? On verra ce que les Affaires internes pensent de la vôtre.

Je me crispai dans ma chaise inconfortable. D'une seconde à l'autre, je m'attendais à ce qu'ils se sautent à la gorge.

Avant qu'ils en aient l'occasion, la porte s'ouvrit et une jeune femme en uniforme apparut.

— Je dois vous parler à tous les deux dehors, inspecteurs.

Brill fronça les sourcils.

— À nous deux ?

— Oui.

Elle sourit dans ma direction ; apparemment, elle au moins voyait en moi un être humain.

— Excusez-nous, je vous prie.

D'après l'horloge, ils s'absentèrent sept minutes, même si cela me parut beaucoup plus long. J'entendais des voix mais étais incapable de discerner ce qui se disait. Je m'efforçai alors de saisir les différentes intonations : furieuse, incrédule, choquée, dégoûtée, amusée.

Lorsque la porte se rouvrit, je compris que j'avais retenu mon souffle. Je respirai avidement au moment où Duffy et la femme entraient dans la salle.

— Viens, je te ramène chez toi, Claire.

— Tout de suite ?

La femme me sourit de nouveau.

— Désolé de vous avoir dérangée, madame Barrow. Je suis le lieutenant Marchetti. Je vous prie de bien vouloir accepter nos excuses.

— La signature sur le contrat de location était une mauvaise imitation, expliqua Duffy en consultant une feuille. Et le sang sur le pare-chocs s'est révélé être du phylum *Chrodata*, de l'ordre des galliformes, famille *sienidae*, genre *gallus*.

Cela paraissait monstrueux.

— Qu'est-ce que c'est ?

Ils éclatèrent de rire. Duffy devint rouge écrevisse, et des larmes de rire ruisselèrent sur les joues cireuses de Marchetti.

Une longue minute passa avant que Duffy soit en mesure de sortir le mot.

— Du poulet, Claire. C'était du sang de poulet. Il semble que tu aies été victime d'une machination orchestrée par un rigolo.

— Du sang de poulet, répétai-je, hébétée.

Je m'efforçais d'y voir, comme lui, un gag hilarant. Mais cela m'était impossible.

Duffy me déposa chez moi. Au moment où je passais la porte, le téléphone sonnait. C'était Aldo Diamond.

— Désolé de vous déranger, Claire Barrow, dit-il d'une voix pleine d'impatience. Mais je viens de penser à une fin pour votre livre. Si quelqu'un espionne votre héroïne par le biais de son ordinateur, pourquoi n'essaie-t-elle pas de faire la même chose ?

— C'est-à-dire ?

— Pourquoi ne leur tendrait-elle pas un piège pour leur faire croire qu'elle a découvert qui ils étaient ?

— Faire d'elle-même un appât pour les obliger à se dévoiler, c'est ça ?

— Exactement. Ce serait trop dangereux dans la réalité, mais dans le cadre d'une fiction, je me suis dit, pourquoi pas ?

Je sentis ce merveilleux choc électrique qui m'indiquait qu'une idée était bonne.

— C'est parfait, Aldo. Tout simplement brillant. Comment pourrais-je vous remercier ?

— Inutile, Claire Barrow. Ça me fait plaisir de vous aider.

À l'instant où je raccrochais, une autre révélation se fit jour. Je savais ce que Laura devait faire, et moi aussi. Il n'y avait qu'un moyen d'aller au fond des choses, et, dangereux ou pas, il fallait que je tente le coup.

49

Le patient inscrit sous le nom de Seamus McClure n'avait pas le droit de recevoir de visiteurs. La dame corpulente, aux cheveux blancs et aux yeux de hibou, qui se tenait derrière le bureau d'information de l'hôpital New York Presbyterian demeura inflexible, malgré mes supplications. Elle ne montra aucune émotion quand je prétendis être une parente qui avait fait un long voyage très onéreux pour venir lui remonter le moral. Elle cilla à peine quand j'affirmai que « cousin » Seamus serait totalement déprimé s'il ne pouvait pas me voir, et que, vu qu'il n'était ni contagieux ni immunodéficient, cette mise en quarantaine devait être une erreur. Le règlement, c'est le règlement, ne cessait-elle de répéter avec une impatience grandissante. Seul le médecin avait le droit de modifier les ordres.

Le médecin traitant du patient Seamus McClure était Patrick McClure, autrement dit Duffy. Lorsque la dame lut cette information sur son écran d'ordinateur, mon moral descendit en flèche. Duffy était la dernière personne à qui j'aurais demandé de l'aide pour ça. S'il avait la moindre idée de ce que je m'apprêtais à entreprendre, il ferait tout ce qui était en son pouvoir pour m'en empêcher. Mon plan lui paraîtrait relever de la folie furieuse, au mieux. Lorsqu'il m'avait raccompagnée chez moi après mon interrogatoire, il avait soutenu que ma santé mentale et mon bon sens étaient les premiers suspects dans mes malheurs présents. Pis, il avait plus ou moins sous-entendu qu'il n'était pas loin de croire que j'avais moi-même répandu le sang de poulet et déclaré l'accident, pour attirer l'attention sur moi ou une autre de ces raisons aussi pathétiques qu'absurdes. Sa dernière pique était encore cuisante : « Contrairement à ce qu'on dit, toute publicité n'est pas forcément bonne. Souviens-t'en. »

En y repensant, je sentis ma colère se ranimer d'un coup, mais je n'avais pas de temps à perdre pour l'instant. Passant en revue les rares solutions à ma disposition, j'appelai la réceptionniste d'une cabine et demandai à parler à Jed.

Une seconde plus tard, son nom résonna dans les haut-parleurs. *Dr Slattery, appelez le 325.*

Puis, après une courte attente, sa voix hors d'haleine répondait :

— Ici Slattery.

J'avais la gorge sèche.

— Bonjour, Jed. C'est Claire.

Il y eut un long silence chargé.

— Oui ?

— Je suis dans le hall de l'hôpital. Je m'en veux de te déranger, mais j'ai besoin de ton aide.

— Bien sûr. Pourquoi m'appellerais-tu sinon ?

— Je sais que je t'exaspère, et tu as toutes les raisons de ressentir cela, mais c'est très important. Je t'en prie, Jed. Je ne sais pas vers qui me tourner.

Il soupira.

— Je descends.

Sortant de l'ascenseur, il me dévisagea avec une curiosité prudente.

— Que se passe-t-il ?

Je me forçai à le regarder en face.

— C'est compliqué.

— Essaie de m'expliquer quand même. Comme je te l'ai dit, je ne suis pas aussi bête que mes actes peuvent parfois le laisser penser.

Je regardai autour de moi, méfiante.

— Pas ici.

— D'accord, allons dans mon bureau.

Il me guida dans un labyrinthe de couloirs puis nous empruntâmes un ascenseur jusqu'au service de cardiologie pédiatrique. Son bureau, au fond, était un espace confortable meublé de fauteuils colorés et d'une profusion de jouets et de livres. Je faillis m'installer par terre pour me lancer dans la construction d'une forteresse en Lego. J'avais tellement besoin d'un endroit chaleureux et sûr où me cacher.

M'exhortant à la raison, je m'installai dans le fauteuil qui faisait face au bureau de Jed.

— Quelqu'un essaye de me détruire. On a dilapidé le contenu de mes comptes bancaires, et maintenant, ils essaient de jouer avec ma raison. Je sais que j'ai l'air paranoïaque.

— Mais tu ne l'es pas.

— Sincèrement, tu ne le crois pas ?

— Non. Tu as beaucoup de défauts, mais pas celui-là. Tu as une idée de qui il peut s'agir ?

— Non, mais ces gens ont trouvé le moyen de s'introduire dans mon ordinateur et d'utiliser tout ce qu'ils trouvent contre moi.

Je vis que sa colère se calmait.

— En quoi puis-je t'être utile ?

— Il y a un patient ici qui pourrait m'aider, mais il n'a pas le droit de recevoir de visites.

Je lui donnai une version succincte et expurgée des origines de Zachary et des circonstances qui l'avaient amené à être hospitalisé sous un faux nom.

— Il n'y a pas d'autre moyen ?

— Pas à ma connaissance. Crois-moi, je ne serais pas là sinon. Je me doute des sentiments que je peux t'inspirer.

Il secoua la tête.

— Non, ça je ne crois pas.

— Ce qui veut dire ?

— Ce n'est pas le moment Claire. Pour citer une penseuse célèbre : c'est compliqué.

Il appela un numéro interne, obtint les informations désirées puis me guida dehors. Nous retraversâmes le labyrinthe puis prîmes un autre ascenseur dans une autre aile de l'immense complexe hospitalier. Jed portait mon attaché-case qui, outre mon portable, contenait toute une série de prises et d'adaptateurs, de câbles d'extension, une collection de logiciels et de cordons de téléphone de plusieurs longueurs. Je n'avais aucune idée de ce dont Zachary pourrait avoir besoin, mais je souhaitais avoir tout le matériel nécessaire à disposition.

Dans le bureau des infirmières, je restai en arrière pendant que Jed tentait de convaincre le personnel de nous donner accès à la chambre de Zach. Cela nécessita plusieurs coups de fils et des conciliabules avec la surveillante de l'étage, le médecin responsable et deux hommes austères en uniforme bleu marine.

Quand enfin il obtint l'autorisation désirée, Jed m'escorta jusqu'à la chambre marquée « McClure, Seamus ». Nos doigts se frôlèrent quand je récupérai l'attaché-case. Il retira les siens comme s'il avait été brûlé.

— Fais attention à toi, Claire.

— Toi aussi, et merci.

Je ne pris pas la peine de lui dire adieu. D'une certaine manière, ça allait sans dire.

Seul dans la vaste chambre, Zachary était adossé à une pile d'oreillers et regardait un soap opera sans le son. Une demi-douzaine de tubes serpentaient jusque dans ses bras ou disparaissaient sous la fine couverture de coton. D'épais pansements tachés de pus ou d'antiseptique couleur de bile étaient visibles sous sa chemise d'hôpital. Un écran au mur surveillait ses signes vitaux. De temps en temps, l'appareil croassait comme un corbeau surpris.

Dès que Zach m'aperçut, la lueur d'ennui dans ses yeux pâles disparut.

— Claire ! J'ai du mal à croire qu'ils aient laissé entrer un être humain qui ne fasse pas les soins médicaux ou qui ne soit pas de la police. Comment avez-vous pu passer le bataillon de gardes-chiourmes ? Ma mère elle-même n'a pas réussi, même armée de son légendaire débit semi-automatique.

— Tout est affaire de relations, vous comprenez.

Je cherchai un endroit neutre où poser le regard. Mes yeux ne cessaient d'atterrir sur de la peau nue, des plaies et des bleus, des touffes de cheveux qui repoussaient, tous ces détails trop intimes.

— Vous n'imaginez pas à quel point ça fait du bien de vous voir.

— Pour moi aussi, Zach. Je suis désolée de ce qui est arrivé. Comment vous sentez-vous ?

— À deux doigts de craquer. Vous ne pourriez pas me faire sortir en me glissant dans votre sac, par hasard ?

En voyant les perfusions et les pansements, je me sentais de plus en plus coupable. Je m'en voulais d'être là, à m'appuyer une nouvelle fois sur ce pauvre gamin qui avait été blessé en tentant de m'aider.

— J'aimerais pouvoir, Zach. J'ai honte de vous le dire, mais je suis venue vous demander un service.

Il passa la main derrière sa tête.

— Allez-y. Je serais ravi de me sentir utile à autre chose qu'à jouer les porte-couvertures et les pelotes d'aiguilles humain.

Très concentré, il m'écouta lui expliquer ce que j'attendais de lui. Il fallait écrire un e-mail qui devait paraître avoir été envoyé de mon ordinateur au Département de technologie et de recherches informatiques, mais qui n'arrive pas là-bas. Dans cette courte note, je les informais détenir des preuves concernant ceux qui avaient piraté mon ordinateur. Ensuite, on précisait que je serais absente jusqu'à vingt et une heures ce soir, mais que je serais prête à rencontrer les enquêteurs pour leur montrer ce que j'avais trouvé dès le lendemain à la première heure. Je voulais aussi que Zach envoie une courte réponse, prétendument envoyée par le DTRI, accusant réception de mon message et acceptant de me recevoir au siège de la police le lendemain soir à vingt heures.

Zachary leva les yeux vers moi, sourcils froncés.

— Mais vous ne détenez pas vraiment ces preuves, si ?

— Non, mais il faut que ceux qui sont derrière tout ça le croient.

— Donc, vous voulez que cette note ait l'air de venir du DTRI, sauf que ça ne peut pas vraiment venir de là ?

— Oui. Le message doit comporter les données exactes relatives à la transmission. Ces gens-là sont trop malins pour se laisser duper.

Je voyais les rouages de son cerveau se mettre en branle alors qu'il appliquait tous ses talents à la tâche. Il caressa mon portable avec une affection respectueuse et m'indiqua comment le brancher au téléphone sur sa table de chevet. S'interrompant une seconde avant de mettre mon plan à exécution, il scruta mon visage.

— Vous êtes sûre de le vouloir ?

— Certaine. C'est le seul moyen. Et pas un mot à Duffy, s'il vous plaît.

Une ombre voilà son visage.

— Ce pourrait être dangereux.

— Qu'est-ce qui ne l'est pas ? Vous saviez qu'un enfant peut se noyer dans quinze centimètres d'eau ?

— En théorie, c'est possible.

— Vous mesurez les dangers cachés dans une simple sucette ?

— Mis à part les mains collantes, vous voulez dire ? Des caries ?

— Ça, ce n'est rien. Moi, je parle de mutilation, de risques mortels. D'après ma mère, on devrait les vendre accompagnées de mises en garde du ministère de la Santé.

Je m'efforçais de garder un ton léger et neutre, même si mon cœur cognait dans ma poitrine.

— D'accord, Claire, j'imagine que vous savez ce que vous faites.

Il imaginait mal. Tout ce que je savais, c'est que je devais faire quelque chose, et que c'était le seul moyen envisageable. Je le regardai envoyer mon message au DTRI puis pénétrer dans leur système informatique pour m'envoyer une réponse. À la fin, il effaça toute trace potentiellement compromettante. Quelques secondes plus tard, Zach levait les pouces en signe de triomphe, me signifiant que le processus était lancé.

Maintenant, il n'y avait plus de retour en arrière possible.

50

Il ne se passerait rien avant le soir, vingt et une heures. Je m'étais arrangée pour faire savoir que je serais absente jusque-là. Ce qui me laissait plusieurs heures pour me préparer physiquement et mentalement.

J'allai dans un café pour passer les coups de fil nécessaires. D'abord, je m'arrangeai pour que Rainey aille chez son amie Danielle après l'école et reste y dormir. Je racontai à la maman de Dani, Shari Auer, que ma mère ne se sentait pas bien, ce qui résumait assez bien son état général. Shari en déduisit que j'avais besoin de temps pour prendre soin d'elle, et je ne la détrompai pas. Toujours adorable, elle ne posa aucune question, mais voulut seulement savoir si elle pouvait m'aider en quoi que ce soit.

— En rien, je vous assure. Merci. Si Rainey veut me joindre, elle peut m'appeler sur mon portable.

Ensuite, je laissai le même message au lycée de Rainey : elle rentrerait avec Dani et passerait la nuit chez son amie.

Par précaution, au cas bien improbable où Rainey voudrait prendre des nouvelles de la santé de ma mère, j'appelai moi-même cette dernière.

— Comment ça va ? demandai-je.

Pour toute réponse, j'eus droit au grognement habituel.

— Qu'est-ce qu'il y a ?

— Rien. On vieillit, c'est tout.

— J'ai rendez-vous en ville un peu plus tard. Si j'ai le temps, je passerai te dire bonjour, d'accord ?

— Comme tu veux, ma chérie.

— Tu seras là ?

— Où voudrais-tu que je sois ? Il fait un temps épouvantable. On risque d'attraper la mort.

En raccrochant, j'essayai de ne pas me laisser gagner par son humeur morose. Mon appel aurait l'effet escompté : si Rainey, par quelque accès d'empathie, venait à la contacter, la réponse de ma mère ne serait pas trop fantaisiste.

Je retournai chez moi en passant discrètement par la porte de derrière. Je trouvai Richter dans la cuisine, tapi sous la table. Le chien avait perçu mon angoisse, qui démultipliait les siennes, le réduisant à l'état de boule de nerfs tremblante. Avec beaucoup de douceur, je l'entraînai hors de l'appartement et l'emmenai dans un chenil des environs. Il gémit et se colla à moi, terrifié, jusqu'au moment où un jeune homme vêtu d'un tablier et de sabots en caoutchouc le prit dans ses bras et l'emporta vers les cages et les enclos à l'arrière. Le pauvre animal me lançait des regards affolés, comme s'il attendait le coup de fil du gouverneur annonçant sa grâce.

— Tout ira bien, mon grand. Je reviendrai te chercher demain, lui dis-je, me rappelant de noter Richter sur la note que je comptais laisser au cas où les choses tourneraient mal.

Lottie avait accepté de s'occuper de Rainey si jamais il m'arrivait quelque chose. Même si Duffy et moi étions temporairement en froid, je ne doutais pas qu'il ferait de même avec Richter.

Une fois encore, je rentrai dans l'appartement par-derrière. Les stores étaient baissés, et je me déplaçai sans bruit, en chaussettes, me baissant lorsque je passais devant les fenêtres afin qu'on ne puisse pas deviner ma présence de l'extérieur.

Le Glock de Noah était rangé dans son étui fermé à clé au fond de l'étagère supérieure de notre penderie. Je nettoyai et huilai le pistolet puis le chargeai ainsi que j'avais vu Noah le faire tant de fois. Le poids de l'arme dans ma main me sembla étrangement familier et rassurant.

Je me félicitais à présent de m'être intéressée à tous les aspects du travail de Noah. Je voulais comprendre ce qu'il faisait, en apprendre le plus possible et partager ses expériences, même si je restais à une distance prudente. À ma demande pressante, nous avions fait plusieurs excursions jusqu'à un champ de tir, dans le Connecticut, où j'avais appris à tenir l'arme sans trembler, à viser et à affronter une cible de face.

Pour faire bonne mesure et pour la protection qu'il pouvait apporter, j'enfilai le gilet pare-balles de Noah. Le lourd vêtement gardait encore le souvenir de sa forme. Je m'imaginai qu'il contenait encore quelques molécules de son parfum. Inspirant profondément, je tentai de les percevoir.

Un peu après vingt et une heures, je ressortis une fois encore par la porte de derrière, me faufilai dans le jardin sombre et silencieux et me glissai par une ouverture dans la clôture. Je fis le tour du pâté de maisons, prenant garde à rester dans l'ombre, et rentrai, cette fois au vu et au su de tous, par la grande porte. En approchant de l'immeuble, j'avais remarqué de la lumière aux fenêtres de Mme DiMarco, alors que le Centre de thérapie asiatique était plongé dans le noir au deuxième. La plupart du temps, le Dr Midori travaillait jusque tard le soir, mais il lui arrivait parfois de fermer plus tôt lorsqu'il avait des consultations à l'extérieur ou donnait des conférences.

Mon estomac se contracta. Pendant toute la journée, j'avais été trop nerveuse et occupée pour pouvoir avaler quoi que ce soit, et maintenant, une angoisse bilieuse emplissait le vide. J'allumai les lumières du salon, y déambulai un instant puis éteignis, plongeant la pièce dans la pénombre. Je traversai le couloir, allumai la lampe de chevet près de mon lit et allai faire couler de l'eau dans la baignoire. Malgré les pensées qui tourbillonnaient dans ma tête et mon pouls affolé, je me forçais à me déplacer lentement afin de ne pas trahir le moindre signe de fébrilité au cas où je serais observée.

Lorsque la baignoire fut pleine, je fermai la porte de la salle de bains et fis des bruits d'éclaboussures, remuant une main dans l'eau tiède tout en tenant le Glock, tel le doudou chéri d'une enfant, dans l'autre.

Enveloppée dans un peignoir d'éponge au-dessus du gilet pare-balles et de mes vêtements de ville, je sortis à pas de loup de la salle de bains et me glissai sous les couvertures. Après avoir envoyé un baiser à la photo de Noah, comme je le faisais tous les soirs, j'éteignis la lumière.

En silence, je sortis du lit, prenant garde à rester baissée pour ne pas être vue de la rue. J'installai les oreillers pour leur donner forme humaine et me faufilai dans le salon obscur.

Là, je m'installai dans un fauteuil. Et j'attendis la venue de mon ennemi.

51

J'étais parfaitement immobile et silencieuse. Sous le coup d'une peur grandissante, je prenais chaque craquement du parquet pour les pas d'un intrus qui approchait, chaque clic du radiateur pour une poignée de porte qu'on tourne, chaque grincement de la fenêtre pour la pression insistante de la main d'un inconnu malintentionné. Mon imagination en effervescence faisait apparaître des formes gigantesques, des ennemis tapis dans l'ombre, des yeux qui m'observaient.

Mais rien de réel.

Une heure passa avec une lenteur insupportable. Deux heures.

De l'étage au-dessus me parvenait l'écho de la télévision de Mme DiMarco : voix perçantes, rires en boîte, l'éclat d'une pub, puis les personnages se remettaient à discuter. Dehors, des voitures filèrent avec fracas et dans une explosion de lumière crue. Un groupe d'ados passa, échangeant des blagues et des rires. Au loin, les pleurs d'un bébé sonnaient comme son verdict sur le monde.

Minuit passa. Je remuais dans mon fauteuil pour maintenir ma circulation sanguine. Mes paupières s'alourdirent et mon menton s'affaissa. Soudain, je me réveillai en sursaut, horrifiée à la pensée que je m'étais endormie.

Un goût de fiel monta dans ma gorge et je refoulai une vague de nausée. J'aurais dû manger, me forcer à avaler quelque chose pour absorber cette acidité.

Trop tard.

Une fois encore, mon esprit s'embruma, mes paupières papillotèrent et se fermèrent. Il n'y avait pas de mal à se reposer juste une minute, me dis-je.

Pas de mal.

Journée magnifique. Chaude et ensoleillée. Noah serait ravi par notre déjeuner surprise.

Drôle, qu'il soit déjà rentré. Je parie que les Affaires internes sont revenues à la raison et ont annulé l'entretien. Et si j'allais voir ce qu'il fait, Rainey ? Il est peut-être en train de se reposer.

Je traverse le couloir dans un long tunnel méandreux, aux parois illuminées de soleil. Pas de sortie en vue. Je sais qu'ici, je suis en sécurité. Le rire léger, plein de soulagement, est le mien.

C'est alors que j'entends du bruit en provenance du vestibule. La poignée de la porte tourne avec un gémissement plaintif et les gonds entonnent leur complainte grinçante. Je me réveille brusquement au son de pas qui s'approchent.

Je resserre la main sur le Glock. Un grand froid s'abat sur moi. Quoi ou qui que ce soit, je suis prête à l'affronter.

Puis les pas s'arrêtent net, la lumière s'allume et je vois ce que je ne me serais jamais attendue à voir.

Et là, je me fige.

52

— Tante Amelia, mon Dieu ! Tu as failli me faire mourir de peur.

Elle eut un large sourire.

— Failli seulement ? Dommage. La prochaine fois, j'essaierai de faire mieux.

— Qu'est-ce que tu fais ici ? Quelque chose ne va pas ?

— Ne sois pas stupide, Claire. Tu serais la dernière personne vers qui je me tournerais en cas de problème.

— Alors quoi ? C'est le milieu de la nuit.

Elle avança dans la pièce, avec son habituel air hautain et son sillage de jasmin.

— Est-ce là une façon d'accueillir une invitée ? Où sont passées tes manières ? Invite-moi à entrer, pour l'amour du ciel. Offre-moi un fauteuil et quelque chose à boire. Un doigt de ce cognac que je t'ai donné serait parfait.

Je devais me débarrasser d'elle avant que mon ennemi inconnu ne se montre.

— Je dois te demander de partir, tante Amelia. Je travaille demain matin, et il faut que je me repose.

Elle regarda le Glock, dans ma main molle.

— Eh bien, eh bien, qu'est-ce que nous avons là ?

— Rien. J'étais en train de nettoyer l'arme de Noah quand je me suis endormie.

Elle fit la moue.

— Laisse-moi ranger cette chose affreuse. Tu serais capable de te blesser.

Elle saisit vivement le pistolet et le posa sur la plus haute étagère à sa portée. Je notai soigneusement l'emplacement, décidée à remettre la main dessus dès qu'elle aurait passé la porte.

Puis je bâillai ostensiblement.

— Bonsoir, Amelia. Je vais me coucher.

Ignorant le congédiement, elle s'installa majestueusement dans le canapé.

— Je vais m'en aller, mais d'abord, je dois montrer à Rainey un spectacle très, très particulier.

— Au beau milieu de la nuit ?

— C'est inhabituel, je le sais. Mais c'est l'événement d'une vie, et il n'est pas question que Rainey le manque à cause de tes règlements et préventions rigides.

Je me levai et m'avançai d'un pas résolu vers la porte.

— Rainey n'est pas là. Elle dort chez Danielle.

Amelia fit claquer sa langue.

— Voyez-vous cela ! Tu ne sais même pas où se trouve ta fille. Pas étonnant qu'elle ait subi de telles mauvaises influences.

— De quoi parles-tu ?

Elle sortit un petit rectangle de plastique de sa pochette en plume d'autruche et pressa le bouton argenté dessus. Quelques secondes plus tard, la porte d'entrée s'ouvrit et deux types dégingandés, portant casquettes à larges visières et lunettes noires, entrèrent. Le premier transportait Rainey sur son épaule. Au moment où il la déposa sur le canapé, mon cœur se figea.

Elle semblait toute molle, dévertébrée.

— Rainey, mon Dieu. Que lui avez-vous fait ?

Le rire d'Amelia résonna comme une trille malveillante.

— Pas de mélodrame, Claire. La gamine va parfaitement bien. Après être allée la chercher chez Danielle, je lui ai juste donné un petit quelque chose pour la détendre. Elle n'est même pas endormie, seulement complètement relaxée.

— Tu l'as droguée ? Mais tu as perdu la tête ?

— Un léger sédatif, rien de plus. Dois-tu toujours tout prendre au tragique ?

— Je te demande de partir, Amelia. Immédiatement !

— Assieds-toi, Claire. Et respire profondément.

— Sortez d'ici ! Je suis sérieuse !

— Moi aussi.

Elle adressa un signe de tête aux deux hommes qui me firent asseoir sans ménagement à côté de Rainey.

— Maintenant, écoute, et tu apprendras peut-être quelque chose.

Un sourire coquet aux lèvres, elle regarda l'inconnu de gauche.

— Tu es prêt, très cher ?

— Parfaitement prêt.

— Formidable. Qu'as-tu prévu pour le plaisir de nous distraire, Phelan ?

Phelan ?

Lorsqu'il retira sa casquette et ses lunettes, je vis, à ma plus grande horreur, qu'il s'agissait en effet du sinistre gamin avec lequel nous avions, Duffy et moi, trouvé Rainey à Alphabet City.

J'avais du mal à m'exprimer.

— Tu le connais ?

— Le mot est faible, ma chère. Je l'ai aidé à devenir cette splendide créature que tu vois aujourd'hui. N'est-ce pas, chéri ?

Un sourire mauvais se plaqua sur les lèvres de Phelan.

— Amelia s'est occupée de moi quand j'ai eu des ennuis, et les a arrangés. Depuis, elle m'a aidé à développer mes compétences particulières.

Je caressai les cheveux de Rainey et notai le rythme lent de sa respiration.

— Qu'est-ce qu'il raconte ? Que se passe-t-il, Amelia ? Vous êtes dingues !

— Dingues ? Loin de là. Je suis au contraire parfaitement en phase avec la réalité. La seule différence entre moi et les pauvres êtres comme toi et ta mère, c'est que lorsque la réalité ne me plaît pas, je la change. Et je découvre les jeunes gens les plus doués pour m'aider à remettre les choses droites. La justice, voilà le plus important, tu ne crois pas ?

— Croire quoi ? Tout ça est absurde. Allez-vous-en et laissez-nous tranquilles.

Elle traversa la pièce jusqu'au buffet et se servit un verre.

— Claire, Claire. Il a toujours fallu tout t'épeler, et même là, tu ne vois pas ce qui est juste sous ton nez.

Elle prit une grande gorgée d'un alcool ambré.

— Je suppose que cette forme de cécité te vient également de ta mère. Elle s'est révélée une cible tellement peu gratifiante.

— Une cible pour quoi ?

Elle soupira.

— Il ne lui est sincèrement jamais venu à l'esprit que tous ses malheurs aient pu être soigneusement orchestrés. C'est dur à croire, mais cette idiote reste persuadée que la mort de son précieux Charlie était un simple accident.

— Ce n'était pas le cas ?

— Simple, sûrement pas, Claire. Saboter des freins et organiser une collision fatale nécessite énormément de travail et de créativité.

Ma gorge se noua.

— Tu as tué Charlie ?

— Tué est un mot tellement mal choisi. Disons que je l'ai retiré de l'équation. En réalité, s'il est mort, c'est à cause de ta mère, pas de moi. Je lui avais dit que j'entendais avoir cet homme pour moi, mais cette imbécile a refusé de m'écouter. Ensuite, elle exhibait sa satisfaction ridicule, ne ratait aucune occasion de dire à quel point elle était amoureuse, son foyer heureux et ses filles adorables. Je n'avais d'autre choix que de lui retirer ce bonheur indécent qui aurait dû me revenir de droit. La justice requérait de moi que je le fasse.

— Mais tu es complètement folle.

— Pas le moins du monde. Il se trouve que la vengeance est mon passe-temps favori. Un moyen merveilleux d'occuper son temps. J'ai passé d'innombrables heures très satisfaisantes à m'assurer que ta mère aurait ce qu'elle méritait. M'en prendre à toi était comme un bonus.

— C'est toi qui as dilapidé mes comptes bancaires ?

— Avec l'aide du brillant Phelan, bien sûr. Béni soit l'Internet. Cela a beaucoup ajouté à mon amusement. J'ai aussi organisé le licenciement de ton éditeur et son remplacement, la parution de l'article du *Times* sous ton nom, le faux délit de fuite, tout. Tout était étudié pour faire vaciller ton fragile équilibre, et ça a parfaitement marché.

— Mais pourquoi ? Qu'est-ce que je t'ai fait ?

— Tu n'as pas eu besoin de me faire quoi que ce soit, ma chère. Je te trouve simplement ennuyeuse, et j'ai pris un immense plaisir à te voir t'effondrer lentement et de la manière la plus douloureuse. Mettre au point les détails de ta déchéance s'est révélé particulièrement satisfaisant. J'ai fait toutes ces dépenses créditées sur ton compte, et j'ai fait en sorte que l'agence de recouvrement te prenne pour un bon à rien possédant le même nom. Je savais que tu serais bouleversée, intimidée, perturbée. Et tu l'as été, comme je le souhaitais. Le pouvoir et l'argent sont très utiles, je dois dire.

— Noah ?

Elle leva son verre.

— Bravo, Claire ! Enfin, tu commences à comprendre. Coincer Noah a été un exercice très plaisant. Il m'a suffi de suggérer qu'il avait forcé Stanley Peake à parler puis de faire en sorte que Peake disparaisse. Et l'un de mes autres talentueux jeunes gens s'est arrangé pour que le suicide de Noah ait l'air aussi authentique. J'ai trouvé que la pendaison ajoutait une petite touche adorable. Et voir le malheur que te causait son prétendu suicide ne l'a rendu que plus agréable.

La rage bouillonnait en moi. Mais je refusai de la laisser exploser. Tout ce qui comptait maintenant était de trouver un moyen de nous en sortir, en assurant la sécurité de Rainey. Je posai une main protectrice sur son dos.

— Partez, maintenant, et on s'arrête là. Sors de nos vies !

L'indignation brillait dans ses yeux.

— C'est moi qui décide quand ça se termine. Quand et avec qui.

S'adoucissant, elle jeta un regard vers Rainey.

— C'est dommage pour la petite. J'appréciais sa transformation. Il m'a suffi d'introduire Phelan dans sa vie, et il l'a convaincue que tu étais responsable de la mort de son père. J'aurais adoré voir comment cette histoire évoluait, mais tu as eu la bêtise de contacter les autorités, et nous sommes obligés d'en finir. Nous avons intercepté ce regrettable e-mail du Département de technologie et de recherches informatiques. Nous ne pouvions pas nous permettre de les laisser s'interposer. Tu n'es tout de même pas assez stupide pour ne pas le comprendre.

Je dus faire appel à toute ma volonté pour ne pas étrangler son petit cou gracile.

— Non, Amelia. Je comprends parfaitement.

Elle finit son verre de cognac.

— Très bien, nous allons donc en finir avec toi et la gamine. Ensuite, il ne me restera plus qu'à faire en sorte que ta chère maman sache très précisément ce qu'elle a causé avant de recevoir son dernier paiement.

53

Mon regard fila jusqu'au Glock. Je devais trouver le moyen de récupérer l'arme et de m'en servir pour faire sortir Rainey.

Amelia se tourna vers Phelan.

— Tu es prêt, très cher ?

— Complètement.

— Il me tarde de découvrir ton magnifique plan.

Amelia hocha la tête en direction du second inconnu, qui jusqu'ici était demeuré silencieux.

— C'est le moment de l'examen de passage. J'ai tellement hâte de découvrir les progrès du jeune Phelan. Pas toi, chéri ?

L'inconnu retira sa casquette et ses lunettes et posa ses yeux vitreux sur ma tante. Mon cœur se mit à battre frénétiquement, entraîné par une réalité que mon esprit ne parvenait pas à absorber. B.B. LeBeau n'était pas mort. Il se trouvait à cinq mètres de moi.

— Il n'est rien ni personne, ma reine, comme je n'ai cessé de te le répéter.

Amelia agita un doigt léger.

— Ne sois pas jaloux, mon cher B.B. Tatie a tellement d'amour et d'attention à donner.

Le visage de LeBeau se plissa de mépris.

— Jaloux de lui ? Je crois que tu perds la boule, mamie chérie. Ce petit imbécile ne vaut rien, tu verras.

Amelia sourit largement.

— C'est ce que nous allons voir tous ensemble. Dis-nous, cher Phelan. Comment l'histoire va-t-elle se terminer ?

Mais elle leva aussitôt la main pour l'empêcher de répondre et se tourna vers moi.

— Maintenant, tu comprends, Claire. J'incite mes meilleurs élèves à développer leur propre approche. Une marque de fabrique, si tu préfères. Les chefs-d'œuvre de B.B. ont tous impliqué un K-Bar et une mise en scène avec légende. Le jeune Phelan a expérimenté plusieurs moyens de torture dans le but de développer une méthode propre qui serait sa signature. Rainey et toi allez avoir le privilège d'être les héroïnes de sa première représentation.

Son regard retourna vers Phelan.

— Dis-nous, mon chéri.

— J'ai été particulièrement intéressé par les histoires de gens ébouillantés vivants, soit dans le cas de cannibalisme rituel soit comme une forme de peine capitale pratiquée dans plusieurs régions du monde entre le premier millénaire et jusqu'au début du XVIIIe siècle.

Amelia tapa des mains comme une enfant ravie.

— J'adore !

Cette fois, ce fut Phelan qui leva le bras pour demander le silence.

— Puis il m'est apparu que la cuisson à la vapeur était beaucoup plus efficace. Or il se trouve qu'ils ont le matériel nécessaire à l'étage au-dessus. Il suffirait alors de neutraliser la valve de sécurité et de faire monter la température. La mort est lente, terrifiante, affreusement douloureuse et profondément originale. Parfait à tous points de vue. Voilà ce que j'ai préparé.

— Magnifique, dit Amelia. Que le jeu commence.

LeBeau renifla de mépris.

— Un tas de conneries. Parfait pour un merdeux comme toi.

— Ouais, tu regrettes de ne pas y avoir pensé, c'est tout.

Amelia se leva et passa un bras autour de leurs épaules.

— Les garçons, les garçons ! Ne gâchons pas notre plaisir avec des chamailleries stupides.

Profitant de ce moment de distraction, je me levai d'un bond et attrapai le pistolet.

— On ne bouge plus !

Mes yeux allèrent d'Amelia à Phelan, LeBeau, puis à Rainey, qui commençait à remuer.

Lentement, j'avançai jusqu'au téléphone. Serrant le Glock d'une main, je pris le combiné de l'autre et composai le 911. Retenant mon souffle, j'attendis que la connexion se fasse.

Mais déjà, LeBeau avait fait volte-face et, d'un coup de pied, fait voler le pistolet de ma main. Phelan m'attrapa le poignet et le tordit de toutes ses forces. Il y eut un craquement et je sentis une douleur fulgurante. Des mains rudes me saisirent aux épaules et me poussèrent jusqu'à la porte.

Phelan exhiba un poignard étincelant puis posa la lame dans le creux de mon dos. La pointe traversait le gilet pare-balles.

— On monte, salope.

LeBeau le suivait, portant Rainey qui marmonnait, l'esprit confus. Derrière, j'entendais le claquement des impitoyables talons d'Amelia.

Alors que nous atteignions le palier du premier étage, je songeai à appeler Mme DiMarco. Mais Phelan l'avait anticipé : il appuya plus fort la lame, et je ressentis un pincement douloureux.

— Tu dis un mot et je descends la gamine ici même.

Nous passâmes devant la porte de Mme DiMarco et montâmes encore un étage jusqu'au Centre de thérapie asiatique. La moiteur lourde de la vapeur au parfum d'eucalyptus me parvint. Et mes jambes refusèrent de faire un pas de plus.

54

Une brume brûlante et étouffante m'enveloppa au moment où Phelan ouvrit la porte du hammam. Il me poussa à l'intérieur, m'envoyant m'étaler sur le carrelage glissant. Par réflexe, je tendis les mains pour amortir le choc, et une douleur cuisante irradia dans mon bras blessé.

De ma main valide, je tâtonnai à l'aveugle dans la chaleur suffocante, reculant vivement chaque fois que j'approchais un jet mugissant qui me brûlait les doigts.

— C'est quoi, ça ? Où suis-je ? Je ne vois rien.

Je tentai de localiser la voix chevrotante de Rainey à travers le mur de vapeur. Perchée sur le banc carrelé, je la serrai fort. Pour une fois, elle ne se raidit pas ni ne se recula.

— Chut, Rainey. On est dans le hammam du Dr Midori.

— Il fait trop chaud. Je ne peux pas respirer.

— Je sais, ma chérie. Essaie de rester calme.

— Ils nous ont enfermées à l'intérieur ?

J'avais entendu les claquements secs des barres de fer verrouillant la porte.

— Ne t'inquiète pas, je vais trouver un moyen de nous sortir de là.

— Pourquoi tante Amelia a fait ça ? Qu'est-ce qu'il lui prend ?

Mes poumons me brûlaient à chaque inspiration.

— Ce n'est pas le moment d'y penser, chérie. La chaleur monte, alors, reste au ras du sol mais fais attention aux jets.

J'entrepris d'explorer les murs, à la recherche d'un interrupteur ou d'un moyen de casser la vitre. Elle devait être en verre Securit et impossible à fendre sans un lourd objet de métal.

De la vapeur continuait de se déverser en sifflant dans la pièce. La chaleur devenait de plus en plus intense.

— S'il te plaît, Claire. Je n'en peux plus. Sors-nous de là.

— J'essaie, chérie. Tiens bon.

Luttant pour garder l'esprit clair, j'essayai de me rappeler ma séance de massage avec Richter la semaine précédente. Durant ma visite, j'avais fait particulièrement attention aux valves de sécurité. Faisant apparaître une image mentale du hammam, j'avançai à tâtons jusqu'à l'endroit où, dans mes souvenirs, se trouvait l'interrupteur.

Le plafond suintait. Chaque goutte brûlante qui en tombait piquait comme un poignard.

— J'ai soif, dit Rainey.

Sa voix faible se perdait dans la brume.

— Je sais, mon bébé.

Enfin, je trouvai la valve. Le métal était trop chaud pour que je puisse le toucher. Je retirai ma chemise et le gilet pare-balles en dessous et me servis du tissu pour tenter de manœuvrer la valve.

Rien.

La vapeur continuait de bouillonner par les jets. La chaleur avait la force effroyable d'une bête enragée. Phelan avait désactivé l'interrupteur de sécurité. D'un geste rageur, je secouai encore la tige de métal, qui me resta dans la main.

À l'aveuglette, je retournai à la porte et me dressai face à la vitre embuée. Un cri inhumain m'échappa quand je donnai un coup de poing avec toute la force qu'il me restait. Mais le verre était incassable, comme je l'avais supposé.

— De l'eau, gémit Rainey. Je t'en prie.

— Mouille tes mains sur le carrelage et lèche-les, chérie. L'eau sera chaude, mais ça devrait te soulager.

— S'il te plaît, Claire. Je ne me sens pas bien.

— Je sais. Mais tâche de tenir bon.

Je tapai sur la vitre avec la tige métallique, encore et encore, jurant contre mon insupportable impuissance, jusqu'à ce que mes forces m'abandonnent et que je m'écroule par terre. C'est alors que j'entendis les coups furieux de la canne de Mme DiMarco.

— Non mais qu'est-ce que vous fabriquez, là-haut ? Vous êtes malade, espèce de pervers ? Vous m'avez réveillée.

À bout de souffle, je réussis à lever la main et à marteler le sol avec la valve.

— C'en est assez, charlatan. J'appelle la police.

— Oui, dis-je d'une voix rauque en frappant de plus belle. Appelez la police.

Avec l'énergie du désespoir, je continuais de lever la main pour balancer la poignée de métal par terre. Et je tapais, tapais, alors même que mes muscles hurlaient de douleur.

Appelez !

Tout ce que j'entendais, c'était les coups de canne insistants. La terreur me saisit quand je me rappelai toutes les fois où ses menaces s'étaient révélées vaines. Par deux fois seulement elle les avait mises à exécution.

Cette fois, j'étais à bout de forces. Mon bras était comme un bloc de ciment, trop lourd à soulever. Je ne savais plus que faire et n'avais plus d'espoir.

S'il vous plaît, non. C'est impossible. Il faut que je sauve Rainey.

Et puis, au moment où mes pensées commençaient à dérailler, à cause de la douleur et de la chaleur insupportable, je perçus le mugissement lointain d'une sirène. Qui se rapprochait. Hurlant dans la nuit.

55

Un sourire nostalgique aux lèvres, Amelia écoutait les plaintes étouffées et les coups inutiles en provenance du hammam. Elle se tourna pour caresser le torse de Phelan, assis près d'elle sur un banc de teck.

— Brillant, mon cher. Tout simplement merveilleux. Tu as dépassé mes espoirs les plus optimistes.

Un peu plus loin, LeBeau était avachi contre un mur.

— Il me semble que tu as placé la barre un peu bas, mémé.

Le sourire d'Amelia se transforma en une grimace désapprobatrice.

— Je t'ai déjà demandé de ne pas tout gâcher, B.B. Dois-tu forcément te conduire de manière aussi puérile ?

— Ce n'est pas moi qui me prends pour un marmiton, c'est lui.

Phelan se hérissa.

— Qu'est-ce que tu racontes, LeBeau ?

Les yeux vitreux se rétrécirent de mépris.

— Une leçon de cuisine. Franchement ! Tu ne pouvais rien trouver de mieux que de jouer aux cannibales de dessin animé ?

Phelan se leva, les poings serrés.

— Tu ne le supportes pas parce que c'est plus malin que ce que tu as jamais fait.

LeBeau grimaça.

— C'est ça. Tu m'as bien eu, avec ta recette de soupe humaine. Je n'aurais jamais pu trouver un truc aussi *original*, non, monsieur. Dis-moi, comment tu l'as assaisonnée ? Avec du sel et du poivre seulement ? Ou plutôt à l'italienne, avec de l'ail et de l'origan ?

— La ferme, LeBeau ! J'en ai assez entendu.

— Alors, là, j'ai franchement la trouille. Qu'est-ce que tu comptes me faire, petite fée du logis ? Me battre en neige ? Me faire lever en soufflé ?

Amelia lança un regard de reproche à LeBeau.

— C'est le spectacle de Phelan, LeBeau. Tiens-toi correctement.

LeBeau se pencha et fourra le nez dans l'oreille d'Amelia.

— Je me tiens correctement, baby. Exactement comme tu me l'as appris.

La vieille dame laissa échapper un rire de jeune fille.

— Arrête, trésor. Tu sais que ça me chatouille.

Il massa la nuque d'Amelia et dessina des cercles langoureux jusqu'au bas de son dos.

— Bien sûr que je le sais. Je sais tout ce que tu aimes. N'est-ce pas, Amelia chérie ?

— Oui, c'est vrai, petit diable.

— Arrêtez vos conneries. Ça me rend malade, dit Phelan.

Les bruits en provenance du hammam s'étaient tus. À présent, il n'y avait plus que le sifflement des jets en fond sonore des câlineries de LeBeau et des réponses de plus en plus ardentes d'Amelia.

— J'ai passé des semaines à mettre tout ça au point. Taisez-vous et écoutez, râla Phelan.

Une fois encore, LeBeau ricana.

— Tu as raison d'être fière de ce petit gars, baby. C'est un adepte de la nourriture saine. Pas de friture ni de graisse, il est pour la cuisson à la vapeur.

Amelia se rengorgea de plaisir.

— C'est tellement vrai !

— Tu gâches tout, espèce de salaud, dit Phelan.

— Petit jaloux !

— Ne sois pas ridicule. Pourquoi serais-je jaloux de ce rien-du-tout ?

LeBeau se raidit.

— Qu'est-ce que t'as dit ?

— Rien que la vérité, LeBeau. T'es tellement rien du tout que tes parents n'ont même pas réussi à te donner un nom. C'est pour ça qu'ils t'ont appelé B.B., parce que sur ton acte de naissance, c'est tout ce que ça disait : bébé.

— C'étaient tes dernières paroles, pauvre con.

LeBeau se jeta sur Phelan.

— Arrêtez ! ordonna Amelia. Espèces de voyous, vous me gâchez la fête.

Soudain, LeBeau sortit son K-Bar.

— Dis bonsoir, joli cœur, dit-il, se reculant pour frapper Phelan.

Il fit une feinte à gauche puis balança son bras droit avec une vitesse fulgurante.

Phelan se plia en deux, serrant son ventre tailladé.

— Qu'est-ce que… ?

La surprise se peignit sur son visage, le choc, puis il perdit toute expression en s'effondrant par terre.

LeBeau leva son poignard, étincelant de sang.

— Tu ne l'as même pas vu venir, hein, sale merde ? Voilà une chose que le petit marmiton aurait dû apprendre : à mieux manier ses couteaux.

— Espèce d'idiot ! s'écria Amelia. Tu l'as tué. C'était le meilleur que j'avais jamais eu.

— Tu disais que c'était moi, le meilleur.

— Plus maintenant. J'en ai fini avec toi, LeBeau. Hors de ma vue !

— Tu ne peux pas te débarrasser de moi comme ça, vieille sorcière.

— Tu m'as bien entendue ! Dehors !

— Tu ne peux pas faire ça.

— Je peux faire exactement ce qui me plaît. Tu t'en vas sur-le-champ, sinon je serai obligée de te détruire.

— Me détruire, toi ?

Amelia vit la lueur meurtrière dans ses yeux.

— Allons, chéri. Je ne suis pas sérieuse. Tu as toujours été mon préféré.

Elle aussi perçut les sirènes dans le lointain. Si seulement elles pouvaient venir ici ! Elle pourrait accuser LeBeau des meurtres et en finir avec cette situation désagréable. Un simple cahot sur la route, se dit-elle.

— J'étais un peu embêtée par ta réaction stupide face à Phelan. Ça m'a empêchée de jouir pleinement de la représentation. Tu dois le comprendre.

LeBeau quitta son masque menaçant et sourit.

— C'est moi ton préféré.

— Toujours, trésor. Tu es mon grand bébé numéro 1.

LeBeau fut sur elle en une seconde. Et, d'un coup de poignard dans le cœur, il lui régla son compte.

— Et toi, tu étais ma riche salope numéro 1. Mais même les bonnes choses ont une fin.

56

Des mains puissantes qui m'entravent. Des inconnus au regard sinistre. Des lumières aveuglantes.

— Non ! Lâchez-moi ! Arrêtez !

— Non, mais, écoutez-la crisser comme des mauvais freins. Calme-toi, Claire. Tu es à l'hôpital. Tu n'as que des amis, ici.

— Duffy ?

— Lui-même. Tu es restée inconsciente pendant plusieurs jours, mon cœur. Mais tu vas te rétablir. Les brûlures sont en bonne voie de guérison, de même que tes poumons. Bon, d'après ce que je vois, il restera peut-être un sérieux problème de caractère.

À travers l'épais brouillard médical, l'horreur vécue dans le hammam me revint.

— Rainey ?

— Elle aussi se remet bien. Grâce à toi. Elle est au bout du couloir, et se languit de sortir. Elle rend tout le monde dingue, ce qui prouve qu'elle est redevenue elle-même. Puisque tu es réveillée, je l'amènerai pour une visite.

Son visage rubicond m'apparut plus clairement. J'avais l'impression de regarder une œuvre d'art.

— De l'eau ? croassai-je.

Il tint la tasse de plastique pendant que j'aspirais avidement dans la paille. Le liquide était agréable et d'une délicieuse fraîcheur. Je n'avais jamais rien bu d'aussi bon.

J'avais la gorge irritée. Ma voix ressemblait aux derniers craquements d'une transmission lointaine.

— Phelan et LeBeau, Amelia ?

— Dieu merci, c'en est fini de tout ça. Zachary a eu un accès de lucidité en plein milieu de la nuit et m'a appelé pour me parler de ces e-mails que tu lui avais demandé d'envoyer. J'allais chez toi pour te dire ma façon de penser quand j'ai intercepté la plainte pour tapage nocturne de ta voisine sur la radio. Lorsqu'on est arrivés, on a trouvé ta tante et Phelan poignardés et installés dans le sauna. Les lettres de sang sur le mur disaient : « Certains l'aiment chaud. »

— Phelan et LeBeau vivaient un cas extrême de rivalité fraternelle, dis-je.

— Si c'est le cas, Caïn et Abel devaient s'aimer d'amour à côté. Quoi qu'il en soit, on a lancé un appel à toutes les unités, et une voiture a repéré LeBeau à trois blocs au nord, en train d'essayer d'arrêter un taxi. Je n'ai pas l'impression que ç'ait été un boulot bien préparé et sans bavure, comme il en a l'habitude. L'Anguille avait encore du sang sur ses vêtements, et était enragé, d'après l'inspecteur qui l'a descendu.

— Il est vraiment mort ? répétai-je pour me rassurer.

— Pour de bon cette fois. Les sosies de LeBeau ont été fabriqués grâce au protégé d'Amelia, le chirurgien esthétique. Celui-là était le modèle original. On a vérifié ses empreintes digitales et son dossier dentaire, la totale.

— Alléluia.

— Je suis bien d'accord.

— Et Richter ?

— Tu lui manques, mais il va bien. Il lui tarde que tu rentres à la maison pour pouvoir te protéger.

J'avais mal à la poitrine ; ou plutôt, j'avais mal partout. Mais au moins, la souffrance prouvait que j'étais encore en vie. Des émotions confuses me submergeaient et pétillaient jusque dans mes yeux.

— Noah ne s'est pas suicidé, Duff. C'était Amelia.

Prenant garde à ne pas déranger les aiguilles et les tubes, Duff posa sa large main sur la mienne.

— Je sais, chérie. Rainey me l'a dit.

— Rainey a entendu ?

— Oui, j'ai tout entendu, dit-elle depuis le seuil. Le Dr Bruno m'a dit qu'Amelia était folle, mais je trouve ça injuste envers les fous.

Lottie poussa le fauteuil roulant de Rainey dans la chambre. Ma fille s'approcha et m'embrassa sur la joue.

— Je suis désolée, Claire. J'ai été nulle, et je me suis complètement trompée sur tout. Est-ce que tu me pardonneras un jour ?

— Il n'y a rien à pardonner, ma chérie. Tu vas bien ?

Je l'examinai rapidement. Elle avait les pieds bandés et des plaques rose vif sur les bras.

— Oui, sauf que je m'ennuie à mourir ici.

— Tu es sûre ?

— Oui. Les brûlures ne me font plus mal. Mes yeux étaient blessés mais ça va mieux. À part ça, tout va bien.

Le visage de Lottie apparut devant moi.

— Sauf la nourriture. Ça, ça ne va pas du tout. À partir de maintenant, Claire, je compte sur toi pour me dire tout ce dont tu as envie en matière alimentaire. Quoi que ce soit, je te trouverai le meilleur. Rainey avait envie d'un hamburger, alors je lui ai fait livrer celui du Bistrot Moderne, au foie gras.

— C'était trop bon, dit Rainey.

Ma mère intervint, un peu angoissée.

— Avec modération, Lottie. Tu ne voudrais pas la fatiguer.

Lottie me fit un clin d'œil.

— Tu as tout à fait raison, maman. Je suis pour la modération en toute chose, surtout dans le domaine de la modération.

Une infirmière rousse passa la tête par la porte.

— Tout va bien, ici ?

— Ça va, répondis-je d'une voix rocailleuse.

— Pas trop d'émotions, Claire. Vous avez encore besoin de vous reposer.

— Tu vois ! s'exclama ma mère. Tu ne dois pas la fatiguer.

Cette fois, ce fut Rainey qui porta le gobelet à mes lèvres.

— Il faut veiller à t'hydrater, dit-elle d'un ton sérieux, usant du nouveau vocabulaire dont j'aurais préféré qu'elle ne fasse jamais l'acquisition.

Lottie s'éclaircit la gorge et pencha la tête d'un air entendu. J'avais encore l'esprit trop embrumé par les analgésiques pour comprendre le message.

— Duffy a été merveilleux, Claire. Il ne t'a pas quittée une seconde.

— Merci, Duff.

Duff m'adressa un sourire de travers.

— J'ai juste profité du silence, tant que tu étais au pays des rêves. Ce n'est pas si fréquent.

Lottie lui lança un regard sévère.

— Arrête tes bêtises, Duffy. Ça ne te tuera pas d'admettre que tu tiens à elle.

Il devint plus rouge encore et toussa derrière sa main.

— Bien sûr que je tiens à elle. Claire et moi, ça remonte loin. N'est-ce pas, Rainey chérie ?

Rainey leva les yeux au ciel.

— Laisse-moi en dehors de tout ça, Duff.

— Que se passe-t-il, Duffy ? demandai-je gentiment.

— Ta sœur s'imagine que sous prétexte que j'ai gardé un œil sur toi pour que tu ne te fourres pas encore dans les ennuis, j'aurais un faible pour toi.

Je le regardai droit dans les yeux et il soutint mon regard.

— Et c'est le cas ?

— Peut-être un tout petit peu.

Duff se tourna vers Rainey.

— Qu'est-ce que ça te ferait, si un vieil idiot comme moi s'éprenait de Claire ?

Rainey haussa les épaules, repassant au mode indifférent propre aux adolescents.

— Tu fais comme tu veux.

Son regard revint sur moi.

— Et toi, tu as une idée sur le sujet ?

Je l'incitai à s'approcher tout près et posai un baiser sur ses lèvres. Ma tête se remplit d'une odeur de café sucré et de crème à raser mentholée, et tout un tas de possibilités agréables m'apparurent.

La lumière baissa derrière mes paupières lourdes. Les bruits de la pièce me parvinrent étouffés.

— J'ai l'impression qu'elle s'est rendormie. Dieu merci, elle est revenue parmi nous, dit Duff.

Lottie soupira.

— Elle est formidable.

— Je dois admettre que je suis très fière d'elle, admit ma mère.

— Tu es sûre que tu n'es pas opposée à ce que je lui fasse la cour, Rainey ? Ça va peut-être te faire drôle pendant un temps, dit Duffy.

Je m'attardai aux limites de la conscience, attendant la réponse de Rainey. Une éternité sembla s'écouler avant qu'elle rompe le silence.

— Lui faire la cour ? Attends, mon vieux, si tu veux que Claire t'aime, il va falloir être un peu moins coincé que ça.

Remerciements

Je suis immensément reconnaissante à mon merveilleux agent, Peter Lampack, pour son soutien indéfectible et son amitié, de même qu'à ses formidables collègues : Sandy, Ren et Rima. Merci aussi à Natalee Rosenstein, ma première et principale éditrice, pour ses excellentes interventions, et à tous les grands professionnels chez Putman/Berkley, en particulier Leslie Gelbman.

Pour m'avoir fait profiter sans compter de ses conseils et de ses compétences d'expert, je tiens à remercier J.W. Brown, directeur de la communication de la Cour supérieure du comté de Maricopa, dans l'Arizona. Je dois aussi beaucoup au capitaine Gabrielle Spano, à l'inspecteur Singer et à l'officier Duffy (rien à voir avec mon personnage du même nom), du 6e district de la police de New York, et aux officiers Sebastian Mannuzza et David Crouthamel, de ce même district, qui m'ont convaincue que s'il est amusant d'être installé sur le siège arrière d'une voiture de police en patrouille, je n'aimerais pas y être en tant que suspecte d'un crime.

Merci également à mon cher et jeune ami du département d'État, dont l'anonymat doit être préservé, pour m'avoir grandement aidée à comprendre ce fléau qu'est le vol d'identité.

Enfin, bien sûr, je n'aurai jamais assez de place ou de mots pour témoigner ma reconnaissance à Ivan.

Judith Kelman
Le sommeil des anges

À la mort de son père, sculpteur de génie devenu fou à la fin de sa vie, Emily Archer, professeur d'anglais à l'université de Columbia, revient sur les lieux où elle a vécu une enfance perturbée. Dès son arrivée, d'anciens cauchemars reviennent la hanter, et ses enfants ne tardent pas, eux aussi, à se sentir en danger. Quelle malédiction pèse sur la famille d'Emily ? Aidée du commandant Lynch, la jeune femme plonge dans les eaux troubles du passé…

Pocket n° 10848 - 320 pages - 6,30 €

Judith Kelman
Un dernier baiser

Lorsqu'ils pénètrent chez Thea Harper, les policiers trouvent une femme hébétée, les mains pleines de sang, à côté du cadavre de Simon Gallatin. A-t-elle agi dans un état d'épilepsie partielle ? C'est l'hypothèse soulevée par le docteur Forman, qui la défend devant les jurés. À l'issue du procès, la jeune femme, qui ne se souvient de rien, est acquittée. Mais le cauchemar ne fait que commencer…

Pocket n° 10463 - 416 pages - 6,20 €

Pour en savoir plus : www.pocket.fr

Collection Thriller

Judith KELMAN
Comme un voile d'ombre

Une épidémie de suicides ravage le campus de l'université de Cromwell. La police est déboussolée, aucune piste n'est privilégiée. Refusant de se résigner, Sarah Spooner décide de mener sa propre enquête pour comprendre la mort de son fils Nicholas qui, comme les autres étudiants décédés, se serait jeté dans les ravines qui bordent le campus. Aidée d'un graphologue qui étudie les défaillances de l'écriture chez les jeunes gens, elle va découvrir un monde qu'elle aurait préféré ne pas connaître...

Pocket n° 10847 - 320 pages - 5,80 €

Judith KELMAN
La vipère de velours

Quatre fillettes de Greenwich Village victimes de sévices sexuels, quatre fillettes traumatisées qui ont tout oublié de leur agression, sauf cet étrange rêve : une douce musique et la vision d'une pièce tendue de velours noir... Sarah Spooner, assistante du procureur de New York et spécialiste de ce genre d'affaires est chargée de ce sordide dossier. Mais l'enquête se revèle difficile ; assistée d'un inspecteur incompétent, Sarah enchaîne les découvertes macabres...

Pocket n° 10849 - 448 pages - 7,10 €

Pour en savoir plus : www.pocket.fr

◀ Judith Kelman
Entre les mailles du filet

Après douze ans de réclusion, Eldon Weir, aussi appelé « Professeur souffrance », est placé en résidence surveillée. Adolescent, il avait commencé sa carrière en assassinant une camarade de classe. S'était ensuivi une série de meurtres abominables, qui prenaient tous pour cible des petites filles blondes et élancées. Aujourd'hui aveugle et relié par une laisse à des appareils de contrôle, les autorités affirment qu'il ne représente plus aucun danger. Et pourtant, peu après son arrivée à Vermont, une fillette disparaît, blonde et filiforme…

Pocket n° 10461 - 448 pages - 6,70 €

Judith Kelman ▶
Phobies

Maggie Lyons dirige, à New York, une clinique spécialisée dans le traitement des phobies. Deux de ses patients se sont suicidés coup sur coup. L'un, sujet au vertige, chute d'un pont ; l'autre, craignant la vitesse, heurte un parapet à deux cents à l'heure. Incompétence des psychiatres ou meurtres maquillés ? Mais alors, par qui et dans quel but ?

Pocket n° 10351 - 384 pages - 5,80 €

Composé par Nord Compo
à Villeneuve-d'Ascq

Impression réalisée sur Presse Offset par

CPI
Brodard & Taupin

42863 – La Flèche (Sarthe), le 29-08-2007
Dépôt légal : septembre 2007

POCKET – 12, avenue d'Italie - 75627 Paris cedex 13

Imprimé en France